CASS
中国社会科学院文库
文学语言研究系列
The Selected Works of CASS
Literature and Linguistics

图书在版编目（CIP）数据

当代俄罗斯小说研究／侯玮红著．北京：中国社会科学出版社，2013.10
ISBN 978-7-5161-2842-8

Ⅰ. ①当…　Ⅱ. ①侯…　Ⅲ. ①小说研究—俄罗斯—现代　Ⅳ. ①I512.074

中国版本图书馆 CIP 数据核字(2013)第 126034 号

出 版 人　赵剑英
责任编辑　史慕鸿
责任校对　高　婷
责任印制　李　建

出　　版　中国社会科学出版社
社　　址　北京鼓楼西大街甲 158 号（邮编 100720）
网　　址　http://www.csspw.cn
　　　　　中文域名:中国社科网　　010-64070619
发 行 部　010-84083685
门 市 部　010-84029450
经　　销　新华书店及其他书店

印刷装订　北京一二零一印刷厂
版　　次　2013 年 10 月第 1 版
印　　次　2013 年 10 月第 1 次印刷

开　　本　710×1000　1/16
印　　张　15.25
插　　页　2
字　　数　252 千字
定　　价　45.00 元

 中国社会科学院创新工程学术出版资助项目

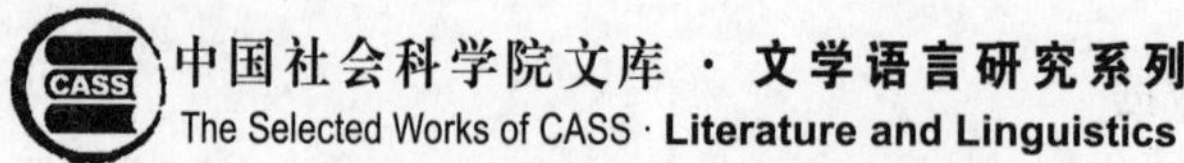

当代俄罗斯小说研究

CONTEMPORARY RUSSIAN NOVELS

侯玮红 著

中国社会科学出版社

《中国社会科学院文库》出版说明

《中国社会科学院文库》（全称为《中国社会科学院重点研究课题成果文库》）是中国社会科学院组织出版的系列学术丛书。组织出版《中国社会科学院文库》，是我院进一步加强课题成果管理和学术成果出版的规范化、制度化建设的重要举措。

建院以来，我院广大科研人员坚持以马克思主义为指导，在中国特色社会主义理论和实践的双重探索中做出了重要贡献，在推进马克思主义理论创新、为建设中国特色社会主义提供智力支持和各学科基础建设方面，推出了大量的研究成果，其中每年完成的专著类成果就有三四百种之多。从现在起，我们经过一定的鉴定、结项、评审程序，逐年从中选出一批通过各类别课题研究工作而完成的具有较高学术水平和一定代表性的著作，编入《中国社会科学院文库》集中出版。我们希望这能够从一个侧面展示我院整体科研状况和学术成就，同时为优秀学术成果的面世创造更好的条件。

《中国社会科学院文库》分设马克思主义研究、文学语言研究、历史考古研究、哲学宗教研究、经济研究、法学社会学研究、国际问题研究七个系列，选收范围包括专著、研究报告集、学术资料、古籍整理、译著、工具书等。

为迎接中国社会科学院建院三十周年，我们将历届院优秀科研成果奖中的部分获奖著作重印出版，作为《中国社会科学院文库》的首批图书向建院三十周年献礼。

中国社会科学院科研局

2006 年 11 月

目　录

前　　言

从 1991 年苏联解体至今，俄罗斯文学走过了二十年的历史。二十年间，伴随着政治经济体制的巨大变迁，俄罗斯文学经受了暴风骤雨的考验，在彷徨与低迷中寻求出路，在危机与坎坷中坚持探索，终于走出低谷，走上了平稳发展的道路。回首往昔，俄罗斯文学图景发生了哪些变化？具有哪些新特点、新发展？这是研究当代俄罗斯文学无法回避的问题。呈现在读者面前的这本书，便是对上述问题进行思考和研究的一种尝试。

本书所重点分析的文学现象及作品大部分都集中在 1990—2010 年这二十年间。可以说，这是整个俄罗斯文学史上又一个剧烈变化的转折性时期，具有独立研究的重要意义。应当承认，对近在眼前的这段文学史进行研究、做出评论是具有相当风险的，何况这段历史又是如此的错综复杂、变幻莫测。幸运的是，很多俄罗斯文学研究专家及学者早已迈出了这一步。

在俄罗斯，已经出版了一定数量的对这一时期文学进行整体研究的专著和文学史著述。在专著方面具有代表性的是：白俄罗斯大学教授加琳娜·涅法金娜的《20 世纪末俄罗斯小说》（2003 年），其中首先分析了作为体系的俄罗斯小说，说明文学发展的一般规律，之后按照美学特征分类研究现实主义、现代主义、后现代主义、假定性—隐喻小说以及“别样小说”，可以说她针对这一时期的俄罗斯小说创作进行了比较全面和细致的分析。国立莫斯科印刷学院圣彼得堡分院教授基拉·德米特里耶娃·戈尔多维奇的《20 世纪末的俄罗斯文学》（2003 年），书中首先综述 20 世纪 90 年代批评视野中的文学进程，然后从流派、体裁、经典与当代几个方面展开研究，最后结合几位作家的具体作品进行了分析佐证。由众多评论家与知名学者合著的《当代俄罗斯文学（20 世纪 90 年代至 21 世纪初)》(2005 年)一书，大体上是按照文学的类型设立章节，比如“幻想文学”、“儿童文学”、“侨民文学”、“大众文学”、“网络文学”等，美学上有后现代主义文学，体裁上有小说、诗歌，题材上有战争文学，还有专章探讨文学语言、文学的特异风格——电影化、纳博科夫的影响以及 20 世纪 90 年代的文学批评等，可以说这是涉及各种文学体裁样式最广的一部研究著作。除了以上这些之外，还有一些研究成果也较为重要，例如斯维特兰娜·帕夫洛夫娜·别拉库洛娃与斯维特兰娜·维克托洛夫娜·德鲁戈维科合著的《20 世纪末俄罗斯文学》(2001 年)，主要结合具体文本分类探讨了当代俄罗斯小说的题材。由俄罗斯国立赫尔岑师范大学教授斯维特兰娜·伊万诺夫娜·季明娜与圣彼得堡大学教授切尔尼亚克合编的《20 世纪末俄罗斯小说选读》(2002 年)按照人物形象、风格、主题等分类编选了一些当代俄罗斯小说并略作分析。著名批评家安德烈·涅姆泽尔的论文集《今日文学——论 90 年代的俄罗斯小说》(1998 年)和《俄罗斯文学的精彩十年》(2003 年)各由几十篇作品及作家的评论文章构成，是最贴近文本、最同步跟踪当代俄罗斯文学的两部文集。

在文学史研究方面，比较重要的有：莫斯科国立列宁师范大学教授尤里·伊万诺维奇·米涅拉洛夫所著的《20 世纪 90 年代的俄罗斯文学史》(2002 年)，书中首先综述俄罗斯、苏联以及后苏联文学，然后分别论述列昂诺夫、拉斯普京、别洛夫、邦达列夫、索尔仁尼琴、维涅季科特·叶罗菲耶夫以及高尔基文学院一批作家近年的创作，还就 90 年代的短篇小说、90 年代小说的主要基调、小说中的“存在主义”倾向以及 90 年代的诗歌进行研究。另外，关于这一段时期文学的研究还散见于各类 20 世纪文学史著作中。例如，在国立乌拉尔师范大学教授纳乌姆·列伊德尔曼·利波维茨基和国立乌拉尔大学马尔克·纳乌莫维奇·利波维茨基父子合著的三卷本《当代俄罗斯文学(20 世纪 50—90 年代)》(2003 年)中，对 20 世纪 90 年代以来的文学按照后现代主义、现实主义、后现实主义流派进行研究。在季明娜与其校内外同仁合著的《20 世纪的俄罗斯文学——风格、流派、方法、创作》(2002 年)、由列昂尼德·帕夫洛维奇·克里门佐夫主编的两卷本《20 世纪俄罗斯文学》(2002 年)、由莫斯科国立列宁师范大学教授弗拉基米尔·维尼阿明诺维奇·阿格诺索夫主编的两卷本《20 世纪俄罗斯文学》(1996 年，已译成中文)等著作中，对苏联解体以后的文学状况也多多少少有所涉及。

在我国，全面研究苏联解体以来俄罗斯文学状况的专著较少，最值得重视的当属中国社会科学院外国文学研究所张捷研究员推出的三本著作：《当代俄罗斯文学纪事（1992—2001）》（2007 年）、《当代俄罗斯文坛扫描》（2007 年）、《苏联解体后的俄罗斯文学（1992—2001 年）》（2011 年）。第一本以编年体的形式详细记录了 1992—2001 年间俄罗斯文学界的重大事件及重要作品，第二本由作者自 20 世纪 90 年代以来所写的关于俄罗斯文坛各方面情况的文章组成，第三本从苏联解体后俄罗斯文学界的整体状况、主要文学思潮和观点、文学创作、文学评价几个方面对 1992—2001 年的俄罗斯文学状况进行了细致、深入的研究，可以说，这是俄中两国当代俄罗斯文学研究界最有分量的专著之一，其资料之翔实、内容之丰富、概括之全面恐怕连很多俄罗斯本土的同行都没有做到。

我国对当代俄罗斯文学研究最为热点的问题是后现代主义文学，先后出版有赵丹的《多重的写作与解读：论俄罗斯后现代主义小说〈命运线，或米洛舍维奇的小箱子〉》（2005 年）、郑永旺的《游戏、禅宗、后现代：佩列文后现代主义诗学研究》（2006 年）、赵杨的《颠覆与重构：论俄罗斯后现代主义文学的反乌托邦性》（2009 年）、温玉霞《解构与重构：俄罗斯后现代小说的文化对抗策略》（2010 年）、李新梅的《现实与虚幻：维克多·佩列文后现代主义小说中的艺术图景》（2012 年）和《俄罗斯后现代主义文学中的文化思潮》（2012 年）等。

女性文学也受到一定关注，出版了陈方的《当代俄罗斯女性小说研究》（2007 年）、段丽君的《反抗与屈从——彼得鲁舍夫斯卡娅小说的女性主义解读》（2008 年）。

文学史方面，中国社会科学院外国文学研究所研究员李辉凡、张捷合著的《20 世纪俄罗斯文学史》（1998 年），北京大学教授任光宣、北京外国语大学教授张建华、南京大学教授余一中合著的俄文版《俄罗斯文学史》（2003 年），北京大学教授任光宣主编的《俄罗斯文学简史》（2006 年），中国社会科学院外国文学研究所研究员刘文飞、中国人民大学副教授陈方合著的《俄国文学大花园》（2007 年）等都从不同角度涉及这一时期俄罗斯文学的新变化。

以上著述中的研究方法和研究内容各具特色，各有侧重。与之相比，本书希望突出以下几个特点：一、详细考察当代俄罗斯文学发展的时代背景，为书中提到的文学现象和文学作品的分析提供现实依据；二、对当代俄罗斯小说的题材与风格分别进行专门的讨论，以期描绘一幅当代俄罗斯小说创作的全景图；三、对现实主义、后现代主义、后现实主义三种流派进行研究时，都采取历史追溯与现状描述相结合、宏观概括与微观剖析相映照的方法，从而凸显每种流派在当代的演变与创新之处；四、对后现实主义这个新兴的流派进行重点研究，从阐释概念到归纳总体特点再到利用作品进行具体论证，完成一项俄中学者较少触及的工作。具体内容安排如下：

除前言和结语外，本书共分七章。第一章对当代俄罗斯文学发展的社会背景进行总体论述。按照风云变幻的改革年代、混乱动荡的转型时期以及渐趋稳定的新时代这三个时段，分析自 1985 年戈尔巴乔夫实行公开性以来俄罗斯所经历的政治、经济、人民生活、文化环境等方面的一系列变化，为当代俄罗斯文学的分析研究奠定基础。第二章从文学地位与作用、作家队伍、文学创作的内容与风格等几个方面论述当代俄罗斯文学的演变过程。第三章总结当代俄罗斯小说的主要题材，通过具体作品细致剖析新时期的新特点。第四章对当代俄罗斯小说的风格、流派进行概括，将其主要划分为现实主义、后现代主义、后现实主义三个流派，对每个流派的研究成果进行辨析与总结。第五、六、七章将分别对这三类小说的发展历程、当代特点进行梳理和归纳，然后结合具有代表性的作家作品进行深入研究。

总之，本书希望能够通过这种文学环境与文学自身结合、文学理论与文本互为依托、文学历史与现状相互映照的方式，对当代俄罗斯小说有一个系统而比较全面的研究，并对俄罗斯小说的未来发展趋势做出一些预测与展望。这样的目的是否能够达到呢？期待各位专家与读者的审阅！

著　者

第一章

当代俄罗斯文学发展的社会背景

文学的发展变化既遵循其自身内在的规律性，又不可避免地受到社会环境的巨大影响。从1985年戈尔巴乔夫执行公开性政策开始，俄罗斯社会大致经历了风云变幻的改革年代、混乱动荡的转型时期和渐趋稳定的新时代三个阶段，在政治、经济、人民生活和文化环境方面发生急剧的转变，为当代俄罗斯小说的创作提供了一幅全新的、复杂的社会图景。

第一节　风云变幻的改革年代：公开、民主与局面的失控

勃列日涅夫时期，苏联尽管和西方国家进行“冷战”，背负了沉重的军事负担，但其经济仍然以高于西方国家两倍的速度增长，于是便认为自己已率先进入了“发达的成熟的社会主义”国家。但是，现实生活中的“特权阶层”、“官僚主义”、“教条主义”和“贪污腐败”，意识形态、思想文化领域广为流行的“空话”、“单一化”、“形式主义”，让许多苏联人感到单调、厌烦和难以忍受，人们在潜意识中渴望着社会变革。在这种背景下，戈尔巴乔夫于1985年被推举为苏共中央总书记后，便以“改革”的名义推行“公开性”和“民主化”，希望给苏联社会带来根本性变化。

“公开性”这个词的俄语词根是“声音”，引申为“让民众听到声音”，即“公之于众”。在19世纪60年代亚历山大二世改革时期，“公开性”被用于指代“人民法庭”、“人民陪审员”制度，对废除农奴制起到了一定的作用。后来列宁和勃列日涅夫等几位苏共领导人把“公开性”作为政治术语提出，称之为社会主义民主的一项内容，但都没有真正实行。

戈尔巴乔夫上台后一再强调“应当在党、苏维埃、国家的组织以及各社会组织的工作中扩大公开性”①，并进一步要求实行“广泛的公开性”、“彻底的公开性”和“最大限度的公开性”。为了响应这一号召，压抑已久的文化界积极行动起来，在创作中针砭时弊，直接发表政治见解，使政论性逐渐成为文学艺术领域凸显的特点②。大量知名学者、作家和诗人撰写政论性文章并结集出版，其中《别无出路》、《立场》、《假如从良心出发》等书受到读者的热捧。一些有识之士对当前发生事情的实质进行深入思考，提出“我们在改革什么?”“人民需要什么样的社会主义?”“真理可以是阶段性的吗?”等尖锐问题，认为经济和社会关系的改革必须伴随社会精神领域的变革。

此时，被禁多年的别尔嘉耶夫、索洛维约夫、罗赞诺夫等白银时代哲学家的文章终于面世，而被誉为“俄罗斯哲学家对俄罗斯及其知识分子命运的警告”的哲学文集《来自深处》、《路标》等也得以与读者见面。西方作者所写的关于苏联历史的文章同样被介绍过来，如康克韦斯特的《大清洗》、拉宾诺维奇的《布尔什维克党的执政》、科恩的《布哈林》等等。1988 年为了庆祝罗斯受洗一千年，苏联报刊破天荒地自 1917 年以来第一次刊出有关宗教的系列文章，强调俄罗斯历史上东正教的意义，从而承认了在俄罗斯文化中宗教经验的重要性，重新建立起东正教与社会之间的对话，唤起民众对宗教遗产的兴趣。

1986 年切尔诺贝利核事故的规模及损失大小没有及时向民众公开，民众认为这与政府所宣扬的公开性原则相违背，使得党和政府的威望急速下降。人民强烈要求知道事实真相。对此，戈尔巴乔夫一方面宣布扩大公开性，以文件的方式颁布了“公开性”特别决议，另一方面又在 1988 年颁布集会、游行限制法，限制报刊订阅量等，试图把公开性引入某种轨道。这些举措带来全社会更加高涨的保护公开性的热潮。1989 年成为报刊界“星光灿烂之年”，报刊订阅量飞升，《论据与事实报》订阅量达到三千万（打破吉尼斯世界纪录），《劳动报》是两千万，《真理报》是一千万。

“公开性”是实现自由的一种形式和推动力量。这使各种社会思潮包

① 米·戈尔巴乔夫:《讲话和论文选集》第 2 卷，政治书籍出版社 1987 年版，第 130—131 页。

② 张捷:《从赫鲁晓夫到普京》，社会科学文献出版社 2010 年版，第 123 页。

括资本主义的自由主义思潮、西方国家的民主政治思潮、反共产主义反社会主义思潮和意识形态在苏联流行和泛滥，使各种不同政治主张的组织、党派在苏联各地兴起，在苏联共产党内部也形成了各种公开的、不同的派别。叶利钦正是在这种背景下以“跨地区议员团”为基础建立了共产党内部的“民主纲领派”，形成了自己的政治力量，促进了苏联共产党的彻底分化和苏联政治制度由苏维埃制度向三权分立的议会制过渡。戈尔巴乔夫鼓励“人民自治自决”。他认为，人民，无论是村庄、城市还是各个加盟共和国的人民，都有自己决定自己制度的权利，都有自己决定是否独立、是否自治的权利，这也是苏联宪法赋予人民的自由权利。由此开启了苏联各加盟共和国寻求独立和苏联解体的进程。在这方面，新闻界冲锋在最前列。他们在要求“话语权”的同时，突破历史和生活中的各种“禁区”，对各种阴暗面，包括从斯大林专制、集体化、劳改营、阿富汗战争等政治问题到酗酒、吸毒、卖淫等种种社会丑恶现象进行大胆暴露。他们通过各种各样的圆桌会议和对话活动，在全国民众中掀起“说与晓”的热浪，其威信和受欢迎的程度达到了最高峰。

戈尔巴乔夫声称苏联的改革并不是推翻社会主义：“我们进行的一切改造都是符合社会主义选择的，是在社会主义范围内而不是在这个范围之外寻找对生活提出的问题的答案。……谁希望离开社会主义道路，他就会大失所望。”[①] 他一再强调，他的改革、民主化和公开化是在社会主义范围内进行的事情，是对社会主义的一种完善。他的“人道的民主的社会主义”思想宣扬建立符合“一切人”的利益的“人道的”社会主义，强调社会主义应该是建立在人的独立和自由基础之上的社会主义。他这里的“独立和自由”基础上的人，与马克思、恩格斯《共产党宣言》中的思想有根本不同，在《共产党宣言》中：“代替那存在着阶级和阶级对立的资产阶级旧社会的，将是这样一个联合体，在那里，每个人的自由发展是一切人的自由发展的条件。”[②] 马克思所说的“自由人”与西方社会宣扬的“自由”是完全不同的概念。西方的“自由”是人权高于一切的、抽象的、绝对的自由，这种自由主张人的本性应当独立不羁，不受任何社会关系的制约，而马克思的“自由人”指的是物质和精神获得充分满足之后

① 米·戈尔巴乔夫：《改革和新思维》，新华出版社 1988 年版，第 25 页。

② 《马克思恩格斯选集》第四卷，人民出版社 1995 年版，第 730 页。

的自由王国里的自由人。戈尔巴乔夫“人道的民主的社会主义”强调的是绝对的自由和绝对的民主，实际上是接受了西方社会“人权高于一切”的、抽象的“人道主义”思想。

他认为，“没有真正的民主就不可能有社会主义”。以此为基础，他对苏共政治局成员、地方政府领导和主要新闻媒体负责人进行了大换血，撤换了一批坚持共产党“一元化”领导、坚持“社会主义意识形态”的重要人物。将一些推崇西方式民主和言论自由的人物安插到重要岗位。叶利钦便是他一手扶持起来的推行西方式“民主选举”和“言论自由”的主要干将。

戈尔巴乔夫的实践证明，他所提倡的“人道的民主的社会主义”是反对任何暴力的、绝对的民主和自由，是“全人类价值优先”的“新思维”指导下的新的人道主义。在这一理论的指导下，苏联开始了单方面裁军、单方面削减核武器等非军事化措施和实行国际关系中的人道主义，由此促成了德国的统一、东欧的剧变，以至于苏联东欧整个社会主义阵营的解体。

在戈尔巴乔夫领导下，苏联人民谋求变革，谋求思想解放、言论自由的意识日益高涨，一个公开发表不同意见和不同思想、意识相互对立和相互竞争的“多元化”社会逐步形成。人们思想开放了，言论自由了，但国家经济和人民的生活水平却出现了明显的下降。

戈尔巴乔夫执政以后，苏联经济开始下滑。在他执政前的五年(1981—1985 年)，苏联经济增长了 17%，年均增长 3.4%，在他执政后的 1986—1990 年，苏联经济只增长了 6.8%，年均增长 1.5%。1991 年受到政治动荡的影响，经济下降了 15%。与经济恶化共生的是财政赤字上升。1985 年苏联的财政赤字仅为一百五十亿卢布，1990 年便增加到一千亿卢布，1991 年增至三千亿卢布。财政赤字只有靠大量发行货币弥补，结果导致了通货膨胀。1985 年苏联的通货膨胀为 5.7%，1990 年则达到 19%，1991 年甚至达到 145%。与此同时，苏联从西方国家的借债也大幅度增加，从 1985 年的二百八十亿美元增加到 1990 年的七百亿美元，1991 年达到一千两百亿美元。由于无法偿还到期债务，苏联外贸银行于 1991 年 12 月底被迫宣布停止偿还外债①。

---

① 刘洪涛等：《苏联 1985—1991 年的演变》，新华出版社 1992 年版，第 57—60 页。

随着经济形势的不断恶化，居民消费品开始匮乏，人们的正常生活受到极大影响。1988 年，洗衣粉、香皂、卫生纸等出现脱销，过去货源充足的冰箱、洗衣机等耐用家电也于 1989 年出现长期断货，到 1991 年一千两百种居民基本生活消费品中有一千一百五十种出现长期脱销。在这种背景下，排队购物成了家常便饭，1989 年居民购物平均的排队时间为一个半小时，1990 年则达到三个小时。食盐、面粉等生活必需品也开始凭票供应。在此情况下，叶利钦首先宣布俄罗斯独立，乌克兰、白俄罗斯等加盟共和国也相继宣布独立。统一的多民族的社会主义国家苏联正式解体了。

公开性改革的初衷是为了民主和自由，是为了建设更加完善的社会主义，它也确实给封闭、沉闷的社会生活带来了日益开放的环境和一定程度的言论自由，激发了广大群众的热情和参与意识，但是，由于苏共领导人的错误认识和决策上的失误，造成局面的难以控制，以致最终酿成了无可挽回的国家分裂的悲剧。

第二节　混乱动荡的转型时期：两种势力的较量与危机的加剧

1990 年 5 月，叶利钦当选为俄罗斯最高苏维埃主席。他把业已存在的各种问题的责任全部归咎于苏联体制和斯大林。他一方面称斯大林为苏联“极权专制”政权的缔造者和“种族仇恨”的播种者，另一方面又不断承诺自己将在一百天内、后来又承诺在五百天内很快建立起一个“尊重人的尊严、人身自由、言论自由、精神自由、平等、社会团结和公正、法律至上和保护财产权”的“受社会监督的民主的国家”。

1991 年 8 月 19 日苏联传统势力政变失败，叶利钦掌握了俄罗斯军政大权，开始向西方资本主义社会迈进。他一方面宣布苏联共产党为非法组织，将其所有财产划归俄罗斯联邦政府；另一方面将揭露苏联时期各种阴暗面的材料公开，彻底否定斯大林、否定苏联历史，引导俄罗斯全面转向“三权鼎立”的议会制政治体制。

叶利钦建立民主国家的进程并不顺利。经济形势的恶化和人们生活水平的下降导致俄罗斯民主派内部出现分化，逐渐形成了以总统、政府为核心的“总统派”势力和以副总统、议会为中心的“议会派”势力。这两派势力针锋相对，分别就经济衰退的责任、经济改革的方向和政策、谁代表最高权力机关、政府任命和批准的权力、总统解散政府和议会的权力、宪法体制、全民公决等各项问题进行争论，并相互指责对方会将俄罗斯引向毁灭。当叶利钦发现自己无法用非暴力的和平方式结束这场已经持续了近三年的政治纷争时，便开始采取武力镇压手段，取消了俄罗斯人民代表大会和最高苏维埃议会，消灭了自己的反对派，导致一百四十二人丧生[①]。随后，叶利钦亲自主持起草新宪法，拟建立一个由联邦委员会（由各地行政首长组成）和国家杜马（由地区代表和党派代表选举产生）两院组成的新的联邦议会，形成“以总统为中心的三权分立的宪法体制”。

1993 年底新宪法全民公决通过。民主选举的结果却出乎叶利钦的预料。人们对多年的政治纷争、政局不稳、犯罪猖獗、经济崩溃、生活水平大幅下降感到愤怒。四个民主派党派联盟只获得了 37% 的选票，反对派则获得了 41% 的选票[②]。叶利钦将选举不利的责任推给了“总理盖达尔执行的休克疗法”和“副总理丘拜斯领导的私有化进程”。为了安抚民心，防止经济继续滑坡，叶利钦推举两派均能够接受的、能够稳定经济、促进经济发展的切尔诺梅尔金出任政府总理，同时为了兑现自己向美国领导人的承诺并进而得到美国援助，他又让坚持推进私有化和激进改革的人继续留在政府领导层。

在经济领域，叶利钦实施的经济自由化、财产私有化、培育资本家阶层等一系列举措，初步建立了资本主义自由市场经济体制，却带来俄罗斯经济的严重衰退、通货膨胀和人民生活水平的急剧下降。俄罗斯国内生产总值下降 43%，工业生产总值下降 50%，农业生产总值下降 42%。1992—1999 年间消费品价格上升六千一百六十八倍，卢布贬值 99.55%。叶利钦的“休克疗法”向资本主义自由市场经济迈进过程所导致的经济下滑，不仅打破了俄罗斯的历史纪录（第一次世界大战使俄罗斯经济下降 25%，第二次世界大战苏联经济只下降了 21%）；还打破了资本主义社会 1929—1933 年经济大萧条的纪录（当时西方主要国家的工业生产总值下降 45% 左右）。苏联解体十年后的 2001 年，俄罗斯国内生产总值大约

① 谭索：《叶利钦的西化改革与俄罗斯的社会灾难》，社会科学文献出版社 2009 年版，第 66 页。

② 同上书，第 75 页。

为三千亿美元，是1991年苏联的十分之一。

国家经济几近崩溃的同时却出现了少数产业和金融寡头，尤其是与叶利钦家族有关系的几大寡头，他们主要分为几种：一是混乱动荡的政局使贪污腐败盛行，使大批当权的特权阶层成为暴发户；二是私有化改革使大批过去的厂长经理转变为企业的所有者，成为新的暴发户；三是物价成倍上涨使囤积居奇者能够一夜发财，一批投机倒把分子成为新的暴发户；四是卢布大幅度贬值、物价飞涨使一批从事外贸工作、可以换取美元等外汇的人和在银行工作的人成为暴发户；五是开发、管理和垄断石油等自然资源的人，通过出口自然资源成为新的暴发户；六是控制媒体和证券市场、能够掌握内幕交易信息的人也会在一夜之间成为暴发户。暴发户的发展，使俄罗斯形成了极少数产业的金融寡头以及一批资本家阶层。与此形成鲜明对比的是广大普通民众生活水平的急剧下降，大部分人陷入贫困和饥饿状态，社会贫富分化现象严重。

与国家解体相伴而生的是俄罗斯社会文化危机的加剧。正如别列佐瓦娅和别尔里亚科娃主编的《俄罗斯文化史》中所分析的那样："苏联人过去在两种尺度中生活：现实的和神话的。神话是他生活的动机，这个神话就是：他是世界上美妙的和先进的国度里的公民，这个国家将走向'光明的未来'。现在知道了这个美妙的未来是不存在的，而原先以为强大的祖国再也不准备保护自己的公民了。"① 走出苏联文化的空间，人们第一次发现自己突然长久地无人过问。对于已经习惯了经常置身于监管之下的人来说，他完全没有做好自由选择经济、政治、社会和文化行为的准备。在回顾这段经历时，饱经忧患的俄罗斯作家抚今追昔，感慨万千。小说家安德烈·马特维耶夫这样说："我们寸步未离，就感到自己像是侨居在另外一个国家。"② 当代著名作家佩列文的话如出一辙："请大家想象一下，其所有国民没有走出家门，就突然发现自己成了侨民。他们并未挪动一步，却落入了完全别样的世界。"③ 而评论家娜塔丽娅·托尔斯塔娅叹息

① Березовая Л. Г., Берлякова Н. П. История русской культуры: в. 2 Т. М., ВЛАДОС Гуманитарный издательский центр, 2002, Т. 2. С. 380 – 381.

② Цит. по: Марина Абашева. В зеркале литературы о литературе//Дружба народов, 2000, №1.

③ Там же.

道："近乎亲生的苏联政权没有告别就离开了。"①

世界图景的变化导致旧有价值体系的瓦解、个人观念上"生存意义的迷失"以及整个社会道德伦理观念的崩溃。苏联时期被着力颂扬和培养的集体主义与爱国主义等思想受到践踏和遗弃，取而代之的是个人主义和利己主义。贪污现象的普遍、经济领域犯罪率的增长以及严酷的生存条件使人们不再把劳动看作活着的价值，而仅仅视之为挣钱的手段。对待职业的态度也大大改变：过去公认的具有威望的职业如学者、宇航员、飞行员、医生、演员、教师，现在不敌银行家、企业家、保镖、脱口秀主持人等赚钱最快的职业。对社会公平的要求逐渐演变成对暴富的"新俄罗斯人"所产生的仇视心理。新闻业在脱离了党和政府的指令后，却最终沦为"钱袋"的奴隶。新闻的任务不再是宣传与提供信息，而是娱乐读者，出现了大量"街心花园"风格的报纸。一些远离政治的消遣性报刊获得读者的青睐。改革时期充斥于电视的政治性节目、"圆桌会议"等也被讨论家庭、园艺等问题的脱口秀节目、各式各样的竞赛所代替。在动荡、纷杂的社会条件下，大众文化迅速赢得市场，在以后的发展中又被市场所左右。人们的社会文化归属感普遍缺失，文化环境呈现纷繁驳杂的局面。

苏联解体后俄罗斯文化发展历程的复杂性和矛盾性令人惊讶：既表现出茫然失措的惊慌与失落，也具有急于寻找归属感的紧迫与混乱。正如学者季明娜所言："20 世纪 90 年代是作为美学、意识形态、道德体系转换的特殊阶段进入俄罗斯文学史的，就像整个文化中一块被重新深翻过的空间。"② 与解体前相比，解体后整个社会掀起范围更广、程度更深的否定苏联、否定列宁和斯大林的狂潮，对这段历史进行全方位的讨伐与清算。这样，就在原有的政治制度、经济体系被打破的同时，曾经的意识形态也轰然瓦解，共产主义信仰遭到贬斥和讥嘲，旧有的道德价值观念被认为是腐朽与落后。"何去何从"这个尖锐的问题不仅再次鲜明地摆在俄罗斯民族面前，而且也使每个备受精神创伤的俄罗斯人陷入艰难的抉择之中。

解体后文化的积极性则表现在极大的开放性与兼容性上。随着 1991 年《俄罗斯联邦大众传媒法》的问世，苏联书刊检查制度彻底成为历史。

---

① Цит. по：Марина Абашева. В зеркале литературы о литературе//Дружба народов，2000，№1.

② Тимина С. И. Русская литература ХХ века. Санкт-Петербург，Издательство《Logos》，2002，С. 238.

从此文化与政权的关系发生根本性变化：文化不再接受国家的社会订单，国家也不再为文化提供固定保障。俄罗斯文化从过去的孤立主义逐步迈向多元化的发展道路。一时间，俄罗斯民族传统文化、白银时代文化、苏联时代文化以及西方各种文化思潮、大众文化等共同作用于社会，既解放了思想，又带来更大混乱。

面对文化领域的危机，俄罗斯知识分子分成了两类：一类从传统的民族文化遗产中寻求出路，大量出版宗教学著作及白银时代哲学著作，力图通过传统文化凝聚民族力量，共同抵御危机；另一类则把目光投向西方，以不可遏制的热情宣扬西方价值观念，译介大量的西方文化书籍，希望用西方思想启蒙人民以达到救国目的。于是，“复古”与“外来化”两种势力构成了解体后文化的“混沌时代”。

在叶利钦寻求国内外各方面力量平衡的过程中，俄罗斯各方面状况没有得到明显改善，于是，到 1996 年俄罗斯开始选举第二任总统时，人们开始更加怀念苏联，怀念共产党执政时期，俄罗斯共产党因此而获得了很大发展，成为能够和民主派争夺总统职位的唯一政党。叶利钦深为惶恐，亲自出马，采取各种措施拉取选票。他利用自己的权力，发动宣传攻势打击共产党，破坏其威信，使群众疏远共产党。他通过撤换本执政团队中与自己唱对台戏的异己分子、任命其他党派领导人为政府副总理等形式拉拢其他党派。他通过颁布支付拖欠工资、实行最低工资制度等一系列的总统令来赢得不同类型选民的支持。就这样，叶利钦于 1996 年 7 月 3 日重新获得了总统地位（第一轮投票叶利钦得票 34.8%，久加诺夫得票 32.3%；第二轮投票叶利钦得票 53.7%，久加诺夫得票 40.41%）。叶利钦获得第二届总统任期后，通过不断地更换总理来将政治改革和经济失败的责任推给他人。在 1996 年 8 月至 1999 年 12 月第二任在任期间，先后更换了四位总理、十多位副总理，到 1999 年终于找到了能够左右局势、确保自己安度晚年的普京，便在任期届满之前主动辞去总统职位，结束了叶利钦统治时代。

第三节　渐趋稳定的新时代：在两种观念的平衡中寻求和谐

从 1999 年 8 月 9 日普京被叶利钦任命为俄罗斯总理后，便开启了普京时代。普京对内强调俄罗斯的稳定和团结，维持现状，努力促进经济增长，对外维护俄罗斯的利益，坚持与西方和东方同时开展合作，使俄罗斯保持了十年的政治稳定和经济发展，开启了苏联解体后俄罗斯的新时代。

2000 年 5 月 7 日普京正式宣誓就任俄联邦总统，开始营造团结、和谐的新俄罗斯。一方面，他强调“休克疗法”使一些人获得了掠夺财富的自由，却使更多人陷入贫困，完全西化地走资本主义道路已经给俄罗斯人民带来了灾难，证明“休克疗法”是一条死胡同。这一看法赢得了大多数俄罗斯人的尊重和认可。他还重新肯定卫国战争，恢复苏联时期一些地名的称谓，使否定斯大林的极端思潮得到遏制，并对苏联的成就、苏联的强大表示尊重。这些做法停止了无休止的政治争论，从而赢得了左派的支持。另一方面，他又强调多党竞选、言论自由、三权鼎立的民主政治制度要比过去的极权制度优越，这又获得了右派的认同。一个比较典型的例子是，修改俄罗斯国旗、国徽、国歌、军旗，最终确定沙皇时期的白蓝红三色旗为俄联邦国旗，双头鹰为国徽，同时沿用苏联时期的国歌旋律作为国歌，红旗作为军旗，赢得了左右两派的支持，展现了一个独立自主的新俄罗斯形象。

普京从俄罗斯国情出发，不完全走西方资本主义道路，他认为：“俄罗斯即使会成为美国或英国的翻版，也不会马上就做到这一点，在这两个国家里，自由主义价值观有着深刻的历史传统，而在我国，国家及其体制和机构在人民生活中一向起着极为重要的作用。对于俄罗斯人来说，一个强大的国家不是什么异己的怪物，不是要与之作斗争的东西，恰恰相反，它是秩序的源头和保障，是任何变革的倡导者和主要推动力……社会希望根据传统和社会现状恢复国家必要的指导和调节作用。”① 普京的论述阐明了建立强势国家的必要性和重要性，具有重要的理论意义和创新观念。他在向联邦会议提交的 2000 年国情咨文中特别强调：“我们最重要的任务是学会利用国家工具来保证各种自由：个人自由、经营自由、发展公民社会机构的自由。有关权力与自由之间的相互关系的争论由来已久。它至今仍然引起人们对专制和威权问题的思考。但我们的立场十分明确。只有强大的、有效的（如果有人不喜欢强大这个词，我们就使用有效的）和民

① 普京：《千年之交的俄罗斯》，见《普京文集》，中国社会科学出版社 2002 年版，第 9 页。

主的国家才能保护公民的政治和经济自由，能够为人们的幸福生活，为我们祖国的繁荣昌盛创造条件。”[①] 在这种思想指导下，俄罗斯政治经济生活发生了较大变化。在尊重宪法、尊重西方式民主观念、努力维持社会基本稳定的同时，鼓励合法创造财富，努力缩小收入差距。在承认财富、财产私有化的同时，鼓励通过自由竞争创造财富，反对掠夺财富，并努力和经济犯罪作斗争。普京改变收入单一税制，实行不同收入的累进税制，使有钱人多缴税，并对明显掠夺财富的产业或金融寡头进行审判，促进社会公平、正义。在强调统一高于对立、集体高于个体、国家利益至上的同时，又执行与所有国家友好、不与任何人为敌的对外政策。

在第二任期，普京在总结俄罗斯民主改革失败原因的基础上提出“主权民主”的思想。他认为，苏联解体以后，俄罗斯机械地接受了西方民主，没有与本民族的传统文化相结合，未形成俄特有并能反映俄传统文化中某些固定不变的意识形态、政治规则以及在实践中的运用形式。他在2005年的国情咨文中首次提出“主权民主”的概念，其核心内容是俄罗斯作为一个主权国家，应该根据本国的历史、地缘政治、国情和法律自主地确定民主道路。普京提出“主权民主”的意义在于：一是防止西方国家向俄罗斯“输出民主”，并反对西方国家输出整齐划一的民主体制；二是强调要寻找俄罗斯式的民主道路，构建新的俄罗斯的国家意识形态以“维护国家主权基础上的民主”，在个人自由主义和国家集体主义之间寻求平衡；三是否定了叶利钦时期的“寡头式民主自由体制”，开始建立有力的国家民主体制，在促进经济发展、提高经济效率和维护社会公平正义、关注民众生活之间寻找平衡。在这种思想和认识的指导下，普京加强了国家力量，建立了七大联邦区，改变了联邦委员会的组成方式，确立了总统和联邦中央对地方行政长官的监督机制，强化了联邦中央的权力，使地方权力向联邦中央集中。普京重新启用国家安全部门，加强对违法犯罪分子和贪污腐败分子的打击。禁止寡头直接干预政治，对个别威胁和对抗现政权的寡头通过司法等手段进行有力打击，对寡头在叶利钦时代非法取得的财富予以追缴，并对普通民众的工资和养老金给予充分保证，使国家的政治生活转入正轨。普京将俄罗斯人从戈尔巴乔夫和叶利钦时代开启的无休止的相互攻击和争论的陷阱中解救出来，并将人们的注意力引向发展

① 普京：2000年7月8日国情咨文《俄罗斯国家：强国之路》。

经济和改善人民生活方面，使俄罗斯实现了较长时期的政治稳定、经济增长和文化繁荣。

普京将经济的衰退与人民生活的贫困化归因于缺乏国家领导力的无序竞争，他主张在坚持商品经济的基础上适当进行国家干预。他认为生产贸易与投资的自由以及公平竞争是国家经济繁荣的根本动力，要谋求发展就要提倡竞争，而竞争需要公平的环境。于是，他一方面鼓励自由竞争，努力创造各个经济主体能够自由竞争、自主发挥作用的机会和环境，以便创造更多的物质财富；另一方面重新让国家拥有对经济的控制能力，提高国家在国际市场上的竞争力。他认为俄罗斯在石油天然气方面鼓励自由竞争只会使国家利益受损，因此将这类公司重新收归国家所有，并任命政府副总理或部长兼任国家控制的主要集团公司的领导人，使国家能够控制一些资源，调控经济发展。在一系列举措下，俄罗斯经济获得了持续增长，人民生活水平持续改善。在1999年至2006年的八年任职期间，GDP年均增长速度约6%。经济总量增加了70%，俄罗斯人的工资和人均收支增加了500%，扣除通胀后，人均收入实际的增长超过了200%。俄罗斯的人均实际工资和人均实际收入的增长速度，比人均GDP的增长速度高出二倍。俄罗斯的老百姓实实在在地分享到了经济增长的成果。目前俄罗斯经济增长速度恢复，增长质量提高，财政状况良好，宏观经济环境改善，经济发展前景良好，为俄罗斯文化的重新繁荣与持续发展提供了有力的物质保障。

普京强调国家的力量和权威、强调集体奋斗的力量、强调集体利益高于个人利益，实际上是向俄罗斯一种悠久的文化传统——“在农村公社基础上形成的集体主义”思想的靠拢。历史上俄国的农村公社，是一种与私有制、个人主义等现代西方价值观不相容的独特的民族精神。这种精神的影响，可以一直追溯到苏联社会主义国家建立时期。当时在苏联能够建立世界上第一个社会主义国家，与俄罗斯民族浓厚的集体主义传统直接相关。现在普京重新重视发挥和利用俄罗斯传统文化中的集体主义和整体性，并希望在中央集权领导下建立一个强大的俄罗斯。同时他又强调：“首先，俄罗斯过去是，现在是，当然将来也是最大的欧洲国家。经过欧洲文化锤炼而获得的自由、人权、公正和民主的理想数百年来一直是我们社会明确的价值方向。”① 由此可见，普京试图在完全不相容的两种思想

① 普京：2005年4月25日国情咨文。

观念中找到一种历史的妥协。

在普京领导下，俄罗斯社会意识形态和文化领域发生了一系列变化，逐步从动荡、混乱的年代进入平静、有序的时期。政府开始在文化、道德建设等领域采取措施，引导人民的思想和文化实践向对立统一、理想而务实、整体高于个体方向回归，在“非黑即白”中寻求理性，在西方东方中寻求交汇，在理想主义和现实主义中寻求支点，在个人主义和集体主义之间寻求平衡。

俄罗斯民族“非黑即白”、好走极端的文化传统在苏联解体过程中有突出表现。例如，保守派完全肯定苏联和斯大林的历史，民主派完全将其否定，两派斗争使俄罗斯政局持续动荡。叶利钦时代俄罗斯亲近西方、向西方靠拢的意识和态度非常明显，但一味西化的改革政策遇到明显问题，1999 年北约入侵南斯拉夫之后，彻底打破了俄罗斯人对西方的幻想，发现国家行动的背后仍然是各自国家的利益。坚持俄罗斯独特性的“左翼民族主义”的主张获得了大多数俄罗斯人的支持。这从 1999 年 12 月议会选举（国家杜马选举）的结果就可以看出。当时赢家是普京支持的“团结”联盟，获得 23.35% 的选票，而导致俄罗斯出现“混乱状态”的地方精英联盟“祖国—全俄罗斯”仅获得了 12% 的选票。2000 年普京上台之后，“自由民主派”认为普京似乎是乌托邦式的俄罗斯思想的化身，他的上台预示着这个国家的灾难即将到来，将会停止自由主义经济改革进程，出台反西方的帝国政策；“左翼联盟”则认为普京将实施共产党人而不是自由派的政治议程，并把普京描绘成“戴高乐”国家主义的复制品。然而，普京自己却并没有走极端，他通过一系列措施来弥合两派的裂痕，寻找统一国家和民族意识的方法和途径。例如，他既承认苏联时期斯大林的成就，又反对斯大林建立的极权制度，既承认西方建立的普世民主自由价值观，坚持民主政治和市场经济，又反对极端的、不受国家管制的自由主义。他使俄罗斯社会形成了自己独立的、中和的价值体系，并获得了成功。

俄罗斯传统文化的另一显著特征是带有浪漫主义色彩和诗人情调的理想主义。叶利钦在 20 世纪 90 年代初期推行的全盘西化政策充分体现了俄罗斯文化中的这一特点。俄罗斯理想主义的核心是接受西方的“普世”思想，但在国际政治经济关系的现实交往中，“普世”的“人权高于一切”的人道主义和市场经济的背后，是赤裸裸的利益关系和利益争夺。

严峻的现实使俄罗斯领导人很快意识到，没有自己的国家利益，没有自己的民族意识和意志，很难在国际政治格局中成为一个受人重视的、有影响的国家。而在俄罗斯，如果没有强有力的国家政权的引导，没有国家主权独立意识的支撑，俄罗斯也很难获得新生。因此，俄罗斯必须放弃浪漫的理想主义的思维方式及认为民主政治和市场经济就能够使俄罗斯走向光明的观点。于是，普京在“主权民主”概念的基础上提出“国家利益至上”原则，希望在推行爱国主义的同时建立国家威信，通过国家“牵引力”引领俄罗斯社会回归西方文明。

对于这样的文化环境，知识分子看法不一。有的认为通过解体后十年的努力已经建构好了新的俄罗斯社会意识，而更多的人则大为不满，哀叹社会主流意识形态的匮乏。国立秋明大学教授娜塔利娅·德沃尔佐娃认为，当代俄罗斯文化面临与堂吉诃德一样的处境：由于读书太多而失去理性，而一旦停止读书又活不下去。她认为四分之一世纪以来读者与书（作家）之间的关系经历了三种变化：20 世纪 80 年代下半期是与“回归文学”现象相关的书籍繁荣的时代，90 年代是文化中传统的文学中心主义遇到危机的时代，书籍（作家）在社会中的根本地位受到颠覆，从原来的教师、预言家变成普通的市场目标，而在 21 世纪，文学进程中占主导地位的因素彻底变成了书籍的出版即图书生意。

年轻学者斯捷宾认为，俄罗斯文化的变化趋向不仅由它的传统，而且也由它的外部环境——当代世界的全球化趋势、各种不同文化之间相互融合与影响的态势所决定。当代文明处在剧烈的根本性变革之中，许多历史学家把这一时期与像从石器时代到铁器时代这样人类历史上剧烈转变的时期相提并论，并说明日益严峻的文化危机需要新的发展范畴。莫斯科大学教授米哈伊尔·戈卢布科夫认为，当代社会意识（潜意识）的主要特点之一是某种思想（意识形态）的缺失。这种缺失大约产生于十五年前，现在更加严重。无论是作为个体的人还是作为政治阶级都可以感觉到这一点，于是十年来在不断寻找“俄罗斯思想”。也就是说，现在存在一种思想的真空，不知道什么是俄罗斯民族同一性，它又是怎样构成的。造成这种现象的原因是文学的非中心化。要想填补这项空白，就必须呼吁国家重新对文化生活进行干预，从思想上培养和教育读者，重建文学中心主义的时代。

第二章

当代俄罗斯文学的发展演变

苏联解体二十年来，俄罗斯在政治、经济、文化领域发生深刻变化的同时其文学发展也经历了一个动荡的转型期，“发生了文学密码的完全转换”[①]，不仅在文学地位与作用、作家角色、读者类型上，而且在创作内容与美学特征的多样性和丰富性上都发生了根本性变化。从分化到危机再到复兴，当代俄罗斯文学走过了一条艰难曲折的发展道路。

第一节 苏联解体前文学的分化：回归文学、暴露文学和地下文学

1985年戈尔巴乔夫执政后，文学在整个改革进程中起到了推波助澜的作用，又深受改革影响而迅速变化。在“民主化”、“公开性”、“多元化”的指引下，许多政治投机分子带着建立不同于苏联共产党的政党的目的，以文学为武器制造各种舆论宣传。他们把苏联社会主义制度描写为专制的、独裁的、不人道的社会制度，以便让人民接受自己的政治主张。于是，压制人性、大规模镇压、大清洗、种族灭绝等一系列罪名被文学家、政治家加在了苏联、苏共和斯大林的身上，使人们对社会主义失去信心、对苏联共产党产生仇恨。文学生活在空前活跃的同时，也危机四伏、纷争不断，旷日持久的关于国家应该选择何种道路的两派斗争在文学领域开始形成。

俄国早在19世纪中叶就已形成了两种对立的文化思潮：“斯拉夫派”和“西方派”。在意识形态受到严格控制的苏联时期这种争论趋于弱化和

---

① Тимина С. И. Русская литература XX века. Санкт – Петербург, Издательство《Logos》, 2002, C. 238.

隐蔽，现在由于公开性政策的刺激而逐渐激烈化和表面化。作家、作品、文学刊物都因为立场的不同而出现了清晰的分化。一方是不满民族主义和沙文主义、批判斯大林和苏联极权统治、把目标指向西方自由价值体系的“自由派”，旗下的刊物有：《星火》、《文学报》、《旗》、《新世界》、《十月》、《青春》、《文学评论》等；另一方是与西方自由思想坚决斗争的“传统派”，其中既有信任国家及其机构、维护现有意识形态体系的力量，也有捍卫民族精神、崇尚俄罗斯辉煌历史、主张走本民族道路的力量，旗下刊物有：《文学的俄罗斯报》、《青年近卫军》、《我们的同时代人》、《莫斯科》等。两派在国家未来发展道路、苏联历史及如何评价斯大林、社会主义现实主义创作方法等问题上展开争论，斗争不断尖锐化，最后导致苏联作家协会分裂。

这一时期文学发表的热点是“回归文学”，主要包括三种作品：第一种是过去因为各种政治原因被禁、现在由于政治环境的宽松得以面世的20世纪经典作品，包括古米廖夫的诗歌、阿赫玛托娃的《安魂曲》、高尔基的《不合时宜的思想》、扎米亚京的《我们》、布尔加科夫的《狗心》、普拉东诺夫的《基坑》和《切文古尔》、帕斯捷尔纳克的《日瓦格医生》等；第二种是创作于“解冻”时期却未得到发表的作品，包括格罗斯曼的《生活与命运》和《一切都在流动》、索尔仁尼琴的《古拉格群岛》、雷巴科夫的《阿尔巴特街的孩子》、杜金采夫的《穿白衣的人们》、安德烈·比托夫的《普希金之家》等；第三种就是侨民文学的第三次浪潮，包括布罗茨基、阿克肖诺夫的作品，也有弗拉基莫夫、沃伊诺维奇以及索科洛夫、利蒙诺夫的作品，等等。这些作品题材及思想倾向各不相同，艺术形式上风格多样，但是在特殊的年代都被看作反对专制制度的文学典范。

由于“回归文学”热潮的冲击，也由于很多作家积极投身到政治运动中去，所以改革时期的文学创作稍显冷清与平淡，不过也显示出了某种分化：一种就是基本坚持社会主义现实主义或传统现实主义的创作方法，社会内涵与意义占主导地位的作品，大多带有鲜明的“暴露性”和“政论性”。另一种就是远离主流意识形态，在艺术形式上大胆探索的地下文学。

改革初年的三部作品——拉斯普京的《火灾》（1985年）、阿斯塔菲耶夫的《令人悲哀的侦探故事》（1986年）、艾特玛托夫的《断头台》

（1986年），反映了苏联社会生活各个领域的阴暗面，具有极强的暴露和批判色彩。《火灾》通过一个小村子发生的一场大火表现了一群无赖在面临灾难时的种种行为，他们心中对土地、对房屋已无任何神圣感，对人的生命、对国家财产是那么冷漠无情，而这些表象的背后是国家经济体制存在的严重问题。作品选择一个林业村作为描写对象，暗含着对大自然与人的道德面貌之关系的思考：只有敬畏自然、保护自然，才能拥有自己安身立命的家，才能使人们的道德根基稳固坚实；火灾喻示着大自然对人们的警醒，是对人们珍视现实的生存家园和内心的灵魂守候的呼喊。《令人悲哀的侦探故事》中通过一个民警讲述的各种犯罪故事，像揭开疮疤一样展示出生活中的各种丑陋现象，对苏联现状的强烈不满，淋漓尽致，甚至颇具自然主义色彩的写作风格，预示着作家在苏联解体后创作倾向的转变。《断头台》通过发生在一个遥远草原上的故事揭示了人性的贪婪自私，人在缺乏信仰状态下对自然的肆意妄为，暴露了各种社会弊端及不为人知的黑暗（比如贩毒）。三部作品带有不同程度的政论色彩，犹如三枚重磅炸弹，一经发表就引起广泛的热议。小说中所展现的令人触目惊心的社会现实，所描写的道德沦丧、精神堕落的新一代青年形象，所提出的振聋发聩的社会出路问题，如警钟一般敲响人们的心灵。这三部小说是改革年代最具标志性的文学作品。

与这些强烈关注政治及普通民众生活、主要运用写实手法的作品形成鲜明对比的，是另一条文学发展的线索。80年代末，《乌拉尔》等几家文学杂志陆续推出专刊，完整地介绍所谓的地下文学，即与现实主义风格完全不同的先锋派或后现代主义作品。一些批评家如丘普里宁、爱泼斯坦等发表文章，强调为俄罗斯读者所不熟悉的、不属于传统文学范畴的另一种文学的存在，从而使一批地下文学作者——维涅季科特·叶罗菲耶夫、索科洛夫、普里戈夫等浮出水面，承认了先锋派和后现代主义美学属于当前文学的一个组成部分这个事实。1990年7月维克托·叶罗菲耶夫的文章《为苏联文学送葬》是后一种文学登上文坛的正式宣告，也是两种文学长久较量的开端；它引出的是何为文学创作根本出发点这一问题的斗争，也是自由派与传统派在文学领域斗争的焦点之所在。文中把苏联文学分成三种：官方文学、自由文学和“乡村文学”，预言这三种流派都将和社会主义现实主义美学一起成为过去，因为它们都与之不可分割，就像与苏联文学出版社不可分割一样。取而代之的将是一种战胜了以狭隘的社会性观点看待世界、把美学任务放在首位、对寻找臭名昭著的“真理”不感兴趣的“新文学”。这里的“新文学”实际上指的就是从20世纪初年盛行的现代主义传统逐步演变到后现代主义的这样一条文学发展脉络。文章在评论界引起两场重要讨论：一场是关于“60年代人”[①] 的争论，矛头指向宣扬文学的社会功用、以文学来大声疾呼被“禁止”的真理的老一代作家，谴责他们意识形态美学的调和性和文学品味上的保守主义；另一场讨论是关于后现代主义在当代文学中的地位问题，旨在为反对文学的教育功能、以寻找更加广阔的美学而非社会学意识为指向的年青一代作家争取权利和空间。两场争论结合在一起，重新确立了自由派和传统派两大阵营的所属作家和刊物。

第二节　解体后十年文学的危机：文学的去中心化与自由的双重效应

20世纪90年代初，文学在社会生活中的地位疾速改变，以致许多人都认为所发生的一切是一场灾难。按照文学评论家娜·伊万诺娃的理解，这种改变是从改革开始持续了六年的文学“内战”的结果。支持民主的知识分子在这场斗争中取得了胜利，但胜利的价值却是文学在社会生活中领先地位的丧失。文学在以前的俄罗斯是“我们的一切”——是舞台，是哲学，是社会学，是心理学。文学作为党的喉舌和意识形态的宣传工具，在社会生活中起着极其重要的作用，作家享有极高的威望和待遇。作家与政治关系紧密，常常出现一部作品引起全国讨论的局面。现在，文学与政治的关系越来越疏远，也不再处于社会需求的中心，不再是俄罗斯文化的同义语，甚至出现了“文学已经死亡”的论调。

文学在失去社会中心地位的同时，也因摆脱了附加在它身上的太多使命而获得了空前的自由。正如涅姆泽尔所说：“今天的俄罗斯文学完全在一个新的概念中存在——那就是自由。”[②] 自由给作家的思想意识、文学

---

① 特指20世纪60年代开始成名的一批苏联知识分子，他们出生于1925—1945年间，父辈信仰共产主义并为之奉献一生，但有些人却在斯大林大清洗运动中被投入监狱或者被杀害，由此使他们产生信仰危机。

② Немзер А. Замечательное десятилетие: о русской прозе 90 - х годов//Новый мир, 2000, №1.

观念乃至物质生活状态都带来极大的分化。当代俄罗斯一部分人坚守文学的社会使命，依然认可作家的预言家、“人类灵魂的工程师”角色，另一部分人则提出抛弃文学的“教育”与“训诫”功能、还原其精致的美学游戏的论调，认为作家仅仅是工艺师。一部分人如鱼得水，从以前的作品被禁、生活难以为继到如今的作品被国内外频频发表和出版，稿费、版税大大提高，另一部分人却对现状非常不满，无法适应社会，甚至出现了解体之初两位大作家——康德拉季耶夫和德鲁宁娜自杀的惨况。

从积极的方面讲，自由使文学生活活跃起来。作家摆脱了思想的束缚，创作观念、内容和风格都日趋丰富，出版和发表作品的形式也变得更加多样化：除了官方已有的出版社、杂志社以外，出现了很多私营报刊、出版社，如《独立报》、瓦格利乌斯出版社等。新设立的一些文学奖，如由英国人出资设立、后来赞助商几易其手的布克小说奖，德国人出资的普希金文学奖，俄罗斯《独立报》设立的反布克奖，俄罗斯当代文学研究院设立的格里高利耶夫奖等，增进了不同美学流派之间的对话，使作家获得社会广泛的认可和尊重，并且帮助作家一定程度地解决经济上面临的困难。

另外，经历了最初的动荡之后，历史上形成的两大派别——传统派和自由派对历史与现实的看法都在改变，在某些方面具有相似的认识，于是二者之间的关系也趋于缓和，其所属作家的作品也不再只刊登在属于本派系的报刊上。一些作家明确提出自己不属于任何派别。年轻作家奥列格·帕夫洛夫道出了新一代的心声：“艺术中有真正的秩序。”

但是，在解体后的俄罗斯文坛上，各种流派纷繁嘈杂，无数事件此起彼伏，文学创作沉渣泛起，文学现象复杂莫测。作家们坦言，文学没有了书刊检查机关的审查，同时也失去了良心的监督。市场成为影响当今文学发展的重要因素。高雅文学受到冷遇，通俗文学大行其道。总结这十年的文学状况时，以阿拉·拉蒂宁娜和加尔科夫斯基为代表的悲观派认为俄罗斯文学正在经历着危机，文学的衰落已经成为事实。拉蒂宁娜在 2001 年底发表文章《文学的黄昏》。在俄语中，黄昏、昏暗也有没落、萧条的意思，因此文章标题充分说明了作者的观点。悲观派用以佐证观点的事实是：1. 文学刊物订量锐减。所谓厚文学杂志①的订阅量从 1989—1990 年

① 苏联时代对大型文学杂志的叫法。

的千百万份下降到现在的百分之一。据全俄统计中心一份社会调查显示，有34%的俄罗斯人从来不随身带书（男女比例一样，其中15%的人受过高等教育）。在66%的阅读者中59%的人只喜欢消遣读物（其中41%受过高等教育）。无怪乎加尔科夫斯基在《无尽头的死胡同》中哀叹："文学作为神话、作为一种思考世界和掌握世界的方式正在消失。"2. 许多评论家认为十年中没有出现一部精品，没有出现一个大家。拉蒂宁娜认为这十年中没有一部长篇小说能使人坚信它应该留在文学史上。对比19世纪以来每十年至少出现一部精品的状况，她不由得感叹：在过去政治审查、期刊检查的年代有多少堵墙需要越过啊，可是如今没有这些了，却出现了前所未有的天才的匮乏。她甚至引用俄国哲学家瓦西里·罗赞诺夫的话评价这个时代："自由可以把《战争与和平》出版得更漂亮，但自由永远也写不出一部《战争与和平》。"①

其实，"俄罗斯文学已经死亡"这样的说法在文学史上并非第一次出现。即使是在从普希金到契诃夫这样的文学黄金时代，仍然有许多大作家、评论家对俄罗斯文学表示过不满，进行过讽刺。1834年，别林斯基在他的系列文章《文学的幻想》中，尽管先是列举了一长串伟大的俄国作家名单，但之后还是长叹一声："我们没有文学。"② 那时作家和评论家虽然各有不同的文学主张，却有一个共同的观点，就是："文学的匮乏，文学的缺席。"所以，评论家们疾呼"俄罗斯文学已经死亡"，是他们在回顾辉煌的过去，面对解体之初文学创作界、评论界以及读者群一段低迷彷徨时期发出的感叹。他们提出的看法部分地反映了文学创作、出版、阅读等方面存在的很多问题。创作上，最使评论家和作家担忧的问题是：文学失去现实感，失去人民性。作家瓦尔拉莫夫认为，19世纪的俄罗斯文学不仅同那个时代一样伟大，而且比时代更加丰富和深刻，就是因为它为时代忧虑和苦闷，将时代扛在肩上。也正因为此，19世纪的俄罗斯文学才能成为世界经典。的确，古往今来，凡是能够长久流传、堪称经典的作品，都是那些感受到时代的脉搏、塑造了新的人物同时又能用永恒的尺度来衡量这些人物的作品。优秀艺术研究家奥列格·谢苗诺夫也谈到，真正

① См.：Алла Латынина. Кто напишет《Войну и мир》? //Литературная газета，30. 05. 2001，№22.

② 别林斯基：《文学的幻想》，《别林斯基选集》，上海译文出版社1979年版，第9页。

的艺术家没有人民是活不下去的，他渴求人民，融于人民，他应当让人民听到自己的声音。现在的读者如果不是想在作品中找到“怎么办”和“谁之罪”这样的问题的答案，那么他们至少也想知道舒克申提出的“我们到底发生了什么”这个问题的答案。但是他们在当今的作品中什么也看不到。作家们要么描写一己的心理感受，要么编造离奇古怪的文本。伊琳娜·罗德尼扬斯卡娅感叹道，（文学）失去了对生活这个第一“文本”的兴趣，对其显而易见的表面的兴趣，对其神秘深处的兴趣。既然如此，读者也就失去了对今日文学的兴趣，只好用过去的经典充实自己的书架。

另外，作家、评论家们对读者的素质也深感遗憾，说现在的读者表现出不应该有的样子，宁肯去读侦探小说，或者躲在因特网的某个角落里谈论臆想出来的东西，也不肯去碰厚文学杂志。对此，伏·萨哈罗夫指出：“应当像别林斯基时代那样，教育和争取那些绝望的、被所有人欺骗的、被赶到角落里的、沦为赤贫的读者。将会有这样的读者。”这令人想起当年纳博科夫说的一段话：应当去培养真正的读者，让他重新去相信文学，使文学成为其精神生活的一部分。

许多评论家对后现代主义持否定态度，认为像后现代主义这样的时髦文学、时尚文学充斥着市场，索罗金、阿库宁等人的书在印刷品市场上占据主导地位，他们的名字在各种文学奖项中拥有令人尊敬的地位，他们不仅时髦，而且成为时尚的倡导者，甚至是思想的统治者。但这种时髦文学绝不是真正伟大的民族文学。奥·谢苗诺夫在表达对21世纪的希望时，认为“传统终会回来”，“21世纪的艺术将与古典艺术相像”，“当后现代主义带着讽刺和反驳走向终结的时候，就会转到另一个方向”。

与上述悲观论调相反，还有一些人对这十年的文学持乐观和肯定的态度。其中最具代表性的是著名文学评论家安德烈·涅姆泽尔和俄罗斯作家协会主席瓦西里·加尼切夫。涅姆泽尔在《精彩的十年》这篇文章中首先说明了一个大家经常忽视的真理，那就是坏文学总是比好文学多。他认为，知道了这个令人悲哀的事实，我们就会承认，90年代俄罗斯文学没有死亡，而且也不准备死亡。他指出，我们不能逃避那些消极的方面，因为它们不仅存在，而且在整个文学界都表现明显，影响读者看到现实的价值，影响作家的工作。但是实质不在于此。因为一个自由的人应当强于环境。他充分肯定俄罗斯所处的自由的环境，认为正是这种环境不再服从于一时的政治需求，使作家的工作不用顾忌任何时髦的体系和什么团体的价值，而真正成为自由的创作。加尼切夫认为，经历了1989—1994年的茫然时期后，作家们已经开始恢复传统文学的创作，以新的面貌出现在新的时期。他预言俄罗斯文学的困难时期已经过去，一定会大放光彩。

的确，在不绝于耳的“当代文学已经死亡”的论调声中，俄罗斯作家经历几多磨难和考验，终于以其深厚的文学传统、不变的追求和不懈的创作实践为俄罗斯文学带来了生机。在此期间文学创作队伍发生了很大变化。解体前就比较有名的作家，一部分逐渐淡出文坛，一部分在解体之前或之初就不幸辞世，如女诗人德鲁宁娜和以《萨什卡》闻名的小说家康德拉季耶夫，侨民文学作家多夫拉托夫等；有的在参与了新俄罗斯文学的一段进程后离去，比如文坛宿将列昂诺夫在发表长篇巨著《金字塔》后以九十五岁高龄去世，奥库扎瓦和谢尔盖耶夫在获得布克奖后三四年间去世，布罗茨基、西尼亚夫斯基等在国外相继去世；还有相当一部分作家坚持创作，影响力不减当年，如索尔仁尼琴、邦达列夫、阿斯塔菲耶夫、叶基莫夫等。一批在20世纪80年代不太得志的作家解体后进入创作的丰收期，获得了广泛的社会声誉，比如“四十岁一代”作家中的马卡宁、普罗哈诺夫等佳作频出，马卡宁甚至被誉为“当代文学活着的经典”；女作家彼特鲁舍夫斯卡娅、乌利茨卡娅等引领“女性文学”的风潮；“三十岁一代”作家托尔斯塔娅、叶·波波夫等成为后现代主义文学的主力军；一批地下文学的先锋代表不仅正式进入当代文坛，而且如索罗金、佩列文等被公认为后现代主义文学的领军人物。同时一批中青年作家开始逐步显露出自己的才华并进入创作的旺盛期，如20世纪60年代出生的瓦尔拉莫夫、70年代出生的帕夫洛夫等。

这些作家的创作主题丰富多样，风格千姿百态。在主题上，有政治小说：索尔仁尼琴的“两部分小说”（由两个章节构成、有两个主人公的短篇小说）对苏联社会进行重新思考，邦达列夫的政论性极强的小说《百慕大三角》对1993年十月“白宫事件”进行反思，巴克兰诺夫的《于是来了趁火打劫者》对1991年的“八一九事件”进行了具体描述并发表对戈尔巴乔夫的看法。有“乡村散文”：叶基莫夫的《皮诺切特》反映了农村在集体农庄面临崩溃时出现的问题，拉斯普京的《邻居之间》反映了苏联解体农村面临的种种问题，表现出强烈的不满和对民族性的深入思索。有战争小说：阿斯塔菲耶夫在《该诅咒的和被处死的》等小说中表现出对卫国战争、对布尔什维克的重新思索，马卡宁的《高加索俘虏》

对战争中的人性进行考察。在美学上，解体之初，“社会主义现实主义”创作方法被迅速抛弃，现实主义被讽刺为“古老而又善良”的落后方法。后现代主义思潮席卷整个文坛，索罗金、佩列文等公认的后现代主义作家受到读者和传媒的热烈追捧，一些颇具后现代特色的作品，如哈里托诺夫的《命运线，或米洛舍维奇的小箱子》、马卡宁的《铺着呢布，中央放着长颈玻璃瓶的桌子》等接连获得文学奖项。到90年代中后期，后现代主义在经过短暂的热潮后迅速降温，现实主义开始回归。很多作家和批评家旗帜鲜明地提出“新现实主义”的口号，一些年青作家如沙尔古诺夫等甚至否定虚构，以近乎白描的手法直接记录自己的生活。由此，俄罗斯文学经历了一段萧条冷落、低迷彷徨的时期后，终于走上了繁荣发展的道路。

评论家玛丽娜·阿巴舍娃夸赞1999年是“一个不错的文学时期”，她说：“过去一年（指1999年——引者注）的状况令人肯定：病人（指俄罗斯文学——引者注）康复了，坚定地站了起来，并且给人以希望。”①她觉得这一年就像夏天的午后，阳光洒在碧绿的树叶上，空气清新，一切都在前面……

第三节　新世纪文学的复兴：大众化、市场化与不同流派的融合

新世纪以来，伴随着社会政治经济生活的逐步稳定，俄罗斯文学也度过危机，进入一个平静、稳步的发展时期；文坛的斗争氛围逐渐淡化，作家开始在自由热闹、经济繁荣的气氛中谋求文学创新。

如果说解体之初人们面对突如其来的自由还有些不适应或者慌张的话，那么新世纪以来整个社会已经对这种自由安之若素了。当然，对于自由的理解与运用依然是因人而异的。著名评论家叶尔莫林认为，对于一些人来说，自由令人联想起伦敦的海德公园，对于另一些则相反，想到的是阿姆斯特丹的红灯区，还有一些人只想挖苦嘲笑，不仅嘲笑苏联的，而且嘲笑一切崇高的东西。一向具有反抗精神、不符合当局政见的沃伊诺维奇现在却觉得自由太多了，认为文学需要压力，俄罗斯文学中伟大经典的作

---

① Марина Абашева. В зеркале литературы о литературе//Дружба народов, 2000, №1.

品都是诞生在有压力的时代，而当代作家“令人想起深海里的鱼，一旦把它们弄到水面上，倒是有了自由，但是无法呼吸了”①。言外之意是这样的时代无法产生优秀的作品。巴辛斯基的看法比较实际，认为在这样的国家里要学会生存，而不是被自由饿死，就要在写作之前考虑自己定位于什么样的读者。

新世纪的第一个十年，从社会和经济的休克中恢复过来的读者开始像去“宜家”一样去书店了。如果作家意识不到这就是“人民”，正是他们准备把自己的钱拿出一部分买你的书，那么作家就会因为“不被理解”而痛苦，但实际上是他不理解别人。巴辛斯基把90年代看作自己文学的故乡，是童年和少年生长的地方，而“零年”②是生活和工作的地方。“零年”对于90年代就是新经济政策相对于革命的初年。90年代他长年在《文学报》无偿工作，有许多的希望和梦想，许多的浪漫，许多的朋友和敌人。“零年”里可以拿到稿费，可以出书了，但也没有了梦想，生活状况好转，但也变得无趣了。作家振作起来了，但冷淡和无耻多了。

巴辛斯基所说的这种冷淡与漠然的情绪，实际上源于新的社会形势下文学新的定位。虽然经历了90年代的挣扎和论争，但是进入新世纪以来，文学中心主义时代依然不可避免地呈现大势已去的态势。文学同任何一门学科一样，成为少部分人的职业或者不可或缺的生存方式，对于更多的人来说则是一种“不太必须的休闲”（戈卢布科夫）。“买书已经属于‘文化购物’的一种，‘读者—文学’关系具有了私人化、个性化特点，不再具有改变现实或者教育民众的激情。”③

与90年代相比，新世纪以来不同文学观点、文学团体之间的对峙逐渐消隐，市场更加积极地介入文学的发展进程，在写作、出版、评奖等各个环节充分发挥作用。伊万诺娃承认：“当我们彼此争斗的时候，来了一群文学商人，把所有人都扫到‘过去’里了。”④作家的写作受到出版和评奖活动不同程度的影响。出版家不再关注作家的思想倾向、所属派别，而是敏锐地选择更加适应市场需求即所谓“有卖点”的作品进行出版，

① “Писателю хорошо, когда власть его давит ……” //Комсомольская правда, 04. 09. 2010.

② 当代俄罗斯文学评论家对2000—2009年的称谓。

③ Литературные “нулевые”: место жительства и работы//Дружба народов, 2011, №1.

④ См.: Владимир Бондаренко. Нулевые, konferenzija/bondarenko. htm, 26. 01. 2010.

也开始组织写作。比如，2002 年，区域性社会组织“开放的俄罗斯”与瓦格利乌斯出版社合作举办“成功人士的生活”优秀文学作品征文竞赛，主题是塑造当代俄罗斯事业有成人士的正面形象，奖金十五万卢布。组织者说活动的“首要目的是用文学手段推动公民社会思想与价值体系的建立，市场经济的发展以及个人创造性的激发”。由一些财团出资赞助的文学奖项也越来越多。2000 年推出的“处女作奖”由国际基金组织“下一代”出资设立，旨在鼓励年龄在二十五岁以下的文学新人（自 2011 年起又将年龄扩大至三十五岁以下）。近年风头正劲的“大书奖”不仅得到多位石油、金融和传媒寡头的鼎力资助，而且聘请这些亿万富翁担任评委。文学成为商品市场的一个筹码，也成为俄罗斯一代新贵标榜身份的重要资本。

这种完全由市场主导文学生活的状况引起作家和评论家深深的忧虑。年轻的批评家鲍里利·库坚科夫在给一部当代小说集《当代》所作的序言中写道：“我们作为这个时代的孩子，当然不会逃避那些奖项的信息，但我希望‘我们的’作家能够拒绝参加某个奖项的评选，这种评选完全由政界要人或者资助奖项的大亨所操纵，与真正的文学没有任何关系。”[①] 邦达连科发出这样的疑问：“当政府没有文化政策的时候，当文化精英对社会的影响几乎是零时，当厚杂志如乞丐一般生存时，是那些大出版商决定着我们国家的文化政策，他们将会把我们带向哪里？”[②] 评论家丘普里宁在《零年：重要领域》这篇文章中总结了文学的商业化之后感叹：“……我承认，自己时常陷入无力的绝望之中。文学，在三十年前我刚开始从事这个事业的时候，它是整个国家最重要的事情之一。现在它却如曼德尔施塔姆的诗歌中所说：‘曾经是满腔热血，曾经是绝不妥协，现在却心宁血冷，现在却忍耐一切……’”[③]

21 世纪以来，文学家、评论家新旧更替明显，老作家逐渐淡出文坛，新作家不断涌现。文坛巨擘索尔仁尼琴的去世标志着 20 世纪俄罗斯文学的主要人物都已退出历史舞台。“60 年代人”的旗帜——阿克肖诺夫、沃兹涅先斯基、阿赫玛杜琳娜以及诗人德米特里·普里戈夫的离开都是不小

① Борис Кутенков. Формы эскапизма в современной прозе//Литературная учёба, 2010, №6.

② Владимир Бондаренко. Нулевые, konferenzija/bondarenko. htm, 26. 01. 2010.

③ Сергей Чупринин. Нулевые годы: ориентация на местности//Знамя, 2003, № 1.

的损失。比托夫和拉斯普京虽有新作问世并获得总统奖，但可以说他们已经在20世纪写下了自己最优秀的作品。“四十岁一代作家”的最后一批领军人物还在支撑并很大程度上决定着当代小说的面目。马卡宁、普罗哈诺夫、利丘金等都有重要作品问世并在文坛上引起轰动。女作家中乌利茨卡娅时有新作问世，《达尼埃尔》的发表被看作十年中一个重要的文学事件。斯拉夫尼科娃在创作上实力突出，2006年以长篇小说《2017》一举夺得俄语布克小说奖桂冠，她还同时进行文学评论、做“处女作奖”的协调人，成为近十年俄罗斯文坛上相当引人注目的一位作家、评论家兼文学活动家。90年代比较活跃的部分中青年作家在获得一些文学奖项后相对沉寂下来，进入别的写作领域。如瓦尔拉莫夫不再写小说，转而写一些伟人的生活；帕夫洛夫于2002年获得俄语布克小说奖后开始享受自己创作的孤独，除一部小说产生些影响外没有别的作品发表。另一些新兴的中年作家崛起，比如伊利切夫斯基刚一涉足小说领域，就表现出非凡的天才，于2007年以长篇小说《马蒂斯》获得俄语布克小说奖。一批90年代末登上文坛的作家进入收获季节，谢恩钦、沙尔古诺夫这些曾经的新锐作家创作上日臻成熟，跻身于知名作家的行列，逐步具有实力问鼎大的文学奖项。大批年轻的、90年代闻所未闻的作家涌入文坛，他们在全新的时代环境下生长，在20、21世纪之交或者更晚登上文坛。相比前辈来讲，他们初涉文坛就遇到自由宽松的文学环境。如奥尔加·斯拉夫尼科娃所说：“什么都缺乏保障，但一切又皆有可能。”① 他们既受到市场的严峻考验，也得到多方的鼓励与支持。“处女作奖”活动使大批热爱文学的青年凭借自己的才华在创作伊始就可以受到关注，有些甚至可以走向世界（获奖作品被译成英、法、中、日等文字，我国已出版三本“处女作奖”小说集：《化圆为方》、《开罗国际》和《苍穹之谜》）。从2001年开始，俄罗斯社会经济与智力规划基金会与《文学问题》、《旗》、《各民族友谊》、《莫斯科》、《十月》、《新世界》、《我们的同时代人》等大型文学刊物合作，在俄罗斯联邦出版与大众传媒署的支持下，每年秋天在莫斯科近郊兹韦尼哥罗德市的“利普基”宾馆，举办一次青年作家代表大会，出席会议的年轻人是通过文学大赛遴选出的150名优胜者。这些青年将有机

---

① 奥尔加·斯拉夫尼科娃：《才华特异的一代》，《化圆为方》（书中译为奥莉加·斯拉夫尼科娃），人民文学出版社2010年版，第2页。

会见到著名作家、演员、政治学家、经济学家以及科学文化领域的知名活动家，聆听作家及评论家亲自传授写作经验。参加这样的大会，不仅有助于他们开阔视野，提高写作能力，也使他们得以结识各类文学刊物的主编，从而大大加快走向读者的步伐。像“瓦格利乌斯”这样具有实力的出版社已经连续几年推出“俄罗斯青年文学”系列丛书，为优秀的青年作家出版单行本，还以《新作家》为名，每年出版一本大赛获奖作品集。十余年来，新一代作家成长迅速，不仅在文学创作领域成绩突出，如罗曼·谢恩钦凭借长篇小说《叶尔特舍夫一家》入围2009年布克小说奖短名单，扎哈尔·普利列平以长篇小说《罪》获得2008年“民族畅销书奖”，而且以年轻的激情与自信去影响社会意识。他们中的重要代表谢尔盖·沙里古诺夫、罗曼·谢恩钦、扎哈尔·普利列平、安德烈·鲁达廖夫、谢尔盖·别里亚科夫等加入了2009年成立的国民文学中心。中心联合当代富有影响力的几十位新老文学家，以保护俄罗斯民族文化为宗旨，发表有关俄罗斯政治、经济、文化、宗教等各方面的文章，希望为奠定整个民族的精神基础贡献力量。作为青年文学评论界的领军人物，鲁达廖夫提出文学的意义在于“实现时代的精神目标，形成民族基本的意识形态，探索未来的文化模式”①。新一代文学家自动承担起这样的重任，发出对“新果戈理们和新别林斯基们”的呼唤，同时在创作、评论、编辑、出版领域施展才华，以期再创俄罗斯文学的辉煌时代。

从创作内容上来看，如果说解体前倾向于暴露苏联体制内人们道德缺失以及管理不善的方面，解体后的主题是批判，批判苏联的一切，包括信仰、制度等，那么21世纪以来小说的主流就是反思，反思苏联，也反思刚刚过去不久的这一段自由社会的生活，很多作品表现出对历史与现实的失望与思考。

从风格上来看，后现代主义风潮从90年代中后期开始呈现颓势，进入21世纪后退出文坛的主要地位。他们中最优秀的代表甘德列夫斯基、索罗金、维克托·叶罗菲耶夫等都转而离开令人们厌倦的后现代主义，或者进行社会讽刺，或者开始历史主义的写作，或者尝试对古典形式进行改造，对现实予以关注，但他们曾经做过的实验、探索都丰富了自己的创作

① Андрей рудалёв. Новый реализм: Попытка апологии. Для тебя. М., “ПоРог”, 2010, С. 422.

经验。索罗金的新作和叶罗菲耶夫的《好的斯大林》为他们赢得新的读者群。佩列文走上自我反讽的道路，他的新作《t》虽然被提上“大书奖”的候选名单，却没有引起多大反响。现实主义作为俄罗斯文学优秀的传统更加受到广大作家的继承与运用，除老作家外，一批年轻作家不断加入到这支队伍中来，普利列平、叶里扎洛夫、沙尔古诺夫、塔尔科夫斯基、谢恩钦、巴布琴科、捷列霍夫等打出“新现实主义”的旗号，公开对现实主义进行颂扬和坚持，克鲁萨诺夫的《天使之咬》、普利列平的《萨尼亚》、沙尔古诺夫的《禽流感》、谢恩钦的《叶尔特舍夫一家》、捷列霍夫的《石桥》都在社会上引起很大反响。与此同时，现实主义也在逐步与后现代主义、现代主义以及其他一些流派风格融合，形成独具特色的后现实主义美学风格。

近十多年文学的另一个显著特点是大众文学与网络文学的迅速发展。早在90年代，作家别列津就指出：“出现了真正的大众文学。它暂时还有些拙劣，体裁体系没有完备，目标群体系也没有形成，有很多粗制滥造的废品，但是它已经成为一种现象，而且拥有自觉自愿的读者群。意识形态的矛盾对立在大众文化这块土地上不复存在。”[①] 评论界把这归咎于“几十年来过于偏执地关注过去、把当代性从中学赶出去所付出的代价”[②]。到了21世纪，大众文学已经蔚然成势，逐渐受到肯定的评价并且影响到精英文学的创作，很多评论家认为大众文学不仅与精英文学不相矛盾，而且还会成为精英文学的创作源泉。按照斯拉夫尼科娃的说法，“文学艺术形式发展到一定程度就是综合，是使精英和大众能够汇合在一起的方式”[③]。她的小说《2017》中既有对爱情、国家前途等问题的严肃追问，也有远古的传说和对未来的幻想，同时加入探险、悬疑等时尚元素，是这方面的典型代表。

互联网的发展给人们的思想意识、行为习惯带来了很大改变，也给文学观念和创作带来新的气象。20、21世纪之交，关于“鲜活的艺术”、“鲜活的语言”以及在认知过程中不断改变的过程性文本引起大众讨论，并由此产生“一切皆文本”的观念。无论哪一种生活、哪一个事件都具

---

① Современная литература：Ноев ковчег？//Знамя，1991，№1.

② Современная русская литература（1990 - е гг. - начало 21 в.）. М.，ACADEMA，2005，С. 211.

③ Ольга Славникова “2017”，книжный угол，www. svoboda. org，10. 12. 2006.

有文本性，于是过程性成为文学的新特点，使创造文本与对文本的理解同步进行，不可分割。很多作家和批评家开始“迁居”到网络文学，开设自己的网站，在网上发表作品，而网上文学团体、文学杂志也日渐增多，影响越来越大，2010 年的俄语布克小说奖破天荒地被授予一部网络小说——叶琳娜·科里亚金娜的《花十字》，这说明网络文学作为艺术文本新的创造手段和流传方式，已经得到主流文学的认可。

第三章

当代俄罗斯小说题材

当代俄罗斯小说一改以前颇多禁区的局面，所涉及的题材范围大大拓宽：从政治到家庭，从城市到农村，从战争到和平，从历史到当前，以不同的视角反映政治、经济、生活，尤其是社会意识的重要内容；而这些题材所表达的主题和情感诉求也日趋多样化：有的继承俄罗斯文学教化人心的传统，在善恶、理想、道德、信仰等重大问题上提出引导性的世界观思想，有的将矛盾的两面性、事件的复杂性、人性的多面性全面展示给读者，让读者自己去思考、判断，有的则倾向于对生活原生态的记录式书写，令人真切体验平凡生活无始无终的流动感。本章将选择几种重要的小说题材进行分析与探讨。

第一节　乡村散文：反映更加衰败的农村现实

乡村散文是20世纪下半叶俄苏文学史上兴起的一个重要流派，在20世纪末又得到了发展。其源头要追溯到20世纪20年代，当时伊万诺夫、皮里尼亚克、列昂诺夫等作家发表了一些争论农民道路、土地问题的作品。30—50年代由于艺术创作受到的严格控制而使这一倾向趋于沉寂。50年代，初奥维奇金的农村特写《区里的日常生活》引起重大反响，打破了无冲突论笼罩下的沉闷文坛。之后田德里亚科夫的《伊万·丘普洛夫的堕落》、多罗什的《乡村日记》都描绘农村日常生活的真实画面，提出尖锐的社会问题。60年代索尔仁尼琴的《玛特廖娜的院子》把农村文学提高到一个新的阶段。作家开始关注以前被禁止的题材，描写在苏联日益城市化的进程中，那些富有智慧或者保存传统道德的普通劳动者，深刻揭示他们的心理，力图宣扬俄罗斯民族的历史文化。在这个时期，阿伯拉莫夫、别洛夫、阿列克谢耶夫、莫扎耶夫、舒克申、拉斯普京、里霍诺索夫、诺索夫、克鲁平等作家佳作不断，使“乡村散文”这一名称确立并盛行起来；到了苏联解体前后这一流派因失去对社会意识的强大影响而逐渐式微，其主力拉斯普京遗憾地指出：“现在提到‘乡村散文’，就回忆起上个世纪的文艺家……那之后这种文学就落下了沉重的帷幕……”①

令人欣喜的是，20 世纪末以来，以思索俄罗斯农村、土地以及农民生活变化，探讨农民文化的命运，寻求道德价值为特点的乡村散文又得到了复兴。除拉斯普京、别洛夫、叶基莫夫等老一辈乡村散文作家创作了大量农村小说外，一批相当具有勇气的年轻作家如罗曼·谢恩钦、阿列克塞·扎哈罗夫也选择了这条艰难的道路，并且在表现内容与写法上颇有新意。

新时期的乡村散文，一方面直面国家剧变后农村所面临的更加衰败的现实环境以及人在道德精神领域进一步的堕落，字里行间透出对国家和人民命运的深深忧虑；另一方面更多地描写位于城乡交界处的小城镇人民生活，通过他们的痛苦挣扎，反映农村传统道德文化缺失对人造成的心灵压抑与扭曲。

年轻作家扎哈罗夫的小说《天堂钟声》（2007 年）是乡村散文传统最典型的继承者。小说中农村老妇人托玛·普塔哈就是拉斯普京曾经塑造的那些老太太的未来，这个未来比拉斯普京当年描写的更加严酷，更加可悲，它充分说明老一辈“乡村散文”作家所展示的农村的不幸与痛苦依然存在。

在当代俄罗斯“城市化”进程加快的步伐中，俄罗斯农村老人孤独与被抛弃的命运依然在延续。扎哈罗夫写得那么真实，那么满怀悲悯：在一个小村庄里生活着一位名叫托玛的老太太。国家的解体使村庄面临着衰败，也使大量农村老人面临困境。青年人都奔向了城里，村子里留下的都是无处可去的老人。托玛和同村的一位老头克斯加内奇谈得来，本来相约搬到一起过日子，一起等到聆听天堂钟声的那一天，然而却因为谁都不舍得离开自己的老屋而作罢。托玛的儿子死了，城里的儿媳和孙女多年不来往，现在提出与老人一起住。托玛怀着对新生活的向往与老头告别，说自己已经把这处房子赠给孙女，然后和孙女家人将要住到有暖气的宽敞明亮的房子去。没想到等待她的却是一纸谎言，孙女把这处房子卖了，把老人

① В. Распутин. Где моя деревня? //Москва, 1995, №2.

送到了孤老院。托玛被拖上远去的汽车，只有克斯加内奇更加孤独地领着托玛带不走的老狗，念叨着“我们要一起跳舞，直到听到天堂钟声……”小说写得有如一部老式电影，镜头沉缓而悲凉。

小说里所反映的现实问题令人触目惊心：农村的破败萧条、老无所依，城市的唯利是图、人情纸薄。“在上个世纪的最后十年中，小村无声无息地衰败了，和留下来的村民们一同老去，面临死亡。一多半房子里住的都是孤寡老人，护窗板紧闭着，永远也不会打开。国家解体后，波里扬诺夫卡村先是茫然无措，停滞不前，接着就开始走向终点。年轻人都去了不同的地方，大多是到邻近城市打工，抛下屋里的家什和因为忧愁和害怕而叫个不停的狗。留在村里的几乎都是无处可去也没必要出去的老人，因为无法抗拒的自然原因他们的数目也在一年年减少。”① 农妇托玛就是这些老人中的一个典型代表。她柔弱善良，虔信宗教；她爱自己生活了一辈子的这片土地，也爱自己的亲人和邻居。她同样勤勤恳恳地侍弄庄稼，喂养牲畜。可是多灾多难的20世纪把她的整个家庭都毁了——在这个世纪行将落幕、她也步入老境之时，农妇托玛的亲眷彻底枯竭。

在这种凄然无助的苦境中，唯一给她带来安慰的是克斯加内奇老人。他们在一起开玩笑，打牌，玩纸币游戏。吃点东西，喝喝茶，或是沉默相对，或是聊聊闲天。两个风烛残年的老人以自己微弱的火苗彼此温暖。他们真想就这么相伴着走下去。可是无情的衰老与疾病正在步步紧逼，她开始变得健忘和无力。面对生活即将无法自理的状况，她求助于久已将她遗忘的孙女。孙女娜塔利娅带着自己的丈夫来了，她早已瞒着奶奶把这间奶奶不舍的老屋卖了。托玛所面临的，根本不是在孙女家“有暖气的”房子里度过余生，而是要被送到孤老院里去。娜塔利娅对奶奶不理不问，而是先把值钱的东西挑走，然后命令自己的丈夫阿尔图尔把木然不动的奶奶拖走。这里托玛豁出老命对阿尔图尔的反抗使整篇小说达到高潮：“丈夫并不认为老太太能有什么反抗之力，于是抓住她的胳膊肘上方就拽，想把她攥着床头的手挣开。但普塔哈不屈服，紧紧抓住刻着图案的圆球，继续发疯般死死盯着克斯加内奇。阿尔图尔被奶奶的反抗震惊和激怒了，又用两只手狠命去拽，而且越来越用力。渐渐地他简直要大发雷霆了。他满脸涨得通红，呼哧带喘，恶声恶气，还是不能制服普塔哈。娜塔利娅原地不

① А. Захаров. Колокола небесные. Новые писатели. М. , ВАГРИУС, 2007, С. 33.

动站在门边，一声不吭，漠然看着眼前发生的一切。司机在房间里又待了会儿，然后不安地转过身，皮鞋把木制地板踩得咚咚响，走了出去。而阿尔图尔继续对付普塔哈，却无论如何也无法把她那干过农活的强有力的双手从床头上拉开。”[①] 这是多么惨痛的一幕，我们看到的是一个孤苦无依的老人最后的挣扎与反抗，是对孙辈欺骗、抛弃、虐待老人的无声控诉。接着托玛害怕地轻声呜咽起来，用她苍老的声音低低怨诉：“让我在这里死吧，就让我在这里死吧……求你们让我在自己的房子里、自己的住处待到死吧……”这是多么无力的哀号！如果说老一辈乡村散文作家反映的是子辈进城后传统美德的失传问题、道德退化问题，那么这里反映的则是成为新一代城里人的孙辈生就的冷酷与无德；如果说以前的乡村散文表现的是子辈对老辈的厌弃，那么现在表现的则是孙辈对老辈的抛弃甚至是赤裸裸的掠夺。

老作家鲍里斯·叶基莫夫被索尔仁尼琴称为俄罗斯乡村散文的新兴代表，他生活在顿河地区，创作内容就来源于顿河土地。他在大量的小说和随笔中描绘了当今少为人知的乡村状况，它新的日常生活，它所面临的各种可能的威胁。中篇小说《皮诺切特》（1999 年）直面苏联解体后集体农庄的现状，提出俄罗斯农村未来向何处发展的严峻问题。

新年到了，卡捷琳娜从遥远的西伯利亚回到故乡——南方小村左里切夫，看望双胞胎哥哥科雷金。工作缠身的哥哥抽出时间带她到村子里转悠，却到处遭遇仇恨的目光和谩骂之声——“皮诺切特”。妹妹仔细打量着哥哥，一点儿也不像那个智利独裁者皮诺切特。到底是怎么回事？卡捷琳娜忍不住问道：“哥哥，你为什么回到这里啊？”“可能是脑袋一时糊涂吧。”哥哥老实地回答。

提起三年前科雷金所做的选择至今都无人理解。他年轻时离开家乡在外打拼，已经拥有了一份稳定的工作，而且马上要被调到区里，住房、工资待遇优厚，儿女也都长大成人，有了各自的归宿。安宁、舒适的生活在等着他，他却突然回到家乡，接替父亲当上了集体农庄主席。他也常常问自己：为什么回到这里？

老科雷金是前任集体农庄主席。在他的带领下，这里已经发展为区里最好的集体农庄之一。90 年代以来周围很多农庄都衰败甚至消失了，只

① А. Захаров. Колокола небесные. Новые писатели. М.　, ВАГРИУС, 2007, С. 45.

有左里切夫依然富裕和谐。但是近几年老科雷金身患重病，无力主持工作，没有人领导的农庄日益萧条，眼看着也要像其他农庄那样走向灭亡，老科雷金请求儿子回来进行管理。

小科雷金虽然也曾犹豫，但他知道，他爱这片土地，爱生活在这片土地上的乡亲，他更忘不了父亲临终前的重托。于是毅然回到家乡，当选为新任集体农庄主席，决心拯救农村经济暂时唯一有效的形式——集体农庄。面对集体财产被盗、无人安心生产、秩序一片混乱的局面，小科雷金采取了一系列强有力的措施：在奶厂围墙顶上竖起铁丝网，在运输粮食的路上设立督察岗位、严防把集体的粮食运回家里，从盗窃集体财物的马尔贡家索回物品，把威胁全村的外来车臣人瓦哈赶走，等等。

三年过去，科雷金的双鬓染上了白霜，农庄的经济有了起色，生活秩序也在逐步恢复，但科雷金并没有得到村民的拥护，反而被认为是一个残酷的统治者。因为马尔贡一家在制造谣言，使大家对这个“通过盗窃而使自家富裕起来的典型”心存羡慕，争相效仿；车臣人也在伺机报复。马尔贡的女人公然跑到农庄办公室要求瓜分财产，退出农庄。科雷金给村民们讲道理，说集体农庄的财产可以分，但是怎样做到公平？另外，道路是农庄的，水管是农庄的，怎么分？学校、幼儿园、医疗站，这些都是农庄的财产。对于集体农庄的每个成员，农庄都从小管到老，你们说怎么分？你们是农庄的主人，你们决定。大家好像明白了一些道理，纷纷散去。马尔贡的女人喊叫着“要去告科雷金”离开了。

科雷金无法给妹妹解释这一切，她离这样的生活已经很远了。相见的日子是如此短暂，转眼就要分别，而且一别又是数年。直到坐上回程的火车，卡捷琳娜依然在为哥哥担心。列车开动了，她趴在车窗上，哭泣着想：“你为什么要回来，哥哥……”

众所周知，“皮诺切特”是强权独裁的代名词，在集体农庄即将崩溃之时，农庄主席科雷金采取铁腕政策，希望重现过去和谐大家庭的美景，却得来了这样一个外号。他是否能够实现自己的理想，是否能够在周围的集体农庄纷纷垮掉的情况下独自支撑？小说在科雷金妹妹的不解与担忧中结束，没有给出答案。这正是作者在思考的问题。扩而言之，俄罗斯正是这样的一个农庄，过去的一切都要消失吗？过去的道路是完全错误的吗？那么究竟要走什么样的道路？作者把这样的疑问也留给读者。

叶基莫夫的小说通俗易懂，描写真切自然。在他笔下，俄罗斯乡村的泥土气息扑面而来。农村的景色，农民的活计，人物的衣着外貌都跃然纸上，小说读来有滋有味，令人不忍释手。

谢恩钦获得2009年俄语布克小说奖提名的长篇小说《叶尔特舍夫一家》（2009年），通过描写一个从城市被迫回到农村的家庭的悲惨遭遇，揭露了苏联解体后城市和农村存在的各种社会问题。小说中几乎没有一点健康的力量，看不到任何走出这个灰色世界的前景。每个人物都从拥有自己的生活准则和梦想一步步走向随波逐流、逃避抱怨、冷漠无情，以至最终的毁灭。

主人公尼古拉·米哈伊洛维奇·叶尔特舍夫一直循规蹈矩，中学毕业后当了一段时间的工人就入伍了，退役后被推荐到警察局任职，妻子瓦连京娜在市中心图书馆工作。单位给他们分了一套两居室的房子，1987年他们家拥有了汽车。不太如意的是：大儿子中学毕业报考师范大学历史系，没被录取，变得有些迟钝。小儿子在一次斗殴中把人打伤，被判五年徒刑。后来尼古拉终于得到一个肥差——醒酒所值班员。不幸的是，2002年4月24日他最后的一次值班彻底改变了全家的命运。那天他因为镇压企图闹事的酒鬼而险些出了人命。上级采取严厉措施，把尼古拉从警察局开除了。工作没有了，单位分的房子也被没收，不得已全家告别城市，搬到瓦连京娜的姑姑所在的村子里。农村生活贫困而单调。大儿子阿尔乔姆日益变得忧郁、懦弱、得过且过。小儿子因为打人惹出祸端。尼古拉自己也感觉到生活的黑暗与忧愁。整个村子都死气沉沉，好像随时准备消失……

第二节　另类眼光看战争：与正义无关的人类灾难

俄罗斯是一个战争不断的国家，因此文学创作中战争一直是一个重要的主题。20世纪50—70年代苏联文学中战争小说成为主要的流派之一，遭受审查机关严格审查的作家只有在这片领域能够比较自如地展示善与恶、忠诚与背叛。苏联解体后，当代作家突破了意识形态的限制，从不同的角度、以不同的态度诠释自己对于战争的看法，描写对象从1812年战争、卫国战争，到阿富汗战争、车臣战争，内容上开始大胆表达战争中的人性，战争对于人类造成的灾难，甚至颠覆传统观点，对一些战争进行了否定。

在否定社会主义制度、否定斯大林的热潮中，苏联人民在斯大林领导下奋勇抗击德国侵略者的卫国战争竟然也成为被否定的对象。在这方面表现最突出的就是老作家阿斯塔菲耶夫。他发表的一系列小说《该诅咒的和被处死的》（1992 年，1994 年）、《真想活啊》（1995 年）、《一个快乐的士兵》（1998 年），大量运用自然主义手法，描写令人难以忍受的士兵训练生活及残酷的杀戮场面，极力渲染战争的灭绝人性与可怕氛围，对战争的正义与非正义闭口不谈，仅仅把它看作人与人之间的相互残杀、领袖与领袖之间的实力较量，亵渎了人民心目中卫国战争的神圣性，把批判矛头直接指向斯大林，因此引起评论界极大的争论。

弗拉基莫夫认为现实主义优于其他一切艺术范畴，是世界文化史上最富有生机的创作手段。他的长篇小说《将军和他的部队》确实是新时期现实主义的典范作品。小说基本采取写实的手法，运用倒叙与插叙、现实与回忆交错的方式描写了 1941—1943 年间卫国战争中科布里索夫将军的经历。这部小说中的卫国战争同样与传统观点有较大不同。

作为一位战功赫赫、九死一生的司令员，科布里索夫却得不到当局的信任，斯大林手下的锄奸部少校命令将军的司机和副官对其进行行踪监控。他最后被调离，成了没有部队的光杆司令。历史上曾经叛变投敌的红军司令弗拉索夫在书中成为莫斯科保卫战的主力，残忍的德军军官则被描写成颇富人性、对俄国文化遗产存有敬畏之心的仁义之士。这些写法成为评论界争议的焦点。

马卡宁的《高加索俘虏》有些近似拉夫列尼约夫的小说《第四十一个》，表现了在特定条件下人性的扭曲。这篇小说没有交代故事发生的时间，但可以看出它讲述的是预料中的车臣战争（马卡宁的小说常常具有预言性）。在执行一次缴械行动时，士兵鲁巴欣抓住了一个高加索的俘虏。上级命令将其作为人质，于是鲁巴欣和战友一起带着这个俘虏上路了。俘虏的美激起了鲁巴欣心中异样的情感。在翻山越岭、趟水过河的艰险路途中，鲁巴欣像照顾妇人那样关照着这个俘虏。这时的鲁巴欣虽然身处两军交战的特殊时刻，但对美的天然渴望和热爱使他心中的善暂时处于上风。他甚至自言自语道：“……说真的，我们算什么敌人——我们是自己人，要知道，我们原来是朋友啊！”“我是和你一样的人，而你是和我一样的人。我们为什么要打仗呢？”[①] 这是鲁巴欣作为一个人的自然的人

① В. Маканин. Кавказкий пленный. Лаз. М.　, ВАГРИУС, 1998, С. 481.

性表露。可是鲁巴欣终归是一个士兵，这种角色把他和俘虏分成了敌我，决定了他在关键时刻必然会执行角色的任务。在遭遇俘虏的同伙的一刹那，鲁巴欣毫不犹豫地用曾经拥抱过俘虏的那双手掐住了他的喉咙，俘虏死了。人性中美的东西消失了。陀思妥耶夫斯基曾经说："美能够拯救世界。"马卡宁通过这个故事说明：其实美不能拯救世界。

除了老作家以外，大量青年作家加入了"战争文学"的行列。他们解构战争的正义与非正义、本国人民英勇抗击侵略等主题的表现传统和艺术手法，致力于表现所谓新的"战壕真实"，个体的战争经验与感受。这些作家大多亲身经历过战争或者曾在军队服役。例如杰尼斯·古茨科、奥列格·帕夫洛夫都曾在苏军服役，亚历山大·卡拉谢夫、扎哈尔·普利列平、阿尔卡季·巴布琴科都参加过车臣战争。他们不再采用全景式手法描写战争宏大的场面，而是细致描绘每一个小的战役、战场或者军队内幕。古茨科描写亚美尼亚和阿塞拜疆之间的冲突，另外几位多描写车臣战争。

过去战争小说中大多宣传为祖国而战的荣誉感和价值观，而今天的年轻作家看待战争则倾向于客观，他们不愿意正面说明战争到底是保卫还是侵略，他们把关注的重点放在战争中人所表现出来的脆弱、不稳定和孤独感上。因此新型战争小说的人物对于战争有了新的态度。这些人物往往不是战场上的英雄，而是软弱、胆小、犹豫不决的小兵，表现出更多人性的弱点，对战争也就毫无求胜的渴望与激情。

年轻小说家阿尔卡季·巴布琴科因短篇小说集《关于战争的十个系列》（2001 年）而被誉为"新战争小说"的奠基人。巴布琴科以日记体的形式细致展现与和平生活形成鲜明对照的艰苦的战争环境：吃的是难以下咽的饭，喝的是有污染的水，穿的是永远没有晒干的衣服，背的是庞大沉重的行囊。饥饿使战士不得不食用伏牛花果，而对危险的警觉与惧怕，使他们在空旷的村子里不经大脑就开枪射击。没有宏大的战争场面，甚至没有交代战争的起因，只有具体而微的真实，真实的人："车独"分子、俄军士兵，真实的感受："我们开始变得像野兽一样。寒冷、潮湿和泥泞把我们身上所有的感觉都剥蚀掉了，只剩下仇恨，我们仇视这世上的一切，包括我们自己。任何一件琐事都会在我们之间引发争吵，并在一瞬间达到激化的程度。"[①] 真实的存在状态：生存还是死亡，消失还是回家，

① 阿·巴布琴科：《山地步兵旅》，胡学星译，《世界文学》2010 年第 3 期，第 80 页。

废物还是英雄，咫尺之隔，界限分明。唯一不真实的，是主人公对安宁生活的臆想：一个美好的家，一个温柔的妻子，一顿可口的饭菜，一个香甜的梦……在这种情况下人回归动物的本性与本能，而道德、精神好像是另一个世界里的事情。

还有一些作品从平民视角出发，以最为贴近战区百姓生活的方式，诉说战争给他们带来的痛苦。沙尔古诺夫在《去车臣！去车臣！》这篇小说中，以一个记者的眼光对车臣首都格罗兹尼进行实地考察，描写在这个处处可见战争痕迹的少数民族地区，平静有序的生活中时时隐藏着对战争的恐惧，淳朴热情的态度中又往往夹杂着对俄罗斯人的仇恨，对战争的谴责之情溢于纸上。哈萨沃夫的《精灵》（2009 年）也是通过一个莫斯科青年在格罗兹尼的所见所闻反映战争对当地的破坏和给普通百姓带来的创伤。两篇作品读来都像纪实报道，令人多角度考虑车臣战争的目的与价值。

第三节　家庭与爱情：在混乱的现实中寻求和谐

家庭是社会的反映，是文学创作的重要主题。当代俄罗斯小说家在作品中大胆探索婚姻情爱问题、两性关系问题，这在女性文学中较多涉及。俄罗斯女作家乌利茨卡娅深受犹太文化传统的影响，认为家庭是社会的中流砥柱，“正是在家庭中能够找到真正的价值”。这是作家乌利茨卡娅将家庭作为自己描写和创作中心的主要原因。在她的笔下，家庭具有两层含义：一是指具体的某个小家庭甚至是大家族，二是指世界这个大家庭。

一个家庭的命运既受到社会历史发展的影响，又反过来折射出社会历史的发展状况。乌利茨卡娅赋予家庭中的女主人平凡而又崇高的品格，使她成为家庭的主要支柱。她认为：“俄罗斯人，尤其是俄罗斯女性，拥有一种奇妙而美好的品质——那种温顺地接纳一切的能力。”① 她真诚地欣赏这样的人生态度。

乌利茨卡娅笔下的女性具有一种独特的魅力：从她们身上生发出的给人安抚令人镇静的力量。她笔下的理想女性总是尽力去理解生活，保卫生

① 《“我对自己说，世界很美好”——柳·乌利茨卡娅访谈录》，周启超译，《美狄娅和她的孩子们》，昆仑出版社 1999 年版，第 281 页。

活，哪怕是面对丈夫的背叛。

她的中篇小说《索涅契卡》（1992 年）的主人公索涅契卡，是一位酷爱读书的犹太女性，她相貌、职业都很平凡，却有坚忍不拔的毅力和一颗博大的爱心。当她爱上苏联肃反扩大化时期被打成“人民之敌”的画家罗伯特时，就毅然放弃稳定平静的生活，与他结合并随他四处漂泊，受尽苦难；而当丈夫功成名就、与年轻女性交好时，她又坦然接受现实，善待丈夫及其新欢。在乌利茨卡娅的《美狄娅和她的孩子们》（1996 年）中，女主人公美狄娅也是这样一位女性。

美狄娅本是希腊神话中杀子复仇的一位魔女，作者借用这个名字塑造了一位截然相反的女性形象。她经历坎坷，内心却宽厚仁慈。她十六岁时父母双亡，于是独自承当起照顾弟妹、维护家庭的重任。当弟妹都长大成人、有了各自的家庭和事业时，她却韶华已逝，出于同情嫁给了一个犹太医生。婚后她与丈夫相亲相爱，然而丈夫病逝后，她才发现她丈夫与自己亲生妹妹的私情。即便这样她仍把痛苦埋藏心底，善待他的私生女。美狄娅身上的坚韧、平静、宽厚、忍耐正是乌利茨卡娅理想中的女性品质。乌利茨卡娅推崇这样的女性，认为她这样做并不是逆来顺受的表现。她的爱已然超出了狭隘的男女之爱，她宽恕一切、善待一切的态度正是人类最美好的品德，是对那些轻视道德规范、随便践踏家庭关系的人最有力的反驳。

在家庭关系中，两性关系占据主要地位。所以，乌利茨卡娅在作品中深刻探讨了两性关系。我们还记得，英国著名作家劳伦斯在他的小说《儿子与情人》中，提出了一种理想的爱情观——灵与肉的和谐结合。那么，乌利茨卡娅是怎样看待这一问题的呢？

在《索涅契卡》和《美狄娅和她的孩子们》两部小说中，乌利茨卡娅塑造了两位伟大的女性，但是我们发现：她们的幸福都是不完整的，她们都必须忍受丈夫的背叛。与她们两人的处世方式形成鲜明对比的是后一部小说中出现的年青一代——美狄娅的孙女玛莎。玛莎不满自己平淡的婚姻生活，爱上了体格健壮的运动学医生布托诺夫。但布托诺夫需要的只是她的身体，是“可以用厘米、分钟、荷尔蒙的含量来测定”的东西。玛莎在肉体上拥有布托诺夫后，更加渴望与之心灵交融。然而，这些布托诺夫是不会给她的，因为他不需要这些，也不懂这些。当玛莎发现布托诺夫与自己的婶子同时保持交往的时候，便这样质问：“难道在躯体的界限感已经完全消失的地方就不会再有任何超于肉身的交往吗?”玛莎已陷入对布托诺夫肉体的爱欲之中无法自拔，她希图用肉体之爱获取心灵的拥有。可是肉体之爱越是疯狂，灵魂的占有就越是遥不可及。这种强烈的反差最终使玛莎发疯并自杀身亡。那么，男女两性是否能够达到灵与肉的和谐统一呢？在2000年的新作《库科茨基医生的病案》中，乌利茨卡娅对这个问题给出了答案：人要想完全拥有对方，达到灵与肉的完全统一是不可能的。相爱的人总是在一次又一次的拥抱中、在肉体的欢娱中感到幸福，以为达到了一种以前从未达到的境界，彻底拥有了对方。然而任何可怜的交媾都是不可避免地以性高潮结束，在肉体的亲近中不可能有比这更远的，因为——“肉体本身就是界限”。人在强烈的索求背后却是独立的渴望。

从这里我们可以看出，乌利茨卡娅对两性关系最终能够达到的程度实际上是持一种悲观态度。正因为此，才显现出索涅契卡和美狄娅这两位女性的可贵之处。她们的爱并非委曲求全，而是真正博大的爱，真正体现爱的本质的是付出，是为了对方幸福。只有这样的爱才能长久，才能使生活平静美满。乌利茨卡娅希望通过索涅契卡和美狄娅这样的女性形象来告诉女性，应当正视现实，“应当学会如此光明地、勇敢地去远望深渊”。

年轻作家巴基恩的小说都是建立在现实的人的经验的基础上，在亲人的圈子里，描写人对于父母、兄弟、姐妹、妻子、孩子的依赖。作者正是在家庭的联系中寻找怎样使混乱的现实和谐化这个问题的答案，由此在晦暗的生活中看到哪怕是一丝光明，找到自己存在的支柱，或者仅仅是证明自己的存在。宏大与悲剧性的生活体验、对人与环境的深刻了解以及高超的语言技巧紧密结合在一起，使这位作家在当代俄罗斯文学界脱颖而出，被称为“年轻的福克纳”。

短篇小说《树之子》（1998年）以一个残疾儿一家的生活经历为主线，表达了作者对于种族、家庭，最终是人的使命的思索。主人公“我”天生瘫痪，是家庭中的老三。十七年前，大哥马克西姆义无反顾地告别家人，考入摩尔曼斯克海军学校，想当个将军守卫深海。十六年后他带着娶来的西伯利亚妻子以及他那经常性的头痛和仿佛哀号般的双目回到了村庄。大嫂名叫瓦连京娜，她的行为做派像一百年前就已消失得无影无踪的那一辈人，虽然那时她才刚满二十五岁。她的保养得极其白皙的皮肤，她的高傲和洁癖，她在待人接物中明显表现出的自负感，她所受过的高等教育，她贵族后裔的身份，都使“我”对她怀着一种目光逗留于世界百科全书上时才有的胆怯和尊敬，也使她与周围环境是那么格格不入。

二哥伊利亚有一双灵巧的手，几乎全村的电视天线和蒸汽锅炉都是他亲手安装的。他曾经是个愉快、恬淡、自信心很强的小伙子，但是一桩不幸的婚姻使他变得暴躁易怒、漫不经心。二嫂亚历山德拉从小和伊利亚一起长大，一起上学。后来伊利亚应征入伍，退役回来后向亚历山德拉求婚，却遭到了她的拒绝。经历了一连串事件后伊利亚终于把亚历山德拉娶回了家，但亚历山德拉频频和别的男人幽会，村子里风言风语，伊利亚却根本没有想过放弃。无论亚历山德拉和二哥的关系如何，她总是执著地陪伴“我”读书。她悦耳的朗读声温暖了“我”孤独寂寞的心灵。

身处父母、兄嫂这些亲人们中间，“我”强烈地渴望能够走路。“我”着迷于他们自由自在的行动，凭借这些动作他们完成着各自的使命。而“我”却不明白自己的使命是什么。就在亚历山德拉最终决定离开这个家的时候，“我”幽幽的一句问话：“那今后谁为我读书呢?”惊醒了大家。他们所有人都留下来和“我”在一起了。“我”觉得自己有点像一棵有罪的树木，树根坚固着家庭的土壤，阻止着它的解体，为它灌输生命的活力。“我”终于找到了自己这个天生瘫痪的早产儿的价值——就是守候和维护这个家庭，使大家因为“我”的存在而永远在一起。

第四节　新城市青年小说:在孤独和无奈中挣扎

青年人的生活与精神世界永远是青年创作的核心主题。20 世纪 50 年代末 60 年代初，苏联文坛上曾经出现过备受关注的“城市青年小说”流派，后来这类作品因为往往采用第一人称的叙述方式又得名“青年自白小说”。以格拉季林和阿克肖诺夫为代表的青年作家，塑造了斯大林去世后面临信仰危机的“迷惘的一代”和“垮掉的一代”，他们的作品无论在反映内容上还是在艺术形式探索上都引起极大的争论。时隔半个世纪，面对全新的社会环境，“城市青年小说”再次兴起。与老一代作家对苏联的讨伐与清算，或者是对苏联时代所特有的一种怀乡病不同，新一代青年作家对苏联没有太多的概念，他们大多把目光聚焦当下，书写自己身边的生活、自己同龄人的生活。新“城市青年小说”中的人物比当年的年轻人体会到更多的痛苦、迷茫、无奈，以及更加深刻的孤独。因为他们面对的是充满不确定性的现在和未来。

沙尔古诺夫被视为当代俄罗斯文坛“80后”一代作家的领军人物。他的创作颇受争论，既以其独特而得到一些人的肯定和赞扬，同时也惹来很多非议和斥责。原因在于：他几乎用白描的手法真实记录了当代青年没有精神追求、没有正当职业、委靡不振、肮脏龌龊的生活状态，被称为“残酷的现实主义”。他以自己的现实生活为模版，以自己的精神历程为分析对象。也就是说，他的写作与自己的生活同步，与自己的精神探索同步。他把生活与写作融为一体，写出了苏联解体后部分青年人令人担忧的现实状态，也试图通过自己的写作探索拯救自己、拯救大家的切实可行的出路与措施。

《乌拉》（2002年）这部小说意味着作家精神上的巨大转变，因为在其灰暗的画面中出现了一种明亮的色彩，正如小说主人公所说：“我内心的沙尔古诺夫觉醒了！我被正面人物的美所贯穿！”作者也表白：“《乌拉》是一部关于爱情的小说，关于忧患的小说，关于真实的个人体验的小说。我真诚地写作，因为碰到了生活中的尖锐角落而大喊。”这部小说更像是一个自白或宣言，是在剖析自我、总结过去的基础上对新生活表达的渴望，发出的呐喊。小说以第一人称写成，同时主人公与作者同名，内容上部分地与作者的真实生活重合。小说比较类似于随笔，分为“喊声的由来”、“扔掉啤酒，折断香烟”、“我的正面人物”等小片段，片段之间不太连贯，分别记述了自己的家庭、亲人、朋友、爱情等。从这些叙述中我们可以串联起一个莫斯科漂泊文艺家的放纵生活：夜总会、女人、毒品、宿醉、打架斗殴……但是他心中那个本我却在不断唤醒他，于是他爱着又恨着，堕落着又忧虑着，觉得自己满身是罪却又寻找原谅的借口，情急之中他抓住了“乌拉”（冲锋时的呐喊或欢呼声）这个在革命年代最为振奋人心的口号，提出了戒掉毒品、节制喝酒、加强锻炼、投入工作等计划，力图使自己的生活变得明亮、充实、健康、向上。

沙尔古诺夫的文笔不是那么优美，写作的内容又常常是社会角落里不怎么光鲜的生活，却能够成为一代青年的代言人，这其中最大的原因可能就在于他的真实，细致入微的真实。他对青年人堕落的生活不是从评判谴责的角度去写，而是感同身受地去写，是作为深陷其中的个人去写，写出了那份烟瘾毒瘾发作时的生理与心理反应，写出了作为当事人的那种无力自拔。而且他选取的也是第一人称的叙述方式，主人公与作者同名同姓，以类似日记的形式剖析自己，从日常生活到童年回忆再到哲理思考，给人以贴近现实与心灵的感受。

与沙尔古诺夫笔下颓废、堕落的青年生活不同，谢恩钦主要描写枯燥乏味的日常生活。他有一种主张："在我自己和我所观察到的生活中很少发生什么大事，主要是日常琐事，每天都要重复的事。我试图在我的作品展示这种人的日常生活，而不刻意加上什么事件。许多人都这样写：某个人发生了什么重大的事，从此他就完全改变了。可人的变化是缓慢的，要展示这个，就必须写史诗。"① 他没有去写史诗，而是开始了对日常琐事的挖掘。

马雅可夫斯基曾经说过："爱情的小舟撞上了生活的暗礁。"但谢恩钦认为日常生活撞碎的不只是爱情的小舟，它还毫不留情地撼动着事业的大船以及青春梦想的高傲的快艇……谢恩钦就是要以这种灰色调的日常生活画面展示琐事对人的蚕食和消磨力量。

《一加一》（2001 年）的主人公是一位姑娘和一个小伙子。他们都来到彼得堡这座大都市里谋生，有着不同的生活轨迹，可以说是两个毫不相干的人，他们之间的联系仅仅是出于一个幻想。

玛丽娜快满二十四岁了。她在一家亏本的、濒临倒闭的小酒馆里做女招待，每天在酒馆里应付各种各样的客人，疲惫不堪，夜半回家，又和姐姐姐夫挤住在一起，听他们没完没了的吵架声。有时和邻居一个"不太正常的男孩"厮混，有时接受有钱顾客的邀请到外面过夜。生活单调无聊，没有任何希望。经过诸多挫折后她终于明白，要想避免危险就尽量不要和人打交道。每个人都有亲人、朋友，这是他们应该珍视和关心的，而其他人——要么是猛禽，要么是攫取者。玛丽娜很久都不能明白这个道理，可是明白了又不能适应。下一步怎么办？她等待着奇迹的出现。

伊格里二十八岁。他生长在西伯利亚的一座小城，为了实现梦想他和同学考入列宁格勒的一所建筑技术学校。最初几个星期的新鲜过后，他们过上了千篇一律的生活。为了躲避压抑和烦闷他应征入伍，没想到在军队里也逐渐变得麻木和机械。时间到了 1991 年末，退役后的伊格里在学校也待不下去了，就回到家乡，在一家钢筋混凝土制造厂当上了技术工人。

1995 年重回彼得堡投奔已经发家的同学鲍里斯，帮他做起了生意，过了几年"新俄罗斯人"的生活：夜间俱乐部、姑娘、赌场……没想到

① См.：Денис Спиридонов. Писатель за быт//Новая газета，2004，№58.

朋友做生意亏本欠债，一夜之间伊格里变得一无所有，兜里只剩下一百五十美元和七百卢布。家乡已没有他的位置，他只好租了一个简陋的住处，又找了一个院工的工作，勉强待了下来。安顿停当后，他“又被忧郁和孤独缠绕”，于是强烈渴望造一栋自己的房子，找一个女人，建立一个属于自己的家庭，过正常的生活。他在自己经常吃饭的酒馆发现了玛丽娜。一天晚上，他满怀激动来到这家酒馆向玛丽娜一吐真情，希望姑娘能和他一起离开这里，一起开始新的生活。姑娘却漠然地回绝了，她晚上已经定好了和一个有钱人的约会。伊格里自言自语：“没有成功，一个人，又是一个人……”他逃出了咖啡馆。

谢恩钦笔下都是这样一些生活在社会底层的年轻人，他们也许曾经有过幻想，有过对美好生活的憧憬和规划，但无一例外都在现实中碰壁，于是他们变得没有激情，没有梦想，得过且过。像这篇小说中的两个人物，虽然都不满自己的现状，在各自的环境中痛苦挣扎，但都无力摆脱现实，他们注定是两条永不相交的平行线，各自承受着生活的重负和内心的孤独。评论界对谢恩钦的创作反应不一。诚然，他描写的是颓废、无奈的青年生活，但对于他所采取的态度和描写的角度大家各有看法。科比托琳娜·科克申涅娃认为他的小说充满了“灰暗的色调和恶臭的呼吸”，“作者没有信仰、没有爱”，“主人公都智力低下，意志薄弱”①。她认为这样的小说对读者是有害的。叶甫盖尼·叶尔莫林则认为：“罗曼·谢恩钦是当代城市日常生活孜孜不倦的观察者。他的人物都是——当代社会的局外人。他的小说中有一种受伤的真理。他那里总是几乎所有人都被日常生活摧毁，这些人都弱小、微不足道、苟且度日。他作为作家的眼光就是如此尖锐。作家细致地，也常常很准确地抓取生活的寻常面……再往深里挖掘，他的小说道出了一种深刻的经验，折射出存在主义的震撼，它的基础是人们被迫接受的存在的宿命。人们都是胶带上的苍蝇，他们的生活渴望、幻想和计划都被命运这个坚硬的物质所撞断。这是存在的定律。环境是偶然的，而趋向是显而易见的。生活就是死胡同，每个人都有自己的地狱，都有自己的痛苦。”②

杰尼斯·利帕托夫的短篇小说《少年的科学》（2007年）缓缓展开，

---

① См.：В. Огрызко. Мастер на все руки//Литературная газета，22. 04. 2005，№16.

② Там же.

就像一条小河中间汇入了很多偶遇的小溪，很多场景、人物等在前面交代后就不再出现。但这种缺失却不会使人感到遗憾。加莫夫是一名化学工作者，他在实验基地工作期间，未婚妻和别人结了婚。在他离开基地准备返回莫斯科的时候，导师一方面劝慰他要想得开，另一方面又劝他改一下自己的姓氏，因为这个姓氏已经出过一个大科学家了，就像文坛上不可能再有一个普希金一样。所以天赋极好的加莫夫最好也改一下姓，使自己有出头之日。加莫夫在落寞中回到莫斯科。某日忽然有朋友的堂弟切涅契耶夫造访，带来导师去世的消息。因为他是导师的得意门生，而且手头还留有一些重要的资料，所以切涅契耶夫和另外两个朋友都希望与加莫夫合作干些事情。他失去了未婚妻，失去了导师和朋友，被介绍给这个人那个人，觉得自己像是商品一样被推销，被劝说改名字和与他们合作，好像他们的命运就取决于他，实际上没有任何人需要他，他的心中是一片荒漠。他烦透了，想要做自己心灵的主人。他把所有的材料都烧了，现在心里轻松了。所有的事情好像与他没有关系了：朋友、未婚妻、导师的去世。之后他离开家，跳上了他第一眼看到的电气火车，火车不知开向哪里，他也就不知道去了哪里。

近年获得"处女作奖"的更加年轻的作家，在作品中表达出青年人刚刚踏入社会时跃跃欲试、自信满满的状态和遇到一些挫折后苦闷彷徨、茫然失措的人生滋味，以及初恋或者第一次真正意义上的恋爱带给他们的情感体验。比如里姆莎的《静水深流》（2010 年）讲述了两个青年男女从相识、相爱到分手的过程，其中穿插着一段男主人公奇特的杀人经历，描写了他从满怀沉重的负罪感到后来卸去心灵重负的心路历程，反映了青年人对已逝的少年时光的怀恋和对未来道路的迷茫与追求，袒露了他们内心深处的孤独感和对理解、信任的渴望。作者坦承她自己一直对存在各种问题的人，对他们怎样去解决问题、承担责任感兴趣，她就是要在这种偶然、极端的事件中考察人物的所思所想，揭示人的心灵中最隐秘的部分。从内容上可以看出，"静水深流"这个题目指的是人的内心与表面实际上相去甚远，平静的外表下也许隐藏着难以言说的内心世界。西蒙诺夫的中篇小说《开罗国际》（2010 年）描写了一位学习阿拉伯语的大学毕业生满怀希望闯荡埃及、最后失败而归的故事。小说内容既鲜活生动，又充满异域风情。其中主人公为了生存而四处奔波、死里逃生的冒险经历写得真实可感，引人入胜，而这位俄罗斯青年与心爱的法国姑娘以及一位善良热情的穆斯林老人所临时组成的“国际家庭”又为主人公灰暗的漂泊生涯带来些许亮色，读来是那么温馨感人。这些作品都充满着新鲜的现实生活的喧嚣和对它的活泼思考，是对苏联解体后成长起来的一代青年的真实刻画。

第五节　新一代知识分子小说：在迷茫与流浪中寻求自由

以知识分子为主题的小说在俄苏文学中具有悠久的传统。著名学者利哈乔夫认为，知识分子最主要的特点就是思想的自由，知识性的基本原则就是精神的自由，是作为道德范畴的自由。面临社会剧变的新一代俄罗斯知识分子，内心有着怎样的迷茫与挣扎？又是怎样坚守那份独立与自由？这个问题同样是当代俄罗斯现实主义小说热衷表现的主题。

佐林的长篇小说《清醒者》（2001 年）实际上是以主人公的人生轨迹来假设或者证明一种“清醒”的存在方式。要想获得自由，就必须具有思想上和生活上的独立性；要想拥有这种独立性，就必须足够“清醒”。题目中所谓的“清醒者”，并非滴酒不沾的人，而是对大到国家政治、小到家庭生活都采取不参与、不介入态度的旁观者，这正是主人公瓦吉克·别兰一生所追求的目标。

小说采用对比描写的方式展现主人公别兰身体力行的这种生存方式。在象棋老师兼人生导师梅尔西奥洛夫的影响下，他很早就确立了“保持清醒与独立”的人生准则。大学时代他选择了法律专业，准备将来从事律师工作，远离一切与意识形态相关的事情。

而别兰的父亲、两个好友以及心爱的女人却与他不同，都是国家政治与社会生活的积极参与者：从 20 世纪 60 年代到 90 年代，他们对国家的每一场政治事件都做出激烈的反应，别兰对他们不是讽刺就是规劝，认为公开的反对者姿态毫无意义，而为体制服务也是他所不能接受的。他们就这样在不同的轨道上各自生活着。

大学毕业后别兰做了律师，一年又一年过去，他逐渐成了圈子里的体面人物，物质生活也不断提高。而好友被当局驱逐出境，去了德国。期间别兰曾经被克格勃盯上，让他揭发他的两个朋友的活动。他巧妙地逃脱了。别兰交往过许多女人，但一直没有结婚。因为他知道，力量来自独立，而婚姻意味着责任，意味着某种程度的妥协，为了不依附别人也不被别人依附，他选择单身。

1991 年国家解体了，每个人的脸上都有了一种新的表情——感觉到自己参与了一个非同寻常的事件，第二次巨大的转折。大家都活跃起来。看着这个表面上弥漫着热忱与欲望而实际上残酷的世界，别兰经常感受到自己那种沉静的喜悦，他的理想只是开办一家律师事务所。即使是如此简单的想法他也不急于去实现，他不想牺牲自己稳定的生活状态。抓住尾巴游泳更加可靠。好友回到祖国，依然不改对政治的关心。别兰回忆起自己的恩师，回忆起那个充满力量的时代。此时他想起了马雅可夫斯基的一句诗歌："没有预支稿费，没有小酒馆，从此清醒。"有些评论家认为作者建造了一种"独立于任何意识形态"的理想的乌托邦。

伊利切夫斯基的长篇小说《马蒂斯》（2007 年）是一部关于"流浪"的小说，它讲述了主人公在肉体和精神上的双重流浪。列昂尼德·科罗廖夫应该算得上是命运的宠儿和社会的精英。出生于 1970 年的他从童年起就显示出在物理和数学上的天赋，后来考入全国最好的一所数学物理中学读书，一时成为当地的名人，上大学当然也是顺理成章的事。在这以前他一直认为生活是单纯、美好和温暖的，没有什么复杂的事需要多想。

然而大学三、四年级期间，国家、社会发生剧烈动荡，这股狂风不仅使他生活无着，而且彻底改变了他的世界观。毕业后他被分配到莫斯科的一个研究所上班，这里的科研人员已经锐减到苏联解体前的十分之一。

他看到了弥漫在整个社会中的一种害怕心理。这种害怕与老一代人的害怕有着不同的原因：老一代人害怕是因为没有安全感，因为来自外界的恐吓，而现在人们不知道为什么害怕，却强烈地感到害怕和不安。

不为那些高高在上的国家权力，而为与自己密切相关的生活琐事担忧，害怕交通警察，害怕蛮横无理的人，害怕受侮辱、被侵犯。这些非常现实的"害怕"已经汇成了一股强大的不可思议的恐惧之流。

在这种惶恐的氛围中他苦苦支撑，终于在研究所领导被第三次更换后决定出国留学。在丹麦学习两年后他又回国写作论文，可是原来的单位对他不管不问。熬了三年后他被迫离开研究所，走上艰辛的谋生之路。

他当过工人、保安，也做过生意，在决定为了优厚待遇而到一家美国石油公司工作时，他忽然得了一场奇怪的病。这场病最终使他下定决心开始过一种全然不同于以往的流浪生活。从莫斯科到外省，从地上到地下，他在流浪中体验社会，在流浪中思考生命。当他因为身上有了跳蚤而回到自己贷款买的房子时，却发现房子早已被别人抢占，他的全部家当都被扔了出来。于是他变卖了所有财产，成为一个真正一无所有的流浪汉，踏上去往南方的流浪之旅……

"流浪"是书中主要人物的生存状态，也是当前俄罗斯社会现实的一个巨大隐喻。经由它，我们真切感受到苏联解体前后各个阶层、各种地方的生活状况（既有学者、富豪、商人，也有工人、农民、无业游民，近至莫斯科及其周边城市和乡村，远至高加索、里海、俄罗斯中部、南部地区）；经由它，我们再一次思索像"生命的本质和意义"这样一些古老而又永恒的话题。

一个年轻的前途无量的物理学家最终走上流浪道路，作者正是通过这一几近荒诞的举动来讲述人的心灵的朝圣之旅。马蒂斯是法国野兽派画家的著名代表，这个形象在小说中没有正面提及，但每到关键时刻主人公总是梦见这位画家和他的油画。马蒂斯油画的突出特点是题材粗犷，色彩明艳，与主人公灰暗、无奈的现实生活形成强烈对比，代表着主人公所执著追寻的光明幸福的生活。

第六节　反映国家政治事件的政治小说

近二十年来俄罗斯政坛纷纭跌宕，具有转折性的政治事件层出不穷。一些从文学与政治关系紧密的年代走过来的老作家继承以往传统，积极参与社会生活，在自己的作品中及时反映重要的历史事件。比较有代表性的小说有：索尔仁尼琴的两部分小说、叶辛的反映"八一九"事件的中篇小说《站在门口的女人》（1992 年）、巴克兰诺夫的长篇小说《于是来了趁火打劫者》（1995 年）、邦达列夫的反映"十月事件"的长篇小说《百慕大三角》（1999 年），还有普罗哈诺夫的系列政治小说等。

索尔仁尼琴的创作是当代俄罗斯文学独一无二的现象，代表着 20 世纪的结束和新世纪的开始。他的政治小说依然以批判苏联制度为出发点，通过小人物在不同时代的沉浮命运来折射历史，反思政治，渗透着对 20 世纪总结性的思索和对个体价值的深刻关怀。比如《杏子酱》（1994 年）、《娜斯坚卡》（1995 年）、《在转折关头》（1996 年）等。这些作品常常是富有史诗性的短篇小说，由两个互相独立的部分组成，因为两个故事的同名主人公或者相同的细节而串联在一起，所以被称作“两部分小说”。其思想的深邃与结构的完美体现出作家日臻成熟的写作技巧。《杏子酱》由一位被划为富农成分的孩子的悲惨遭遇和一位志得意满的苏联著名作家的生活两部分构成。第一部分是劳改营囚犯费佳给一位知名大作家的书信。费佳本是居住在库尔省一个村庄里的普通农户家的孩子，因为家里的屋顶用铁皮包成和畜养了几头牛马而被划成富农，全家被没收财产，押送到远离家乡的原始森林。费佳趁混乱之际逃跑，从此与家人再未谋面，开始颠沛流离的生活。他先是与一帮流浪孩子一起讨饭，后来被抓进监狱，作为富农的后代被强制实行劳教。狱中他衣不蔽体，食不果腹，干着最脏最累的活，衰弱到几乎活不下去。这时他看到了一位知名作家对今日农村美好生活的描述，实在不敢苟同，于是以自己小学的文化程度写下这封虽满是错误却读来令人悲戚唏嘘的书信。

第二部分则是这位知名作家志得意满的生活现状。作家并没有什么真才实学，只是因为会编造一篇篇适应时局的文章和讲话稿而深得当局喜欢。他位高权重，生活豪华。别墅、名画、保姆、美酒，应有尽有，与费佳的生活形成鲜明的对比。他餐桌上琥珀色的杏子酱令人想到费佳家被砍倒的杏树，他口中夸夸其谈的社会主义美好现实令人想到费佳在信中求他给自己寄一个食品包裹的卑微请求。最具有讽刺意味的是，费佳用自己的泣血经历写成的书信在他眼中只剩下“叫人折服”的“原生态语言”。文学一旦成为为政治服务的工具，就只能是逃避现实的空洞的语言堆砌了。

《娜斯坚卡》通过两个同名女性的成长经历说明了政治对她们的生活所造成的深刻影响。在乡村长大的娜斯坚卡自幼笃信宗教，十月革命后为了适应新的生活加入了共青团，本以为这样就可以开始同别人一样正常生活，不料却成了村里和区里苏维埃主席的玩弄对象，最后沦为国家政治保卫总局庇护下的一处色情场所的妓女。在莫斯科成长的娜斯坚卡自幼酷爱文学，渴望成为一名中学文学教师。十月革命后考上师范大学，终于实现了自己的理想。然而伴随着革命的洪流政治也走入了文学课堂，这时要讲授的文学内容已经远远不是她以前所喜爱的文学经典了，而是宣传革命与斗争的新型文学作品。娜斯坚卡不断适应新的形势，把自己塑造成一个充满革命激情和战斗精神的中学女教师形象。两名女性都没有逃脱政治的洗涤，在她们看似成功的“转型”中渗透着一种深刻的悲哀与荒谬。

《在转折关头》触及了对苏联解体后政治现实的评价。它也是由两个独立的部分构成，主人公分别是一位年长的银行家和一位年轻的银行家。叶姆佐夫本来是苏维埃时代一个工厂的厂长，获得过“社会主义劳动英雄”称号。苏联解体后，工厂面临私有化改制，关键时刻叶姆佐夫开始对工厂进行独立经营，并且开办银行，成功转型为一个拥有庞大资产的资本家。另一个年轻人托尔科维亚诺夫也是因为开办银行而从一个身无分文的大学毕业生成为暴富的新俄罗斯人。小说借人物之口对戈尔巴乔夫、叶利钦、盖达尔、丘拜斯等风云人物及其命令与政策多有点评，对苏联解体以来的社会现实表达了强烈不满，而且与以往大为不同的是，作家肯定了苏联时期的成就，表现出对苏联政治的怀念意味。

叶辛的《站在门口的女人》和邦达列夫的《百慕大三角》最突出的特点是极强的政论性。《站在门口的女人》讲述一位本来支持民主派的报社女记者，在“八一九”事件后却对民主派越来越失望，乃至要落得生计无着的地步。《百慕大三角》讲述的是祖孙两代人在1993年到1996年间的遭遇。我们知道，百慕大三角是世界上至今未破译的神秘和危险地区，它位于美国东南沿海的大西洋上，经常有飞机和轮船在这里莫名失踪。小说以此为题说明作者认为今天的俄罗斯仿佛处在危机丛生、随时可能破灭的险要关头。两部小说都痛斥了民主派，表达了鲜明的政治观点。他们这种毫不掩饰的倾向性甚至对作品的美学意义造成了一定程度的损害。

普罗哈诺夫的系列政治小说更是涵盖了苏联解体以来几乎所有的重大政治事件，颇受读者欢迎。

第七节　俄罗斯的未来：你到底向何处去？

从共产党不再是执政党那时起，很多小说家和批评家都小心翼翼地回避共产党、共产主义这样的字眼。然而，经历了大约十年解体后的生活之后，作家不约而同地开始把共产主义制度和新的制度进行对比，从而思索俄罗斯未来的发展道路问题。

沃伊诺维奇的长篇小说《纪念像的宣传》（2000年）描写了一个女共产党员与领袖纪念像之间的故事。主人公阿格拉娅是坚定的共产主义者，对斯大林极其崇拜。她年轻时积极投身于阶级斗争中，骑着马，揣着左轮手枪，没收富农的土地，为穷人建立集体农庄。后来领导过一家幼儿园，嫁给了区委书记列夫金。1941 年秋天德国鬼子入侵多尔戈夫，阿格拉娅接受任务要炸毁电站，但她的丈夫没来得及逃出。“祖国不会忘记你！”她从电话里向他喊完这句话就接通了导火线。战争中她指挥游击队作战，得过两个战斗勋章。战后当上区委书记，但受到排挤重新做起幼儿园园长。

1956 年 2 月，苏共二十大闭幕。在多尔戈夫铁路工人之家，阿格拉娅听了赫鲁晓夫关于反对斯大林个人崇拜问题的报告，回家后她气得团团转。她不信天上的上帝，却信仰人间的上帝，那就是斯大林。她把斯大林的画像挂在自己的书桌前，并且在 1949 年斯大林七十大寿时，倡议建造了斯大林塑像，虽然有很多人反对，但毕竟当时她是区第一书记。她永远也忘不了那一天，1949 年 12 月 21 日塑像终于立在了多尔戈夫市中心的斯大林广场上。现在，大家却在讨论拆除塑像的事，她简直无法忍受，于是提笔给在莫斯科上大学的儿子写信。信中她对儿子的生活学习情况只字未问，讲的全是自己关于这件事的想法。儿子因为家庭出身有很强的政治优越性，于是上了一所好大学——莫斯科国际关系学院，周围都是些高干子女。受环境影响，他追求的是物质生活享受，对母亲的激愤之情反应冷淡。阿格拉娅收到回信后非常生气，从此与儿子的交流也越来越少了。

现在阿格拉娅的威势已经远不及当年，没有人再顺从她，斯大林塑像被拖走，准备去熔化。阿格拉娅先是站在街中央力劝工人，最后用四瓶酒作为交换条件，让工人把她那心血之作拉回了自己家中。邻居们对此举非常不满，怕铁像压坏了木地板。阿格拉娅还为此被开除党籍，但她无怨无悔，与铁像共处一室，每日都精心擦拭。

斗转星移，世界发生巨变。90 年代久加诺夫领导了共产党。多尔戈夫也出现了“新式”共产党人，他们请已经年迈并开始酗酒的阿格拉娅出来工作，准备把这座奇迹般保存完好的塑像竖立在市政府前的广场上。可是在由阿富汗归来的伤残军人制造的悲剧性自杀事件中，阿格拉娅和塑像一起被炸毁……

竖立领袖纪念像是苏联时代政治宣传的一种有力手段，纪念像的遭遇印证了不同时代政治与人民信仰的变迁。小说通过一尊斯大林塑像从诞生、竖立到转移、被炸毁的经历，反映了苏联及俄罗斯四十余年的社会和人民生活，在反思历史的同时警示未来：个人崇拜要不得。这部小说被评论界称为“带有怪诞色彩的现实主义作品”。

扎洛图哈的中篇小说《新式共产主义者》（2000 年）描写了两种信仰之间的激烈冲突。老别切恩京是外省的一座小城——顿河滨城的首富，是苏联解体后的新俄罗斯人。六年前他把自己唯一的儿子送到瑞士学习，希望他回来后继承自己的事业，父子共同努力，使家族跻身于俄罗斯寡头之列。令他没有想到的是，学成归来的儿子却成了一个信仰共产主义的青年——新式共产主义者，而且他采取的一系列行动正是针对自己父亲的。父与子的斗争从此展开。

父亲弗拉基米尔·伊万诺维奇·别切恩京凭借自己的智慧、天才和坚韧不拔的努力成为顿河滨城的第一位资本家，他在记者、贵宾们面前宛如当年的彼得大帝，不仅可以打开小城通向莫斯科的窗户，而且可以打开通向外国的窗子。他在城里兴办工厂，投资很多大型设施，又招来外国记者宣传自己，宣传这座小城。虽然他像所有突然富起来的人一样有过狂喜和激动，但看起来他不是一个贪婪、自我的人，他也有自己的抱负。对于如何重振俄罗斯，他的理论是：富裕程度决定每个人的社会地位，社会金字塔的顶端是像他这样的大亨，他的财富就是民众的幸福：“我越富裕，他们就过得越好。”但另一方面，他却专门为自己建了一座颇有怀旧意味的影院“十月影院”，他在那里重复看一部印度电影——《流浪者》。

儿子伊利亚的世界观是在国外形成的，他远在欧洲观察着俄罗斯发生的一切，然后带着马克思主义回到祖国，同样渴望开创一个光明未来。他的理论是：反对不顾道德追逐财富，主张建立“共产主义者新社会”，从经济到政治上实现人人平等。所以他的矛头直接指向资本家父亲，要剥夺他的财富。开始实行计划前，他选了两个同道人，他们都是绝对的无产者：一位是和一个共产党员老奶奶住在一起的姑娘，另一位是在市场上卖菜的朝鲜小伙。他用《革命者手册》作为对他们进行思想启蒙的教材，并组织他们开展所谓的革命活动——炸毁父亲投资建造的水晶宫，但没有成功。伊利亚总结教训，重新确立指导思想：“不要夺取富人的钱财，正相反，要帮助富人从穷人手中夺走他们最后的东西，只有这时他们才会跟我们走！不是禁止，而是准许！”

在这场父与子的较量中谁也没有得胜，小说的结尾父亲满怀仇恨来到儿子伊利亚住的阁楼，想亲手杀死他，却没有找到他的身影。“窗外天空灰暗，不知是清晨还是傍晚，不知是春天还是秋天……不知是活着还是死了。”

由于作者是一位电影剧本创作者，所以整部小说读来很像是一部引人入胜的大片。其中既真实描写了当代俄罗斯大亨的奢华生活和底层民众的穷困现状，也虚构了很多情节和场景（包括故事发生的地方——顿河滨城）；小说开始充满了讽刺性的喜剧色彩，结局却具有深刻的悲剧性。阅读这部小说，会发现许多似曾相识的场景、对话，令人想起《父与子》、《白痴》、《罪与罚》等名著，其游戏性的仿写中始终萦绕着一个严肃的历史性问题：俄罗斯，你到底应走什么样的路？

第八节　反乌托邦小说：对人类的警示与劝诫

苏联的解体使俄罗斯人得以站在两种体制的交界处审视人类的发展方向，现实的混乱加重了人们对于建立理想社会的破灭感。于是，反乌托邦小说成为近二十年俄罗斯文学的一个主要内容。其中比较具有代表性的是马卡宁的《我们的路很长》（1991 年）、《出入孔》（1991 年），科兹洛夫的《夜猎》（1995 年）以及托尔斯塔娅的《野猫精》（2000 年）。

《我们的路很长》可以说是马卡宁在 20 世纪行将结束的时候，对这个世纪人类的历史和社会行为方式的一次总结和反思。小说为我们营造了两个时空，两种世界。一个是在遥远的未来："已经两百来年没有大大小小的战争了，各个民族之间，各个财团之间彼此信任，人道主义价值取得了辉煌的胜利。"人类善良到连宰杀牲畜都不能容忍的地步，于是他们发明了人造牛肉来食用。一个年轻的工程师带着新发明的去除人造牛肉腥味的机器，来到坐落于大草原深处的人造牛肉加工厂。然而他看到了自己简直不敢相信的一幕：原来所谓人造牛肉只是无耻的谎言，这里依然在大批屠杀着牲畜。但是每个来到草原的人都无法再离开这里，因此也就不能把这个谎言公之于世。而另一个世界是存在于现实之中："我"的好友伊里亚天性善良，"无论是一个人，还是一只动物，或者是一只小鸟遭受痛苦的折磨时，他都无法忍受"。因此，"对于他这样一个可怜的人来说，生活和痛苦都是难以忍受的"。后来他得了精神分裂症，住进了精神病院。为了使好友得到宽慰，"我"就给他讲了上面这个食用人造牛肉、不再宰杀牲畜的美好世界。但正如未来世界只是骗人的鬼话一样，现实世界依然继续着它的罪恶。在精神病院躲避恶的伊里亚一旦走出医院大门，就被残酷的恶击倒了，伊里亚死了，可以说，他是被恶杀死的。

在这里，我们看到，无论是在虚幻的未来，还是在真实的现在，恶都依然存在，而且占据优势。在21世纪科技高度发达的时代，人道主义并没有得到同步增长，恶依然存在，只不过退居到大草原深处一个封闭的世界里。在那里人们继续生产着恶，继续被恶压制。而在现实的世界中，到处都充满恶行，伊里亚只能躲在精神病院的围墙内才会得到暂时的解脱；一旦他重新走入人类的正常世界，就被比比皆是、触目惊心的恶所吞没。善在两个世界里都失败了，这里透露着马卡宁式的悲哀。

在马卡宁的笔下，恶的存在固然可怕，然而更加可怕的是人类对它的熟视无睹、同流合污乃至对恶的掩盖和伪善的宣传。在未来世界中，当年轻人满怀希望和憧憬来到大草原时，发现这里实际上在秘密生产着恶，血淋淋的现实粉碎了他的理想，但他却并不打算离开那里，因为“无论他走到哪里，他所了解到的真相和他对恶的参与将从此永远伴随着他”。也就是说，他无处可逃。渐渐地，“他仿佛已经被恶麻痹了”。他逐渐承认了现实，就像比他先来这里的人一样。可以想见，这些人当初也是怀着同样美好的心愿来到大草原的，可是当伪善的面纱被揭开后，他们也渐渐认可了恶的存在，变得麻木，加入了生产恶的行列。没有人起来反抗，没有人维护善，更没有人去拯救善，他们被同化了，见恶不怪了。而且他们也学会了掩盖，因为到了21世纪，人人都知道人道主义的价值，再也不能明目张胆地作恶，于是只好把恶隐藏起来，用高明的手段隐藏起来。“那些知情的人再也不与别人接触。这样一来，自然就无人知道真相了。开始的时候还会有一些传闻，再经过两三代人就不会有人说了。”在现实世界中，医生们坚持认为伊里亚是先得了精神病，然后才不能忍受这个世界的残酷了。他们都不承认，是这个丑恶的世界逼疯了伊里亚。而伊里亚在医院里受到的所谓很好的治疗就是“麻痹心灵”。伊里亚意识到：“其实我们一直在杀戮。”所以从某种意义上说，伊里亚是一个清醒者，因此他就不能活下去。而来到大草原的年轻人被麻痹了，他就能够继续生活下去。这里再一次表现了马卡宁的无奈。

伊里亚死了，来出差的年轻人只能困守在茫茫大草原上等待被拯救，这是否就意味着善永远沉寂了呢？绝非如此。马卡宁在小说的结尾特意描写了象征光明和希望的篝火：年轻人记起篝火能够给路过的飞机示意，使飞机救助落难中的人，于是在夜晚来到草原深处，点燃篝火，这时他才发现，原来草原上已经有那么多的人在点燃篝火！他们中竟然包括白天最残忍地屠杀牲畜的人。这些人守候了许久，有的已经老死在篝火旁。“现在他明白了，这简直就是一个完整的世界。”“与他相比，他们显得多么平静呀！他们多么伟大、众多和平静呀。”[①] 每个人都燃起自己的篝火，每个人心中都有对善的渴望，这正是世界的希望之所在。善远远没有战胜恶，人类寻求善的路程依然漫长，但人类探索的脚步永远也不会停止，因为正如别尔嘉耶夫所说，“意义的探索已经给出生活的意义”[②]。

中篇小说《出入孔》被评论界誉为“一部独特的反乌托邦小说”。小说的情节完全是虚构、荒诞的，它发表于1991年苏联解体前，却仿佛预言般地描写了一座几近瘫痪的黑暗之城。根据某些暗示，故事发生在莫斯科，但时间没有指出，很有可能是在不久的未来。主人公克留恰列夫是一个中年知识分子，但他既不是70年代马卡宁笔下消极妥协、放弃个性的知识分子，也不是80年代马卡宁笔下与命运抗争、却又抗不得法的小人物，而已经成长为一个信仰坚定、百折不挠的捍卫个性和自由的斗士。

小说为我们描绘了截然不同的两个世界。在有所暗指的地上世界中，一片死寂和黑暗，到处是杀人、掠夺和对弱者的蹂躏，交通断绝，物品奇缺。最为可怕的是常常有密集的人群以排山倒海之势滚滚而过，在这种情况下，个人根本无力抵挡而被裹挟，直至自己都不知身处何方。克留恰列夫和他的同伴就遭遇过一次这样的人群。“周围一片吼叫声和喧嚷声”，人们互相挤撞着。“人群并不是坚如磐石，里面的人各式各样，但这终究是人群，而且具有某种不可预见的自发性和煽动性。”“所有的相互碰撞都服从于一个主要倾向：服从于他们整个的趋同性，在这种趋同性指使下，人们的行动除了为自己，不再对任何人负责，他们会首先把不想再肩并肩走下去的人踏倒在地。”克留恰列夫一边保护着同伴，一边顽强地拼搏着，当然他的拼搏是隐蔽的，他要让人群觉得他和同伴已经与他们融为一体了，同时机警地辨认着自己要去的方向。终于他们没有迷失在人群中，而是到达了预定的地点。从这些非常具有象征和隐喻意义的情节中，我们可以看出，地上世界总是在试图扼杀个性和自由，以一种貌似严正和强大的力量吞没着渺小的个人，这一回克留恰列夫没有软弱和随波逐流，他立场坚定地进行着斗争。然而，在如此强大的洪流面前，克留恰列夫走

---

① В. Маканин. Долог наш путь//Знамя，1991，№4.

② 尼·亚·别尔嘉耶夫：《自我认知》，汪剑钊译，云南人民出版社1998年版，第71页。

的只是一条独善其身的道路。他认为：人要么给自己找一个窝藏起来（这个藏身的窝可能是对某种理想的生活方式的向往），要么全都完蛋。也就是说，人要么坚持自我，保持独立，要么迫于压力，丧失个性。克留恰列夫决心捍卫自我，于是他决定挖一个洞穴以供自己和家人躲避。可是偌大的一个世界竟然找不到一把挖掘洞穴用的铲子。这时他发现了那个出入孔，由此而发现了另一片天地：美好富足的地下世界。

在地下世界里，灯火通明，物品丰富，人们大摆奢华的宴席，从容不迫地在咖啡馆里讨论着各种问题。他们用最高雅的词语，谈论着国家和未来。他们也在思考“人怎样才能启用已经消融在人群中的个性资源?”“人是否就是一种因为不能完全找到自己的生物归属而四处流浪的生物?人是否就是正在寻找属于自己的地穴的一个巨大的生物群体?”他们争论不休，找不到答案，就举行了一项名为“你相信未来吗”的投票表决。表决程序很简单。如果你相信你那座暗淡无光的城市，就到登记处领取一张票带回家，如果相反，就还回这张票。还回的票被弃置在地上，每个人都扔回票，这些弃票最后堆成了一座山。投票监督员号召人们把票带回家去，也就是说要“相信未来”。但几乎没有人听从他的宣传。丢弃选票的人认为“已经流了太多的血和泪，这就是为什么我们不相信，也不需要这样一个建立在血和泪基础上的未来”。

虽然克留恰列夫是地上世界的合法居民，但他有空就通过出入孔钻入地下世界中去获取地上世界得不到的工具。他需要铲子和其他工具，以便在地上世界中凿一个洞穴给他的妻子和智力迟钝的儿子，使他们能够逃生。当然，克留恰列夫不是地上唯一采取这些努力的人，其他残留的人也都在各自寻找生还的出路。克留恰列夫是多么向往那个地下世界，可是连接两个世界的“出入孔”却又如此狭窄和容易闭合，以至于克留恰列夫不得不忍受着肉体的痛苦——擦伤、碰痛、憋闷，一遍遍拓展着这条通往地下光明王国的唯一之路。然而他无怨无悔，每当听到地下传来的谈笑声，都抑制不住渴望，从出入孔中钻下去，哪怕是听一听那些谈话也好。只有这样做，他才“可以继续活下去了，可以去干那些生活琐事了”。从地下世界的人对地上世界的极度关心中可以看出，他们与处在黑暗中的居民原来“本是同根生”，地下世界完全是那些从地上被废弃的世界中逃出来的精英们所建造的庇护所。可是无论他们对地上世界有多关心，他们都找不到拯救地上世界的办法。这里又表现出马卡宁特有的悲哀，但是结局并不是悲观的。当克留恰列夫在地下世界中没有找到精神上的答案，重新返回地上后，他疲倦地倒在街上睡着了。他做了一个梦，梦见出入孔马上就要闭合了，情急之中他冲着地下大声喊起来，他告诉那里的人们，“日益临近的黑暗正在掠夺人的个性”。他等待着地下的回答。可是地下没有回音，只是递上来成百上千支盲人手杖作为回答。噩梦醒来，克留恰列夫看到一位“暮色中的好人”，是他叫醒了自己。克留恰列夫说道：“天真的黑了。”那人答道：“不过夜晚还没有到来。”[①] 夜晚还没有来临，也就是说希望还在，克留恰列夫还要继续寻求。

通过“现在与未来”、“地下与地上”两个世界的对比，马卡宁向读者展示了理想社会并不存在的残酷事实，同时指出人类永远不能停下探寻的脚步。

科兹洛夫在《夜猎》中大胆构思了一个庞大的自由王国。那是公元2200年，各个国家和民族早已消亡，全球变成了一个统一的自由国家。然而，极度的自由带来的却是悲剧性的结局：人们可以随便杀人和出售人肉食品。正如书中人物所说：“自由一旦到了极限，就必须以自由的名义铲除自由的本源。自由的巅峰是由无数牺牲者的尸骨堆积而成的。”

《野猫精》讲述的是未来在莫斯科爆炸后的废墟上建立起的一个王国里的故事。这次爆炸后居民开始以铁锈和老鼠为生，森林中出现了一种能够害人的野猫精。人人都对这种怪兽充满恐惧。在这个未来的世界里依然没有消除权力的争斗。小说用这个寓言般的故事警醒世人，人类继续争斗的后果可能是回到远古的蛮荒时代。

① В. Маканин. Лаз. М. , ВАГРИУС, 1998.

第四章

当代俄罗斯小说流派

“在各种艺术中，语言艺术是最万能的。”[①] 而在所有的文学样式中，小说最能够广泛、深入、细致地表现人生与社会。20 世纪与 21 世纪之交，俄罗斯小说创作图景异彩纷呈。有人将它形容为一幅光谱，五光十色，绚丽生动。要想在这缤纷的画面中寻找统一的原则几乎是无望的。戈卢布科夫教授在其专著《20 世纪俄罗斯文学史》的前言中就写到这种感受：“80 年代末可以被看作文学研究的浪漫主义时代：科研团体、高校教研室、文学研究家和批评家都想写出新的文学史和教科书来取代那些旧的、完全过时的书籍。然而 80、90 年代之交，这种浪漫主义的态度却被 20 世纪最后五年的一种真空所取代。用不着反对或者推翻，那些陈旧的概念自己就被弃之不用……但新的具有威望的概念却至今也没有出现。”[②] 尽管如此，文学批评家还是努力透过复杂多变的现象探寻其内在的联系与区别，从而总结出一些规律与发展方向。具有代表性的观点有三种：斗争论、调和论和争鸣论。

列米佐娃在她 2007 年出版的新书《文本为上——后苏联小说及其在文学批评中的折射》中，把当代小说创作明确地划分为两大敌对阵营：现代主义和传统主义，现代主义中包含后现代主义、先锋主义，其特点就是结构的抽象、文本间的游戏性和文本的假定性。传统主义主要指的就是现实主义，是对俄罗斯文学强大的现实主义传统的遵循，其中包括自由派创作的优秀的现实主义、超现实主义、美学现实主义、女性小说、青年小说等，以及爱国派创作的意识形态小说。

---

① 苏联科学院哲学所：《马克思列宁主义美学原理》，生活·读书·新知三联书店 1961 年版，第 369 页。

② Голубков М. М. Русская литература XX в. После раскола. М., Аспект Пресс, 2001, С. 3.

列米佐娃把当代重要作家分别归入两大阵营中去，认为二者截然不同，相互对立和斗争，唯一的共同点是“高度的缺失”[①]，即无论哪一派的作家都无法达到20世纪俄罗斯小说宏大的思想哲学领域。

丘普里宁认为当代文学进程的主要特点是调和，包括叙述的非传统方式与传统方式之间的调和以及高雅文学与大众文学之间的调和。按照他的观点，进入21世纪以来，俄罗斯文学的发展倾向已经不再是斗争，而是调和，是将各种语言、题材和体裁纳入传统，从而在对传统的背叛与创新之间寻求调和，在个人的艺术兴趣与市场的需求之间求得平衡，于是在当代俄罗斯文化中形成了一种独特的氛围，有些批评家称之为“新小说主义”，有些称之为“middle文学”，即比严肃文学稍微轻松一点的文学。

娜塔莉娅·伊万诺娃按照开放的思路总结当代文学进程。她认为世纪之交的俄罗斯文学在吸取过往文学经验、拒绝专制和极权的基础上，确定了多样化的发展方向和反线性的思维逻辑。到了21世纪之初“文学帝国主义”已经让位给了“文学之民主”。批评界开始提倡多种文学的共存模式，即“多重文学”和“文学的彩虹”，由此而使文学绝处逢生，具有了多种发展的可能性，既可以是团体或者精英沙龙里的高雅追求，也可以同时拥有广泛的“大众”读者。于是“导致文学的传统境况与功能大大改变——在最大限度地扩展其美学可能性的同时其社会影响力却越来越小”[②]。

《大陆》杂志副主编叶甫盖尼·叶尔莫林认为丘普里宁的调和论显然比列米佐娃的斗争论更加切合实际，但是他强调了后现代主义的失败以及新现实主义的广阔前景。他说：“后现代主义不只是一种风格和方法，而是一套相当完整的美学和世界观纲领。它的建立者和文本的创造者从上帝的桌子上拿走了玉液琼浆和珍馐美食，使它们变得普通和绝对。微不足道的被视为唯一重要的……在空洞的游戏中作者消失了。正因为此俄罗斯后现代主义令人惊讶地迅速落伍和衰败了。”[③]

但这并不意味着后现代主义已经完全消失。因为它在实现的过程中以

---

① Мария Ремизова. Только текст. Постсоветская проза и её отражение в литературной критике. М.，Издательство《Совпадение》，2007，С. 11.

② Иванова Н. Ускользающая современность. Русская литература XX – XXI веков：от “внекомплектной” к постсоветской，а теперь и всемирной// Вопросы литературы，2007，№ 3.

③ Евгений Ермолин. Не делится на нуль//Континент，2009，№140.

最强有力的方式破坏了文学的精神意义、破坏了文学创作的使命感。它在艺术中灌输的游戏性和无原则的折中主义使文学变成了病弱的幼芽。后现代主义的失败恰恰证明了艺术创作有自己的目的和意义——即艺术必须认知和表达真理，艺术家离开了这个根基将带来致命的后果。

随着后现代主义的失败，那种严肃的、非游戏和非相对主义的文学才越来越成为重要的文学流派，这就是新现实主义。虽然这个概念的理论者和实践者相互之间也有不同意见，也不能完全表达清楚其含义，但可以确定地说，新现实主义作家认为艺术的根本任务是认知和反映现实。

叶尔莫林提出，没有任何必要把现实主义简单地归结为日常描写或者模仿真实。“现实主义文学为了表达它所发现的真理可以使用一切手段。我们在现实主义中看到的首先不是方法（在不断改变和更新），而是目的——寻找和表达存在的真实性。”①

无论是斗争论、调和论还是争鸣论，我们从以上这些评论家的观点中可以看到的是，苏联解体二十年来，俄罗斯文学已经逐渐步入多元化发展的道路。具有优秀传统的现实主义经历了苏联解体初期巨大的冲击，在求新求变中愈益焕发出鲜活的生命力，后现代主义虽然在经过短暂的热潮之后于20世纪末逐步退潮，但它的观念、思维方式与艺术手法对俄罗斯文学的影响却是深远而持久的；与此同时，一批在含义上多层次、在方法上对各种文学思潮和风格兼收并蓄的小说创作日益受到作家和读者的青睐，在俄罗斯文坛的地位不可小觑。这类小说是以往的文学理论所难以界定的，同时也是引起当今文学批评界争议最大的一种文学现象。笔者拟采用著名评论家利波维茨基提出的“后现实主义”这个概念加以概括。

第一节　现实主义的传承与新变

时代的变迁为现实主义的发展提供了自由而宽广的舞台，当代俄罗斯现实主义小说创作在风格上表现出日益丰富与多样的态势。在批判现实主义获得新生的同时，还出现了一种比较重要的美学现象——新现实主义。

批判现实主义的新生指的是以拉斯普京、邦达列夫和帕夫洛夫等为代表的一批作家，坚持和重振19、20世纪以来俄罗斯批判现实主义文学强

① Евгений Ермолин. Не делится на нуль//Континент, 2009, №140.

烈关注现实、对社会阴暗面进行无情揭露和批判的传统，并对这个传统进行深化和发展，加大了批判力度，扩展了表现范围，进一步提出种种救国、强国之路。

当代批判现实主义文学的新生并非空穴来风，而是有其深刻的历史渊源和现实背景的。批判精神——这个批判现实主义文学的本质特点，也曾经被高尔基看作一切优秀文学作品的共同特征："如果我们把世界文学作为一个整体来看，那么我们一定会承认：在各个时代的文学中，大都对现实采取批判、揭发和否定的态度，而且愈是接近我们，这种态度愈是强烈。只有那些凡夫俗子，只有那些其作品已经被人遗忘的没有多大才能的文学家，才满足于现实，赞美现实。那种公正地获得'伟大'称号的文学，从没有向社会生活现象高唱过赞歌。"① 当代著名文学理论家尤·鲍列夫在他主编的《文学理论》第四卷中也提出一个观点："俄罗斯文学中一切好的东西都生来就具有批判性、与现存事物秩序相对立。"② 回顾历史我们可以发现，这样的结论不无道理。在黑暗深重的19世纪，伟大作家深刻批判专制制度，为人民的自由解放发出愤怒的呼声，构筑了举世公认的俄罗斯文学发展史上的黄金时代。到了20世纪30年代以后，当社会主义现实主义被确定为一家独尊的创作方法，其他艺术形式长期受到禁锢时，批判现实主义文学并未消弭，而是作为潜流在默默发展和丰富。一批有良知的作家依然创作了很多暴露社会腐败现象、渴求真正自由的经典作品。但是当时的苏联社会个人崇拜现象日益严重，文坛上以回避或者否认社会矛盾冲突、掩盖现实阴暗面和弊端为特点的"无冲突论"盛行。一些敢于暴露现实问题的作品要么得不到发表，要么发表以后受到严厉的批判。从50年代斯大林去世前后开始，苏联文学界对"无冲突论"展开了广泛的批判。与此相适应，大批暴露现实阴暗面的作品得以面世。继奥维奇金的《区里的日常生活》（1952年）发表后，爱伦堡的《解冻》（1954年）、杜金采夫的《不是单靠面包》（1956年）、帕斯捷尔纳克在国外发表的《日瓦格医生》（1957年）和索尔仁尼琴的《伊万·杰尼索维奇的一天》等小说从社会生活的各个领域入手，把批判矛头直指个人崇拜所

① 高尔基：《年轻的文学及其任务》，见高尔基《论文学》（续集），冰夷等译，人民文学出版社1979年版，第255页。

② Борев Ю. Б. Социалистический реализм. См.: Теория литературы. М., ИМЛИ РАН, "Наследие", 2001, Т. 4. С. 417.

带来的危害。然而60年代末到80年代初，苏联政府又开始加强对文艺界的监督，批判现实主义文学归于沉寂。在长时间沉闷停滞的局面下，道德暴露和哲理探索小说异军突起，成为这一时期引人注目的文学现象。这类作品避开政治，以道德题材为主题，揭示当代社会中人们的精神和道德危机。其中，以尤里·特里丰诺夫为代表的"莫斯科小说派"偏重于城市日常生活，对城市市侩卑劣、龌龊的心理及其利己主义和消费主义的生活态度给予了深刻的揭示和无情的批判。而以拉斯普京为代表的乡村散文复兴了俄罗斯古典现实主义传统，在暴露现实生活、尤其是农村中存在的问题，对集体农庄和国家发展方向提出质疑时，将目标指向当代人的道德性。乡村散文反对城市文化，将农民视为道德性的主要承载者和人民的真正代表——这个农民不是掌握了集体农庄生活的人，而是在记忆中保存了宗法制农村的人。认为农村是实现国家复兴的根本，因为只有农村保存了人民存在的精神基础。苏联解体后，目睹社会政治的动荡不安、贫富差距的日益加大、西方文化对俄罗斯民族文化传统的冲击，乡村散文作家和其他一些传统派作家更加不满现实，宽松的创作环境使他们可以尽情抒发内心感想，表现出对整个社会和国家所持的强烈的批判态度。还有一些在苏联解体以后日渐成熟的作家，他们亲身体会到当今社会的种种问题，对现实深刻的体察感悟激发起他们的爱国热情和创作勇气。尤·波里亚科夫提出了以精神、强国、富裕为核心的"新爱国主义"思想，他和阿·谢金等作家的作品在暴露社会弊端的同时，体现出探索强国之路的现实主义精神。这些倾向汇聚在一起，对俄罗斯批判现实主义文学传统既坚守又深化发展，形成了一股强大的批判现实的力量，它标志着今天俄罗斯批判现实主义文学的新生。

新型批判现实主义进一步深化和发展了批判现实主义传统，对现实所进行的批判更加彻底，更加大胆。如果说70年代的乡村散文局限于揭露社会的某些弊端，指出人道德的败坏，着重于对人的道德领域进行哲理探索的话，那么新型批判现实主义小说已经扩展到对整个国家的前途和命运进行思考，对国家制度质疑和否定，对社会现实持强烈的批判态度。如果说乡村散文作家开始寻找拯救国家和民族的方案并且看到了希望的话，那么新型批判现实主义作家则发出了国家危亡的痛心疾首的呼号。两种小说在情绪上有着极大的反差。后者在情绪上更加激烈，态度更加鲜明，表达方式也更加直白。在乡村散文中早已出现的丰富多彩的隐喻的、假定性的艺术手法在新型批判现实主义作品中反而很少得到运用，拉斯普京等作家似乎认为民族危机已经发展到必须奋臂疾呼使其悬崖勒马的地步，许多作品表现出公开的政论性乃至论战色彩。

除新型批判现实主义以外，还有一类小说既具有现实主义的根本特点，又吸纳了一些新的艺术表现手法，引起文学界持续至今的热烈讨论。在各种批评术语中，新现实主义（новый реализм）这个概念受到比较广泛的认同。其实，新现实主义是一个并不新鲜的名词。在俄罗斯文学史上，每当面临新的社会文化形势，现实主义有所发展变化、不同于以往时，常常被评论家冠以这个名称。这次也不例外。1992 年，文学理论家卡连·斯捷班尼扬在《作为后现代主义终结期的现实主义》① 一文中，肯定了一种美学现象：即后现代主义因素有机而深入地渗透到现实主义诗学传统中，两种好像完全对立的艺术体系相得益彰。他称此为“新现实主义”。1993 年，著名评论家巴·巴辛斯基在《回归：关于现实主义和现代主义的论战性札记》② 一文中，同样使用了“新现实主义”这一术语，并把当代一些作家归入其中。

“新现实主义”一经提出，就引起评论界沸沸扬扬的争论。反对者认为，现实主义作为一个概念，从来没有离开过俄罗斯的文学生活。那些使它符合现代精神的各种定义（“新”或者“社会主义”）只不过表明了时代的特征，也可以说是调味品，是加入了调味品的现实主义③。拥护者认为，20 世纪末新现实主义的诞生应当引起足够的重视，这将唤醒文学生活。评论界在痛苦的沉默状态下长久地寻找合适的词语，现在看来这个词语找到了，就是“新现实主义”。“新现实主义”这一概念的坚定拥护者包括评论家和作家弗拉基米尔·邦达连科、斯维特兰娜·瓦西连科、玛丽娅·列米佐娃、奥尔加·斯拉夫尼科娃等。有趣的是，真正开始大张旗鼓宣扬新现实主义的并不是他们，而是俄罗斯科学院高尔基世界文学研究所的文学理论和批评家谢尔盖·卡兹纳切耶夫及其麾下的一批年轻作家，如谢尔盖·沙里古诺夫、朗曼·谢恩钦、米哈伊尔·波波

---

① Карен Степанян. Реализм как заключительная стадия постмодернизма//Знамя, 1992, №9.

② Павел Басинский. Возвращение. Полемические заметки о реализме и модернизме//Новый мир, 1993, №11.

③ Шорохов А. Русский религиозный реализм//Русский писатель, 2003, №2.

夫等。

2001 年，卡兹纳切耶夫发表《“新现实主义”和当代俄罗斯文学语言》[①]，认为应当把现实主义作为一个不断更新变化的创作方法来看待。这样说来，“新现实主义就是在当前的社会和文学语言发展阶段的现实主义”。同年，莫斯科大学新闻系学生沙尔古诺夫发表《反对送葬》，提出后现代主义濒死。“在年轻人的小说中……重又感受到以前的传统文学。新现实主义！”[②] 这篇文章被认为是“二十岁一代”年轻作家和批评家的宣言。之后，谢恩钦在莫斯科作家协会成立大会上发表声明《新世纪第一代文学》。声明中称“我们文坛上统治了十年的后现代主义走向颓势。……许多后现代主义的辩护士在他们最近的作品中都失望地转入现实主义的轨道。但今天的现实主义已经不再是二十年前文学研究教科书上的现实主义，评论家给了它一个新的名称，虽然不是很合适，但姑且就用它一下——新现实主义”。2003 年 10 月，他又在《文学的俄罗斯》报上发表《新现实主义者们》一文，认为新现实主义是今日俄罗斯文学众多流派中的一个，最年轻，也最具发展前景。同样是来自莫斯科大学新闻系的大学毕业生普斯托瓦娅也于同一年在《新世界》发表大型批评文章《当代小说中的新“我”：作家个体的净化》，强调新现实主义这一概念及其意义。该文受到当代著名文学评论家罗德尼扬斯卡娅的首肯，她还亲自为之作序。2005 年，普斯托瓦娅又在《十月》和《新世界》上刊登两篇相关文章，从而成为公认的新现实主义阵营里的一员。2005—2006 年间，新现实主义批评家中又增加了安德烈·鲁达列夫，他也是“土壤派”为数不多的年轻批评家之一。在 2011 年出版的《21 世纪文学十年总结文集：语言—文化—社会》一书中，收入了另一位青年批评家谢·别里亚科夫的文章《“新现实主义”的来源与意义：关于零年文学情境》。文章认为“新现实主义”的提出与其说是标志着一个文学流派的诞生，不如说它是新一代创作群体的宣言。其最重要的现实依托就是“处女作奖”活动和青年作家协会，二者都是真正的文学“造星工厂”。

---

① Казначеев С. Новый реализм и речь современной русской словесности//Русская речь, 2001, №6.

② Шаргунов С. Отрицание траура//Новый мир, 2001, №12.

卡兹纳切耶夫自认是"新现实主义"这一术语的创立者（他甚至在《独立报》上公开宣称自己对这一名称的专属权）。从1997年开始，他三次组织名为"新的现实——新现实主义"的主题会议，参加会议的大多是刚刚登上文坛的三十岁以下的年轻作家。三次会议中最热闹的要数2000年3月那一次。莫斯科作协领导弗拉基米尔·古谢夫、文学研究家阿列克谢·安东诺夫和美国学者亚历山大·穆里亚尔奇科等到会，与会人士纷纷提议颁发新现实主义证书，建立新现实主义科学院，甚至还要发表一封致后现代主义者的公开信，公开信的抬头是"亲爱的死尸们!"可想而知，这些计划都没有实现。但他们还是出版了作品集《新现实主义》和卡兹纳切耶夫的专著《为文学中心主义辩护》。

同样是拥护新现实主义，对其理解却不尽相同。卡兹纳切耶夫之所以几次组织会议，最重要的目的就是为新现实主义确定含义。显然，这一目的很难达到。不过，从各种相关论述文章和作品中我们还是能够总结出一些共同的观点。

一种看法是肯定后现代主义对现实主义的影响。认为现实主义与后现代主义的交界点就是新现实主义。这首先体现为作者立场的根本改变："作家从训诫者、人类灵魂的工程师变成了普通人——常常是自己作品中的一个人物。"他好像与人物站在同一水平面上，同情他们，不进行说教，也不做道德审判。其次是语言对于新现实主义者成为命运的象征，是各种明显的和隐秘的可能性的实现。再次就是大量后现代主义的艺术手法被现实主义者采纳①。但新现实主义与后现代主义不同。第一，作者相信最高精神本质的存在，并使读者注意到这个存在（而不是注意到自己的信仰）；第二，试图"综合传统的对世界有思想性的看法和主观的、强调个体性的看法"②。总之，新现实主义者景仰现实并尊重它的各种表现，包括语言。

第二种看法认为新现实主义就是如实描写新的现实，几乎完全摒弃虚构。这样的现实往往是残酷、阴暗的。列米佐娃是中年一代批评家中新现实主义最忠实的拥护者。她简直仇恨虚构。对于她来说，虚构、想象都不

---

① Казначеев С. Новый реализм и речь современной русской словесности//Русская речь, 2001, №6.

② Карен Степанян. Реализм как заключитьная стадия постмодернизма//Знамя, 1992, №9.

能反映真正的现实。年轻作家如沙尔古诺夫、谢恩钦、捷涅什金娜等常常直接描写自己的生活。谢恩钦在一次访谈中表示："如果我开始真正的虚构，我将把它视为废品。"① 他们把这种主张反映在自己的作品中：往往以第一人称叙述，有的主人公干脆用自己的名字。他们白描当代青年肮脏的现实世界，没有任何理想主义色彩。在他们的作品中，酗酒、吸毒、卖淫等社会丑恶现象比比皆是，看不到一点光明和力量。这就是他们所说的新现实主义。

奥列格·帕夫洛夫和阿列克赛·瓦尔拉莫夫等人不同意自己被归入"新现实主义作家"行列。他们于 1997 年 12 月在《文学的俄罗斯》报上发表对话《我们是正统派》②，其中谈道："我们本质上都是正统派。我们有神圣的价值——东正教。"在 1998 年《莫斯科》杂志题为"现实主义：是时髦还是世界观的基础"③ 的笔谈会上，帕夫洛夫和瓦尔拉莫夫认为俄罗斯现实主义是相信上帝、寻找上帝的文学，它的精神实质是东正教。

在《回归》和 1995 年的《什么是俄罗斯现实主义?》④ 等文章中，巴辛斯基提出现实主义根本不是语言和风格的问题，而是对上帝所创造的世界及其隐秘思想的信任，即相信世界不是人创造的，世界本身就是艺术的最高作品（最高构思）。与此相适应，语言本身也是活生生的，也有自己的世界和意义，它是不可操纵的。艺术家的任务不是研究人和人的生活，更不是改变他们，而是卓越地和透彻地反映上帝的（不是艺术家编造的）"构思"。这个现实主义可以称作天真的现实主义。换句话说，作家对上帝的最高"构思"信仰得越少，越是相信自己的经验，他就越不符合严格意义上的"现实主义者"。巴辛斯基认为，别林斯基在《论俄国中篇小说和果戈理君的中篇小说》一文中第一次论述了俄国现实主义的精神基础。该文写道，在果戈理的创作中"没有虚假和推敲锤炼；因为这里不曾有或然性的估计，不曾有考量，不曾有弥补漏洞的努力，因为这作品不是制作、捏造出来的，而是在艺术家的灵魂里面，象受了存在于他内部和

---

① Денис Спиридонов. Писатель за быт. Прозаик видит в сером цвете//Новая газета, 2004, №58.

② Мы ортодокс//Литературная Россия, 26. 12. 1997.

③ Реализм: Мода или мировоззренческие основы? //Москва, 1998, №9.

④ Павел Басинский. Что такое русский реализм//Литературная учёба, 1995, №2－3.

外部的某种崇高神秘力量的感应而创造出来的"①。与之相对立的世界观则不相信这个上帝的最高"构思"，认为一切都可以拿来试验。比如打开词语的组成，看看能得到什么结果。这种语言的游戏被称作"美学实验"。现实主义和现代主义的分水岭就在于此。

帕夫洛夫认为，所谓现实主义应当是一种精神。他在《俄罗斯小说诗学》和《根本问题——俄罗斯传统主义者宣言》等文章中提出，"现实主义精神比现实主义方法更具有历史性"。现实主义精神与俄罗斯民族文艺传统相连。这个传统"不是一劳永逸的教条。它可以吸纳众多独具特色的创作风格，但是必须与俄罗斯信仰、文化和生活相接近……我把它叫做俄罗斯精神史"②。

瓦尔拉莫夫在一次访谈中表示："我属于传统的现实主义流派。俄罗斯文学宣扬的价值就是我的价值。我满怀兴趣地研究这些问题，并在我的作品中触及当代的这些问题……对于我来说，现在的艺术家相当于编年史家。中世纪的编年史家怎样描述一个事件，当代作家就怎样在讲述人类的心灵史，不仅是事件本身，而且是人的心灵。"③

关于新现实主义，我们应当认识到，它并不是一个全新的特殊的文学流派，当代俄罗斯文学批评界对其定义和范围也没有达成共识，其内部的结构和联系比较松散。笔者综合多种观点，认为卡兹纳切耶夫所谓的"新现实主义"有别于列米佐娃所指的"新现实主义"，而与利波维茨基所提出的"后现实主义"概念更为接近，因此笔者采纳列米佐娃的观点，将几乎白描式地记述现实生活的现实主义作品归为新现实主义。这一派的重要代表是年青一代作家沙尔古诺夫、谢恩钦（近年创作也逐渐向残酷的现实主义转变）、巴布琴科等。

第二节　后现代主义的发展与繁盛

后现代主义是20世纪后三分之一阶段在西方社会流行的一种涵盖诸多领域的思潮。它表现在文学领域，就是不满于传统的表达方式的局限性

---

① 别林斯基：《论俄国中篇小说和果戈理君的小说》，《别林斯基选集》第一卷，满涛译，上海译文出版社1979年版，第179页。

② Павлов О. Метафизика русской прозы//Октябрь，1998，№1.

③ См.：Затонувший ковчег//Литературная Россия，1997，№1 - 2.

及其明确的关注社会现实的创作理念，对现实主义和现代主义反其道而行之。由于后现代主义以反理性、反传统为宗旨，所以对这个概念很难给出精确的定义，有人说对后现代主义只能用“不是……”来解释，我国文艺美学家王岳川利用它与现实主义和后现代主义的对比进行了阐释：“就精神模式而言，现实主义注重理想模式（典型），现代主义注重深度模式（象征），而后现代主义则追求‘平面模式’（空无）；就价值观而言，现实主义讲求代永恒价值立言的英雄主义，现代主义讲求代自己立言的反英雄（荒诞），而后现代主义则讲求代‘本我’立言的非英雄（凡夫俗子）；就人与世界的关系而言，现实主义强调历史发展的必然性和人的社会性，现代主义强调世界的必然性与人的偶然性相遇中的个体存在状况，后现代主义则强调存在的偶然性（生命与艺术是偶然的）和生命的本然性；就艺术表现而言，现实主义以全人观物，叙事人无所不知，无所不晓，并具有一种求雅的审美趣味，现代主义以个人观物，具有一种雅俗相冲突的审美取向，而后现代主义则强调纯客观的以物观物，讲求无个性、无感情的‘极端客观性’，并表征出一种直露坦白的求俗趣味；就艺术与社会关系而言，现实主义认为艺术是超功利的审美欣赏，具有一种提升读者的功能（教化大众），现代主义认为艺术是对社会异化压抑的一种反抗，艺术表现为反抗性反弹的痛苦与丑，而后现代主义则认为艺术是一种商品，是日常生活中解魅化、大众化的消费品。”① 这道出了后现代主义的基本内涵，但具体到不同国家的后现代主义文学，也会因为具体社会文化环境的不同而有很大的差异。俄罗斯后现代主义文学批评经历了暗流涌动的孕育萌芽期、浮出水面的争议热潮期和成果辈出的平静收获期，对后现代主义文学在本土的产生根源、产生年代及其与西方后现代主义文学相比的独特之处，进行了细致而深入的分析与研究。

从20世纪60年代末至苏联解体前后，“后现代主义”术语虽然零星见诸报端，但其文学理论还远远没有与俄罗斯文学批评挂钩，评论家纷纷寻求合适的概念、话语来把握这些创作现象，给它们冠以各种各样的称谓，既有上面提到的地下文学、“新自然主义小说”，也有所谓的“新潮文学”、“黑色文学”、“别样小说”或“别样文学”等，这些名称的所指其实都不同程度涵盖了后来被称为“后现代主义文学”的作品。在这些

① 王岳川：《二十世纪西方哲性诗学》，北京大学出版社2000年版，第397—398页。

名词中，“别样小说”这个概念受到较多的认同和应用。它首次出现于1989年。在该年2月8日第6期的《文学报》上，同时刊登了批评家谢尔盖·丘普里宁的《别样小说》和德米特里·乌尔诺夫的《坏小说》两篇文章，对包含“三十岁一代”作家的作品在内的一批作品展开争论。丘普里宁把这些作品称为“对居统治地位的道德以及对在我们这里被认为是真正的文学的一切提出挑战”的“别样小说”，扩大一点说这种文学就是有别于现有文学的“别样文学”。多年以后的2003年，在丘普里宁的《今日俄罗斯文学指南》一书（这是一本文学大事记及文学家、文学奖项、文学组织、文学刊物的词典）中，有关1989年的记载有这样一条：“2月。谢尔盖·丘普里宁的《别样小说》和德米特里·乌尔诺夫的《坏小说》两篇文章使得先锋文学和后现代主义文学在俄罗斯报刊中获得合法化地位。”[①] 确实，这个概念虽然所指有些模糊，但它在当时的苏联文学批评界正式宣告了与所谓官方认可的文学完全不同的一种形式。“别样小说”在概念确立之初包含了各种不同类型的作家，后来他们中的相当一部分都成为公认的后现代主义作家，如塔吉娅娜·托尔斯塔娅、叶·波波夫、维克托·叶罗菲耶夫等。

从苏联解体前后至90年代上半期，“后现代主义”这个词语正式登陆俄罗斯文坛，并成为文学批评界的争议焦点。几位评论界的后起之秀，如维亚切斯拉夫·库里岑、利波维茨基和爱泼斯坦等，对后现代主义起到了积极的宣扬作用。西方后现代主义理论逐步得到介绍，且被运用于分析文学现象。报纸杂志上出现了大量关于后现代主义文学的文章，其中比较具有代表性的是：1992年库里岑在《新文学评论》第1期上发表文章，评论维涅季科特·叶罗菲耶夫的《从莫斯科到佩图什基》，之后在《新世界》第2期上刊登《后现代主义：新的原始文化》一文，指出了后现代主义最原始的特征：引文性和集句性，提出在今天后现代主义才是具有现实意义的。10月，他在《文学报》上发表《论我们在后现代主义问题上的分歧》，强调后现代主义在当今文学批评中的重要地位，认为不管愿意不愿意，“今天都需要通过后现代主义的过滤器去看世界”。

1991年马尔克·利波维茨基在《文学问题》第11—12期合刊上发表《剧变的规律》，阐述对后现代主义的看法。在1992年第8期《旗》杂志

① Сергей Чупринин. Русская литература сегодня. М.，ОЛМА-ПРЕСС. 2003，С. 21.

上发表《粒子的颂扬，或与混乱对话：关于经典著作叶罗菲耶夫的长诗〈从莫斯科到佩图什基〉与俄罗斯后现代主义》，在1995年第8期《旗》上发表《死里逃生：俄罗斯后现代主义特征》。

1991年爱泼斯坦在《旗》杂志第1期上发表《未来之后——关于文学中的新意识》，他后来在专著中提到，正是在这篇文章中他首次把后现代主义概念运用于俄罗斯文学批评中。1995年他在《新文学评论》杂志第16期发表《从现代主义到后现代主义：20世纪前十年文化中的辩证法"超"》，1996年在《旗》杂志第3期发表《最初的或者后现代主义的终结》，1996年在《词语－Word》杂志第19期上发表《后现代主义与共产主义》。

在苏联解体之初社会主义现实主义理论体系遭到遗弃、其他的文学理论体系还没有建立起来、文学批评界一时失语的情况下，后现代主义的迅速升温是可想而知的。后现代主义理论家对西方后现代主义理论的译介工作，对俄罗斯后现代主义文学的分析与争论都开阔了人们的思路、拓展了人们的视野，为加速俄罗斯文学与世界文学的接轨作出了很大贡献。

90年代后半期以来，后现代主义文学评论迎来了一个丰收期。出现了大量经过潜心研究、思考和积淀以后获得的追根溯源、理智分析的专著。同时，后现代主义作为20世纪下半期一个重要的文学流派进入各种各样的文学史著作、教科书中。

这一时期出版的重要后现代主义文学研究专著有：利波维茨基的《俄罗斯后现代主义：历史诗学概论》（1997年），格尼斯的《伊万·彼得洛维奇死了》（1999年），斯科罗帕诺娃的《俄罗斯后现代主义文学》（1999年），爱泼斯坦的《俄罗斯的后现代文学与理论》（2000年），库里岑的《俄罗斯文学的后现代主义》（2001年），斯科罗帕诺娃的《俄罗斯后现代主义文学：新哲学、新语言》（2002年），鲍格丹诺娃的《当代俄罗斯文学中的后现代主义——20世纪60—90年代至21世纪初》（2004年），爱泼斯坦的《俄罗斯文学中的后现代》（2005年），利波维茨基的《悖谬逻辑：20世纪20年代至21世纪前十年文化中（后）现代主义话语的转化》（2008年）。在文学史著述中，戈尔多维奇的《20世纪祖国文学史》（2000年）专章讲述大众文学与后现代主义，季明娜主编的《20世纪俄罗斯文学》（2002年）中专章讲述俄罗斯后现代主义，涅法金娜撰写的专著《20世纪末俄罗斯小说》（2003年）中有一章《后现代主义体系中的风格流派》，季明娜主编的《当代俄罗斯文学（20 世纪 90 年代至 21 世纪初）》（2005 年）中专章讲述俄罗斯后现代主义文学诗学。这些评论家从各个方面梳理了俄罗斯后现代主义文学的发展历史、源流及特点，在一些方面一致，在另一些方面又表现出各自的关注点与看法的不同。

斯科罗帕诺娃的《俄罗斯后现代主义文学》是作为大学生、研究生及语文系教师的教科书撰写的，因此带有知识普及的特点。她在绪论中把与后现代主义有关的术语、概念等做了一番解释，然后按照俄罗斯后现代主义文学的发展轨迹，分章讲述了俄罗斯后现代主义文学的三个浪潮。每个浪潮都先进行情况概述，然后具体分析代表性的作家作品。最后附上三个范例：后现代主义作品的文本或文本片段。她的另一部专著《俄罗斯后现代主义文学：新哲学、新语言》，主要从哲学和诗学的角度深入探究俄罗斯后现代主义产生的原因，与西方后现代主义的区别，最重要的是把后现代主义作品进行了分类，结合作品详细分析俄罗斯后现代主义文学中新的思维模式及其艺术表现手法。库里岑的《俄罗斯文学的后现代主义》被爱泼斯坦评价为最大限度地接近其所研究的对象。的确，库里岑开篇就承认这部书不准备对后现代主义进行清晰严谨的体系化的论述，他认为后现代主义讲究的就是非线性，而对于研究者却要符合逻辑地推断出什么是后现代主义，这显然是一个悖论，所以作者准备用后现代主义批评的“结构性”来架构自己的语言。因此这部书不是很系统，但基本上还是在分析一些代表作品的基础上说明俄罗斯后现代主义文学的特性。

爱泼斯坦的《俄罗斯文学中的后现代》是在总结自己原来发表过的文章的基础上对后现代主义文学进行系统研究。他给出后现代主义的定义，界定后现代主义在历史时间中的位置，又对“后现代性”和“后现代主义”加以区分：“后现代主义是后现代性的第一阶段”。爱泼斯坦认为现代主义和后现代主义不是两个不同的文学美学现象，而是属于统一的文化图表。他还同时对后现代主义的起源做出论断，论述后现代主义与共产主义的关系。

著名文学批评家马尔克·利波维茨基的新作《悖谬逻辑：20 世纪 20 年代至 21 世纪前十年文化中（后）现代主义话语的转化》（以下简称《悖谬逻辑》）问世，既为俄罗斯后现代主义文化研究图景增添了浓墨重彩的一笔，也为后苏联文学理论书写了重要的篇章。

说起苏联解体后的当代俄罗斯文学批评界，马尔克·纳乌莫维奇·利波维茨基和他的父亲纳乌姆·列伊德尔曼·利波维茨基可谓举足轻重的一对“父子兵”，他们分别执教于国立乌拉尔大学和国立乌拉尔师范大学，曾合著三卷本《当代俄罗斯文学》。年富力强的马尔克·利波维茨基显然比他的父亲更加迅速地接受了西方文学理论的影响。他曾得到美国富布莱特基金的资助，在匹兹堡大学斯拉夫语言文学系访学一年，回国后于1997年推出《俄罗斯后现代主义：历史诗学概论》一书，这基本上可以算作俄罗斯后现代主义文学研究的开山之作。十一年后，当《悖谬逻辑》这部新专著面世时，他已经成为美国科罗拉多大学的教授。从这部厚达八百多页的新作中可以看出，它无论在研究深度还是广度上都比前一本专著大大拓展了，堪称马尔克·利波维茨基的呕心沥血之作。

专著的名称鲜明地体现出作者的两个基本观点：“悖谬逻辑”表明作者接受了法国后现代哲学家利奥塔尔的理论并把它作为俄罗斯后现代主义文学研究的切入点；在“后现代主义”的“后”字上加括号则表达了作者对于俄罗斯后现代主义文学的起源与发展问题的看法。“悖谬逻辑”这个概念是法国哲学家利奥塔尔在他著名的论著《后现代状态：关于知识的报告》中为总结形成于当代哲学中的新型逻辑而提出的。这个词（паралогия）由“悖论”（парадокс）和“逻辑”（логия）两个词组成，既是不合常理的反论，又是符合逻辑的科学，利奥塔尔试图用这个词语道出后现代的核心与目标：追求差异，追求矛盾论。利波维茨基写道：“这个词语把联系与矛盾、类似与冲突联合在一起……我觉得这个概念对于理解俄罗斯现代主义和后现代主义的变化、对于描述这种变化的方法都是重要的，我的书名由此而来。”他引用英国伦敦大学教授史蒂文·康纳对这个词语的解释：“这是旨在推动意识结构进步的一种矛盾意识”，指出：“悖谬逻辑导致的不是互不兼容的语言游戏之间的相互妥协，因为这种妥协会破坏后现代主义文化的多相性。它的主要目的——加深对差别的敏锐感觉，增强对无法解决性的耐受力。”他引用德国后现代美学家沃尔夫冈·韦尔施的话进一步解释：“它（指悖谬逻辑——引者注）既建立联系，又不强求统一，既填补裂缝，又不修平土地，既发展多样，又拒绝片段。”专著从“悖谬逻辑”这一概念入手，说明了俄罗斯后现代主义文学从产生、发展到变化的整个过程：20世纪20—30年代“悖谬逻辑”话语形成于俄罗斯现代主义文学之中，使现代主义变形进而产生了后现代主义修辞的理论模型。60 年代末期至 90 年代末期是俄罗斯后现代主义的发展阶段，21 世纪以来俄罗斯后现代主义并没有结束，而是发生了根本变化。看来，作者并不像许多人从字面上理解的那样，认为俄罗斯后现代主义开始于现代主义之后，而是认为后现代主义并不与现代主义相对立，它存在于现代主义复杂而又富有戏剧性的历史之内，是现代主义历史发展中最重要的时期之一，伴随着现代性的整个进程持续到现在，而且距离结束还相当遥远。这也就是为什么专著的名称中“后现代主义”的“后”字加括号的原因。

作者在《前言》中指出，文学进程——尤其是 20、21 世纪之交的文学进程不是线性发展的，即从“一个阶段”过渡到“另一个阶段”，而是同时存在多条道路和多种可能性，因此书中采取的是“多中心”的结构。全书共三个部分 18 章：第 1 章是“悖谬逻辑话语”；第一部分“后现代主义的蜕变”，包括第 2 章至第 5 章；第二部分是“概念主义和新巴洛克”，包括第 6 章至第 11 章；第三部分是“近期后现代主义”，包括第 12 章至第 18 章。每一部分都相对独立，反映出不同时期俄罗斯后现代主义的主要特点：在第 1 章中，作者指出利奥塔尔用“悖谬逻辑”表示一种超出理性思维之外的推理，它通过自相矛盾、矛盾修饰法来印证自己。20 世纪的俄罗斯文化所形成的正是这种“悖谬逻辑”的机制，可以称之为“爆炸性难题”（指古希腊埃利亚学派提出的哲学难题）。它形成于 20 世纪 20—30 年代的俄罗斯现代主义中，后来发展为 60 年代至 21 世纪初的后现代主义写作。俄罗斯现代主义向后现代主义的转化受到两种大规模的文化模式之间的同步斗争的驱动，即基于理性凌驾于非理性和无意识之上的逻各斯中心主义和赋予非理性——情感的和（近乎）宗教的经验以根本意义的文学中心主义这种典型的东欧现象（作者认为当代学者对此二者很少加以区分）。“爆炸性难题”表现为一种文化杂交，即源于文学中心主义的俄罗斯文化的两面性与对源于逻各斯中心主义的二元对立说的解构二者之间的杂交。如果说西方后现代主义的典型特征是对二元对立的逻各斯中心主义进行解构，那么俄罗斯后现代主义则更多地表现为在意义的两极之间无休止的摇摆。按照利波维茨基的观点，这个进程的无法解决是俄罗斯后现代主义与西方后现代主义的根本区别。

接下来利波维茨基以“爆炸性难题”为基点描绘出俄罗斯后现代主义美学的发展历程。第一部分，“后现代主义的蜕变”，通过对具体作品的文本细读分析俄罗斯后现代主义的萌芽因素。作者认为，创伤问题在俄罗斯现代主义诗学中具有特殊的意义。它不仅包括革命、战争、清洗和暴力等对人们造成的创伤，而且包括现代性以及与之相连的世俗化过程、传统联系的解体、不断增长的社会冷漠、从19世纪末就开始的文化工业的诞生等给人们带来的创伤。创伤意识的核心特点是对创伤经验的无法表达。所谓的元文学或者元小说诗学，其贯穿于20世纪20—90年代几乎所有现代主义和后现代主义重要文本中的自我反省，很大程度上表现的正是创伤的印记。作者以曼德尔施塔姆的中篇小说《埃及邮票》（1927年）为例，分析元小说诗学对创伤历史的讽喻；以瓦季诺夫的长篇小说《斯维斯托诺夫的作品与日子》（1929年）为例，分析元小说对作者经历的讽喻；以哈尔姆斯的作品集《偶然》（1933—1939年）为例，说明元小说对写作艺术的讽喻；以纳博科夫的《洛丽塔》（1955年）为例，说明元小说对其他方面（比如大众文化）的讽喻。作者把每个文本都解释为对现代主义美学的一种类型的解构，认为这些结构最终都演变成了美学及哲学的“爆炸性难题”。作者由此得出结论：后现代主义是现代主义革命的产物，它被指责的方面就像当年现代主义被指责的方面一样：冷漠，拒绝最高理想，把世界变成混乱。

第二部分，“概念主义和新巴洛克”。开始一章“迭代：空洞中心的策略”，从理论上说明在20世纪20—30年代俄罗斯现代主义怎样变形，继而产生后现代主义修辞的理论模型。从前面所分析的作品可以发现它们共同的特点——自我破坏的讽喻，这正是“高级现代主义”最重要的进步——矛盾，矛盾产生“爆炸性难题”。这预示着在现代主义文化发展过程中后现代主义阶段的到来。意大利哲学家艾柯认为后现代主义产生于当“清楚了世界没有稳固的中心”之时，结构中心的破坏是最流行的一种解构策略之一。前述作品恰恰表现出对逻各斯中心主义传统中的中心的破坏——曼德尔施塔姆的作品是对历史的解构，瓦季诺夫的作品是对作者及其创作自由的建构，哈尔姆斯的作品是对和谐的最后庇护所——写作的解构，纳博科夫的作品则兼而有之。后现代主义通过叙述的“空洞的中心”、反复申说的迭代体系宣告了自己的出现。在“空洞的中心”与互文性所造成的文本迷宫二者的相互影响下，俄罗斯后现代主义发展为两种基本倾向：概念主义和新巴洛克。二者在很多方面互相对立。概念主义倾向于先锋派艺术，延续“现实艺术派”和某些革命前文学的传统，新巴洛克崇尚“高级现代主义”美学，追随的是安德烈·别雷和纳博科夫的足迹。概念主义以无个性的逻辑推理仪式取代作者的面孔，新巴洛克推崇作者个体的虚构。如果说概念主义是对有威望的文化象征进行解构和神话的消解，那么新巴洛克则正好相反，致力于对文化废墟和残片进行神话再造。做好理论铺垫后，作者在后面的几章以维涅季科特·叶罗菲耶夫的小说《从莫斯科到佩图什基》、鲁宾斯坦的诗歌为例说明概念主义，以列昂尼德·基尔舍维奇的小说《普拉伊斯》、塔吉娅娜·托尔斯塔娅的小说《克斯》为例说明新巴洛克，最后以佩列文和索罗金的小说为例说明概念主义与新巴洛克的综合。

第三部分，“近期后现代主义”。针对正在流行的“后现代主义已经终结”的说法，作者认为后现代主义继续在统治后苏联社会文化图景。不过，在新的社会文化情形下，后现代主义已经发生根本性变化，进入佛克马所说的“近期后现代主义”阶段。俄罗斯的“近期后现代主义”使得“爆炸性难题”转变为“爆炸性杂交”，即关于同一性的后现代话语与前现代话语的杂交，这种杂交推动了2000年代俄罗斯主流文学的发展。这种杂交在文化上表现为两种倾向：一种是对于自我鉴别的古典模式与同一性的后现代话语杂交的伪现实主义或者伪纪实性的分析，一种是尝试构造杂交性神话或者与神话类似的叙述。作者通过分析鲁宾斯坦、布鲁斯金、佩列文、索罗金、阿库宁等人的作品以及当代的一些影片、戏剧阐明这种观点，最后总结，这个特点的发展不仅决定着俄罗斯后现代主义未来的发展方向，而且决定着后苏联的俄罗斯新传统主义和（后）现代主义两种同一性结构之间爆炸性关系的最终定论。

利波维茨基这部专著最大的特点是理论阐述与文本分析密切结合，西方理论与俄罗斯本土研究遥相呼应，充分体现出利波维茨基作为一个国际学者对西方后现代理论及俄罗斯后现代主义批评进行了透彻研究，同时又不囿于理论生搬硬套，而是对于本民族文化发展历程具体分析，并结合重要作品、重要现象进行全面细致的解读，从而对俄罗斯后现代主义文化的产生和发展给出了明确清晰的脉络，在理论上有所建树。所以要想全面把握这部专著并非易事，既要阅读法国、德国、英美后现代哲学家、文艺理论家的重要著述，也要熟悉俄罗斯后现代主义批评的发展历程及重要专著，还要熟谙苏联解体后俄罗斯文学创作、文化生活和社会生活的基本状况。专著的出版在当代俄罗斯文学批评界产生了很大反响。评论家们一方面肯定这部专著“是全面论述俄罗斯后现代主义的重要著作……需要花费多年的努力”，另一方面又对其中的诸多观点提出不同意见：比如俄罗斯后现代主义与西方后现代主义的区别问题，20 年代俄罗斯小说的片段性与革命和国内战争的外部创伤的关系问题，等等。其实，世界文化研究界一直对后现代主义理论争议颇多，因此对于利波维茨基这部自成体系的俄罗斯后现代文化研究专著提出某些不同意见是完全可以预料的，但不可否认的是，这部专著既是利波维茨基个人学术研究史上里程碑式的作品，也是俄罗斯后现代主义文化研究领域不可多得的经典之作。

从上面列举的这些专著来看，俄罗斯对于后现代主义文学的研究从宏观到微观，从起源到发展历程，从理论到实际，已经做得非常细致和全面。现在存在两个问题：一是出现了泛后现代主义的倾向，另一个是认为后现代主义已经结束。笔者认为俄罗斯后现代主义文学源于 60 年代、解体后达到高潮的观点比较客观和符合实际，现在的情况只是后现代主义的退潮，而其思维方式及创作方法对当代作家的影响却极其深远，没有终结。

第三节　后现实主义的确立与勃兴

20 世纪末俄罗斯小说的恢弘发展伴随着作家对各种美学方式的积极寻找和不断探索，除典型的现实主义和纯粹的后现代主义风格外，更多的文学家开始信奉同一部作品中语言、模型、方法的多元化。正如涅法金娜所说：“20 世纪末的俄罗斯文学是那些同时存在，以及没有传统和继承就突然出现的风格、题材、形式的混乱无序的杂糅。”[①] 戈尔多维奇在《20 世纪末俄罗斯文学》中强调了当代文学作品体裁间界限的模糊化。小说家兼评论家斯拉夫尼科娃提出俄罗斯小说未来的发展方向是“综合”。无论“杂糅”、“模糊”还是“综合”，都表明了一种当代俄罗斯小说风格

① Нефагина Г. Л. Русская проза конца XX века. М.，ФЛИНТА · НАУКА，2003，С. 12.

的不确定性。这类小说在继承现实主义精神的基础上，又在一定程度上表现出存在主义观察世界的角度；在艺术手法上，吸纳了许多现代主义，尤其是后现代主义的因素。这样的作品并没有在哲学精髓上全面陷入存在主义，透过表面的冷漠与旁观我们可以看到后现实主义作品对现实的热切关注，对社会不合理现象的深刻揭示与批判，在其悲观绝望的表象下依然不舍对维护人的尊严、争取人的自由的强烈渴望与不懈追求。这种文学现象已经成为20、21世纪之交俄罗斯小说风格的一个重要组成部分，引起当代俄罗斯评论家的广泛关注和高度重视。他们提出的"后现实主义"说（纳乌姆·列伊德尔曼和马尔克·利波维茨基）、"超后现实主义"说（娜塔利娅·伊万诺娃）和"本体论现实主义"说（库里岑）等虽然名称和概念界定各有不同，但都对这类独特的小说类型的存在和深远影响给予了充分肯定。

1993年，评论家纳乌姆·列伊德尔曼和马尔克·利波维茨基发表《死后之生，或关于现实主义的新消息》[①] 一文，对"新现实主义"这一概念提出质疑：这到底意味着现实主义的复兴还是后现代主义的扩张？他们在肯定古典现实主义作为社会意识和个人掌握世界的伟大的美学武器在新的时代依然有效的同时，认为20世纪的现实主义具有深刻的结构变异。它实际上已经发展成一种全新的美学体系——后现实主义。这个关于人和世界的后现实主义的概念，要求对整个文化的美学和本体论坐标重新定位。

对于后现实主义，他们是这样阐释的：20世纪人们认识到了现实并不是单一的、稳定的图景。面对混乱，各种艺术体系表现出不同的态度。现代主义渴望和谐，但没有争取和谐社会的实际行动。后现代主义对混乱局面采取妥协退让的态度。后现实主义在展示当今世界的混乱性和离散性的同时，表现出与混乱局面不可调和的斗争，它试图在现存的混乱中寻找稳定，即使是暂时性的稳定，也能给人带来希望。后现实主义从不抛弃对作为个体的人的关注，它正是通过人也是为了人才试图寻找混乱的原因，找出解决混乱的方法。只有这个后现实主义才能担当起如此重任，与当今世界图景——混乱对话。

---

① Наум Лейдерман, Марк Липовецкий. Жизнь после смерти, или Новые сведения о реализме//Новый мир, 1993, №7.

他们还对后现实主义的源起及形成过程进行了梳理和分析，认为是陀思妥耶夫斯基最早意识到传统现实主义的危机，是他超前于自己的时代看到代替合理宇宙的是无底的深渊。他一方面对世界的建构提出了质疑，一方面在广阔的价值体系中寻找解决矛盾的方法——从上帝的意志到孩子的眼泪。另外一些现实主义大家也或多或少感觉到了这种危机：从托尔斯泰到契诃夫，从高尔基到布宁都在寻找战胜现实主义不能达到“深渊”的方法。后来曼德尔施塔姆和阿赫玛托娃、扎米亚京等都在实践和理论上开始了对传统现实主义的突破。1924 年，叶甫盖尼·扎米亚京写道：“所有的现实主义形式——都是对静止的、平板的欧几里得定律的设计。自然界中没有这样的定律，没有这样有限的静止的世界，它是一种假定，一种抽象，是非现实的。因此，现实主义是非现实的：应该在飞速的不平坦的表面上无比接近现实……”这实际上是对某种新的现实主义的召唤。两位研究者认为第一个发现后现实主义这种新的美学基础的人是巴赫金，他们分析，巴赫金理论实际上是有确定的创作目标的一整套美学体系，他奠定了相对主义美学的基础，提供了一种把世界看作没有高与低、永恒与瞬间、存在与非存在界限的永远变化的眼光。但苏联的建立使人们的视野又成了一个单一稳定的图景，社会主义现实主义作为统一的创作方法的确立束缚了人们的思维。扎米亚京所倡导的综合的现实主义不可能被发扬。不过，70、80 年代作家的创作极大地丰富了现实主义，直到 90 年代才可以说这种新的现实主义形成了一定的体系，它开辟了一条和混乱对话的独立的道路。作家的创作意图不再是某种需要实现和检验的假设，而是直接追问：“生活是有意义的吗?”并且创作过程本身就是对这个问题的各种不同的解答方案。

1998 年，资深望重的女评论家娜塔丽娅·伊万诺娃发表《战胜了后现代主义的人们》[①] 一文，文中关注到与纳乌姆·列伊德尔曼和马尔克·利波维茨基所命名的“后现实主义”非常近似的一种美学现象，不过她使用的名词是“超后现实主义”（трансметареализм）。她指出这种现实主义借鉴后现代主义的风格，又重振被其抛弃的意义和价值，拒绝厚颜无耻的反人道主义，拒绝“恶之花”。它从根本上摆脱了社会主义现实主义美学，甚至摆脱了它的思想。摆在它面前的任务与外部的美学（或者说

① Иванова Н. Преодолевшие постмодернизм//Знамя，1998，№4.

政治的）现实无关，而是存在的、本体论的问题。伊万诺娃进一步总结这种文学的特点是，把文本展开成一个统一的、多层次的隐喻，把情绪洋溢的自省理智化，吸取了后现代主义的互文性和反讽等手法。

2001 年，列伊德尔曼和利波维茨基在他们合著的《当代俄罗斯文学》第三卷《世纪末：1986 年至 90 年代》中，把后现实主义作为一个流派与现实主义和后现代主义并列提出[①]。

2002 年，维亚切斯拉夫·库里岑在《2001—2002 年俄罗斯文学的基本流派》[②] 中提出新的文学倾向——本体论现实主义（онтологический реализм）的存在，说明本体论现实主义的哲学—美学实质是：在人类生活中存在崇高的，但隐秘的意义。人们所需要做的是去了解这个意义，而不是寻找和安排自己在人世中的位置。俄罗斯人只有通过团结一致、通过“聚合性”，才能了解这个意义。任何个人的道路都不是真理之路。本体论现实主义者的核心思想——万有精神论认为：人周围的整个世界都是有精神的。今天新的本体论现实主义者同样不寻找生活现象的因果联系，而是寻找神圣的基督教意义，因为现实在上帝面前只是永恒世界的暂时。本体论现实主义的特点是宗教性，看待世界的基督教眼光。

从同一种角度出发，评论界还出现了形而上学现实主义（метафизический реализм）和存在主义的现实主义（экзистенциальный реализм）的说法。库里岑就把自己所说的本体论现实主义又称为形而上学现实主义。2004 年莫斯科文学家中心成立了形而上学现实主义俱乐部。俱乐部在出版社的帮助下出版了形而上学现实主义小说丛书[③]。对于什么是形而上学现实主义，俱乐部主席尤里·玛姆列耶夫解释说，就是在传统的现实主义形式中加入了隐喻的、形而上学的、象征主义的成分。此类小说的主人公一方面是日常生活中可以见到的，另一方面又具有本体论的虚构色彩[④]。另外，尤·米涅拉洛夫在《20 世纪 90 年代俄罗斯文学史》中，瓦连京娜·扎曼

---

① Павел Басинский. Возвращение . Полемические заметки о реализме и модернизме// Новый мир, 1993, №11.

② Вячеслав Курицин. Основные направления в россиской литературе 2001—2002гг. http// www. pl. spb. ru/obzor. doc.

③ Александр Гриценко. Метафизика и реализм//Литературная Россия, 2005, №37.

④ Александр Вознесенский. Метафизический реализм писателя - оптимиста//Независимая газета, 12. 01. 2006.

斯卡娅在专著《20世纪俄罗斯文学中的存在主义传统》中都指出了当代小说中的存在主义风格①。

各位评论家虽然创造性地提出了许多新的名称，但是我们可以发现，他们所指的都是一种正在勃然兴起的文学现象，笔者决定采纳列伊德尔曼和利波维茨基的说法，把这类既具有现实主义实质，又融和了现代主义和后现代主义因素的倾向叫做后现实主义。

后现实主义的产生与社会、历史、文化环境的变迁密不可分。在20世纪结束之际，著名作家马尔克·哈里托诺夫在《我的一个世纪》中总结道："一个庞大的、令人震惊的世纪！值此帷幕即将落下，试图回顾它的时候，你的心会被紧紧抓住。它容纳了多少复杂、多少伟大，发生过多少事件、多少横死，有过多少发明和思想啊！从事件发生的频繁和规模上来讲这一百年可以与一千年相比。那变化之快之紧张的程度简直呈几何速度增长……而且这一切都那么不可捉摸!"② 这段话是对纷繁复杂、变幻莫测的20世纪最为生动和真实的概括。而对于苦难深重的俄罗斯民族来说，这个世纪最后十年所经历的社会政治经济的变迁尤其显得不可思议。苏联解体后最初几年里社会动荡，国家领导人频频更替，货币一再贬值，每个人和他周围的环境都处在不停的变化之中。有的评论家认为，几千年来人们都在自我诱惑的陷阱中打破自己同本质世界的联系，好像试图成为自己生活和世界的主人，但实际上只是使自己依赖于当今的科学和社会经济状况，成为心理学、经济学和医学的奴隶，从而毁灭了人类存在的主要支柱。失去了本体论基础，人使自己的存在和周围的世界变得虚幻……评论家安德烈·乌利茨基说："我们生活在一个幻想中的世界，运转不正常的世界，不明确的世界，无法预知的世界，文学家在寻找描绘这种世界的方法。"③ 作家世界观的变化直接促进了后现实主义的形成。我们能够感受到笼罩在众多后现实主义作品中的一种相同的氛围：无边无际的沉重和了无出路的绝望。它是如此浓郁，以致无论小说故事情节如何迥异，使用的艺术手法怎样相去甚远，这种气氛都能扑面而来。它来源于对世界的深

---

① Минералов Ю. И. История русской литературы 90 – е годы XX века. М. , ВЛАДОС Гуманитарный издательский центр, 2002, С. 144.

② Марк Харитонов. Мой век. См. : Русская проза конца XX века . Хрестоматия. Составитель Тиминой С. И. М. , Издательский центр Академия, 2002, С. 7.

③ Андрей Урицкий. Повесть о театре//Независимая газета, 22. 08. 2000, №156.

刻的悲剧性意识。这种意识并不是在苏联解体前后突然出现的，而是受到20世纪现代主义和后现代主义思潮的深刻影响而逐渐形成的，但是在社会主义现实主义一统天下时未能得到充分表达。苏联的解体加重了作家的这种意识，从而形成了后现实主义作品总的基调。

现实主义、后现代主义、后现实主义是苏联解体以后最重要的三种小说流派，以下本书将结合具体作品对三种流派进行具体的研究与阐释。

第五章

当代俄罗斯现实主义小说研究

现实主义几乎是俄罗斯文学中永恒的话题。在繁盛的时期它曾经有过许多名称，比如批判现实主义、社会主义现实主义等，并且涌现出大批经典作家，贡献出众多的文学巨著，创造了一笔宝贵的人类精神文化财富。而伴随着现实主义文学的发展，关于俄罗斯现实主义文学的研究热潮也绵延不绝，成为文学研究领域一个重要的组成部分。

1894 年 1 月 3 日，意大利社会主义者朱泽培·卡内帕致信恩格斯，请他为自己即将出版的周刊《新纪元》题词，以概括未来新社会的精神。恩格斯回复道："……除了《共产党宣言》中的下面这句话，我再也找不出合适的了：'代替那存在着阶级和阶级对立的资产阶级旧社会的，将是这样一个联合体，在那里，每个人的自由发展是一切人的自由发展的条件。'"①

恩格斯从他和马克思一生中写下的近五千万字中精选出这样一句话来描述未来，足以说明"每个人的自由发展"这一命题的重要性。如果我们准确地、完整地对待马克思主义，就会发现，作为一个宏伟的理论体系，马克思主义的出发点是人，是现实的人，实践的人。人在马克思主义中占有重要位置。马克思主义正是围绕着实现"每个人的自由发展"的远大目标而建立起来的。这一观点是我们研究现实主义发展历程的理论依据。

人是社会的主体，社会的有序和谐离不开每个人的幸福与自由发展。因此，人类社会的发展目标就是争取自由和解放。文学是时代的先声，文学存在的目的就是从对个体精神状态的关注、对个体生命和意愿的尊重的角度来争取人的解放和人的自由发展。而"艺术中的现实主义，是人参

① 《马克思恩格斯选集》第四卷，人民出版社 1995 年版，第 730 页。

与人的持续创造的意识，即自由的最高形式”①。作为一个独立的创作流派，现实主义在贴近人的生活和心灵，研究历史发展进程，探索自由道路方面具有不可替代的作用。高尔基曾经一针见血地指出现实主义的实质：“这个流派的特征是它那锋利的唯理主义和批判精神。”② 时至今日，现实主义从 19 世纪传到 20 世纪再到 21 世纪，它那鲜明的旗帜性，它那不回避现实，勇敢地走近现实、揭露现实、批判现实的精神依然未变，这充分证明高尔基的论断是完全正确、经得起实践考验的。当然，这并不意味着现实主义是一成不变、凝固停滞的。现实主义一百多年的发展历程充分说明，其顽强的生命力正是源于对不断发展变化的现实的强烈关注，对其他文学流派与思潮的艺术形式和创作方法的不断借鉴与吸收。回顾俄罗斯现实主义文学的流变史，考察今日俄罗斯现实主义文学的发展状况，我们发现，批判精神是俄罗斯现实主义文学始终如一的本质，为争取人的自由和尊严而斗争是其永远不变的追求，在继承中创新、在创新中发展则是它的道路和方向。

第一节　俄罗斯现实主义小说发展历程

在一百多年的发展史上，俄罗斯现实主义文学经历了几次重大变化：19 世纪中后期是批判现实主义的鼎盛阶段。以普希金、果戈理、托尔斯泰和陀思妥耶夫斯基等为代表的作家具有强烈的忧国忧民的爱国主义精神，并以自己的现实主义作品揭露沙皇专制制度和农奴制的黑暗，从广泛的社会生活层面出发反映封建制度走向崩溃的趋势，唤醒人民对旧制度的仇恨以及推翻它的决心，表现出毫不留情的批判精神。到了 19 世纪末 20 世纪初，现实主义创作发生巨大变化，文学作品在思想内容和艺术形式方面都出现了新的面貌。以高尔基为代表的作家从新的世界观出发看待世界和表现社会，塑造新人物，体现环境与人物的新型关系。20 世纪 30 年代至 80 年代基本上以社会主义现实主义为主，包括社会主义现实主义的兴起、逐步僵化以及对它的突破。值得一提的是，伴随着俄罗斯现实主义创

① 罗杰·加洛蒂：《论无边的现实主义》，吴岳添译，百花文艺出版社 1998 年版，第 176 页。

② 高尔基：《年轻的文学及其任务》，见高尔基《论文学》（续集），冰夷等译，人民文学出版社 1979 年版，第 255 页。

作的发展，现实主义文学批评和文学理论也在不断深化和发展，同时为俄罗斯文学宝库增添了璀璨的光辉。

文艺复兴时期，意大利著名诗人但丁用“一些人统治，一些人受难”来概括当时的社会。19世纪俄罗斯批判现实主义文学的实质，就是通过对社会生活的深入了解和分析、通过对人民生活的具体描写，直面激烈、尖锐的社会矛盾，淋漓尽致地描写黑暗腐朽的社会现实，通过表现广大农奴的痛苦、挣扎和哭号以及农奴主麻木、堕落的生活，对旧制度进行深刻的揭露和强有力的批判。当时，文学家们深受黑格尔哲学思想的影响，认为历史发展是一个连续不断、充满矛盾的过程，具有整体的确定不移的规律。普希金不断探求个人和人类摆脱社会不公正的途径和方法，开创了新型的人道主义。他关注人民的命运，不仅百科全书式地反映俄国社会生活，还鲜明地展现出人的意识和精神世界，从人道主义的立场出发评价生活和历史的发展，从而奠定了批判现实主义文学的基础。列夫·托尔斯泰在历史的广阔画面中揭示人民生活的丰富内容，创立了史诗性的现实主义艺术。他针对“世界和人的不完善”，提出用非暴力和自我完善的方法解决现实的社会矛盾。陀思妥耶夫斯基从千千万万“被侮辱与被损害的”社会底层的人的利益出发，描写他们的内心感情，为改变他们的命运而斗争，为寻求他们的出路而求索。这些作家笔下的“小人物”、“多余人”、“新人”等艺术形象深深刻印在世界读者的心中。他们提出的“谁之罪”、“怎么办”等问题如嘹亮的晨钟唤醒沉睡的人们去思考、去探求。

在这一时期，批判现实主义文学已经成长为一种成熟的、严整的创作方法。这种方法突出表现为：作家力求准确把握社会发展脉络，努力对现实生活进行清醒的分析判断，揭示客观现实的矛盾特征，完整体现人民的感情和希望。他们怀着对真理的强烈渴望，对现实生活的狂热追求，积极参与到社会实践和社会变革中去，通过对历史进行的分析预见到社会发展的未来，并自觉承担起对读者进行教育、灌输和启迪的社会责任。作家力求全面而深入地认识环境与性格的关系，把它们作为一个统一体，揭示它们之间的相互联系。作者在叙事话语中拥有绝对的权威。读者只需发现作者的意图就可以明白文本的确切含义。作品形式上表现为时空的连续性，故事情节的连贯和明晰。

普希金在塑造人物时，描写了性格和形成性格的环境、氛围和人的心理之间统一而相互影响的关系，使小说情节服从于展示主人公性格的需要。由此，通过对人物性格、人物的相互关系及冲突的描述，展现出色彩斑斓的社会生活画面。他的人物的感情、命运、信仰都是由环境决定的，并且反映出社会环境和社会制度的主要特点。普希金笔下的人物性格与生活习俗、社会意识、社会冲突以及社会结构密切相关，人物的特殊感受恰好反映出他所从属的阶级的心理特点和他所身处的时代特征。普希金通过对人物的抨击实现对现实的批判，从而使作品的批判力度由道德领域扩展到社会领域。果戈理运用讽刺、夸张、怪诞的艺术手法对封建农奴制度进行了最无情的揭露。托尔斯泰的心灵辩证法具有丰富的社会内容，能够深刻揭示出人物心理的形成怎样被社会环境所制约，人物的所思所想与现实之间的联系，从而充分再现客观生活过程，反映历史的伟大变迁。陀思妥耶夫斯基充分展示社会底层人物被压抑和扭曲、被侮辱与损害的惨状及他们的痛苦与挣扎，在各种思想的复杂交错中生动展现主人公的个性，并通过对不同人物的心理描写反映各种社会思想的斗争，表现出当时社会的矛盾冲突。

在文学理论与批评方面，以别林斯基、赫尔岑、车尔尼雪夫斯基和杜勃罗留波夫为代表的文学批评家，相继发表许多关于现实主义的评论和专著，促进了俄国批判现实主义文学的发展，奠定了批判现实主义文学理论的基础。

批判现实主义作家运用不同方法、从不同角度揭露封建农奴制度，唤起人们的思考和斗争，推动了社会舆论。19 世纪 60 年代，沙皇最终宣布废除农奴制。但是，人民不但没有获得自由，反而负担更加繁重，社会矛盾没有得到解决。到 19 世纪末，俄国资本主义有了较大发展，工人阶级登上历史舞台，各种群众团体和政党组织相继出现。矛盾更加激化，社会出现了新的生机。在波涛汹涌的革命浪潮中，苦难深重的俄罗斯迎来了 20 世纪。

列夫·托尔斯泰在 1905 年的文章《世纪末》中写道："在福音书里世纪和世纪末并不意味着一个世纪的开始和结束，而是意味着一种世界观、一种信仰和一种人与人之间交流方式的结束，接着是另一种世界观、另一种信仰和另一种交流方式的开始。"① 如果说 19 世纪的现实主义建立在实证主义和时代的日常意识基础上，那么 20 世纪则拥有完全不同的日

① См.：Русская проза конца XX века. Хрестоматия. Составитель Тиминой С. И. М.，Издательский центр Академия，2002，С. 67.

常意识以及别样的非实证主义的世界图景。哲学和物理学方面的新发现，人文学科的发展（时间和空间的新概念、爱因斯坦的相对论、量子力学、弗洛伊德观点、荣格的原型意象）证明，世界图景远远比实证主义观念所认为的复杂得多，并不是意义单一和直线式发展的。实证主义意识的危机以及现代主义美学（在诗歌上是象征主义、阿克梅主义和未来主义，在小说上是印象主义和表现主义）的影响引起了19、20世纪之交现实主义的新变化。

19世纪末，过去人们头脑中深信不疑的关于世界的规律性、持久性、稳固性的观念已经发生动摇，按照因果关系进行心理分析和社会与日常生活描写的现实主义创作方法受到挑战。现实主义面临重新评价个性与环境的关系的任务。

19、20世纪之交，契诃夫敏锐地感觉到世界图景的混乱和危机，他在自己的创作中试图寻找突破的方法。他把握现实的方式与托尔斯泰不同，没有专注地跟踪某种宏大的社会现象，而是以短篇小说的形式捕捉社会生活和人情世故中那些司空见惯的东西，揭示出蕴含在其中的残酷性。他不动声色地描写那些因循守旧、沉闷压抑的生活，描写底层人物的悲哀与不幸。他所描写的现实无论多么黑暗，总有一处光明的地方在等待和召唤。小说《套中人》反映了农奴主阶级的没落，《樱桃园》、《海鸥》、《三姐妹》、《万尼亚舅舅》等戏剧作品表达了热爱自由的人们对光明未来的向往。然而，光明在哪里？怎样才能创造光明的未来？契诃夫没有找到答案。是高尔基在揭露旧社会的同时看到了新社会的曙光，看到了人的希望和力量。他以自己全部的创作实践推动了现实主义的发展，并在现实主义理论方面作出了自己的贡献，成为新型现实主义的集大成者。

作为一个工人出身、自学成才的伟大作家，高尔基从小就生长在俄罗斯社会的最底层，过着苦难的悲惨生活，对劳动人民的痛苦了解得最广泛，认识得最深刻。他的早期作品真实地再现了俄罗斯贫穷落后而又残酷野蛮的生活，体现出人民中蕴藏的非凡智慧和创造精神。他亲身投入到革命的洪流中，体察到人民群众觉醒成长的过程，塑造出历史大潮中代表新生力量的英雄形象——革命者（《母亲》中的尼洛夫娜），指出了社会发展的方向，召唤人们起来斗争。

高尔基继承现实主义的批判传统，初步掌握了历史唯物主义观点，认识到改变现实社会的必要性，看到了社会改革的动力，确立了尊重人、尊重人的生存权和自由权的创作主题，并把现实主义与浪漫主义结合起来，作品充溢着人性美、人情美。他从不同人的实际利益出发，采用综合描述的新艺术方法展现生活矛盾和人物复杂的内心活动，以抒情的语言和史诗性的叙事艺术再现丰富多彩的人物性格和层次复杂的生活画面，既表现出主人公迂回曲折的个性变化和发展过程，又展现了不同社会阶级的冲突。他的人道主义不是消极的同情和被动的等待，而具有积极行动、参与变革的特点，将人道主义和人的思想解放结合起来，推动了人类的解放事业，开辟了20世纪现实主义文学发展的新时代。

十月革命胜利，旧的政权被推翻，俄国人民由被压迫者成为国家的主人。随着苏维埃政权的建立和国民经济从私有制向公有制的转变，社会发生了根本性变化。在新的历史形势下，以反映广大人民群众的生活和斗争为主的社会主义现实主义逐渐形成和发展起来，出现了绥拉菲莫维奇的《铁流》、法捷耶夫的《毁灭》等代表性作品。对于社会主义现实主义创作方法，肖洛霍夫曾经进行了中肯的概括："我说的现实主义，包含着革新现实、改造现实以造福人类的思想在内。当然，我说的现实主义，就是我们现在叫的社会主义现实主义。其特点是，所表现的世界观，不是消极的，不是脱离现实的，而是号召人们为人类进步而奋斗，指出千百万人向往的目标是可能达到的，并为千百万人照亮奋斗的道路。"① 这段话说明了社会主义现实主义的确切含义。

肖洛霍夫是继承托尔斯泰史诗性艺术的现实主义传统的一位伟大作家。他生长于顿河哥萨克地区，亲眼目睹了家乡在20世纪初那些动荡的年代里经历的苦难和战争，以此为背景创作出《静静的顿河》这部宏伟巨著，表现出作者坚持客观再现历史的现实主义精神。小说从分析主人公在重大历史变迁中的命运入手，从看似只具有个人意义的冲突揭示最深刻的社会矛盾，表现社会历史的动荡不安和错综复杂的斗争对人造成的深刻影响。主人公格里高利有一颗哥萨克人崇尚自由、勇敢追求的心。他不惜以生命为代价反抗僵死的传统势力，追求个人的理想和幸福。他与阿克西尼娅的爱情冲破旧的风俗习惯的枷锁，是对所有僵化顽固的旧势力的挑战。他们为共同幸福所进行的斗争谱写了一曲自由的颂歌。同时，社会变

① 肖洛霍夫：《诺贝尔文学奖获奖演说》，吴岳添主编《诺贝尔文学奖辞典 1901—1992》，力冈译，敦煌文艺出版社1993年版，第491页。

革的复杂和残酷也投影在格里高利的内心生活上。他在对白军和红军的选择上痛苦矛盾的内心斗争，是每个面临重大社会变革的人必然遇到的。肖洛霍夫通过描写格里高利的爱情生活和个人道路的选择，揭示出旧制度与个人生活需求的水火不容，说明在现存的体制与社会环境中，在历史洪流的裹挟中，主人公注定无法维护个人的爱情与尊严，无法把握个人的命运，他的经历注定是悲剧性的。这是新的现实主义的独特之处。在描写这些时肖洛霍夫坚持历史主义的原则，作品中对历史事件的分析和主人公个人命运的线索并行，历史事件通过人物的经历反映出来，人在历史的变迁中沉浮和成长。

实践证明，社会主义现实主义文学对引导人民走向光明、鼓舞人民投身到社会主义革命和经济建设事业中去起了巨大的推动作用。然而，人是复杂的，社会生活是丰富的，创作方法也应当是多种多样的。在 1934 年第一次全苏作家代表大会通过的章程里，明确规定把社会主义现实主义作为文学创作与批评的基本方法，这种做法本身就注定了苏联文学日后的局限性。后来由于个人崇拜之风盛行，极“左”思想意识泛滥，导致文学艺术创作受到钳制，社会主义现实主义日益走向公式化、刻板和僵化，实际上已经偏离现实主义的基本原则。

随着卫国战争的开始，大批作家走向战场，深入战时生活，写出大批优秀的爱国主义作品。但文艺政策的“左”倾教条主义没有得到纠正，作家的创作自由依然受到限制。到赫鲁晓夫当政时期，文学界才出现了某些宽松的氛围。但很快这种活跃气氛就被沉闷的空气代替。不过即使在极端困难的情况下，仍然有一批富有良心和崇尚自由的苏联作家创作出许多真正的现实主义佳作。这些作品未能得到公开发表，成为所谓的“抽屉文学”。还有一些作品以地下出版物的形式出版，成为地下文学。

70 年代末 80 年代初，随着戈尔巴乔夫改革时期的到来，文艺创作逐渐呈现繁荣与多元的态势，艺术表现方法日见多样，题材也丰富起来。然而苏联的解体又引起了俄罗斯文艺界的混乱动荡和复杂多变。在此情况下，后现代主义文学异军突起，迅猛发展，出现了大量作品。相比之下，现实主义作家未能及时把握社会变动和发展的脉络，没有发表多少重要的具有一定分量的作品。直至 90 年代中期，现实主义经过短暂的危机阶段，走向复苏和发展。老作家如拉斯普京、邦达列夫等再度迎来创作的盛年，而一批中青年新秀也脱颖而出，为现实主义文学带来繁荣的新面貌。

80 年代末 90 年代初，俄罗斯现实主义文学遭遇了一场深刻的危机。苏联解体所引起的政治和经济体制的剧烈震荡，给俄罗斯人民带来难以愈合的心灵创伤。与此同时，席卷全球的世纪末悲观情绪又加强了这种对现实的幻灭感。俄罗斯旧有的伦理、美学体系被打破，社会文化现状的巨大变化使人们对现实主义产生了怀疑：怀疑以现实经验为基础能否描绘出真实的世界画面；怀疑以历史规律和因果关系为前提的现实主义创作原则能否反映生活的多面性。一时对现实主义的嘲笑、摈弃之风兴起，甚至出现了“现实主义已经死亡”的悲观论调。评论界常用的一个词就是“古老善良的现实主义”。于是，无论在创作实践方面，还是在理论批评方面，现实主义都似乎走入秋天，有些作家像大雁南飞一样纷纷离它而去。其实，纵观历史我们不难发现，社会形势的剧变和转型常常使现实主义受到严峻的挑战，却往往也促使其求新求变、另觅生机。这次也不例外。到 90 年代中后期，随着后现代主义热潮的降温，人们发现曾经以为过时的现实主义不仅没有消亡，而且被不同阵营和年龄的作家坚持和发扬；具有光荣传统的俄罗斯现实主义文学经受住了各种冲击，在极端困难的条件下顽强生存，在激烈的竞争中不断深化、创新和开放，终于摆脱危机，走上广阔的发展道路，日益焕发出新鲜夺目的光彩。

这一时期批判现实主义文学获得了 新生。批判精神、爱国主义与民族精神、真实的细节描写和典型环境中的典型人物——在这三点上新型批判现实主义文学表现出对传统的执着与坚守。阿斯塔菲耶夫的《在麦田迷路的两个小姑娘》（1993 年）、贝科夫的《玛丽娅，你不要哭》（1993 年）、邦达列夫的《百慕大三角》（1999 年）、叶基莫夫的《皮诺切特》（1999 年）、鲍·瓦西里耶夫的《密林深处》（2002 年）、拉斯普京的《伊万的女儿，伊万的母亲》（2003 年）和普罗哈诺夫的一些作品，既对苏联解体前的社会阴暗面进行了毫不留情的描写与揭露，预示这个帝国最终走向崩溃的结局，又有对苏联解体后暴露出的种种问题激烈的抨击，表现出俄罗斯作家对国家前途和民族命运的忧患与沉思。在叙事方法上，新型批判现实主义文学依然通过典型环境中的典型人物反映芸芸众生的小人物、社会下层人物，通过揭示他们的苦难生活来唤醒人民认识世界、反映社会发展的规律和方向，同时寻求拯救社会的良方。

第二节　忧愤中的呐喊：拉斯普京的现实主义创作

拉斯普京曾经指出："俄罗斯文学与任何一种别的文学都有本质上的区别。我们的文学比艺术的含义广。它是人民命运的表达。它的存在不是为了娱乐读者，而是为了把读者凝聚成一个民族的精神整体。在我们俄罗斯，无论是在沙皇时代，还是在苏联时代，文学都从来不是个人的事情。它总是处于政治的中心。它启迪，它预言，它痛斥，它咒骂，它赞扬，它蔑视。作家从来都不是个体的人。所以人们才这么尊敬他，这么惧怕他。当然，作家可以认为自己是随便什么人，也可以宣布随便什么原则，但这都不是俄罗斯文学。因为那些个体性的、自我中心的东西与俄罗斯民族土壤是遥远的，不合适的。"① 可见，拉斯普京是极力宣扬文学为社会服务的。从开始创作至今，他的作品无时无刻不在关心祖国的命运和人民的疾苦。但是，拉斯普京在苏联解体前后的创作具有本质的不同和鲜明的区别。他创作于六七十年代的著名作品大多以道德价值探索为主题。《为玛丽娅借钱》通过农村女售货员玛丽娅因为账目亏欠而在村子里四处借钱这样一件事，检验了全村人的道德水准，表达了作者对冷漠、麻木、见危不救的炎凉世态的失望和哀叹；《最后的期限》通过农村老太太安娜弥留之际子女们对她的无情厌弃，表达了作者对年青一代道德蜕化的不安和谴责；《活着，可要记住》通过卫国战争期间农村妇女娜斯焦娜为自己当逃兵的丈夫安德烈羞愧自杀的故事，说明人的道德观念如果逾越了对祖国、对人民负责的底线之后会落得多么可悲的下场；《告别马焦拉》则开始触及苏联社会中十分现实的问题，谴责人们对古老文化传统、对土地家园的不加珍惜。到80年代的中篇政论体小说《火灾》，拉斯普京批判社会的情绪明显加强。通过一场发生在西伯利亚伐木区的一家商店仓库的火灾，作者表达了对国家未来深深的忧虑，但还没有达到绝望的程度。主人公还有活路，有希望，有前途。而进入90年代以来，拉斯普京作品的忧愤程度明显加深，对现实的不满已极其强烈，明确地把批判矛头指向苏联解体后的社会制度，处处都传达出民族危亡、国家危机的几近绝望的呐喊。《谢尼亚上路了》（1994年）、《年轻的俄罗斯》（1994年）、《下葬》

① См.：Бондаренко В. Г. Дети 1937 года. М.，Инфорпечать ИТРК，2001，С. 78.

(1995 年)、《新职业》(1998 年) 等中短篇小说犹如一个个窗口，展现出社会生活各个方面的疮疤与阴暗，沉痛的忧虑和绝望之情呼之欲出。但是作为一个极富责任感和使命感的作家，他依然在这浓重的黑暗中寻找哪怕是一丝光明。创作于 2003 年的中篇小说《伊万的女儿，伊万的母亲》是最能反映苏联解体后拉斯普京的思想和创作特色的一部作品，同时也是新型批判现实主义文学最具有代表性的作品之一。

《伊万的女儿，伊万的母亲》是一部悲情小说。阅读它，我们强烈感受到洋溢其中的忧愤之情。对国家前途回天无力的悲叹、对社会现实横眉怒斥的悲愤、对人民命运痛彻心肺的悲悯构成作品的主基调，渗透在字里行间，可谓“满腔忧愤无处诉，痛心疾首问苍天”。

小说的情节虽不复杂，却惊心动魄而牵动人心。书名中提到的老伊万的女儿和小伊万的母亲就是主人公塔马拉·伊万诺夫娜。在苏联解体之初这样一个艰难的时代里，她的四口之家在西伯利亚安加拉河流域的一座小城中平平常常地生活着，日子虽不富裕但也和睦平静。5 月的一个深夜不幸从天而降：辍学后在自由市场上寻找工作的十六岁的女儿斯韦特卡被阿塞拜疆商贩强暴。在和丈夫阿纳托利一起到警察局为女儿上诉的过程中，塔马拉很快就断定，那里没有真理，只有交易。她不再相信司法能够做出公正的裁决，断定强奸犯很有可能会被无罪释放，于是自己采取行动，直接在检察院里开枪杀死了恶人。结果塔马拉被判监禁六年。四年半后她因为表现良好而提前获释。小说在塔马拉迈进家门的那一时刻戛然而止。

从小说中我们可以看出，拉斯普京依然保持与现实最灼热的接触，以极其准确的艺术表现手法和富有穿透力的激情传达了苏联解体后普通百姓的生存状态和心理状态。塔马拉的小家里每一个家庭成员的命运，塔马拉的亲人朋友在社会的动荡和变迁中所受到的影响，共同组成了一面多棱镜，折射出今日俄罗斯最为真实的画面。

同以往作品相似，这部小说依然是通过发生在一个家庭的事件来表现整个社会的现状。只不过这个事件更加残酷，其反映的社会层面更加广阔，而这个现状也更加严峻。拉斯普京的视野更加广阔，从道德哲理探索扩展到社会方方面面的问题，而且情绪从谴责到激愤，矛头直指解体后的社会制度。

据报载，这部小说源于一个真实的故事：在 1993 年的伊尔库茨克，一位母亲为了给自己被强暴的女儿报仇而杀人，被判六年徒刑。拉斯普京似乎从这个被强奸的姑娘身上看到了千疮百孔的俄罗斯。关于这部小说，拉斯普京曾经发表声明："已经发生的事在俄罗斯历史上从来没有过。有过更糟糕的，但从未在道德上如此黑暗过。世界颠倒了。小说的女主人公也无法把它翻正。但她让人们知道，不同意生活在这样一个颠倒的世界中的人是什么样的。"[①] 他描写这个小家庭所遭受的有冤无处诉的不幸，正是这个令人绝望的社会的浓缩，这个家庭的悲剧可以说就是俄罗斯的悲剧。

小说中，作者在叙述中夹杂议论，笔力所及之处无不引向社会。他实际上是通过塔马拉一家的不幸来指出社会的不幸：是社会走错了路，而且无法逆转。未成年少女受到强暴，这是令人发指的社会现象。而围绕这一案件所暴露出的社会问题更加令人不寒而栗。斯韦特卡在被阿塞拜疆商贩胁迫的过程中是有很多机会可以逃走的，但为什么她没有逃跑呢？这其中固然有其性格上软弱胆小的因素，但她所置身其中的社会又是怎样的呢？塔马拉痛苦地喊道："怎么能不害怕呀！……光天化日杀人，没事，不关犯罪的事，也不是公正裁判的事！黑天白日地抢劫，没事！偷盗、强暴、迫害，就像对待牲口一样……比牲口都不如！在哪里都没事！……假如她，我们的女儿，在车站向人们求救，那么人们就会帮助她？您信吗？而我不信！怎么，难道我们不知道，在人群中就能把一个人杀死，而人群只是四散逃命！难道我们不知道，一听到'救命'的呼喊，人们就赶紧闪到一边，捂上耳朵！……人们给吓破胆了，害怕的时候连喊都不敢喊了。"[②] 在世风日下的社会里，人们对于腐败丑恶现象要么无动于衷，要么敢怒不敢言。难怪一个十六岁的女孩子几次放弃呼救逃跑的机会！更加令人痛心的是，检察长对此类案件早已司空见惯，甚至怀疑女孩有故意勾引之嫌。她的冷漠无情、出言不逊如利剑一般刺穿塔马拉已经在滴血的心，使之最终痛下决心。当塔马拉确定强奸犯并不一定会被判罪，甚至可以取保候审时，她心中残存的对司法公正、国家正义的神圣希望破灭了。（通过后来的事实证明，塔马拉的决绝绝不是出于一时激愤，检察院与强奸犯之间确实存在着交易，如果不是塔马拉采取行动，强奸犯马上就可以

---

① Цит. по：А. Яковлев. В перевёрнутом мире//Литературная газета，2004，№1.

② 瓦·拉斯普京：《伊万的女儿，伊万的母亲》，石南征译，人民文学出版社 2005 年版，第 90 页。

逍遥法外了。）她在代表国家尊严的地方，当着本该维护国家正义的司法人员的面，向罪犯举起了枪，这是对社会莫大的讽刺，是女主人公被逼无奈、无路可走之下采取的没有办法的办法。她的射击实际上是朝着这个社会所走的方向发出的射击。除此之外，小说还暴露了苏联解体后的种种社会弊端：贫困问题、教育问题（年轻人的失教、空虚和堕落）、贪污受贿、吸毒卖淫、黑社会组织等等。拉斯普京借人物之口指出这是时代造成的，是时代的罪过……“不是指在时间的延续中会发生不可避免的变化的时代，而是指显示出丑陋面目的，充满卑劣扭曲欲望的时代……是它剥夺了我们的良知和脸面！”①

小说在叙述中明显带有作者的倾向性——这就是对新生活的极度不满。作家的这种情绪弥漫在整个作品中。小说运用黑夜和市场构成的时间和空间场景烘托了这种沉闷绝望、躁动不安的社会氛围，使之与主人公悲愤、压抑的心境相契合。黑夜是故事源起——即斯维塔案件发生的时间。市场、电视、汽车这些商品化社会的典型在作品中成为作者批判社会的重要目标。

一　黑夜与市场：环境与心境的契合

夜，充满压抑和恐惧、孕育罪恶和无耻的夜构成了小说基本的时间背景。

小说开篇就把我们带入一个沉沉黑夜之中。“正是夜最深的时候，大约已经过了三点钟。”② 作为一位母亲，塔马拉就是在这样一个黑暗最深的时刻焦灼而痛苦地等待着自己迟迟未归的女儿。读者的心也被这黑夜笼罩，也如塔马拉一样被紧紧揪住。跟随彻夜未眠的塔马拉的目光，我们看到“街上一片昏暗寂静”。四周静悄悄的，毫无声息，最初喧闹的地方也逐渐归于“一片死寂”。在这压抑沉闷的黑暗和潜藏不安的死寂中，读者和塔马拉一起预感到了即将到来的巨大灾难。

其实，在深夜来临之前塔马拉就已经和丈夫以及丈夫的朋友一起找过斯维特卡了。他们驾驶汽车来到一条偏僻的街道。那里的房屋都被黑暗包

① 瓦·拉斯普京：《伊万的女儿，伊万的母亲》，石南征译，人民文学出版社 2005 年版，第 236 页。

② 同上书，第 2 页。

围着。“黑暗显得特别密实，似乎所有黑暗都从灯光明亮的市中心撤退到了这里。”① 塔马拉茫然地望着黑夜，茫然地望着这条寻找女儿的隧道般的路。这里的楼房都安装了装甲般的铁门，壁垒森严，而黑洞洞的入口在昏暗中像是深深地凹进楼里。在这里他们找到了白天与女儿在一起的女友。可是她突然被叫起时的惊慌失措、回答问话时的吞吞吐吐欲言又止更加增添了塔马拉心头的疑虑。“她感到黑暗凝固在她周围，紧紧裹住她，除此之外她什么也感觉不到。”② 母亲的直觉是准确的，女儿斯维塔的不幸就发生在这个黑暗最深重的时刻。斯维塔这个名字的本义是光明，应该与黑暗直接相对。但在小说中斯维塔这个形象却象征着纯洁和没有保护。她被黑暗吞没了。寻找女儿的父母也融入了这样的黑暗，迷失在这黑暗中，最终没有在关键时刻救出女儿。在重重黑暗之中，唯一的亮点是从塔马拉等候女儿的屋子里发出的。但斯维塔终究没有从黑暗处回到自己光明的家中。光明与黑暗象征着善与恶。在这样一场较量中黑暗占据了上风，罪恶形成了。

在小说情节的设置上，《伊万的女儿，伊万的母亲》与《为玛丽娅借钱》有颇多相似之处。但对比二者的情绪却相差甚远。在《为玛丽娅借钱》中，农村商店售货员玛丽娅因为不善经营，上级清查账目时发现一千卢布的亏款。玛丽娅面临坐牢的危险。这对于一个仅靠土地生活的家庭来说无异于“灭顶之灾”。小说的开篇是玛丽娅的丈夫库兹马在半夜时睡时醒的状态。这里的黑夜不是一片死寂，而是时常被偶尔闪过的灯光和忽然传来的呼啸声打破。库兹马为妻子、为孩子担心，为下一步的对策伤脑筋。同样是沉沉黑夜，但这个夜依然没有失去宁静、慵懒，也不乏几分舒适，几多希望。在小说的后半部分，库兹马踏上开往城市的列车，到自己的兄弟那里去给玛丽娅借钱。火车在暗夜中行驶，几天来为玛丽娅借钱所遇到的形形色色的场景涌入库兹马的脑海。他有时思考着自己的命运，揣测着兄弟可能的态度，有时听到同一包厢里一对老年夫妇时而传来的互相关切的问候之语，有时与另一位同包厢的年轻人交谈人生，有时又沉入睡梦之中，即便在梦中他还是忙着为玛丽娅借钱……这一切都伴随着无边无

---

① 瓦·拉斯普京：《伊万的女儿，伊万的母亲》，石南征译，人民文学出版社 2005 年版，第 7 页。

② 同上书，第 11—12 页。

际的黑夜与驶过无数田野和村庄的列车的晃动。这里的黑暗浓密但不压抑，令人沉重但也常常透出光亮。而且，第二天当库兹马走下火车时，迎接他的是漫天飞扬的大雪。黑暗已经过去，大地即将迎来晨曦。无论库兹马在兄弟处将会得到怎样的结果，我们都会对这个小家庭的未来怀抱如这晨曦一般的希望。而在《伊万的女儿，伊万的母亲》中，黑夜是凝重而密不透风的。即便很多情节不是在黑夜发生的，但也时时让人感受到步步紧逼、挥之不散的黑暗。它营造出小说人物所反复强调的“人民在走向衰弱”、“危机时期到来了”的氛围，再加上整部小说紧张的叙事语言、一波未平一波又起的情节设置，烘托出黑云压境般沉闷窒息又充满罪恶的社会形势。

空间上，被称为乡村散文作家的拉斯普京在《伊万的女儿，伊万的母亲》这部新作中把写作重点转向了城市。这个城市与坐落在安加拉河岸边的村庄遥遥相对。它物欲横流，藏污纳垢，充满寡廉鲜耻的交易和令人发指的罪恶。而这一切最集中的地方就是——市场。曾几何时，市场这个概念是与改革和进步的经济学家相连的。而这部小说中的市场是集市，是检察院所处的位置，扩而言之，就是今天市场化改革后的俄罗斯。

市场连接着斯韦特卡的痛苦。在斯韦特卡出事后塔马拉曾检讨是什么让自己鬼迷了心窍，同意女儿辍学后去参加售货员培训班。而一个涉世未深的小姑娘为什么轻而易举就瞄上这个培训班呢？“就是因为周围的一切，整个的生活，都变成了吵吵闹闹、纠缠不清的集市。”① 斯韦特卡正是在市场被高加索商贩盯上，高加索商贩正是以在市场上为其寻找工作为由诱骗了少女。塔马拉一家在出事后看到市场都觉得恶心正是出于对市场的深恶痛绝。可悲的是，代表法律尊严的检察院就委身在尽是商店、商亭和饭店的街道上，“人们必须在它可怜的门前经过五次，才能发现那块同门一样难以察觉的牌子”②。连大学都成了“贩卖虚荣和时髦的旧货摊与大市场”③。更令人心酸的是，塔马拉入狱后，老实木讷的丈夫阿纳托利因为生活所迫，不得不跟着朋友杰明一起卷入了市场之中。正如塔马拉所发出的质问：“时髦？这是何方神圣，所有人都拜倒在她脚下，谁都挺不

---

① 瓦·拉斯普京：《伊万的女儿，伊万的母亲》，石南征译，人民文学出版社 2005 年版，第 77 页。

② 同上书，第 105 页。

③ 同上书，第 207 页。

住?! 她就是一个女商贩，操纵着商品变化，让世人都在她面前卑躬屈膝，而她大发其财。”[1] 所以小说中的市场既是重要情节发生的地点，也是作者所着力批判的转型后的俄罗斯体制的象征。在作家笔下，“私有化”是一切罪恶的根源。“私有化”即“上面搜刮，下面偷拿”[2]。拉斯普京明显不喜欢这个完全自由了的社会，认为它是一团糟。在这样的社会中，“人们简直是随随便便地就把作为人的自我抛弃了……给一个戈比就卖……”[3]

小说中，作者从不同角度精细地描写了汽车。汽车场主题是作者精心建构的另一个形象空间。塔马拉一家与汽车场有着不解之缘。塔马拉十五岁就学会了开汽车，她干的第二个职业就是重型卡车司机。在这个岗位上女性有如凤毛麟角，但她热爱这项艰苦而重要的工作，喜爱在长途货运路上度过的那些清晨和傍晚。丈夫阿纳托利也是个司机，正是在二人共同就职的州消费合作社汽车场，他们相识相爱。他们的青春和梦想都与汽车场息息相关。可以说，汽车场就是塔马拉生命中的一部分。这里的汽车和国有汽车场可以说是苏联生活的一种隐喻。国有汽车场的倒闭意味着苏联大厦的倾塌。当“旧的生活轰隆隆地翻着筋斗从山上滚下来，摔得稀里哗啦的时候”[4]，不同的人以不同的方式与汽车场告别。朋友杰明机灵、务实，“是那种在新生活中比较果断，比较有经验的人”[5]，他立即毫不犹豫地抛弃工作了很久的汽车场，做起生意来。而淳朴、留恋过去的阿纳托利一直就这么忍着，直到实在没有什么需要他跑车的，直到他自己被汽车场抛弃。

国产汽车与洋汽车意味着两种生活状态的对比。小说中几乎所有代表传统、有良心的人坐的都是国产汽车。小说一开始塔马拉和丈夫寻找女儿乘坐的是普通的“七人座”车。漆黑的路上“因为看不到行人而感到无拘无束的汽车在狂奔。这些汽车是在三四年间从世界各地运来的，为的是进行一场竞赛。如今，在各个方面都在进行这种外来的竞赛——从花花绿

① 瓦·拉斯普京：《伊万的女儿，伊万的母亲》，石南征译，人民文学出版社 2005 年版，第 14 页。

② 同上书，第 219 页。

③ 同上书，第 220 页。

④ 同上书，第 2 页。

⑤ 同上。

绿的服装到皮革，从茶壶到煎锅，从胡萝卜种子到土豆种子……”[①] 由汽车竞赛联想到今天新的现实，胜利显然是属于“外国牌子”的。负责审理塔马拉案件的检察长乘坐的是外国牌子的黑色轿车。他没有能够主持正义，惩办罪犯。汽车本来是苏联民族工业发展的一个重要标志，外国汽车对国产汽车的冲击说明了民族工业的趋于灭亡，这也是拉斯普京对民族忧虑的一个重要方面。拉斯普京对一切向西方靠拢非常看不惯，他曾经表示：“我最害怕我们正在走向的全球化。其实这也是全世界都害怕的。欧洲害怕丧失自己的文化，美国人都害怕，为什么我们还这样平静？我们被告知我们必须像所有国家那样，我们必须加入世界贸易组织。”[②]

小说中人物对电视的仇视也表明了拉斯普京对市场化的批判。拉斯普京一直对电视、报纸等媒体持否定态度。他发表于 1994 年的短篇小说《谢尼亚上路了》就是以批判电视媒体为主题的。主人公谢尼亚某天“不幸按了一下电视的开关按钮”，充斥电视的一切向钱看的指导思想和色情淫秽节目令他震惊和痛心。在给电视台写信无效后谢尼亚踏上了去莫斯科上访的道路。在《伊万的女儿，伊万的母亲》中，作者描写道：“随着自由生活的来临，电视就像魔罐一样，源源不断地涌出乌七八糟的东西，而阻止它们四处泛滥的话语却被人们丢失了。”执着于传统的塔马拉“没太为此费神，咣当一声把电视扔到了地上，然后把手洗干净”[③]。而阿纳托利的母亲死在电视机前，死时正在看一部凶杀电影。

总之，黑暗和市场所构成的时空呈现出一个危机四伏的俄罗斯。在时间上，小说是按照传统的顺时序写的，主要包括寻女、上诉、复仇、出狱几个部分。空间上描写的主要场景是家、市场、检察院、农村。实际上，黑暗也可以算作虚化空间。故事的开篇是黑暗的夜。塔马拉身在发出亮光的家中切盼女儿从黑暗中归来。故事的结尾塔马拉在一个午后出狱，到家时已是掌灯时分。置身黑暗之中，微弱的灯光透过自家的窗子召唤着她，明亮的车灯射在街上催促着她。两种黑暗首尾呼应，一个逼近绝望，一个走向希望。

---

① 瓦·拉斯普京：《伊万的女儿，伊万的母亲》，石南征译，人民文学出版社 2005 年版，第 5 页。

② Распутин В. Сейчас пьют меньше, но более вызывающе//Новый город, 08. 09. 2005.

③ 瓦·拉斯普京：《伊万的女儿，伊万的母亲》，石南征译，人民文学出版社 2005 年版，第 46 页。

二 塔马拉和两个伊万：俄罗斯的希望

小说中有三个人物对黑暗和邪恶进行了坚决彻底、毫不妥协的斗争，他们就是塔马拉和两个伊万。这祖孙三代的人生经历既构成一个家族的成长史，又反映了苏联解体前后社会发展变化的脉络，同时也凸显出俄罗斯民族传统的绵延承继。老伊万是苏联集体农庄时代的劳动者，也代表着俄罗斯民族文化之根。塔马拉是苏联剧变的见证者，也是民族文化的传承者。小伊万代表着俄罗斯的发展方向，同样是民族文化的继承者。这部小说不直接以女主人公的名字命名，而是以《伊万的女儿，伊万的母亲》为题，看来是颇含深意的。塔马拉作为老伊万的女儿和小伊万的母亲，她既承载着父辈的血脉和传统，又将这血脉和传统赋予自己的后代。她既吸取了父亲所给予的力量，又用这力量来保护自己的儿女。塔马拉作为两个伊万（爷爷和孙子）的连接点显示出自己女性生命的全部意义。难怪小说俄文版的封面上画的就是一棵树。这棵树枝干清晰，昂扬向上，树冠如火，颇像一个根深叶茂的大家族谱系——它很好地说明了小说名字的实质：塔马拉是两代人之间的传承者。老伊万代表着塔马拉的根，是她精神力量的源泉和支柱；小伊万是塔马拉的升华，是这个小家庭乃至整个俄罗斯的希望和未来的栋梁。

在塑造女性形象的俄罗斯文学大师中，拉斯普京无疑是不可或缺的一位。他笔下的玛丽娅、安娜、娜斯焦娜、达丽娅等等，集各种美好的女性品质于一身，散发出温暖动人的光辉。与以往作品中的女主人公不同，拉斯普京在新作中为我们塑造了一个全新的女性形象——塔马拉。可以说，这个形象承载着拉斯普京的理想，是拉斯普京着力表现的俄罗斯希望的化身。

在过去的作品中，拉斯普京塑造的女性都比较柔弱内向。在生活中逆来顺受，服从丈夫。而新作中的塔马拉除了具有传统美德外，还显现出强悍有力的一面，令周围男子都黯然失色。塔马拉来自农村，大地赋予她结实健壮的体格和稳重质朴的作风。大自然哺育她成长为一个纯洁、健康、乐观向上又充满一股倔强劲的姑娘。年轻时她也对工作和生活有过浪漫的幻想，幻想不成也不抱怨，马上投入到另一种生活中去。从电报员到司机再到保育员，她的职业选择都是服从于自己的生活需要，但无论从事什么职业，她都脚踏实地，吃苦耐劳。她既有农村姑娘的积极肯干，同时也保持着清醒的头脑。在城市的诸多诱惑面前，既不轻率鲁莽，也不天真轻信，而是不慌不忙，“一步一个脚印地向前走，像构筑城堡一样构筑着自己的命运，从来没有遭受过重大挫折，一直稳步前进着”[①]。

从一个独闯城市的农村姑娘，到一个拥有一双儿女的城市女性，塔马拉始终没有改变固守传统的信念和坚强不屈的个性。在社会急剧变化的最初几年，她也曾因为无能为力和无法自保而茫然失措过。但她很快就摆脱了这种女人的软弱，意识到“局势走向一种陌生的，但终归是有序的状态，于是让人觉得，要紧的是挺过这个可怕的时期，保护好孩子们和自己的灵魂——生活总会安定下来的！”[②] 突如其来的灾难是对每一个家庭成员的考验，面对它每个人都必须做出选择并承担后果。塔马拉的回答是：杀死罪犯。拉斯普京对塔马拉杀人案给予了富有哲理思辨的分析和解剖。

传统派作家在深入挖掘俄罗斯性格的弱点时常常把软弱摆在一个重要位置。邦达列夫在长篇小说《百慕大三角》（1999 年）中对此有过论述，拉斯普京在这部小说中也多次触及这个问题。例如，塔马拉曾经哀叹：“酗酒和怯懦，酗酒和怯懦！我们驾驭着这样的马匹能去哪里呀?！能有什么结果?”[③] 与母亲的性格截然相反，斯维塔没有成为一个坚强的人。人们在同情塔马拉的同时，却对她的女儿闪烁其词，“似乎母亲为她的荣誉所付出的代价太大了——似乎这代价是她自己索要的，或者说软弱有罪，罪在它软弱”[④]。负责审理塔马拉案件的尼科林仔细分析了母女俩的行为，认为：“任何源于国家或人的软弱都会诱发新的犯罪，任何软弱的人都会像磁石那样吸引罪犯。”[⑤] 显然，拉斯普京是通过塔马拉的行为指出俄罗斯的道路应当是绝不妥协。在《百慕大三角》和《伊万的女儿，伊万的母亲》中，主人公作为普通百姓都开了枪，这是对社会极端不满的发泄，表明现在的社会已经到了不鸣枪警示就无以使之动容的地步了。因此邦达连科在《宗教裁判所的预感》一文中把塔马拉称作人民的“宗

① 瓦·拉斯普京：《伊万的女儿，伊万的母亲》，石南征译，人民文学出版社 2005 年版，第 15 页。

② 同上书，第 52 页。

③ 同上书，第 98 页。

④ 同上书，第 178 页。

⑤ 同上书，第 177 页。

教裁判大法官”。拉斯普京正是通过她的行为传达出现在的社会需要强悍的力量来碰撞和震撼的意旨。在接受审判的法庭上塔马拉颇像一个铮铮铁骨的男儿，说出的话掷地有声：“我对做过的事不后悔……我不上诉。我做的事情由我承担。”① 宣判结束后她拥抱了女儿和儿子，向丈夫和父亲点点头，“就头也不回地走了。礼堂里的人们站起来向她致以热烈掌声”②。小说还借杰明的情人叶戈尔耶夫娜之口说出全城的人都同情塔马拉，把她视为英雄。这说明塔马拉的行为不仅起到了捍卫自身尊严的作用，而且具有广泛的社会意义。拉斯普京实际上已经把她作为民族的脊梁、精神的象征来刻画。小说的结尾有一个富有深意的场景：在出狱回家的路上，塔马拉看到路边的一个菜园里，一位壮实的农妇叉开两条光着的粗腿在干农活。这个微不足道的画面不知怎么令塔马拉深深感动了：“天哪，难道真的还在什么地方保留了完整的，井然有序的生活，而不仅仅是这种生活的废墟？难道这些能够以坚定的步伐走在生活的道路上，并且能够把和平传递给周围一切的女人们还没有消失？”③ 显然，这个农妇与塔马拉是作者笔下富有象征意义的两位女性。拉斯普京意在说明：传统文化就是由这些粗壮、强悍、没有文化的女性承载的，整个社会正是由她们支撑下来的，看到她们就意味着看到希望。

在小说末尾，当没有通知任何人就出狱到家的塔马拉突然出现在阿纳托利面前时，阿纳托利不知所措而笨拙地拥抱了她一下就放开了。这时塔马拉把行李扔到一边，腾出双手，严厉地说：“来，再来一次！”④ 从这个简单的动作和寥寥数语中我们发现，经历了莫大的痛苦、绝望和监狱的磨炼之后，塔马拉曾经滴血流泪的心已经重新焕发了生机，并且变得更加刚强坚定，充满对未来的希冀和重新开创新生活的渴望。

与塔马拉相对应的是阿纳托利所代表的男性文化。阿纳托利在家庭遭遇不幸的整个过程中都表现得懦弱退缩，无所适从。塔马拉杀死罪犯后他自责应该是他去做塔马拉做的事。他承认自己在关键时刻胆怯了，并且自己都没发觉自己的胆怯。自从妻子入狱后，他一天天消沉下去，无论对什

① 瓦·拉斯普京：《伊万的女儿，伊万的母亲》，石南征译，人民文学出版社 2005 年版，第 205 页。

② 同上。

③ 同上书，第 239 页。

④ 同上书，第 244 页。

么都打不起精神。抑郁窒息了他。而杰明认为是所有人胆怯了，是这个民族胆怯了，任人宰割和撕扯，还自认为是有忍耐力的民族："婆娘能做到的，男人一辈子也办不到。"[①] 他分析是这个民族丢失了什么重要的东西，就像丢失了用于紧合的螺丝一样。可见，这些男性代表所走的路是代表西方文化的东西。透过男人的失败我们可以看到拉斯普京对推崇西方文化是极不赞成的。

塔马拉的形象完全敞露在我们面前，是那样准确和真实。一方面，她直接来自生活，是那么朴实、亲切；另一方面，她又纯洁、光明、坚定、自信，面对现实永不低头。塔马拉来自一个普通的俄罗斯家庭，这样的家庭成千上万。但是这一个家庭被痛苦贯穿，这一位母亲因为绝望而举起了枪。这一枪的意义远远超出了替女复仇的含义。应当承认，拉斯普京具有一种少有的看待女性的正确眼光，即把女性视作生活的道德辩护人：她赋予生命，同时也在自己的孩子身上把生命作为最高恩赐来保护。作家给予塔马拉某种宏大的东西，好像在她一个人身上反映了今天在俄罗斯妇女身上所保存的本能的以及经过思索的母性的全部力量。透过塔马拉这一形象作家揭示出整个俄罗斯母亲和女儿的本质，说明尽管有"市场"和"黑暗"包围着俄罗斯，但有了这些自己也不知道自己身上有多少力量的母亲和女儿，俄罗斯就不会灭亡。由此也让我们得出结论：女性是真正拯救俄罗斯的力量以及俄罗斯及其孩子的捍卫者。

另外两个重要人物老伊万和小伊万同样代表着俄罗斯的希望。老伊万是塔马拉的父亲，他抚养她长大，教给她做人的道理。可以说，塔马拉为人处世的原则、她的信念和追求中渗透着父亲的教诲。是父亲赋予了塔马拉一身傲骨，也只有父亲真正了解塔马拉行为的根本意义。在塔马拉被判刑前，老伊万对孩子们讲述了他和一个叫叶弗洛伊姆的人的故事。大约在三十年前，叶弗洛伊姆带着全家来到村庄定居，不久就发了财。但他不仅与村民们无法融和到一起，而且常常欺侮四邻。老伊万在多次忍让之后，终于在叶弗洛伊姆又一次寻衅时狠狠惩治了他。讲完这个故事，老伊万说出了解释塔马拉行为的关键的话："我们俄罗斯人不能忍受厚颜无耻……"这个叶弗洛伊姆和阿塞拜疆强奸犯是一样的厚颜无耻，而塔马拉

---

① 瓦·拉斯普京：《伊万的女儿，伊万的母亲》，石南征译，人民文学出版社 2005 年版，第 139 页。

面对强奸犯的决不让步正是秉承了老伊万面对叶弗洛伊姆时的大义凛然。在塔马拉决定实施她的计划时，她的头脑是激越的又是清醒的：周围的世界嘈杂遥远，父亲的声音却异常真切。这声音就像从童年时代传来，一遍又一遍呼唤着塔马拉回家。她明白，要抓紧时间——不是照父亲的吩咐回家，而是往前走，只能往前走。第二条路是没有的。塔马拉走在复仇的路上，如同走在回家的路上。是父亲的呼唤声给了她勇气和力量。

而祖辈世代居住的安加拉河流域，正是父女俩赖以依托的精神家园之所在。在寻找赖以自救的坚强的过程中，塔马拉·伊万诺夫娜越来越频繁地回忆起安加拉河边的家乡。那里的四季，那里的壮阔，那里大自然的深厚似乎永远在包容她，永远在启示她，永远是她取之不竭的精神源泉。安加拉河在塔马拉的心目中正如黄河之于华夏民族，是一条生命之河，是母亲之河。它深深镌刻在塔马拉的记忆中，是她精神上的后方基地。

从这里我们可以看出，老伊万所代表的传统道德价值观念、他赖以生存的土地和大自然依然是拉斯普京所认为的俄罗斯的出路之所在。在这部新作中拉斯普京虽然把描写的中心放在了城市，但这只是为了近距离地直接暴露城市的肮脏丑恶、人性扭曲，农村在他笔下以它的贴近自然、宁静温馨与城市遥遥相对。农村不仅是塔马拉时时回首顾望、汲取精神力量的地方，而且也是下一代借以疗伤、休整的最佳选择。老伊万的孙女杜夏和外孙女斯韦特卡都是在自己深受城市折磨、精神最为痛苦的时候回到农村舔舐伤口的。这说明拉斯普京与俄罗斯古典作家相同，推崇文化—民族的生活模式，而不是经济社会的生活模式。

俄罗斯的出路在哪里？今天俄罗斯人的生活应当是什么样子的？拉斯普京把回答和解决这些问题的重担放在了塔马拉的儿子小伊万身上。

在年青一代中，拉斯普京是把小伊万和斯韦特卡相对比而描写的。斯韦特卡是软弱的代表。她个头中等，身材瘦弱。小时候爱哭，性格柔弱，胆小而依赖性强。她不爱看书，没有主见，上到九年级之后就辍学到市场谋生。母亲顺了她的意，却没能救了她。要求与狱中的母亲相会是她唯一一次表现出自己勇气的行动。但是见到身陷囹圄的母亲后她所说的第一句话又是如此地软弱："妈妈，我该怎么活啊！"见过母亲之后她像是完全回过神来了，一下子变得做什么都不容商量。她学会了用不信任的目光看待一切。可以说斯韦特卡丢失了自我，在她身上理想的人已经被践踏，她真正意义上的童贞时代结束了。她匆忙嫁给了一个骗子，吸毒者。后来在父亲的帮助下了结了这段婚姻，却带来一个同样懦弱的小女孩。斯韦特卡之被高加索青年强暴以及后来的沉沦，象征着俄罗斯如果软弱必将招致外族践踏，也必将走向灭亡。

与斯韦特卡对立，小伊万则象征着民族复兴和崛起的希望。他坚忍不拔的性格、乐观向上的态度、勤思考爱钻研的精神以及注重实践的作风都显示出一个新俄罗斯开拓者具有的品德和素质。

小伊万十六岁时就已经长成一个高大漂亮的小伙子了。他身体的各部分都长得结结实实，而且挺拔舒展，总是昂首挺胸，目光专注。在性格上他比较独立，并且善于坚持己见。塔马拉很少为他操心，不仅因为他是小伙子，而且因为他那刚毅而独立的个性，以及他自我锻炼出来的坚强。“他让人感到，在他身上有一种已经化为筋骨的坚固内核，而围绕着它，就像蚕茧似的层层缠绕着生活的所有其他方面的成熟。”[①] 在行动坚决方面他很像母亲，但又比母亲冷静。母亲一时性起会做蠢事，比如摔电视机，而伊万认为这样不行：“先要冷静，然后再下决心采取大动作。”[②] 他认为，他的行为源于意志的决定。年轻人热衷的时髦事情他也接触，但绝不盲目崇拜和追随，更谈不上沉迷了。当大家都去学英语的时候，他却进了法语班。当男女老少争相去看《泰坦尼克号》，如同前呼后拥的巨浪，而他忍住了，“不想沦为这浪潮中的一滴水”[③]。小伊万爱读书，爱思考，有主见。他说：“我看到的是实际存在的。既然我看到了，就要思考。这就是主见——自己看，而不是听周围的人在耳边怎么说。”[④] 无论是个人的兴趣爱好，还是对社会现象，他都经过思考分析而得出结论，绝不随波逐流、盲从轻信。

小伊万真正走向成熟是在家庭遭遇不幸之后。他越来越喜欢一人独处，静静地思考母亲的行为和父亲的表现。他知道，母亲没有被吓倒，并似乎以此来暗示他也不要害怕。为了考验自己，他在漆黑而空旷的街上一直逛到深夜。以前他凭兴趣行事，没有什么明确的世界观。但是在

---

① 瓦·拉斯普京：《伊万的女儿，伊万的母亲》，石南征译，人民文学出版社 2005 年版，第 65 页。

② 同上书，第 66 页。

③ 同上。

④ 同上书，第 101 页。

屈指可数的几个月里，他获得了某种深邃的眼光。这种眼光把他从一种现实带入另一种现实。他研究过俄语的内在结构，俄语的渊源和分支。现在这些都变得无足轻重，黯然失色。那么什么是主要的？他暂时还没有答案。但是由于斯韦特卡的缘故，市场开始吸引他的目光。他去观察市场，观察那些精明的商人工于心计的嘴脸，分析市场在新的形势下左右人的命运的根源之所在。也就是说，他开始迈出走向社会、分析社会的第一步。他开始直面周围的世界，有意识地和十分投入地观察事物，因此他开始越来越清晰地看见以前所没有发现的东西。他看到世界正在发生巨大而可怕的动荡，他看到“他的人民”在这场动荡中的软弱无助，任人宰割。他亲眼目睹社会上最为丑恶肮脏的现象：往日放映儿童电影的“少先队员”电影院现在复仇般地成了吸毒和卖淫场所。在这里伊万成了光头党自发惩治“淫窝”的见证者。他思考光头党的行为。他虽然对光头党并无好感，但是认为既然市政府对那些污秽都害怕躲避，那么为什么还要谴责光头党？他们只不过是以自己的方式做了市政府应该做的事。在市场上的一场民族纠纷中，他也参与了打架。这件事之后，他来到了外祖父的别墅。他也开始观察祖祖辈辈赖以生存的安加拉河，某种新的情感开始在他的心里涌动。他还阅读了随身带来的俄罗斯民间谚语和教会斯拉夫词典，体验到俄语带给人的美妙和力量。他内心的某种东西被唤醒了：“不，这不能抛在一旁，俄罗斯人的坚实似乎就植根于此。”“它，这个语言，比颂歌，比旗帜，比宣誓和誓言更强大……有它就有其他的一切。”① 对于未来，他还没有什么计划。但有一点他明白，他需要行动。他想告诉母亲，在没有母亲守候的日子里，他已经长出了翅膀，渴望在飞翔中考验自己。

伊万中学毕业后去水文气象站工作，而后又入伍两年。退伍后突然受雇于一个木工队，去很远的村子修教堂。这是位于安加拉河边上的一个区中心村，不远处就是母亲和外祖父苦命的故乡。他相信，这条通向母亲和外祖父家乡的路，对他绝不是偶然的。他的行为给风烛残年、历尽磨难的老伊万鼓起了勇气。小伊万最后的选择体现了拉斯普京所代表的传统派一贯的思想：俄罗斯的出路在于回归农村和复兴东正教。

---

① 瓦·拉斯普京：《伊万的女儿，伊万的母亲》，石南征译，人民文学出版社 2005 年版，第 201 页。

拉斯普京实际上在通过小伊万来进行自己对俄罗斯的思考，通过小伊万进行拯救俄罗斯的探索，也通过小伊万实现重振俄罗斯的伟业。当别人哀叹“俄罗斯之歌唱完了”的时候，小伊万毫不犹豫地说出：“俄罗斯还会唱起来。”这是拉斯普京于悲愤中唱起的光明之歌。

《伊万的女儿，伊万的母亲》这部小说用极端朴素和纯净的俄语写成。它以紧张而扣人心弦的情节、鲜明而细致入微的心理细节、确切而真实可信的生活形象为我们展示了被改革弄得一贫如洗的社会中底层人民的生存状态和心理状态。这部小说反映的正是这些穷苦百姓对国家司法的极度绝望，他们在无处寻求真理、寻求保护的绝境中只能靠个人力量来维护尊严的悲惨局面。拉斯普京以悲天悯人的情怀贴近百姓，带着母亲孕育生命一般牵心的感觉体察百姓。他小心翼翼地触及人物的痛处，满腔忧愤地向不公平的社会发出呐喊，同时也使人民依稀看到温暖和光明的晨曦。这部小说在《西伯利亚》、《我们的同时代人》等四家杂志上刊载，由多家出版社出版单行本，在不同的城市里被阅读和讨论，令人想起苏联时代一部作品全国轰动的盛况。《伊万的女儿，伊万的母亲》这部作品如一颗重石直击今日俄罗斯社会的种种弊端，是苏联解体后俄罗斯批判现实主义文学的一部力作。

第三节　蕴于悲剧中的批判：帕夫洛夫的现实主义创作

在当代俄罗斯文坛上，帕夫洛夫是批判现实主义文学的新生一代的代表。他以自己全部的文学主张和创作实践捍卫俄罗斯文学的现实主义精神，并且在描写现实的真实性与深刻性方面深化和发展了批判现实主义文学。

作为一个出生于20世纪70年代的年轻作家，帕夫洛夫虽然没有像拉斯普京等老一代作家那样感受过苏联时代文坛的沉闷压抑，但特殊的生活经历和遭遇使他对苏联后期的军队黑幕有了切身的体悟，对苏联解体后的社会现实有了深刻的体察。深厚的文学功底和丰富的生活体验使作家在创作上迅速走向成熟，成为21世纪之初俄罗斯文坛上一颗耀眼的新星。

一 帕夫洛夫的文学主张

"文学应当关注穷苦人"[①] ——帕夫洛夫的文学倾向非常鲜明，而他对生活苦难的理解和对人性的剖析显示出与之年龄极不相称的深邃与冷峻。这与他非同寻常的经历不无关系。童年时父母的离异和生活的穷困使他很早就品尝到不幸、忧虑以及痛苦的滋味。他的意识是被陀思妥耶夫斯基唤醒的："《被侮辱的与被损害的》——这不仅是一本书，而且从那时起也开始了我的命运。我为许多事感到痛苦，而且怀疑所有人都在痛苦。但我觉得生活中应当有真理，有公平，它能保护人，使人强大。"[②] 他十八岁就应征入伍，正如他在一篇小说中写的那样："不知道前世犯下了什么罪孽，他竟被送到位于亚洲无人区的一个部队里服役"，而且承担的是押解和看守犯人的任务。虽然时间不长，但这段艰辛的从军史给予了作家极其丰富和独特的生命体验："半年中我经历了一切，被追杀过，被打过，被送过监狱，也曾自残过。我看到了什么是劳改营以及它周围的生活。"[③] 后来他被军队以精神不健康为由除名。无疑这段经历对作家以后的生活和创作产生了重大影响。退伍后他当过门卫，也在医院工作过。但他一直深受往事的折磨，于是因为思想上和生活上的毫无出路而开始写作，终于凭借自己创作的小说考入高尔基文学院小说班。1994 年他的中篇小说《公家神话》在大型文学杂志《新世界》上一经发表，就引起了评论家和同行的广泛关注，参加了苏联解体后俄罗斯著名的文学奖项布克奖的角逐，入围六部候选作品。虽然未能蟾宫折桂，但已充分显示出他的实力。之后他频频有新作问世，接连获得《新世界》和《十月》等刊物设立的文学奖，并于 2002 年最终以中篇小说《卡拉干达第九日》获得布克奖。2005 年，时代出版社为帕夫洛夫出版五卷集。评论界认为，作为一个年仅三十五岁的、既非科幻作家又非侦探作家的扎扎实实的现实主义者，得以出版如此考究的多卷作品集，这在当代是绝无仅有的。

与拉斯普京秉笔直书、忧愤呐喊的批判方式不同，在帕夫洛夫的作品中几乎看不到对现实的激烈指责和直接抨击。帕夫洛夫作品的批判力量是

---

① 侯玮红：《"文学应当关注穷苦人"——奥列格·帕夫洛夫访谈》，《外国文学动态》2004 年第 1 期。

② 同上。

③ 同上。

蕴涵于渗透着痛苦与忍耐的悲剧力量之中的。这个悲剧精神实质上就是直面现实的精神。帕夫洛夫崇尚作品的真实性，他在《俄罗斯小说诗学》一文中提到："现实主义最根本的问题是关于所描绘事物的可靠性问题。准确些说，不是问题，而是要求。用现实的形式描写——这是按照可靠性要求建立的艺术原则。然而俄罗斯小说在组成和原则上更加复杂。它里面有真理性的要求，有本真性的要求……俄罗斯小说描写的目标不只是真实性，而且是现实性——不仅有现实的世界，还有精神的世界，我们的欲望、感情、信仰的世界。……任何事件——都不仅具有现实的因果关系，还有永久的因果性，就是善与恶的斗争，最高力量与命运力量的联系。对于俄罗斯艺术家来说，现实的因果性总是和超现实的因果性夹杂在一起。暂时是永久的表现。"① 他坚定地将这个文学主张贯彻于自己的创作之中。如果想找一个词来形容帕夫洛夫的创作的话，那么这个词就是——生活。他的作品几乎都来源于自己和自己周围的生活。著名评论家卡比托琳娜·科克申涅娃评论说："作家（指帕夫洛夫——引者注）的开始和结尾都是——生活，活生生的生活。"② 他直面俄罗斯民众生活中的苦难、不幸和贫困，淋漓尽致地描写那些丑陋和肮脏的东西。可以说，他在这样的生活中找到了最富有成效的领域：贫穷和忧患的领域。这个如人间炼狱一般的领域构成了帕夫洛夫笔下的悲剧空间。

二　悲剧空间：人间炼狱

帕夫洛夫所建造的悲剧空间通常是一个密闭的世界，其中人物置身于其间的自然环境和人与人之间的关系都极端恶劣、物质财富和精神财富都极度匮乏的境况中。作者在这种存在的黑暗极限中展示被社会抛弃和歧视的人的世界，使人的本性得到最充分的暴露和揭示，在浓郁得几乎令人窒息的悲剧氛围中审视和批判现实世界乃至人的存在本质。

到目前为止，帕夫洛夫的大部分作品主要取材于他的军队生活。他的中篇小说《公家神话》（1994 年）和长篇小说《马丘申的事》（1997 年）共同构成了一个军队的悲剧空间，反映了在曾经庞大的苏联帝国面临解体的荒诞和悲剧性的时代，偏远草原上一个看守犯人的连队不为人知的

① Павлов О. Метафизика русской прозы//Октябрь, 1998, №1.

② Капитолина Кокшенёва. Больно жить//Москва, 2000, №5.

生活。

同样是劳改营题材，帕夫洛夫与索尔仁尼琴和沙拉莫夫不同，而与谢尔盖·多夫拉托夫更为接近。索尔仁尼琴和沙拉莫夫是以劳改人员的身份描写囚犯生活，而帕夫洛夫和多夫拉托夫则是从监狱看守战士的视角表现守卫劳改营区的军人的生活。索尔仁尼琴的劳改营不给人以孤立于世界之外的感觉。囚犯世界以囚犯们入狱前的种种遭遇、在狱中度过的准确时间、与亲人朋友乃至国家政策制度之间的种种联系而同外部世界同步跃动。从这个角度看，索尔仁尼琴是为我们展示了这个世界上另外一种鲜为人知的生活。而帕夫洛夫笔下的劳改营则似乎与世隔绝，存在于我们这个世界之外。士兵毫无自由可言、没有过去和将来、只为此刻生存的生活状态形成了一个几乎完全孤立密闭的世界。在这个世界里，士兵们过着肉体与精神都受到极度折磨的与囚犯毫无二致的生活：不仅物质上得不到饱足，而且人性被蹂躏、被摧残和扭曲。这是地处偏远、自然条件十分恶劣的一个劳改营看守连队，但更是由于军队体制的僵化、上级官僚的无知无情无道而人为造成的一座囚笼外的人间地狱。

帕夫洛夫的劳改营坐落在卡拉巴斯一片荒凉、贫瘠、孤寂的草原上，远离团部所在地卡拉干达。看管劳改营的连队与劳改营比邻而居。这里“一个世纪以来都没有见过商店、机关、房屋、教堂和村落。只有一些凄凉的简易木房，周围时常传来气味难闻的绵羊的叫声。通向简易木房延伸着几条被靴子踏出的小径，它们是如此狭窄，好像人们是在沿着边缝行走，生怕会跌到。这些小径通向死胡同，在这个封闭的禁区开始的地方被截断。可以到达卡拉巴斯的自由入口只有一条窄轨铁路和草原上的大路。它们都消失在遥远的山丘尽头。从劳改营还引向一些孤孤单单的坟堆，这是小医院掩埋无人认领的犯人尸体的地方”①。这就是劳改营所处的自然环境和所有通往外界的路。与这种空旷的自然环境形成鲜明对比的是人群关系的窘迫：朝哪儿看都是拥挤和束缚，寸步也无法移动，否则就会侵犯别人：“在那里，无论怎样孤独地死去，都得在一起生活。这拥挤在不断加强，使得一个死人都不能倒下。”

---

① Павлов О. Казённая сказка. Повести последних дней. М.，Центрополиграф，2001，С. 8.

劳改营连队不仅地处边远，而且在物质生活上只能维持生活的最低限度。按理说，军人们有薪水和定量配给的口粮。可是工资十几年没有涨过，反而随着时间的推移有所下降。其实即便有钱也没有东西可买。至于口粮，上级也严格控制。夏天秋天都尽量缩减，一直留存到次年1月。所以冬天运到士兵这里的土豆都是霉烂变质的。不给油，提供一些牛油让你自己去提炼。不给苹果，给一些晒干的水果。唯一的精神生活用品——报纸同物质生活用品——土豆一样，运到草原连队时早已过期：迟到一个月、两个月甚至都快开春了。它们都是些去年的、被团部官兵看散了架、其中的合订本已经被偷走的报纸。但就是这些已经被翻得乱七八糟、刊登着过时的、他们闻所未闻的重大事件的报纸，依然常常能挤压出士兵们的眼泪。贫乏的物质生活和精神生活使得士兵们在这里根本谈不上服役，而是尽可能地生存。可是一旦侥幸吃饱了，却不知为何又不想再活下去。

艰苦的生存条件造成了整个士兵世界与外部世界的隔离，而士兵世界内部人与人之间的冷漠无情则更加重了人的孤独感，使每个士兵成为一座森严的壁垒，成为一个与外界割裂开来的单独世界。《马丘申的事》中主人公格里高利在进入劳改团之后感到一种“从生活中遗失了的孤独”，意识到自己在乱哄哄的士兵中是一个“孤独的角落”。周围越是拥挤，他就越是强烈地感受到：他在生活中的什么东西已经被夺走，他在这种拥挤中命定已经什么都得不到了。这种被夺走的东西正是“爱”。这一点是人极其需要的，它可以使人不致从童年起流的是“生锈的血液”。帕夫洛夫把从生活中的脱离描绘成从爱的圈子里的脱落——由此而产生了意识的种种磨难与痛苦，所有的痛苦和忧患。为什么要过这种令人厌恶的苛刻的、良心好像已经消亡的生活？谁也无从知道。在这个被国家遗忘，甚至被上帝遗忘的边区角落，“日日都浸透着酸菜汤的味道。日子就这么长久地、沉重地过着，像是从远古漂来”①。在几部小说中作者都经常使用“世纪”这个词来形容近乎凝滞的生活状态。《公家神话》中，作者总结士兵们过的是“一种多年都不流动也不会受到震动的生活。时间不会带来任何轻微的或者剧烈的变化。因为他们就像根本没有时间那样生活着……如果外

① Павлов О. Казённая сказка. Повести последних дней. М., Центрополиграф, 2001, С. 8.

界发生了什么，那也要过几个世纪才能知道"[1]。所有世界上发生的事件都无法到达草原，所以士兵们觉得从这个被遗失的地方到团部所在地卡拉干达的路似乎比自己的生命都长。

士兵们不仅生存条件极其恶劣，而且在心灵上遭受着上级官僚的管辖和压迫。其实，在孤独和不自由的程度上，士兵与犯人是相等的。在《公家神话》的描述中，卡拉巴斯劳改营区居住的人只有四类：士兵、犯人、工匠和监视者。犯人与士兵相处几年或者一段时间。一方是服役，一方是囚禁，各自履行着自己的职责：犯人在劳改营的一座小工厂里劳动，而士兵终年都在值勤和警戒。生活枯燥而机械。这里所谓"公家"的生活其实就是成为"公家"的人之后，就开始了几乎是静止的生活，仿佛"充公"，完全失去了个人的自由。可以说在自由的程度上士兵们连虱子都不如："说句实话，在卡拉巴斯交往最灵活的要数那些简易木房里的虱子。它们在士兵和犯人之间自由自在地穿梭往来，来来去去友好地做客，吸着咬着，每次产下100个卵。而人们却饱受疥疮之苦，受这些获得胜利的畜生的压迫，却因此与它们亲近起来，胜过自己的妈妈。"[2] 这个从未有过房屋、教堂的地方正是象征着俄罗斯外省千百年来所过的如此贫困而窘迫的生活，如此单调重复的生活：辛辛苦苦地工作或者劳动，得到公家的一份薪水直至退休。正像大尉哈巴罗夫一样，直到有一天只剩下一种选择："无处可逃，只好忍受。"[3] 为了生存，为了让大家能够吃饱，哈巴罗夫带领士兵把作为公家口粮的土豆分出一半来栽种。然而事情被告密，来卡拉巴斯调查情况的特别部门的准尉认为这是擅自挪用公物。因为新收获的土豆是用公家口粮栽种出来的，所以它们依然应当"充公"。于是这些给士兵带来一年的饱足希望的新鲜土豆被强行拉走，扔到离营地很远的脏土沟里。准尉的这种恣意妄为造成了不可逆转的后果——向来隐忍乐观的哈巴罗夫永远失去了生活的兴趣，成为一具活尸。后来当他在路边发现这些已经冻坏的土豆时，终于愤而离队，不幸路遇暴风雪，冻死途中。可悲的是，尸首在几个月后冰雪消融之时才被人发现。作者描写了人的精神承受力的底限。如果不想毁灭一个人，就不能超越这个界限。具有讽刺意味

① Павлов О. Казённая сказка. Повести последних дней. М.，Центрополиграф，2001，С. 6-7.

② Там же. С. 8.

③ Там же. С. 7.

的是，不久之后由公家配给的土豆被运到草原——又是霉烂变质的，只不过是“合法的”。小说结尾，在哈巴罗夫遇难时身上所穿的军衣口袋里，人们发现了他生前写给报社的一封未发出的短信。信中这样写道：“读一读报纸——好像我们这里一切都是为了人，好像人与人之间是那么尊重。可是看一看周围——我们这里比劳改营还差。为了占据一个公家的房间，你就必须一直服役。而当退休时你已经完全失去健康，不被任何人需要，只会被赶到光秃秃的草原上等死。报上写着人人平等，可军官首长总是比士兵重要，总是与士兵不平等。你的头顶上几乎常年都悬着那些令人厌恶的命令……无处诉说，所谓的公民权是帮不了你的。……就这么毫无出路地坐在营房里或者站在值勤岗位上，你会觉得森林里的野兽过得更好些，它们有自己完整的生活，可你好像蹲在监狱里，虽然既没有抢劫过，也没有杀过人。种了土豆却被抢走，白白丢弃，只是因为没有命令。没有人感谢你栽种了土豆，只是一味指责你占用了土地。据说，只需要你顺从。据说，顺从更重要。”① 这段话使读者终于领悟到“公家”的真正含义，同时也道出了《公家神话》这个题目的象征意义。小说的名字本身含有某种悖论，将不可组合的两个词“公家”和“神话”组合在一起。“公家”世界是死板的、一成不变、了无个性的现实世界，它所代表的正是冷酷无情、毁灭人性的专制制度。而“神话”世界则是一个充满个性的鲜活世界，直接与“公家”世界对立。“公家”世界里有神话发生，或说神话发生在“公家”世界里，这个充满矛盾的命题贯穿在整个小说中。大尉哈巴罗夫带领士兵栽种和收获土豆宛如发生在“公家”世界里的一出“神话”，却不幸被专制制度残酷地扼杀了。因此可以说，“土豆事件”是个性与专制、自由与强权最激烈的斗争，也是对专制制度最彻底的揭露和最有力的控诉。

在另一部短篇小说《逃兵伊凡》（1998 年）中，帕夫洛夫通过描写一起令人惊心动魄的杀人事件，依然把批判矛头指向了残酷的专制制度。十九岁的士兵伊凡刚刚入伍就受到老兵的人身侮辱。他丧失了理智，在绝望和狂怒中杀死了许多人。少校赶来处理这件事。他不仅没有把士兵送交军事法庭，还感化了士兵，使他重新燃起对生活的希望和信心，并且把他

① Павлов О. Казённая сказка. Повести последних дней. М.，Центрополиграф，2001，С. 165 – 166.

带在自己身边。恢复健康以后，出于对少校待自己恩重如山的感激之情，士兵把少校的智慧和人品看得很高，所以都不敢思考他说的话，对他唯命是从。另外，也由于周围的人把他的痛苦当笑料，没有人愿意搭理他，他对他们彻底关闭了内心。“对别人来说，对整个世界来说，这个士兵已变成瞎子、哑巴和聋子，变成了一台人形机器。他只看得到主人，只同主人谈话，并且只习惯于听主人的话。”① 这时的士兵一切听从主人的召唤，成了少校忠实的奴仆——一个会说话的工具。他除了偶尔与少校交流外，基本上已经生活在一个封闭的世界中了。悲剧就潜伏在这样的静止和封闭之中。抑或说这样表面的静止和封闭恰恰在酝酿着悲剧。一般说来，帕夫洛夫小说中的情节都不是层层递进、缓慢发展的。如果他的人物的世界有什么改变的话，这必然是命运的突变和裂口，常常是突然的和悲剧性的。小说中的人物对没有开端也望不到尽头的令人绝望的“公家”生活没有指责，只有忍耐和顺从。而一旦有所反抗，则必然是极端的、激烈的爆发。死亡作为悲剧的最激烈的形式在帕夫洛夫的作品中一再出现。尤其是在早春，活着的生物就只剩下人和虱子。在一片无聊、沮丧和绝望的氛围中，人的破坏欲不可避免地在积聚。年纪轻轻的士兵伊凡刚一入伍就遭受侮辱，这使他失去了做人的尊严和勇气，同时也失去了对人的信任。是少校给了他尊严，给了他活下去的勇气。因此他“像依恋亲生父亲般”依恋上少校了。“对少校的爱，是唯一还能使他通人性的一种感情”。这时士兵对少校奉献的实际上是一份“赤胆忠心的非人类的爱”。少校逐渐感觉到自己能全权支配这个小伙子，于是他开始享用这种权利的乐趣，滥用这份忠诚，蔑视士兵的尊严。这时他已经成了极端专制、独裁的代表，因为极权需要的就是这种非人类的爱和忠心。与此同时他犯下了一个致命的错误：他忘了，只有用信任和尊敬才能获得爱。他轻率地侮辱了他在劝说士兵时要士兵相信的人类尊严。在一次命令士兵协助自己做一件违法的勾当时，士兵虽然同以往一样驯顺，但还是忍不住劝说了少校几句。少校恶狠狠地抛出对士兵来说最为刺痛的话。士兵忍无可忍，像以前狂怒时那样举起一个重物突然将少校砸死。士兵连自己都没有预料到他会亲手杀死这个曾经拯救过自己的人。他哭泣着掩埋了少校的尸体，心中依然长久地怀念着他心目中的少校。这里，作者揭示了爱与尊严的问题，即任何爱都是

① 奥·帕夫洛夫：《逃兵伊凡》，傅石球译，《外国文艺》1999 年第 3 期。

有尊严的爱。同时也揭露了没有人性、没有人的尊严和自由的专制制度的本质。

可以说，悲剧性是俄罗斯文学鲜明的特点和独一无二的命运。帕夫洛夫懂得，世界是扭曲的，但他不仅仅把世界看成变形的和丑恶的，而且深刻揭示出人的存在的悲剧性。在劳改营小说领域内，这一点也是帕夫洛夫和多夫拉托夫有别于索尔仁尼琴和沙拉莫夫的地方。

俄罗斯的自然地理、历史政治条件决定了这里的生活对人来说是严酷的，常常是一个缺乏爱的世界。监狱、苦役、战争从来都是它非常重要的内在特点。正是这些痛苦和灾难造就了俄罗斯文学史上的劳改营小说。劳改营题材最早进入俄罗斯文学是在17世纪，阿瓦库姆第一个在自传作品中描写了严酷的囚禁生活中的寒冷、饥饿和屈辱①。到了20世纪，监狱生活更是屡屡出现在文学作品中。沙拉莫夫、索尔仁尼琴、西尼亚夫斯基、阿列什科夫斯基、金兹堡、多姆布洛甫斯基、弗拉基莫夫和许多作家都曾见证监狱的可怕。但他们常常把批判矛头直接指向制度，而帕夫洛夫和多夫拉托夫在批判制度的同时，进一步对人性、对人的存在进行探究。

多夫拉托夫在《监狱》的前言中道出了自己与索尔仁尼琴的不同："从索尔仁尼琴的眼光看，劳改营是地狱。而我以为，地狱——就是我们自己。"② 劳改营生活使多夫拉托夫重新思考一个人身上善与恶的关系。他实际上是把《监狱》中的劳改营作为一个时空场景，展示在异样的环境下具有人性的人在这里所做的恶，从而不仅描写出专制国家的没有人性，同时也展示了人的存在的荒诞，人与世界之关系的缺乏和谐。多夫拉托夫发现，在他之前，关于囚犯的文学作品分为两种："苦役"文学的鼻祖是陀思妥耶夫斯基，它把囚犯描写成受苦受难的人，而警察是折磨人的人；在"警察"文学中，正相反，警察成了英雄，囚犯成了恶魔。多夫拉托夫凭自己的天才和经验证明，这两种结论都是虚假的。以他的观察，警察是为监狱服务的，同时任何一个囚犯对于警察来说也都是必须的。作家发现了囚犯和警卫之间的相似，监狱与自由之间的相似。他抹去了犯人

---

① См.：Житие протопопа АВВАКУМА. Можайск，ЗАО《Сварог и К》，1997.

② Довлатов С. Зона. Собр. соч. в 4 т. Санкт – Петербург，Издательство《Азбука – классика》，2003，Т. 2. С. 8.

和看守之间的界限："特殊制度下的犯人和监狱看守极其相像——在语言、思考方式、道德准则等方面。这是相互影响的结果。铁丝网内的双方——是一个统一而残酷的世界。"[①] 多夫拉托夫正是以此超越了劳改营题材的狭小圈子。

从这一点上说，帕夫洛夫与多夫拉托夫追求的是同一境界。他曾经表示，劳改营小说"基本上只是被大众理解为暴露性题材……而其自身的复杂性没有被理解"[②]。帕夫洛夫虽然没有正面描写犯人的世界，但他所描写的残酷而无任何自由可言的士兵生活，正是不言而喻地指明了犯人可能的生活。帕夫洛夫不仅令人信服地描绘出边疆一个崩溃瓦解、葬送人的帝国图景，而且以他所建造的一个个悲剧空间提出"世界—监狱"这样的悲剧性命题，验证了"人最大的幸福就是在地球上不可能有幸福"和"人的幸福就在人存在的悲剧中"[③] 这样的论断。著名评论家玛丽娅·列米佐娃认为他的小说"与其说是在批判今天，不如说是批判整个的存在。这个存在失去了最重要的、能够赋予其意义的东西，而且这种失去是由于人本身存在之基础的毁坏"[④]。

三　悲剧人物：黑夜中的烛光

无论帕夫洛夫写什么，他总是为了战胜"恶"、战胜"人性的罪恶"而写，所以他的小说不是轰动一时的，而是真正"鲜活的小说"。评论家瓦连京·库尔巴托夫写道："帕夫洛夫如果不是想制止恶，那么也是想暂缓恶的发生。他竭尽全力大声呼喊，拉下以前军队小说那令人精神昂扬的帷幕，发现帷幕后面的地狱。"[⑤] 有些评论家认为他描写的现实过于可怕，是"残酷的现实主义"。帕夫洛夫则认为他不是在渲染这种可怕，而是在揭示痛苦，揭示植根于我们的生命和人类存在之中的历史性痛苦。小说家写道："痛苦——如果它是所有人的痛苦，如果它促进了民族的自我意识，加强了人民中共同的东西，那么它就具有民族的特点。正是痛苦的经

---

① Довлатов С. Ремесло. Собр. соч. в 4 т. Санкт – Петербург, Издательство 《Азбука – классика》, 2003., Т. 3. С. 17.

② Павлов О. Непогибший в "Архипелаге" //Литературная газета, 1997, №35.

③ См.: Капитолина Кокшенёва. Больно жить//Москва, 2000, №5.

④ Мария Ремизова. О прозах Павлова//Смысл, 2002, №12.

⑤ Валентин Курбатов. Дорога в объезд//Дружба народов, 1999, №9.

验奠定和养育了我们的民族情感。我们正是靠痛苦经验使自己独立于世。文学应当和自己的人民分享痛苦，丰富它的特点。”① 痛苦实际上源于对人民命运的悲悯，对世间不公的悲愤。帕夫洛夫笔下的许多人物都在痛苦地活着，痛苦地思考。大尉哈巴罗夫的内心深处总是有一股挥之不去的沉重忧郁，觉得似乎在遥远的什么地方有一种自由的、光鲜的生活，有一些完全健康、漂亮和快乐的人们。长篇小说《马丘申的事业》中的主人公马丘申生来就带着痛苦，这不只是因为兵营把他和世界分开，而是因为他“囿困”在自己迷迷糊糊的思想中。这种痛苦并非意味着悲观和绝望，正相反，在帕夫洛夫的小说中蕴涵着对生活的坚定信心。这是一种能够把痛苦作为活着的生物的特性的能力，它非常珍贵，因为它穿透着生活的痛苦。

痛苦并不可怕，可怕的是人对痛苦和忧患的冷漠。劳改营看守连中的上级官僚仅仅为了维护个人威严或者刻板的规定而不顾下级官兵死活，把他们推向绝境。《米佳的粥》（1995 年）中的生活场景是在一个几乎与外部世界孤立隔绝的疯人院里展开的。医院世界的封闭感使它与“绝境”极其相似：它坐落在远离区中心的地方，森林紧紧包围着它，以防止那些不速之客潜入这个隐秘的地方。在这个人人都处于刚够维持生存状态的地方，一群或心灵受伤、或半痴半傻的孩子整日相伴。医生们医德很差，酗酒的自不必说，即使不酗酒也对病人漠不关心，而且还乘人之危、阴险贪婪。《世纪末》（1995 年）的故事发生在 20 世纪末的圣诞节之夜。一个不明来由的流浪汉在寒冷的节日之夜被送到医院，医生、护士和警卫却因为怕脏、怕臭和怕传染虱子而对其不管不问，流浪汉经过一夜的折腾死在医院里。这样冷酷的现实令人不寒而栗。它实际上揭露了人身上的“世纪末”一般的道德危机。

怎样战胜“恶”？帕夫洛夫在作品中给出了答案——只有爱才能使人生活下去。在帕夫洛夫的作品中总能发现希望之光，这种希望就在能够对别人的苦痛怀有爱心和怜悯之心的人身上。在《公家神话》中，作家所有的艺术力量都得到了最充分、最丰富的体现。大尉哈巴罗夫对生活没有过高的期望。他服兵役不是为了贪便宜或者是被迫。他和所有人一样被招兵。因为做得优秀被提升为大尉。能当上大尉的都是有良心、肯卖力的

① Павлов О. Метафизика русской прозы//Октябрь, 1998, №1.

人。落入这个警卫连，大尉很快就明白这里根本就没有什么“服役”。但他从来不去抱怨自己的命运。抱怨就意味着寻找有错的人，但他不会。在卡拉巴斯这个可怕、穷困、饥饿的村庄，哈巴罗夫努力肩负起这种毫无快乐的士兵生活的重负。这个一贯需要为生存而斗争的公家世界给每一个居民身上都打下了深刻的烙印：毫无出路、单调重复的劳改营生活成为勇士别列古特终日醉酒的原因，也差点造成副教导员维利奇科的死。哈巴罗夫并不为自己担心，反正快退休了。但他知道他的生活要对人们有益。“他希望建立一个公正的秩序，使人们比现在生活得饱足、快乐。如果是大尉自己管理所有的粮食，承受所有的痛苦，他将感到高兴，他将弄碎自己的口粮以使大家得到饱足，他将敞开自己的心去面对别人的痛苦。”他为士兵们最基本的饭食担忧。经过几个不眠之夜，他终于决定冒着危险和恐惧栽种土豆。这首土豆“史诗”在严酷的公家世界中悄然吟唱：哈巴罗夫巧妙周旋，秘密实现着自己的构想。变绿的土豆田——那片干涸的哈萨克草原上从未有过的奇迹——成了卡拉巴斯土地生活的中心。这个公家世界由此而焕然一新。土豆开花了，监狱犯人看到那些绿色的茎叶就像看到稀奇的花园。土豆收获以后，事情被告密。团里打来电话询问此事，哈巴罗夫的回答很简单：就是为了让大家吃饱。因为这里伙食不好，而且即便有钱也没有商店。只要允许使用土地，就能拥有一切。但是，紧接着来卡拉巴斯视察的准尉破坏了美妙的神话，把刚刚收获的土豆抢走扔掉。后来，为了给士兵们取回薪水，更是为了使士兵们免于因为私种土豆而遭受军事法庭的处罚，哈巴罗夫告别卡拉巴斯，前往连部所在地卡拉干达。途中哈巴罗夫突然遭遇无法穿越的暴风雪，最终困死绝境：“他拖着冻僵的双腿，拖着冻僵的肚腹，就好像大河在拖着自己的冰水。他仿佛觉得，他在拖曳着整个大地，连同其上的森林和海洋。”这样主人公以生命为代价从“公家神话”中走入了真正现实的世界。小说的意义就在于，描写大尉哈巴罗夫怎样战胜卡拉巴斯的周而复始的惯性，在毫无个性的公家空间里拥有了个人的命运。帕夫洛夫小说中与悲剧性曲调相交错的明确、光亮的调子正是表现在此：作者艺术性地肯定了活生生的人的生命的价值优先权，这个生命的内容无可估量地大于它在“公家”世界中的存在。

在《世纪末》中，与一群自私、缺乏人性的医生和警卫相对比，有一个光彩夺目的女清洁工形象。实际上她是生活在最底层的人，工作繁重但收入微薄。然而正是这个“瘦得几乎皮包骨头”的女工把粗壮的连警卫都懒得碰的流浪汉拖到了浴缸里，对这个医生因为嫌脏不愿意给予治疗的人进行清洗。而且当所有人捂着鼻子跑掉的时候她居然没有闻到臭味。“热水从莲蓬头哗哗流出来，浴缸里的水变浅了，白蒙蒙的雾气逐渐消失。清洁女工手里拿着淋浴喷头，就像拿着消防水龙带似的，替他冲洗能见到的残留的污垢。”当女工把遍体鳞伤的流浪汉清洗出了人样的时候，“她从头到脚仔细看了看这个人不禁愣住了，连手脚都没力气了。这是个年轻小伙子，几乎还是个孩子。但是形容枯槁，瘦得像个小老头。疥疮使全身的皮肤变成黑糊糊一片，只有脸部和双手白得刺眼，十分好看”①。她“不由得一阵心痛”。这个感叹自己的穷苦命运的女人，发现了别人身上的苦痛，而且对其无限同情，这正是她的美。流浪汉终于因为没能得到及时治疗而死去，可以说他是被一群没有良知的人杀死的。而清洁女工却作为整篇小说最温暖、最动人的亮点留在人们的记忆之中。也许帕夫洛夫想说：这就是俄罗斯的希望，也是人类的希望。

帕夫洛夫笔下人性的温暖不是抽象的，而是非常具体的。它使人能够超越个人的骄傲而同情近在身边的人，给予他们最切实的帮助，与他们分享最微小的所得，有时甚至奉献出自己最后一点东西。在《米佳的粥》中，男孩米佳就是按照这样的原则对待老头卡尔比的。米佳和永远觉得饥饿的老头一起分享他的稀粥。这一日常的举动几乎具有崇高的象征性意义。它唤醒了早已被成人世界破坏了平衡的善与人性。正是出于对米佳的爱，希望拯救他和使他重新回到正常世界中去的愿望唤醒了周围人身上最美好的一面，使他们又一次经历给予善的喜悦。疯人院里人与人之间的复杂关系好像被压缩到最简单的层次：吃饭，散步，打扫卫生。而取暖、分食物这些生存最基本的事情在小说中具有了特殊的意义，是具体的人性的表现。帕夫洛夫塑造了富有爱心的一组群体形象。小主人公米佳在还未懂事时就失去了双亲，被送到寄宿学校生活。他的不幸令人心酸，令人心碎。然而寄宿学校里护工、锅炉工、同伴对他的爱又催人泪下。这分明令人感觉到：爱在人间。

四 悲剧氛围：现实中的怪诞

在帕夫洛夫几部重要的代表性作品中，获得2002年俄语布克文学奖

---

① 奥·帕夫洛夫：《世纪之末》，韩静池译，《外国文艺》1999年第3期。

的中篇小说《卡拉干达第九日》与众不同，其叙述上合乎逻辑的现实性有机地与怪诞而非同寻常的世界交错，单调乏味的现实生活与陡然而起的戏剧性变化共存，凸显了整部作品的悲剧色彩。

《卡拉干达第九日》最突出的特点是怪诞与现实的结合。在对现实生活最真实的、几乎是自然主义的描写中夹杂着怪异和诡秘，从而在批判苏联军队现实的基础上，更成功地尝试了对人的存在的宏大概括，总结了生与死、死亡与永恒之间的道路。帕夫洛夫在创作中深受陀思妥耶夫斯基和普拉东诺夫的影响，对现实和现实主义有一套相当独特的看法，认为："作家更是哲学家，文学思索关于生活的哲学。它应当把任何一个现实变成思索和重新感受一切的宇宙，超出现实本身的界限，宣称自己更加真实。"[①]《卡拉干达第九日》就是在看似怪诞的叙述中凸显出人的真实存在。

小说的背景依然是异常艰难的军人生活，但其讲述的故事却非常奇特：在地处偏远的卡拉干达一家军队小诊所里，主人公退伍士兵阿廖沙·霍尔莫戈洛夫受累于一颗牙齿而成了一场死亡游戏的参与者及牺牲品。阿廖沙在团部打靶场服役期满后即将返乡。靶场场长——聋准尉阿卜杜拉耶夫对他疼爱有加，视同亲子，于是执意请求团部诊疗所所长因斯基图多夫为其安一颗永久性的铁牙作为纪念。因为准尉喜欢永久，认为只有金属牙才具有永久性，能够让阿廖沙拥有一颗永久的牙齿就等于是和他一起分享生命。阿廖沙因此怀揣复员证和一小笔退伍费在诊疗所滞留。没想到铁牙还没有安上，他就莫名其妙被卷入一件麻烦事：一名士兵被住在诊疗所里的一个神秘病人杀死，为了掩盖真相，上级命令尽快将士兵的尸体运往莫斯科。所长因斯基图多夫带领阿廖沙和司机帕尔·帕雷奇展开了秘密而颇为复杂的一段旅程。而围绕这具尸体一个个濒于危机的灵魂得以展现。结局是司机杀死了所长，而阿廖沙被疑为凶手，经受了野蛮殴打逼供后几乎发疯。这时又是聋准尉出面营救才使他免于一死，终于登上回家的火车。作者通过这件发生在荒僻草原上的荒唐事，既如陀思妥耶夫斯基作品一般通过突发事件深刻揭示了种种人性，又像果戈理的《死魂灵》那样通过一次旅程展示出各种人的世界观及命运。小说不仅展示了永远笼罩在生活于杂乱无章的俄罗斯土地上无家可归的人民头上某种命运攸关的东西，而

---

① Интервью с Олегом Павловым//Газета "Книжная витрина", 10－16.01.2003, №1.

且令人深刻体悟到存在的荒诞。

相比于每个人生活状态极其真实的描写来说，作品的一些情节充满怪异：阿廖沙为什么会愉快地接受恩人毫无意义的赐予——把一颗根本没有毛病的好牙置换成一颗铁牙（这是整个小说情节发展的动因）？他自己也不知道。在诊所这个空间里，他好像一只迷失了方向的羔羊任人摆布。为了一颗铁牙，回家的事被一再拖延，他也不着急催促，而是一边等待，一边在诊所帮忙打杂。因斯基图多夫为他拔下好牙后，为什么迟迟不给他镶嵌铁牙？难道他已经预见到了将要发生的事情吗？中尉是怎样杀害士兵穆辛的？司机又是怎样杀害因斯基图多夫的？聋准尉为什么能够在阿廖沙遭遇不幸的时候及时出现？种种怪事扑朔迷离、错综复杂。

除了情节怪诞外，小说中处处充满谜一般的怪异色彩：军队小诊所有如一个阴暗隐秘的地下室，每个角落都可能发生令人不可思议的事情。杀了普通士兵穆辛的中尉住在一个单间里，饮食起居一切正常，谁也不知他得的是什么病。他曾经在卡拉干达郊区单调枯燥的草原上服役，是被两名军官护送来到这里的。所长因斯基图多夫每次经过他的房间时都要预言般地嘟囔一句："又是一个拉斯柯尔尼科夫……" 而整个寻找和运送尸体的过程都笼罩着怪秘的氛围：为了掩盖死亡原因——一个失去理智的中尉的枪杀，卡拉干达当局命令将尸体秘密运往莫斯科。所以所有参与事件的人——所长、阿廖沙、司机、卫生员、检验员、搬运工、棺材匠——当中只有所长知道一切。也就是说，仅对于执行上级命令的所长，这件事才具有秘密性。在停尸间和棺材坊里，他们对尸体进行登记、检验和清洗。因斯基图多夫仔细"装备"死者——往死者额头上凝结着血迹的小洞处贴上膏药，哭着劝说阿廖沙脱下自己的制服给死人穿上。阿廖沙只是被动地听命，对秘密一无所知，因此在他的眼光里扑面而来的是一种彼岸的、死亡的气息："瞬息后霍尔莫戈洛夫就陷入停尸间的空间里——看到了令他的目光凝固的东西。进入这个空间的门打开了，宛如一间密室：原来，覆满骨灰的墙面成片脱落，偌大的厅里摇曳着苍白清冷的光。白色瓷砖的墙壁和地板映照着白炽死寂的、像是能割破玻璃一般的灯光……"① 只有司机（将要杀掉所长因斯基图多夫的人）早已暗中猜出机关，因为这种事

① Павлов О. Карагандинские девятины. Повести последних дней. М.，Центрополиграф，2001，С. 392.

他看多了。为查明真相来到卡拉干达的穆辛的父亲被赶出了医院，却在棺材被装上火车后要求在儿子的第九个祭日和大家一起祭奠。结果狂饮演变成一场斗殴。

正是在这种怪诞与诡秘的氛围中，读者几乎从阅读第一行开始就感觉到生活的丧失理智、存在的几近终止。年轻的军官在十分清醒的状态下杀了人，只是因为他无事可做，认为“上帝就是那个画上句号，也就是先开枪的人”。于是他就这么做了。“现实再也不以好消息宠幸我们了。一切都在倾塌，在燃烧，在走向深渊。”因斯基图多夫的话道出了整篇小说的意蕴。帕夫洛夫笔下的俄罗斯是一个令人厌恶的、无人承继的世界的角落。尤其是亚洲部分，它充满了悲哀的灵魂，是藏污纳垢的所在。军队是如此落后野蛮，像是遭受恶的侵袭的最为失败的世界，是俄罗斯迷失方向、惊慌失措和走向灭亡的代表。所有的价值观念都崩溃，所有人都在没有爱的世界里、在绝望中生活，而且也无法改变自己的命运。时间好像停止不动，钟表都从来没有指针。因为没有需要，也就得不到拯救。国家是庞大的，根本顾及不到这里，况且国家本身也在分崩离析。这是一个整个国家都失去希望的时代。苦痛使尘世变为人间地狱，人们互相折磨和毁灭。医院院长不治病救人，而是在害人，因为无论世界还是人都是无可救药的。他对穆辛的父亲说：“你找什么罪人哪？你自己在一切事情上都是有罪的，你是个醉醺醺的畜生。你生下来就有罪，活着也有罪……是你在把他带到这个世界上来的那天就毁了他，为他准备好了痛苦……”接着我们才知道他发这场热烈议论“是为了让这个小人物置身于难以忍受的痛苦。甚至不是使他一遍又一遍痛苦，而是被这种来自自己的心灵和大脑的疼痛如电击一般一下子毁灭”。诊所如监狱，其中已经难以找到正常人的生活的例子，所有的生灵好像都陷入了永远没有天亮的黑暗之中。在这个世界中除了黑和白两种颜色就是更加令人悲伤和无望的灰色。而且谁也无法从这样的生活中逃脱。因为到处都没有光明，甚至连对光明的信念都没有。谁都没有任何值得信赖的立场和可以暂时休憩、渡过难关、获得新的力量重新站立起来的避难所。棺材匠对此有深刻的认识：“我们的房屋不能保护什么。我们嫉妒什么？嫉妒别人的房屋。我们在哪里互相龃龉？在我们面对面的自己的家里。土地广阔，可人们还是嫌地方少，为了一小块土地而相互挤压。”停尸间的工作人员认为：“生活常常是可怕的。不是死人可怕——可能是在他们还是活人的时候可怕。死看起来脏，内里却是干净的，像泪水。”

在小说阴郁的语调中又显露出富于激情的昂扬的情绪，犹如发自深处的号叫，是来自原始的宏大的力量。叶·叶尔莫林在总结 2002 年文学时说：“过去一年中好的文学的主导风格是——人在黑暗的生活中活下来。”[①] 他坦言这句话的直接所指就是帕夫洛夫的小说。帕夫洛夫小说的世界虽然罕见地阴暗，却不是无望的。在这个世界里有这样的地平线，它为每一个人的哪怕是最可怕的生活发现意义。他认为：“我们的生活失去了某种最重要的东西——这种东西能够给出生活的意义。但人们活着却不知道在做什么。上帝给出的计划人们拒绝。人们把来到人间告诉我们有未来、有得救、有光明的耶稣钉上十字架。我们总是想好的东西。但不知怎样得到好的。”[②] 于是他尽力以作家——上帝的中介人这样的眼光看待所发生的一切事情，由此决定了他的作品在风格和世界观上具有彼岸性和界外感。《卡拉干达第九日》这部小说不仅对苏联晚期尤其是对当时军队的现实进行解剖，而且还是一部末世论小说。作者把三部曲结集为“最后日子的故事”就是含有启示意义的。“对不起，我们是最后一拨人。我们连死都很容易，这算不上什么。”——棺材匠的话是对存在的最广泛的评述。但作家告诉读者，这个世界无论怎样可怕，总是有上帝的，有补偿痛苦、补偿牺牲的真理。在这样的世界里任何苦难都不是毫无意义的。

在这种沉重得令人压抑、根本不要指望光明和美好的生活中，生来普通却具有神圣感的阿廖沙命定被赋予了某种使命和重负。从名字就可以看出他是上帝的使者，也是承受人类一切苦难的受难者。阿廖沙朴实忠厚，具有逆来顺受的忍耐精神和豁达的胸怀，能够包容周围世界所有的不公正，以自己默默的努力不断改变和战胜它们。在两年服役中，他毫无怨言地听受靶场场长——聋准尉的随意支使，把他当作自己的恩人。在空旷孤寂的草原上他独自守候靶场，唯一可以交流的准尉却是一个聋子。每当有军官或者士兵来这里练习打靶时，他的任务就是扶正靶子。在等待的过程中他可以“三四个小时不从自己的掩体里出来。他好像被每一颗子弹射中，又不能被射死”。对于一般人来说，这样的孤独，这样被“有时像澡堂服务员，有时像掘墓工人”的聋准尉呼来唤去，这样遭受来自“大地

① Евгений Ермолин. Живая нить//Новый журнал, 2004, №235.

② Интервью с Олегом Павловым//Газета “Книжная витрина”, 10 – 16.01.2003, №1.

方”的士兵的嘲笑和侮辱，他可能连一个月都待不下去。但阿廖沙却“完成了一个奇迹”。这只有苦行僧才能做到：每当新的一天到来，他醒来以后就像什么也没发生过那样，已经忘记了昨天的一切。一切都自行遗忘了：“一天已过，应当继续生活。”

由于这个受难者的身份，阿廖沙注定还要经受磨炼。本已脱离苦海即将返乡，却因为一颗牙齿再次跌入地狱。在又一起命案中阿廖沙作为替罪羊遭到毒打，差点入狱，多亏聋准尉前来搭救，女侦察员辨明凶手，阿廖沙才又逃一劫。但此时的他已经几乎痴呆，拿着准尉给他的10个卢布，提着准尉给他买的西瓜，“像一个巨大的头在手里”，终于踏上回家的列车。月光下不知铁轨将驶向何方，命运等待阿廖沙的又将是什么呢？谁也无从知晓。这个结尾正是俄罗斯悲剧的象征。

《卡拉干达第九日》正是在怪诞与现实的结合中营造了悲剧氛围，从而达到了对现实最深刻的揭露和最彻底的批判。

帕夫洛夫是俄罗斯文学传统优秀的继承者，他很鲜明地确定了自己和俄罗斯信念、文化和生活汇聚在一起的独具风格的创作世界。这一点在年轻作家中是十分难得的。现在的许多作家在自己的文化土壤中却感觉自己是外国人，不想做传统语言文化的承载者，变得浅薄和自负，盲目模仿。帕夫洛夫则不然，他探寻到生活的最底层，描写普通的民众生活，继承了俄罗斯文学史上写“小人物”的传统。《公家神话》中的哈巴罗夫身为普通人，连名字都起得简单。他和所有人一样，是个活生生的人。“他的全部力量在于增强自己的健康和使自己的双手强健有力。人都希望双手永远这么强健，身体健康到简直羞于去珍惜。”“无论细看还是粗看，从哈巴罗夫那累得发酸的整个轮廓中都能发现他作为一个军人的特点。这样的特征比在练兵场上练就的电线杆一般的身材更加明显。”① 哈巴罗夫矮壮敦实，像是装土豆的结实的袋子。士兵的特点反而使他在千百万与他相似的人中间失去了个性，他隐没在其中，失去了身上的特别之处。而正是这千百万人组成了人民。哈巴罗夫这个形象写得鲜活而又温暖，毫无疑问他属于古典形象，就像普希金、托尔斯泰笔下的大尉一样。他尽心职守，忠于良心，尽管他很普通，但他给了所有人希望。帕夫洛夫在自己的创作中正

---

① Павлов О. Казённая сказка. Повести последних дней. М., Центрополиграф, 2001, С. 6.

是要争得讲述普通灵魂的权利。

在讲述普通人心灵世界的时候，帕夫洛夫依然继承了俄罗斯文学中检视自我、剖析自我的传统。俄罗斯文学最强大的力量在于它对人、对人的心灵永久的关注。它讲述的是人的世界，人的独特性，捍卫完整的人的价值。俄罗斯文学给予的是非常具体的人的存在，是对所有生灵的内在生活的理解。文学直接在形象中反映精神的和灵魂的现实。“我意味着什么?”这是个对于所有俄罗斯文化和俄罗斯生活问题来说最关键的问题，也是回答“做什么”和“谁之罪”问题的前提。“思考自己”对于文学来说并不意味着具体表述思想的过程，而是讲述直觉，考察个体的内心世界、个体的“我”和个体的生活之间的区别。帕夫洛夫笔下的人物无论多么卑微，都善于思考自我，思考自己活着的意义。大尉哈巴罗夫心中时时想着“使所有人都能从他的生活中得到益处”，副教导员维利奇科来到这个进去容易出来难的地方，却装作对此一无所知，他认为“人首先应当给大家带来幸福和愉快的生活”，坚信“我们大家在一起就能够改变我们的世界”。他无论走到哪里都可以改变生活，哪怕是在连队迷失道路的沙漠中。帕夫洛夫把这种“全心全意为别人忧患”的品质称为“暖潮”。在这样一种几乎封闭的生活中，大尉哈巴罗夫和副教导员维利奇科靠着顽强的信念和对战士的真诚，使得战士们在极端恶劣的条件和因反抗而遭受的残酷惩罚下活了下来。“点燃别人心中的光明，从而使自己的生活有意义。”这正是作家赋予自己人物的使命。“在很长的时间里都令人想起，生命发出的微弱的光和它所带来的温暖。大尉在这种烘烤着他的伤痛的温暖中睡去。”作家珍惜这种温暖，珍惜这种存在的力量，他认为只有依靠这种力量，俄罗斯人才能得到富足的没有穷困和痛苦的生活。

20、21世纪之交俄罗斯现实主义小说的新发展是时代背景和俄罗斯文学传统使然，也与俄罗斯作家坚持不懈的创作实践密不可分。当代社会生活和时代的变迁为现实主义的发展提供了舞台。现实主义的使命就是直面现实人生，揭示事物本质，塑造人物性格。新的社会现实激发了俄罗斯作家的民族责任感和创作灵感，促使他们广泛参与现实生活，反映特定历史时期的独特内容，塑造新的时代人物，表达新的民众愿望，探索富国强民之路，从而推动现实主义文学的发展。著名作家格·弗拉基莫夫在获得1995年俄语布克文学奖时说道：“接下来我想对无论如何也没有妨碍，而是增加了读者对《将军和他的部队》这部长篇小说的兴趣的写作方法表示感谢。这就是那个善良古老的现实主义。依据科学的说法，就是按照生活的本来样式反映生活。……你们最好明白，任何对于现实主义的背离都会以悔过地回归现实主义而结束。这棵唯一深入植根于生活的树干将会永远挺立，永远给绿荫婆娑的树冠以滋养。"① 是的，俄罗斯现实主义文学曾经拥有世界瞩目的辉煌，也曾度过黯然沉寂的时刻。今天，它刚刚走出泥泞，或许在未来的发展道路上还会遇到许多困难和曲折，但是我们深信，俄罗斯现实主义文学必将焕发勃勃生机，在21世纪攀登新的高峰，屹立于世界文学之林。

① См.：Лейдерман Н. Л.，Липовецкий М. Н. Современная русская литература. В 2 т. М.，ACADEMA，2003，Т. 2. С. 534.

第六章

当代俄罗斯后现代主义小说研究

俄罗斯后现代主义文学的出现既顺应了世界文学的发展规律，也与苏联文学发展的历史背景息息相关；它既具有西方后现代主义文学的一般特点，又独具本民族的文化和社会特色。我们参考俄罗斯文学评论界比较权威的观点，按照20世纪60年代末至70年代的形成时期、70年代末至80年代的确立时期、80年代末至90年代的鼎盛时期、21世纪以来的平静时期这几个阶段，分析俄罗斯后现代主义小说的发展历程。

第一节　俄罗斯后现代主义小说发展历程

60年代末至70年代，是俄罗斯后现代主义创作从孕育到成型的阶段。后现代主义理论家认为，后现代主义孕育于现代主义内部，在“二战”以后随着后工业社会的到来而与现代主义决裂，成为对现代主义的一种逆动与反叛。所以，一些批评家质疑，在现代主义没有得到充分发展的俄罗斯文化中是否会产生后现代主义文学。但是深入研究俄罗斯文化发展史，我们会发现，俄罗斯后现代主义文学的产生，既是对西方文学思潮的呼应，也恰恰是其特殊社会历史条件下文学的内在需求。

大约从60年代开始，一方面，西方后现代主义思潮冲破苏联的文化孤立主义政策，对社会思想意识和文学创作产生了一定程度的影响；另一方面，在苏联社会内部，知识分子对极权政治、意识形态的单一性及社会主义现实主义创作方法一统天下的局面越来越不满，对打开国门、走向世界、复兴民族精神的渴求越来越强烈。文学界得风气之先，创作出少量在思想内容上与官方文学相悖、推崇语言并在艺术形式上进行各种实验和探索的作品。这些作品不能见容于主流文学，只能成为地下出版物和境外出版物，后来随着回归文学浪潮的兴起才在80年代中期得以与民众见面。

其中有被公认为后现代主义开山之作的西尼亚夫斯基的《和普希金一起散步》（写于1966—1968年，发表于1971年）、安德烈·比托夫的《普希金之家》（写于1964—1971年）、维涅季科特·叶罗菲耶夫的《从莫斯科到佩图什基》（写于1969—1970年）、萨沙·索科洛夫的《傻瓜学校》（发表于1976年）等。与此同时，一些同属于地下文学的文学现象、文学沙龙和小组非常活跃，比如"新先锋派"、"新未来派"、"真实艺术协会"、"莫斯科概念派"、"斯莫克"等，它们提倡意识形态的自由和艺术形式的创新，其中的成员如维克托·叶罗菲耶夫、普里戈夫、索罗金后来都成为后现代主义文学的中坚力量。

早期的俄罗斯后现代主义作品除具备后现代主义文学的一般特点如拼贴性、文本间性以及注释性等外，又具有一定的苏联和俄罗斯特色，即对苏联社会主义神话的解构和对俄罗斯传统文化、经典文学的解构，也包括对传统体裁的解构。

西尼亚夫斯基的《和普希金一起散步》以类似于文化随笔的形式解读普希金作品及其人生，颠覆了苏联文学理论界对普希金的定论，在时而严肃时而嘲讽的语调中读出一个别样的普希金。斯科罗班诺娃认为，西尼亚夫斯基首次在俄罗斯文学中运用了建构文艺作品的"阅读—书写"原则：即用以前文学和文学研究中破碎的元素重新组合并赋予新的密码，从而形成符合作者思想的文本。构成这部作品的材料基础首先是普希金的作品，其次是众多关于普希金的研究资料：魏肯基·魏列萨耶夫在众多同时代诗人的回忆与证明基础上撰写的《生活中的普希金》一书，瓦西里·罗赞诺夫关于普希金的文章，玛丽娜·茨维塔耶娃的《普希金与普加乔夫》，鲍里斯·帕斯捷尔纳克的《护照》，等等。然而，无论是普希金的作品和关于他的回忆录、纪实材料，还是相关文学研究及文化学资料，所有这些丰富而珍贵的资料都不是为了成就一篇严谨的文学研究论文，而是被作为两种平等的文化语言来运用：文学语言和文学研究语言。建立在解构原则上的这种"双重性写作"，使西尼亚夫斯基区别于前人所写的"关于文学的文学"，甚至突破了文学体裁的形式，成为一种派生文学现象①。

① И. С. Скоропанова. Русская постмодернистская литература. М.，ФЛИНТА · НАУКА，2002，С. 83.

比托夫的《普希金之家》是以位于圣彼得堡涅瓦河畔的苏联科学院俄罗斯文学研究所的名字命名的，主人公就是在这里工作的一名青年科研人员廖瓦·奥多耶夫采夫。作者比较了廖瓦与其父亲和祖父三代人的精神成长历程，塑造了三种时代背景所缔造的不同精神肖像：祖父是成长于19世纪末20世纪初的俄国知识分子精英，他追求个性独立自由，反对极权专制，遭遇过流放、被驱逐，含恨而死；父亲受到震慑而选择驯服，在谎言中自我毁灭；廖瓦害怕面对真实，一直生活在艺术的幻想之中，希望在艺术中得到自由与和谐，但这注定只能是空想。从小说的名字来看，它是至今依然存在的俄罗斯文学研究所的名字，也是勃洛克的一首诗歌的名字，象征着作家之家，也象征着祖国俄罗斯，象征着俄罗斯文学之家，是俄罗斯知识分子的精神栖居地。小说结尾“普希金之家”建造的失败象征着知识分子精神的溃败和苏联社会走向媚俗化的趋势。这条故事主线采取现实主义的写实手法，遵循“典型环境中的典型人物”原则塑造主人公，因此有人质疑这部小说不是真正的后现代主义作品。不过除此之外，小说还加入了心理小说、哲学小说、感伤主义小说、回忆录、杂文、科研文章的元素，穿插了廖瓦的家庭档案、文学论文、随笔及大量的注释，对俄罗斯经典文学中的人物、主题等进行戏仿，凸显了后现代主义特色。

维涅季科特·叶罗菲耶夫的《从莫斯科到佩图什基》讲述的是一个酒鬼的旅行故事。主人公与作者同名，叫做维涅奇卡·叶罗菲耶夫。他在一次醉酒后踏上了从莫斯科开往佩图什基的电气火车。在火车上他一边喝酒，一边似醉非醉、似梦非梦地喃喃自语，胡话连篇。后来发现火车不是开往佩图什基，维涅奇卡莫名其妙回到了莫斯科。这部小说情节上荒诞离奇，现实与虚构并行，天堂与地狱间穿梭；叙事结构上充满不确定性，不连贯性和跳跃性；艺术手法上大量运用戏仿、反讽、粗鲁与高雅交替的语言，对苏联官方话语和社会主义建设图景进行了全面解构。

70年代末至80年代，是后现代主义文学巩固和确立的时期。在维涅季科特·叶罗菲耶夫、比托夫、索科洛夫的影响下，这种新的美学方式在地下文学中广为流传，又有一批作家创作出具有后现代主义特色的作品，比如维克托·叶罗菲耶夫、弗拉基米尔·索罗金，还有“四十岁一代”作家中的马卡宁、阿纳托里·金等，“三十岁一代”作家中的塔吉娅娜·托尔斯塔娅、叶甫盖尼·波波夫、维亚切斯拉夫·皮耶楚赫等。“三十岁一代”作家的很多小说基本上与意识形态无关，而是以近乎原生态的手法描写现实生活中的阴暗面，所以被称为“新自然主义小说”。他们这种看待世界的阴郁的怀疑主义眼光及对待生活痛苦的嫌恶与冷漠态度，与俄罗斯文学传统的教化功能相悖，而他们在艺术风格上多样化的追求，也冲破了社会主义现实主义的樊笼，为文学界带来新鲜气息与活力。由此可见，随着作家队伍的扩大和创作实践的日益成熟和丰富，后现代主义理念与创作原则已经传播开来，为日后的蓬勃发展积蓄了能量。

这一时期，马卡宁创作了两篇反映自己怎样创作小说的小说，颇具后现代主义特色。它们是《关于一篇小说的小说》（1976 年）和《群声》（1977 年）。短篇小说《关于一篇小说的小说》内容非常简单，只是一个平平常常的爱情故事（“我”和“我”的邻居阿丽娅的浪漫史）。但小说的结构非常独特，可以说马卡宁进行了一个全新的试验，以给读者全新的体验和感觉。小说中的“我”也就是叙述者，看来是一个作家。“我”好像丢了自己的手稿，小说是这样开始的：“我有一篇相当冗长和乏味的小说，它共有八十多页，后来我把它丢了。倒也不觉得怎么遗憾，可随着时间的推移又好像缺了点什么，毕竟辛苦了半天。小说的开头是这样的：我坐在家里听唱片（小说里写得更柔和而抒情：四周静悄悄的。我听着音乐）。我一遍又一遍地听着唱片。”① 通篇小说都是这样，以一个作家回忆自己丢失的一部手稿为线索，既写了这篇丢失的小说的内容，又写了“我”这个作者创作这篇小说时具体的构思，包括怎样设置情节，选择怎样的笔调，等等，如此交叉写来，一直到全部回忆完这部遗失的文稿，小说也就此结束。这种叙述方式属于后现代主义文学的一种特色：元小说，就是关于小说的小说，即与现实主义竭力让读者相信故事的真实性相反，后现代主义却要时刻提醒读者作品的虚构性。马卡宁借此拉开了文本和读者的距离，从而使读者从作者的视角体察了一部小说诞生的过程。

中篇小说《群声》在写法上比《关于一篇小说的小说》走得更远。小说没有一以贯之的情节，没有主人公，随着思想的进程作者说明着自己的艺术见解，同时把几个互不相关的人物经历贯穿其中，阐明了作者创造人物形象所依据的原则和他的美学理想。这部作品体现了后现代主义的反体裁性，即“无体裁的写作”。

---

① В. Маканин. Рассказ о рассказе. Соб. соч. в 4 т. М.，Издательство《МАТЕРИК》，2002，Т. 1.

叶甫盖尼·波波夫的中篇小说《爱国者的心灵，或致费尔菲奇金的各种信件》（1989年）是这一时期具有代表性的后现代主义作品。这个由两部分组成的题目暗示了小说的特色："爱国者的心灵"颇似苏联报刊上的官方宣传话语，"费尔菲奇金"则是陀思妥耶夫斯基的《地下室手记》中的一个人物，主人公经常给他写信。一方面，小说中人物的对话交流都采取一定的形式，即按照"社会主义现实主义文学"中的人物标准对话。两个亲近的朋友之间说的根本不是应有的日常话语，而是宛如读官方报刊一样的刻板话语；另一方面，人物又生活在地下艺术家的圈子里，他们崇尚自由独立，远离官方主流意识形态，他们在艺术和思想上的探索往往受到压抑和打击。这两个矛盾对立的方面既彰显在小说题目中，也贯穿在小说的情节和语言中，别有一种反讽的意味。

小说的叙述者和作者同名同姓，也叫叶甫盖尼·阿纳托里耶维奇·波波夫，人生经历也与作者相似，就连交往的朋友也是现实中的文学家德米特里·阿列克山德罗维奇·普里戈夫。波波夫写信给费尔菲奇金，告诉他自己和普里戈夫遭遇的一件事：1982年11月21日，在首都莫斯科举行苏共中央总书记勃列日涅夫的国葬，全国人民都排队与勃列日涅夫的遗体告别，波波夫和普里戈夫也加入了这个队伍，却因为警察的重重阻挠而终于没有靠近那个地方，于是两位朋友信步漫游起莫斯科这座城市来：他们随所到之处谈论着莫斯科具有文化意义的建筑，因此联想到与之相关的文学家、艺术家和音乐家，在看似随意中勾勒出一幅首都的文化生活图景。小说开放式的叙述结构、引文性和语言游戏性是它比较突出的后现代主义特色。

80年代末至90年代上半期，是后现代主义文学创作日益繁盛的时期。这一阶段后现代主义思潮以风起云涌的强势姿态迅速席卷整个文坛，在文学创作界、评论界、出版界以及文学评奖活动中取得话语权。1991年的安德烈·别雷奖获奖者中就有米·爱泼斯坦这位俄罗斯后现代主义文学批评的一大干将。1992年至1996年间，比托夫两次获得俄罗斯联邦国家奖，1992年、1993年最初两届的俄语布克小说奖都给了颇具后现代主义特色的小说《命运线，或米洛舍维奇的小箱子》和《铺着呢布，中央放着长颈玻璃瓶的桌子》。德国特普菲尔基金会设立的普希金奖1992年颁给彼特鲁舍夫斯卡娅，1994年颁给德米特里·普里戈夫，等等。后现代主义不仅得到合法承认，而且开始引领时代的潮流。正如后现代主义理论家爱泼斯坦所说："90 年代上半期是俄罗斯后现代主义'狂风暴雨和造成冲击'的时期。"① 后现代主义作品从边缘的、不被认可的地位转为时髦的、受追捧和推崇的对象，数量也由少到多，尤其是在苏联解体的最初几年，很多作品中后现代主义创作方法被大量运用。比如在 1992 年发表的有哈里托诺夫的《命运线，或米洛舍维奇的小箱子》、佩列文的《奥蒙·拉》、科罗廖夫的《果戈理的头颅》、创作于 1985 年至 1988 年的加尔科夫斯基的《无尽头的死胡同》，在 1993 年发表的有马卡宁的《铺着呢布，中央放着长颈玻璃瓶的桌子》、叶甫盖尼·波波夫的《前夜之前夜》、尤里·布依达的《堂·多米诺》，等等。维克托·叶罗菲耶夫、佩列文、索罗金成为这一时期后现代主义创作的主力军。另外还有一批作家创作了在不同程度上具有后现代主义特色的作品。

片段性和非连续性是这一时期后现代主义文学的一个特点。哈里托诺夫的《命运线，或米洛舍维奇的小箱子》讲述的是一位学者在研究文学时发现了米洛舍维奇的一只箱子，里面装有很多糖纸，糖纸背面记载了很多文字。于是学者根据这些片段性的、各种各样的记录串联起几个人的命运。安德烈·谢尔盖耶夫的《集邮册》最初有一个副标题（1995 年），即"1936 年至 1956 年间人、物、词语和关系的集锦"。的确整个小说没有具体的故事情节，只是一些材料的汇总和堆积，这些材料包括日记、笔记、观察资料、旧文件、诗选等，它们共同组成一幅 30—50 年代莫斯科日常生活的综艺图片。正像我们在集邮时按照专题排列邮票一样，这些资料也以"战前"、"战时"、"房间"、"父亲"、"新时代"等专题分开，并以列清单的方式表现出来。副标题中所说的"人"里有主人公"我"、父母亲、邻居以及"我"长大之后志同道合的朋友，"物"就是不同时期家里常见的或商店里摆放的东西以及当时的电影、音乐、戏剧等，"词语"是那个年代最常听见的用语、语句，"关系"就是当时亲人、邻人、友人之间的人际关系。由此，阅读这部小说好像一页页地翻看一本集邮册。以这种形式构建文本，可以摆脱情节的压力，能够更生动、更丰富地绘制出一幅时代、日常生活、人与人之间关系的场景，它可以"触摸"，令人感受其味道、色彩和形式，像马赛克一样，可以散开，也可以重新聚合。

后现代主义的注释性在加尔科夫斯基的《无尽头的死胡同》得到了

① М. Н. Эпштейн. Постмодерн в русской литературе. М.，《Высшая школа》，2005，С. 9.

最大发挥。整部作品由九百四十九个注释组成，每个注释都是对于一个问题的完整思考，注释的长度从格言警句式到一篇小型文章式都有。这些注释有的是一些数字的罗列，有的是一些著名作家作品的片段：其中有罗赞诺夫、别尔嘉耶夫、列夫·托尔斯泰、契诃夫、纳博科夫、巴别尔的作品，但这部作品又不是文集，而是具有一定的情节。

进入21世纪，后现代主义文学的创作热潮已经衰退，不过在这段平静的时期依然有一些比较优秀的后现代主义作品问世。

叶甫盖尼·契若夫的中篇小说《一个未来人黑暗的过去》（2000年）打破艺术与现实的界限，把后现代主义的不确定性发挥到了极致。小说的开头非常传统，叙述者切斯诺科夫坐在家中，准备开始写作。不一会儿他就干不下去了，在屋子里走来走去，喝茶，机械地画一个“冷笑着的丑八怪……”黄昏到来后，他到沙龙里认识了涅克里奇——一家剧院的司机。他恰恰长着切斯诺科夫画过的那张脸。切斯诺科夫和自己创造的人物相对而坐，听他讲述自己的生活。切斯诺科夫根据他的讲述写成了一部小说。多年以后他又遇到了涅克里奇，涅克里奇对切斯诺科夫给自己安排的命运表示强烈反对，喊出这样的话：“你以为是你塑造了我吗？你是谁？你又是从哪里来的？正是因为我你才成了作家。是我造就了你，而不是你造就了我。”①

米哈伊尔·希什金的长篇小说《爱神草》（2005年）没有一以贯之的故事情节：在瑞士移民局工作的俄罗斯翻译官的独白与一位女歌唱家的日记相交替，翻译官对于那些来到瑞士请求避难的苏联人的审问记录中，又穿插着他写给不知在何方的“亲爱的纳乌赫多诺扎夫尔”的信件。这些故事发生在不同的时代、不同的国家，既有国内战争时期的俄罗斯，也有今天的欧洲，甚至还有远古的波斯。各个人物的命运都通过中心人物翻译官而联结在一起：翻译官的平生遭际、他所记录的那些“疲惫不堪、遭受重创的心灵”、他所读到的女主人公从孩童时代到垂暮之年的生命历程，每个人都在喃喃低语般讲述自己的历史，所有这些低语交汇成一部复杂的、多声部的合唱。它的主旋律就是：“如果曾经有爱，那么无论什么都无法磨灭它的痕迹。”

小说的叙事结构表现出后现代主义的开放式风格。这部近三十六万字

① Евгений Чижов. Тёмное прошлое человека будущего//Октябрь, 2000, №6.

的作品没有任何章节与标题，只是由各位主人公的轮番讲述紧紧相连。在颇具后现代主义特征的马赛克式的拼接图案中，却凸显出对人类永恒问题的探寻、对爱与真理的执着追求；那些真实的历史和生活细节、真切的情感与生命体验中却夹杂着近乎疯癫的狂人呓语，所以很难用一种既成的文学研究术语去框定它。小说的另一个特点就是整个叙述过程的平静，似乎永远在不紧不慢地讲述与你最为贴近的平生故事。人物的一生通过那对话、那日记缓缓展现在你的面前，他们与我们每个人一样，经历过生活的美好与伤痛，也曾在琐碎和平淡的日子里无奈抑或泰然。青春一页页翻过，生命在指间流淌。唯一不变的只有爱，这是小说的主旨，也是看似散乱的情节中自始至终的主线。在这种开放的、每个人都可以平静倾诉的形式中，恰恰展开了一条心灵与心灵之间相互沟通、相互理解的道路，这条路通向爱，通向永恒。希什金试图告诉我们："这个残酷的、恶魔般的、没有人性的世界，尽管被战争、疾病、绝望与死亡折磨得满目疮痍，但毕竟是美好的。"要想战胜时间与死亡，语言是唯一的工具，要想寻找天堂，爱是唯一的途径。

第二节　解构神话与精神飞升：佩列文的后现代主义创作

在当代俄罗斯文坛上，佩列文是一个颇有些神秘感又极具争议的作家。说他神秘，是因为他远离媒体，特立独行，从不过多地接受采访或者参与文学界的活动。他曾经这样解释自己的行为："我喜欢写作，但我不喜欢当一个作家。我觉得最大的危险就是'作家'代替自己生活。所以我不太喜欢文学界的联系。我只在写作的时候是个作家，我其余的生活都与别人无关。"① 他的作品中也时常流露出神秘的东方哲学与宗教气息。另外，佩列文其人及其作品又备受争议。一些人认为他是"俄罗斯的博尔赫斯"、"俄罗斯的卡夫卡"，文学创作上的鬼才，一些人则认为他根本就不是文学家。一些人把他归入幻想小说家，一些人认为他是后现代主义作家，一些人则认为他是像托尔斯泰和车尔尼雪夫斯基一样经典的俄罗斯

① На провокационные вопросы не отвечаем. Фрагменты виртуальной конференции в ZHURNAL. RU//Литературная газета, 13. 05. 1997, №18 – 19.

作家兼思想家。客观来讲，佩列文的作品关注所有形而上的问题：自由、爱情、生活的意义等，他运用了后现代主义反讽、互文性等典型方法，却与西方后现代主义有所不同。如果说西方后现代主义在解构外部世界的同时也在摧毁内部世界，那么佩列文的作品中则透露出一种尝试建立自己的世界的努力。我们可以这样说，佩列文是一位具有俄罗斯特色的后现代主义作家。

维克托·奥列格维奇·佩列文 1962 年生于莫斯科郊区的多尔戈普鲁德内市，从莫斯科电力学院工业与交通电器设备与自动化系毕业后考上研究生。1987 年开始创作小说。出于对文学的热爱，1988 年未完成毕业论文就考入高尔基文学院的夜校，后因不守规矩被开除，于是做起杂志社编辑的工作。1989 年开始发表小说作品，1992 年在《旗》杂志上发表的中篇小说《奥蒙·拉》使他一举成名，1993 年以小说集《蓝色灯笼》获得小布克奖，1993 年接连出版《昆虫生活》和《黄色箭头》两部小说，1996 年的长篇小说《恰巴耶夫与普斯托塔》获得巨大成功。之后具有代表性的作品是长篇小说《“百事”一代》（1999 年）和长篇小说《从无所来到无所去的过渡时期的辩证法》（2003 年）。2010 年以长篇小说《t》获得近年来炙手可热的俄罗斯“大书奖”。

《奥蒙·拉》的情节是围绕一个惊天骗局展开的。主人公是克里沃马佐夫兄弟中的一个。兄弟二人的名字是苏联统治最初的黄金时代两个重要部门的缩写，暗含着某种讽刺意味。哥哥“奥威尔”这个名字是“签证部”的缩写，意味着他想成为一名外交官。弟弟“奥蒙”这个名字是“特警队”的缩写，意味着他想成为警察，小说开始的叙述把人带到苏联那个著名的宇航时代。电影院的名称叫“宇宙”，少先队夏令营的名字叫“导弹”，国民经济成就展览中心正在举办的是宇航成就展，孩子们的最爱是航空模型，青年人的理想是成为一名宇航员。奥蒙没有实现自己的理想，而是考入一个以“无脚飞将军”马列西耶夫的名字命名的夏季学校。学校秉持苏联时期的教育理念：“我们任何一个人都可以成为英雄”，英雄可以培养，可以造就。奥蒙和同伴一起将被培养成像马列西耶夫一样“真正的人”，而要想成为“真正的人”，最重要的一步就是截去下肢。当同伴都被实行这一计划之后，奥蒙幸运地被选拔到由克格勃管理的宇航员队，开始接受登月训练。可是所谓的登月飞行竟然是一场教官指导下的表演。在表演结束后一段意想不到的独处的时间里，奥蒙得以冷静地审视自己的过往，审视目下的处境，终于明白了这次“飞行”的实质是表演，而为了这次虚假的飞行所付出的代价却是同伴真实的死亡。意识到这一切之后，奥蒙没有执行最后一项要求他们自杀的命令，而是第一次清醒地做出了自己的决定——逃跑，去开始全新的生活。

小说中充满了对社会主义现实主义代表作品的戏仿和对苏联意识形态的解构。比如，奥蒙和同伴所将成为的“真正的人”就是《一个真正的人的故事》中的主人公，而指导奥蒙学习的军官是以《钢铁是怎样炼成的》中的主人公保尔·柯察金名字命名的军事政治学校毕业的乌察金，并且乌察金如保尔·柯察金一样也是残疾人。所谓的英雄人物、英雄主义精神被讽刺成了人造的假象。“登月”飞行更是一出集体伪造的现实，是残酷的国家机器统治下苏联人的一场以宇航员的生命为代价的自我欺骗。苏联社会主义的神话被无情瓦解，集体主义理念成了可笑而又可悲的谎言，主人公最后的行动标志着他“自我价值”的觉醒。针对有些读者对小说中否定苏联宇航成就的描写所表达的不满，佩列文表示非常。他坦承这部书讲的根本不是宇航计划，而是苏联人内在的宇宙。”

《恰巴耶夫与普斯托塔》同样对苏联神话进行解构。所不同的是，作家在解构的同时，似乎在尝试建立一种新的富有理想主义、佛教色彩及后现代主义哲学精神的理念。恰巴耶夫是一位传奇式的苏联红军指挥官，有关他的描写最早出现在富尔曼诺夫创作于1923年的长篇小说《恰巴耶夫》中。半个多世纪以后，俄罗斯文坛再次掀起描写这位将领的热潮。佩列文对这一具有特殊象征意义的历史人物展开幻想，塑造了一个截然不同的恰巴耶夫形象。格尼斯这样评价佩列文：“此人介于诗人、哲学家和日常生活写手之间。他生活在现实与现实之间的交界处。在它们交汇的地方……建立第三个与前两个不一样的画面。”[①] 这部小说就充分体现了这一点：小说建立在完全不相关的时间、地点、界域内，时空的错乱极大地增加了阅读难度。小说发生在十月革命后的1918—1919年和苏联解体前后的1990—1992年两个时间段内，而按照书尾所写，整篇小说又是一部写于1923—1925年间的回忆录。主人公普斯托塔具有多重身份，他既是著名的红军指挥恰巴耶夫，也是一名常住精神病院的病人；与此

① Генис А. Иван Петрович умер. М. , Новое литературное обозрение, 1999, С. 83.

同时他还是一位著名的诗人，与苏联时期的很多诗人有过交往。有关他的详细介绍可以参考精神病院里的一份病案："童年时没有发现任何精神疾患的症状。是一个乐观、温柔、爱交流的男孩。学习很好，喜爱写诗。第一次出现病症是在大约十四岁的时候。出现封闭和暴躁症状，没有找到外部原因。按照家里人的反映是'远离家庭'处在一种躁动不安的孤独之中。不再和同学见面，因为同学都拿他的名字'普斯托塔'搞恶作剧。据其本人讲这是因为地理老师不只一次把他叫做'空人'。之后学习成绩直线下降。开始大量阅读哲学书籍——海德格尔等所有关于虚无与非存在的书籍，结果开始隐喻地评价周围简单的事情，声称可以比同龄人更加勇敢地建立'生活功勋'。说可以看见和感受到不可及的世界。认为自己是过去伟大哲学家的唯一继承者。他被送到精神病院不是被迫，因为他相信他的'自我发展'将不受居住地影响地按照正确的道路走下去。""普斯托塔"在俄语里是"空"的意思，所以主治医生推断普斯托塔所患的是一种把自己本人与自己的名字等同的心理暗示疾病，即他把现实中的自己当成"空"，拒绝自己的真实存在，用另一个完全臆想出来的东西替代自己。借由这种疾病，主人公可以自由往来于任何的年代空间、现实与幻觉之间。他忽而是十月革命后的颓废派诗人，忽而作为恰巴耶夫的学生在1918年打仗，聆听恰巴耶夫的教诲，目睹恰巴耶夫与同名小说的作者富尔曼诺夫之间的不和，这里的恰巴耶夫笃信佛教，对人生充满哲学思考；忽而他在90年代的精神病院里与病友一起各自说着梦话和谵语；而他出院后的归宿则是20年代内蒙古一家叫做"卡夫卡"的佛教寺庙。从寺庙的名称可以看出，作者笔下的理想国在于结合了西方文化象征与东方传统宗教的神秘所在。小说的结尾直接把恰巴耶夫和佛对比：扎上绷带的指挥员恰巴耶夫回忆起一把"土制的机枪"，那里藏着佛的小指头。它有能力射向佛所指的一切方向，可以指向虚空。由此，小说不仅颠覆了苏联神话，而且树立起一种融合了东方宗教和西方文化的精神指向。

批评家谢尔盖·科尔涅夫高度赞誉这部小说，认为它"在俄罗斯文学史上占据独一无二的地位。是自从陀思妥耶夫斯基以来第一部极有价值的、成功的哲学小说。它有三个优点：第一，这确实是一部哲学小说，不仅是因为它的人物不停进行哲学讨论，而且因为小说的进展都是遵循某种抽象复杂的形而上思想。第二，小说的形式完美得令人惊讶。第三，最令人惊讶的是小说能够流行起来……”①

《“百事”一代》的中心人物瓦维连·塔塔尔斯基，父亲给他起这个奇特的名字是为了“表达自己对共产主义和60年代人的信仰”。名字由著名作家“瓦西里·阿克肖诺夫”和革命领袖“弗拉基米尔·伊里奇·列宁”两个名字合成。瓦维连常常对自己的名字感到难为情，于是自我介绍时爱说自己叫“沃瓦”，谎称自己的父亲喜欢东方的神秘学说，所以用古老的巴比伦城给自己取名，希望自己继承这种神秘的学说。瓦维连从一所技术学校毕业后出于对文学的喜爱考上了文学院。苏联解体后他觉得文学已经失去了意义，于是开始在一个小商亭当上了售货员，从此正式踏入社会，也就是说走入了现实。正是在这个现实中他的世界观开始觉醒，他的自我开始形成。在这里瓦维连第一次发现，他“对身边近几年得以形成的世界竟全然无所知”。“这个世界非常奇特。表面上看，它变化很小，——也就是大街上多了些乞丐，可是周围的一切——房屋，乡村，大街上的长椅，不知为何却突然之间衰老了，没精打采了。说这世界就实质而言已变了一个样，此话同样也不对，因为如今它什么样的实质也没有。到处都弥漫着一种可怕的不确定。”② 在售货亭没待多久，瓦维连就通过同学的介绍进入一家公司，做起了广告部门的文字策划。后来他辗转多家广告公司，亲历了各种广告的产生过程以及广告业内部残酷的斗争。在金钱与权力欲望主宰下的都市社会中，瓦维连几经沉浮，却从没有放弃内在的精神探求。

小说的题目依然具有多义性。原文是 Generation“П”，“П”这个字母指代的是什么呢？作者在小说中没有一句解释。小说开篇就谈到“无忧无虑的年青一代，他们对着夏日、海洋和太阳笑，他们选择‘百事’可乐”。所以“П”可以指选择喝“百事可乐”的年青一代。可远远不止于这一种意义。鲁宾斯坦认为“П”是一个容量很大的字母，描绘的是各种各样的惨痛经验，意思接近于终结。同时这也是“后”这个前缀的第一个字母，还是佩列文这个名字的第一个字母，有可能提示新的一代选择的是他。总之，这是一个具有多重意义的符号。而特别具有深意的

① Корнев С. Столкновение пустот：может ли постмодерн быть русским и классическим?：Об одной авантюре Виктора Пелевина//Новое литературное обозрение，1997，№28.

② 维·佩列文：《“百事”一代》，刘文飞译，人民文学出版社2001年版，第9页。

是，巴比伦塔成了小说的中心象征形象。巴比伦塔在书中出现了几次，而且是以不同的形式：在人物的梦中它是“活的上帝”，神秘地掌握着人的命运；当塔塔尔斯基在森林中漫步时，它是一座不知当初何用的被废弃的建筑，在那里他找到了三样神秘的东西。这座塔不仅是语言和意义之塔，而且也代表着人物在物质上走向富裕与幸福的道路以及精神上的超越与飞升。

《“百事”一代》既颠覆了对历史与历史人物的素有理解，又传达了一种“世界是非现实的”理念，所以被公认为是一部经典的后现代主义作品。

佩列文的《从无所来到无所去的过渡时期的辩证法》，一开始是《哀诗2》，然后是小说的主体部分，名为《伟人的力量》，主体部分由长篇小说《数字》和其他几个中短篇小说构成。第三部分叫做《优秀人物的生活》，由两部短篇小说构成。无论从结构还是从内容上看，《数字》都是这部小说整体中最关键的部分。小说的主题依然接近于作者此前所表达的关于现实世界的虚幻性的思想，即我们身处的当代世界是一个荒诞的世界，人的一切都不知道由什么决定，所看到和感觉到的都不一定是真实，都可以任意取代。人们无所相信，无所依托，因此也就可以什么都相信，什么都作为根基，而小说中的主人公就相信了数字。

主人公斯焦帕在小说开篇时是一个年轻的银行家。他从很小起就着迷于数字，有一天终于决定和数字签订公约。他觉得“7”是一个不错的数字，于是准备“让这个数字充满自己的生活，和它融为一体”。他把“7”拆解成“3”和“4”，把“34”及其倍数与约数作为自己的幸运数字，而把“43”及其倍数作为不祥之兆，从此开始了一场由数字决定自己命运的游戏生活。刚开始的时候，这个数字游戏使斯焦帕感觉自己“好像走在一条绝无仅有的路上，过着优于别人的生活”。无论是经营生意还是日常生活，他都依赖数字做出决定。在经历了一连串事情之后，无论是“34”还是“43”都对他再也没有什么吸引力了。在一个春天的早晨，他决定重新开始自己的生活。这里取代《恰巴耶夫与普斯托塔》中的佛教、《“百事”一代》中的巴比伦塔的是数字。数字主宰了主人公的日常生活，直到主人公最后觉醒，决定回到现实生活中来。这样的结尾与佩列文以往的作品不同，也许意味着佩列文的创作内容向现实世界的回归。

第三节　“语言对对象的吞噬和替代”：索罗金的后现代主义创作

索罗金是俄罗斯概念主义和社会主义艺术的主要代表。他的文学创作是受到地下艺术的启发而开始的：“70年代中期我进入了莫斯科地下艺术氛围，参加了概念主义者小组……那时是社会主义艺术的高峰。布拉托夫的创作给我极深的印象，他极大改变了我对美学的态度。在这之前我认为历史和文化进程在20年代就被打断，我生活在过去中——未来派、达达主义、真实艺术协会等。这时我突然看到，我们美妙的苏联世界也有着自己不可重复的美学世界，对此进行加工将很有意思。……真是令人奇怪，但正是艺术家们推动我走上小说创作的道路。”索罗金的小说被称为是“‘地下文学’最深刻、最惊人的发现”。自从1978年发表第一篇小说开始，《排队》（1985年）、《四个人的心》（1993年）、《定额》（1994年）、《长篇小说》（1994年）、《玛丽娜的第十三次爱情》（1984年在巴黎出版，1995年俄语版出版）、《蓝色油脂》（1999年）、《盛宴》（2000年）、《冰》（2002年）等一系列小说的问世奠定了他在当代俄罗斯文坛上的重要地位。在西方索罗金受到很大欢迎，在俄罗斯他是“唯一一个具有国际知名度的俄罗斯概念主义小说的代表”。在《俄罗斯的恶之花》中，维克托·叶罗菲耶夫谈到索罗金，说他在“社会主义现实主义的垃圾”上建立文本，他“最大限度浓缩的文本”由“性心理、全面的暴力、直至野蛮残暴和恋尸欲”组成，索罗金“死的语言”“发着磷光，满是暗示着另外一个现实的存在的占卜、萨满教的话，神秘的疯人呓语”。索罗金创作的对象是有着各种缺点、理想与思想的面孔不一的当代人、当代社会和当代生活。他的作品涉及教育、大学生问题、夫妇生活、性、文学、足球、音乐、民族问题、“父与子”冲突等等。但索罗金的主题恰恰是文学的自我认知，而不是生活的自我认知。

索罗金反映生活的方式不是“现实主义的镜子式的”，而是带着后现代主义的“反常”，在概念主义镜子多重性（所谓镜后）的体系中，或者用普里戈夫的话说，是通过“描写的对象与语言之间相互关系的戏剧”、通过“对象背后各种语言的交汇”、通过“语言对对象的吞噬和替代”来反映的。普里戈夫认为概念主义的特点是在同一个文本之内合并几种语言，其中每一种在文学之内都既代表精神，也代表意识形态。也就是说在同一片土地上几种语言合并，在这里允许每一种语言保持自己的高傲，对于每一种特别的荒诞意象都既加以观照同时又进行限制，照亮生活中意想不到的区域和好像不可能的地方。概念主义意识不提供推崇或者盛赞任何一种语言的标记，认为真理就在这些语言之外，所以在概念主义者的创作中，问题不在于做了什么，而在于怎样做的。索罗金说："我从来也感受不到俄罗斯作家所感受到的。我不向俄罗斯的精神性负责，不向俄罗斯人民负责，不向俄罗斯的未来负责。我只对我面前自己的文本负责。"

在这个意义上索罗金的确是传统的概念主义者，创作的内容不是客观对象，而是把对象体现于艺术（文学、绘画等）的可能性，反映的不是生活本身，而是体现这个生活的方式。索罗金文本之"会说话的细节"所描写的不是主体和客体，而是语言与风格，叙述的方式与特点。索罗金认为一般作家与概念主义者的区别在于，概念主义者有自己的风格，一下子就可以认出的、就像纳博科夫和卡夫卡一样易于识别的风格。他说自己永远也没有这样的风格。他和任何一种既有的思潮保持距离。他运用各种不同的艺术语言——从古典主义到社会主义现实主义，却不属于任何一种风格。他的风格就在于运用各种写作手段，他所有的作品都和文本相关，和各种语言——从高雅的、文学的到官僚的、或者不能通过审查的文本语言相关。评论家瓦伊利和格尼斯这样评价道："索罗金掌握了苏联文学的所有风格……他没有自己的风格，而是随意组合'别人的语言'，把它们像建筑材料那样来运用。"[①] 克斯特尔克说道："索罗金的确是天才。……他在文学上所做的工作被称为'社会主义艺术'，彻底揭开胎死腹中的或者曾经活着的但现在已经不复存在的文学风格的面纱——从社会主义现实主义到六七十年代的青年自白，索罗金对文学风格有着极为敏感的嗅觉。"[②] 涅法金娜也认为，索罗金能够天才地"模仿俄罗斯经典和苏联社会主义现实主义小说中情节的特点"，又用"叙述中意想不到的破坏"来加以补充，从而"展示意识形态结构和心理俗套的荒谬和内在的空洞"[③]。按照格尼斯的话说，索罗金的小说使读者放弃寻找"题材之重要性"的

① Вайль П.，Генис А. Поэзия банальности и поэтика непонятного//Звезда，1994，№4.

② Костырко С. Чистое поле литературы//Новый мир，1992，№12.

③ Нефагина Г. Русская проза второй половины 80 – х – начала 90 – х годов ХХ века. Минск，Экономпресс，1998，С. 252.

习惯，从书中取消“内在意义”，从文学中去除“道德寄托”，取而代之的是“一组形式原则，语言的相互关系”。这样就使文本失去了实质上的意义，而变成了文字游戏的对象，突出了后现代主义所倡导的互文性。

索罗金小说的结构具有这样的特点：开始叙述时像传统作品一样遵循既有的叙事规律，但随着情节的发展就改变了看问题的角度，读者的阅读期待被破坏，情节变得怪诞和离奇。1992 年入围布克奖候选名单的《四个人的心》运用侦探惊险小说的叙述方式，如惊悚片一般引人入胜，却没有最终可以理解的意义。表面上它运用了现实主义的叙述方式，然而却去除了思想意义的本质。小说写了四人联盟所经历的一连串“冒险”事件。十三岁的男孩谢廖沙、残疾老头甘里哈·伊万诺维奇、年轻女人奥尔加在维克托·瓦连京诺维奇的领导下组成了一个小组，他们违法犯罪，实施各种暴行，同时自己也遭受着侮辱，只是为了一个只有他们自己才知道的重要目的。小说情节合乎逻辑，主题却难以捉摸，如库里岑所说：索罗金的情节设置就是“把完全明了的事件与完全不明了的主题连贯在一起”。四个人都冷酷无情地杀人，直到结尾才明白他们是为了最终完成一种“巧妙的自杀”，为了“四个人冰冻的心都落入脚踏车下，那里按照骨牌游戏的规则记分”。

后现代主义者认为文化史已经结束，所有该发明的都已经早就发明了，所以现在要建立的就是已经存在的东西的“伟大碎片”。索罗金创作中的折中主义就是建立在这样的思想基础上，强调一种失去任何目标的疏离的、无情的、机械化的东西。索罗金的两部曲《定额》和《长篇小说》别具特色。这两部小说的题目用字母换位的方式拟定（题目都包含 р、о、м、а、н 五个字母）。两部小说都是概念主义者对经典小说范式的反讽。《定额》的第一部分也是用一种正常的现实主义的叙事方式作为开端，情节发展下去就开始变得怪诞：人物都被要求吃一种叫做“定额”的由人类粪便生产的东西。国家给每个幼儿园都配备这种“定额”：用玻璃纸包成统一规格的样式。这样的吃屎情节在索罗金的小说中经常出现。小说的情节开始造出熟悉的苏联日常生活的形象，唯一的破坏就是上面提到的“定额”，对于这个“定额”，小说中的人物都战战兢兢、心怀敬畏。小说的第一部分中有个人物甚至在失去双臂、躺在医院里时都会带着悲伤和渴望想起遗忘在口袋里的“定额”，恰在此时他的妹妹带着“定额”赶来并且用勺子喂他吃下。这个“定额”可以被看作是社会各个阶层所遭受的意识形态“洗脑”的隐喻。苏联人习以为常的这个程序，成了一种仪式，逃避它会被认为是破坏秩序而遭到严惩。每个人都会根据自己的排名位置而得到自己的“定额”。小说的第二部分是大量关于“定额”的词组，有定额人，定额生活，定额的叶利钦、久加诺夫，等等，象征苏联人一生的定额生活，象征社会和文化差别的完全丧失，人们的中间化趋向。

《长篇小说》对19世纪俄罗斯经典文学和苏联时期的文学进行了讽刺性的仿写。索罗金找到19世纪俄罗斯“庄园小说”的共同特点，然后运用研究者和读者熟悉的那种语言展开叙述，却令人读后产生一种与阅读经典作家完全不同的感受。主人公是一个叫罗曼（俄语意为长篇小说——引者注）的人，律师专业出身，却拥有一颗艺术家的心灵。他从事律师职业是为了绘画。小说上半部分描写他来到乡下的叔叔家，和人聊天，散步，打猎，爱上了一个姑娘并和她结婚。表面上看情节紧凑，文笔细腻优美，其实是在显而易见地戏仿俄罗斯经典小说，包括奥斯特洛夫斯基、屠格涅夫、冈察洛夫、陀思妥耶夫斯基、托尔斯泰的作品，不断展示19世纪传统小说的思维模式。小说下半部分出现了插入的小说、书信、苏联诗歌与歌曲，最后是不成句的胡言乱语，象征“俄罗斯长篇小说和任何一种艺术书写形式的终结”。小说的最后一句话是“罗曼（既指小说的主人公，也指长篇小说——引者注）死了”。比托夫这样评价这部作品：“罗曼结束了，生活在继续……”

《玛丽娜的第十三次爱情》讲述一位女性通过被拯救而最终失去个性，融入无个性的集体中的故事。索罗金完美展示了集体无意识的泥潭怎样吞噬掉个人的存在形式直至使其完全消失，讽刺了融化在集体中是社会主义制度下的一种美德的论调。实际上，玛丽娜的命运和所有苏联人的生活一样，是意识形态结构中一个微不足道的个体的例子。

1999年的《蓝色油脂》如格尼斯所说，像一个梦。没有连贯性，没有叙述逻辑，又是暴力与食人交织在一起。“蓝色油脂”就是主人公，它联系起了这本书，但我们依然不知道为什么需要它。小说先告诉我们怎样得到“蓝色油脂”。它是文学进程的精髓，来自专门在养殖场里克隆出来的作家体内。于是在索罗金的荒诞世界里，俄罗斯文学成了那个倾塌的帝国最后一个有用的东西，而这些俄罗斯文学的克隆人在写出一些伟大的作品、进入休眠状态之前会从自己身上流出一种物质——“蓝色油脂”，这种油脂是纯粹的创意、创造的来源。接下来围绕这种物质各种权利机构、秘密教派和团体展开了纷争。

关于2000年被提名“大书奖”的《盛宴》，索罗金这样说道：“这是第一部有意识的关于吃的书，关于吃的过程，关于吃的隐喻的书。如果说以前的书涉及了吃，那么这是我第一本专门写吃的书。它由多篇讽喻‘吃’这个题目的小说组成。关注这个问题主要是由于俄罗斯文学和哲学都忽视这个问题。”全书由十三篇语言不同的小说组成，情节发生在过去、现在和将来的很多国家。小说没有特别的新意，依然是重复索罗金固有的对现有文化进行解构的立场。

《冰》的情节基础是一个关于上帝世界的神话想象。由于一个错误世界上产生了叫做“地球”的星球，这里没有光，这里是“死”的故乡。“我们地球上的绝大多数人都是行尸走肉，世世代代……”其中有两万三千个此前在沉睡、但心还能听和说的“活人”需要拯救，拯救他们只有靠冰——一种来自宇宙的用于唤醒活人的物质。“当我们两万三千个人得到拯救的时候，我们两万三千颗心会说出两万三千句心里话，由此我们就变成了永恒和原初的世界之光。死亡世界就会消失。”怎样唤醒“沉睡的人”和拥有世界成了小说的主要情节。索罗金在采访中说：“《冰》是对当代唯理智论的失望的反应。文明破坏了，人们失去了自我，始于吃，终于爱。我们生活在间接性的网中。我们怀念昔日的天堂。《冰》讲述的不是专制主义，而是寻找精神的天堂。”索罗金认为这是自己第一部意义占主导，而不是风格占主导的小说。评论家巴维尔斯基也认为这是一部“在一个新的水准上的小说”。实际上我们发现索罗金依然在游戏，只不过游戏的对象不再是别人的文本而变成自己的，他通过“自我反省”和“自我重复”要达到的是“自我讽刺”。这篇小说被认为是20、21世纪之交后现代主义文学的经典。

库里岑在其专著《俄罗斯文学的后现代主义》的前言中写到，他开始这部书的写作时（1992年），关于“后现代主义”的讨论还仅限于“专家”圈子，而当他结束写作时（1997年），所有人都已经厌倦了这个词，谁再提这个词谁就会被认为是傻瓜。批评家连戈尔德更是认为关于后现代主义的争论最后以对它的否定而告终，并且“希望这场瘟疫再也不要光顾我们了”。在很多评论家宣告后现代主义在俄罗斯彻底的失败时，我们应当清醒地认识到，后现代主义文学在俄罗斯的产生、发展和高潮时应运而生的，反映了当代俄罗斯知识分子的部分精神诉求和美学探索。现在，后现代主义作为热潮已经退却，但其强烈的怀疑精神、大胆的写作实践已经深刻影响了当代俄罗斯作家的创作，加快了当今俄罗斯文学与世界文学对话的进程。

第七章

当代俄罗斯后现实主义小说研究

第一节　后现实主义小说的总体特点

一　人的悲剧性存在：观察世界的存在主义意识

作为艺术流派，现实主义在描写生活现象的同时，试图发现事物发展的客观规律，并竭力探求人类存在的最高价值和神圣意义、推崇集体性思想。现实主义强调社会中的个人，对每个人的阶层、阶级归属描写明确。而现代主义强调的是脱离社会的个体，往往从人自身、他的潜意识、他的先天遗传类型，以及人与生俱来的本质来看待人与社会的冲突。存在主义、弗洛伊德主义等理论关注人的非理性和超理性，由此得出结论，认为每个人都可以建构自己的价值标准。后现代主义则“对囊括一切、面面俱到的世界观提出了挑战……将它们统统作为预设了所有的问题并提供了先定的答案的、逻各斯中心的、超验的包罗万象的元叙述而予以消解”①。后现代主义的一个基本原则就是——拒绝真理。这些思潮使作家对现实的理解发生了深刻的变化：由原来所认为的现实是可知可感的、应当竭力把握现实变成对现实的荒诞感和无法接近感。在这种情形下，存在主义观察世界的角度，对后现实主义作品主题的确定、人物的塑造、艺术手段的采用都产生了影响。著名评论家库里岑认为后现实主义就是存在主义的现实主义，“有存在主义个人负责的思想、需要个体检查和尝试的自由思想、受制约的思想和坚信个性与混乱之决斗的永无休止和无法解决”②。的确，世界的本质——深渊，世界的状态——混乱，世界的未来——无法预知，

① 波林·罗斯诺：《后现代主义与社会科学》，张国清译，上海译文出版社1998年版，第5页。

② Вячеслав Курицин. Основные направления в российской литературе 2001 - 2002гг. http//www. pl. spb. ru/obzor. doc.

人面对世界的不可捉摸是无能为力的。这些悲剧性认识在许多重要作家的作品中都表现出来。多夫拉托夫说过："在我们出生之前——是深渊。在我们死亡以后——是深渊。我们的生命只是无边无际的冷漠的大洋里的一颗沙粒。但我们还是努力在哪怕是此刻不因沮丧和苦闷而感到忧郁！努力在这地壳表面留下哪怕是一丝划痕！"①

应当承认，存在主义作为20世纪最有特色的思潮之一，它的影响力是非常深远的。它是在人第一次意识到自己在世界中的位置、思索自己在世界中的存在时出现的，是所有的价值体系都受到重新评价的结果。任何一个艺术家，只要他不再以一种尺度来理解生活，只要他超越了反映生活的外部层次的界限，也就是接触到存在的本质，那么他就往往会进入存在主义意识的轨道。存在主义意识发现了脱离了社会关系的、非政治化的人的本质。它把荒诞作为本体论原则和世界发展的结果，拒绝了历史的逻辑，拒绝了古典文学中的个性。扎曼斯卡娅认为，存在主义文学在俄罗斯文学史上具有悠久的传统。最早接受存在主义思想的是哲学家尼·别尔嘉耶夫："我认为，存在主义哲学更具真理性，它对本质与存在之间的关系这一古老的问题给予了另一种类型的思路，另一种概念界定。"② 而P. 列英格认为20世纪的人处于全球化的"存在主义情形"中：面对存在与个人精神的形而上学的深渊，面对无边的孤独，只剩下一条路——分裂自己的"我"。人在世界中的悲剧性存在这个存在主义意识在普希金、果戈理、托尔斯泰、陀思妥耶夫斯基、安德烈·别雷、勃洛克、丘特切夫等作家的作品中都有反映。在20世纪30年代，由于社会主义现实主义体系的确立，存在主义受到挤压而几近消失。而20世纪80年代中期尤其是90年代以来，存在主义世界观在作品中表现得越来越鲜明。这突出反映在马卡宁、彼特鲁舍夫斯卡娅等作家的作品中。

其实，70年代中期以来，存在的荒诞、人对现存世界的逃避、人生的徒劳无意义等观念就逐步出现在马卡宁的创作中。短篇小说《克留恰列夫和阿立姆什金》（1977年）一开始就是一个带有隐喻性质的故事：某人总是幸运，同时另一个人就总是倒霉，于是幸运者向上帝请教这是什么

---

① Цит. по：Минералов Ю. И. История русской литературы 90 – е годы XX века. М.，ВЛАДОС Гуманитарный издательский центр，2002，С. 149.

② 尼·别尔嘉耶夫：《存在与自由　人受存在的奴役》，汪剑钊编选：《别尔嘉耶夫集》，汪剑钊译，上海远东出版社1999年版，第125页。

原因，上帝的解释是幸福太少。幸福好比一床被子，盖上了这个人，就盖不上那个人。接下去小说在人物真实的经历中却又渗入了非常荒诞的成分：克留恰列夫的幸运总是莫名其妙地伴随着阿立姆什金的倒霉。小说乍看起来似乎不知有何用意，其实作者是要通过一连串荒诞不经的（荒谬绝伦的或荒唐可笑的）事件暗示人类存在的极端荒诞和极端没有意义。马卡宁采用荒诞的手法不是没有原因的。车祸给他带来的惨痛的经历，在文坛上屡屡遭遇的不顺（70 年代马卡宁受到的评价常常是毁誉参半，有时甚至成为众矢之的），使马卡宁深感命运的不可捉摸，人在命运面前的无能为力，因此写出《克留恰列夫和阿立姆什金》这样的作品是不足为奇的。对现实逃避、向着一个莫名世界不停努力的思想反映在《逃跑的公民》（1982 年）、《损失》（1987 年）等小说中。"逃跑的公民"科斯丘科夫终其一生都是一个逃避者。他放弃了在莫斯科的工作，开始不停地在西伯利亚开发森林，他对大自然的渴望变成他生命中的一切。对此他也有一套自己的理论：他觉得人类总在逃避着自己的印记，逃避着自己以前的破坏。他们不想被看出，他们曾在这里统治过，所以总是急着去一个一切都可以重新开始的地方。这就是他们的精明之处：如果我们远离和忘记过去，过去就会跑到一边，同时也忘记我们。于是科斯丘科夫就不断地迁移，只要在一个地方待上一段时间，就会无法忍受，既想逃避住过的地方，逃避他开发过的森林，又要逃避与他发生过关系的许多女人，以及因此而留下的众多的孩子。他的一生总在逃跑，在西伯利亚的森林里穿行。直到临死前，同伴要送他回莫斯科时，他都执意不从，嘴里不断重复着他坐上直升机离开一个地方时常说的话："到更远的地方去吧，飞得再远些。"中篇小说《损失》通篇都笼罩着抽象的哲学意义和象征。小商人彼卡洛夫在乌拉尔河下不停地挖掘隧道的传说故事贯穿始终。《一男一女》（1987 年）中反映的是男女主人公毫无出路的孤独。《落伍者》（1987 年）则讲述永远跟不上时代的人。损失、落伍、孤独这些概念既表现出在迟早到来的死亡面前生活的没有意义，又提供了一种暂时超越个人有限和片面的经验的可能性。马卡宁笔下的这些人物超越了时间，都不抱能够在外部世界中寻找到精神基础的幻想。这就是为什么他总是在自己身上、自己的精神中寻找这个基础，试图在自己身上发现某种隐秘的、还未实现的、能够从内里连接起过去和未来的东西的原因。《损失》中这样写道："人忧虑他会被遗忘，忧虑他会被蚯蚓吃掉，忧虑他自己和他的事业都不会留下任何痕迹（指的是过去的人——引者注），这些忧虑和人（现在的人——引者注）对于他失去了根基以及同先辈的联系的哀号——不都是同一回事吗？不都是绵延持续的超人类的精神痛苦吗？”从这些作品关于世界和人生的思考中可以看出，后现实主义作家对世界的悲剧性认识与20世纪初白银时代作家对于大到世界小到具体的个人存在的灾难性理解颇为近似。所以安德烈·普拉东诺夫在当代备受青睐并非偶然。因为他善于运用非常质朴的立场和特别的、从习以为常的位置上移开了的细节来凸显新生活的荒诞。

但是后现实主义又没有完全陷入存在主义的意识中去而背离现实主义。在存在主义作品中，世界的混乱、存在的虚无和没有价值这些意识给人带来的绝望和徒劳感是笼罩一切的、彻底的，可以抛开社会结构、社会状况去讨论。而后现实主义作品中表现出的存在主义意识不是笼罩一切的，对它的思考中又渗透着对社会现实相当细致的分析。也许后现实主义不像传统现实主义那样明确摆出人物的社会归属，却通过别的途径透露给了读者，使读者把存在的虚无和社会的现实联系起来，进而从虚无走向实在，在揭示存在主义最本质的东西时实质上体现出对现实的强烈关注。

基于一定程度的对世界的存在主义看法，后现实主义作家以不同的方式设计现实的模型，并寻找和构思与之最为契合的题材和风格形式，在美学的多样化中寻找自己的道路和更新诗学的方式。在作品内容上，后现实主义采纳“作者小说”的形式，将描绘重点从外部的、宏大的社会事件转移到对自我、对自己在生活中的需要的寻找，加强了作品的主观抒情和自白色彩。在人物上，后现实主义作家将描述对象从“英雄”转向“非英雄”，颂扬时代英雄不是他们的任务，他们不急于树立榜样，而是要着力反映社会边缘人的心理和存在状态。在艺术风格上，后现实主义推崇隐喻的表现手法，并采用时空错乱、互文性等后现代主义方法、大众文学的方法等，有时也表现出神秘主义的倾向。总之，对于后现实主义者来说最迫切的任务之一是传达给读者他们所认识和理解的东西，他们自己的生活经验——无论这经验是多么痛苦和沉重。

二　“作者小说”：主观抒情和自白色彩的加强

20世纪与21世纪之交，社会的危机状态、世纪末世界图景的混乱在作家的心灵上产生了独具特色的回应。一些文学开始逐步远离严肃的范围广阔的社会分析，而采纳“作者小说”的形式，从过去对社会的评判转向对个人的内心世界、他的存在哲学的更加深刻的揭示上。关注个体的精神世界、在个人的存在中折射社会，由此造成作品中主观抒情和自白色彩的加强。“作者小说”这个概念是针对作者与主人公之间的关系而言的，指的是主人公相对于作者——创造者的自主性、独立性退居后位。小说表面看来与自传体小说十分相似，同样以第一人称展开叙述，主人公同样具有作者的面貌——年龄、创作天才，甚至有非常相近的个人经历。但是这个主人公又不完全等同于现实中的作者，而只是在心灵上、在存在状态上与之接近。这个主人公具有特殊的自传性，正如列·金兹伯格所说，是作者的“心灵自传”：作者赋予他自己精神上的结构，通过他来展现自己的个性和可能的命运，以反省自我和时代。

当然，这种以展现自己的精神个性与主观世界为主旨的作品，并不是文学史上的新现象。著名文学理论家尤·洛特曼在20世纪就曾经指出：“起源于卢梭的那种把自我本身变成观察人类的实验室的要求，一方面促进了自传性题材作品的大量涌现（莱蒙托夫、赫尔岑、托尔斯泰），另一方面又激起作家对个人经历进行无情试验的强烈渴望。”① 在苏联20世纪60年代的“抒情散文”中，作者——创作主体的主观性成了作品完整性的源头，而60年代文学进程的另一个重要流派“青年自白小说”则建立在作者与主人公同一的幻想上。与此同时，传统心理小说得到了很大的发展。其中作者主观性的增强使俄罗斯评论界提出了“作者小说”② 这个概念，以形容作为叙述抒情形式的一个变种的那类作品。学者K. 戈尔多维奇在专著《20世纪祖国文学史》中提到了这样一些“以真实性为目标，作者把自己的生活作为艺术分析对象”③ 的作品。阿斯特拉罕师范大学语

---

① Лотман Ю. М. Избранные статьи. В 3 т. Таллинн，1992，Т. 3. С. 376.

② “作者小说”这一概念是俄罗斯著名评论家娜·伊万诺娃提出来的。她在1983年第3期的《文学问题》杂志上发表《自由的呼吸》一文，文中在分析当时的小说状况时，指出文坛上“……令人意想不到地出现了两种新的流派：即‘幻想小说’和抒情散文的新形式，我们姑且称之为‘作者小说’”，这种小说“拒绝鲜明的情节性，拒绝对于情节的传统理解，拒绝小说人物，总之，拒绝一切经过了检验的美学特征……转而寻找新的与现实之间的联系。……作家们好像为了伦理而拒绝美学，为了在读者面前公开独白、袒露自己的立场和世界观而拒绝职业化的小说样式”。

③ Гордович К. Д. История отечественной литературы XX века. Санкт－Петербург，Изда－во Спецлит，2000，С. 282.

文学博士玛丽娜·兹维亚金娜在其博士论文《20世纪末俄罗斯小说中的作者体裁形式》中对这一现象进行了详细论述，认为在当代作品中出现了个性因素的增长、自传性因素的产生、现实作者的同貌人在作品中的出现等。那么，这种起源于60年代的文学为什么在90年代得到广泛的发展呢？这与90年代的社会状况是分不开的。第一，苏联解体后原有的书刊检查制度被废止，在文学发展史上可以说从此开始了一个质量更新的时代，一个当代文学流派和苏联时代未实现的文学体系并存（如现代主义和后现代主义并存）的时代，这样的时代往往是需要自我评价的时代。第二，世纪末刺激了一种决赛潮流，决定了这个时期是一个总结的时代，是作家和文学对整个一百年进行反省的时代。所以，90年代的文学成了一面聚焦时代的历史问题、文化问题和哲学问题的透镜。第三，90年代同20年代一样，作家开始在新的、极其混乱的历史空间中重新寻找自己的位置。对他来说又一个鲍·艾亨鲍姆所说的"认知时刻"① 到来了。应当指出，自我认知——这不仅是当代思潮，而且是俄罗斯文学与生俱来的特性。尤·洛特曼认为在俄罗斯文化特征中自我评价起着非同寻常的作用："与对周围世界的看法相比，对于俄罗斯文化而言，对自我的看法是首要的和基础性的。"② 正是由于世纪之交给人带来的感觉，由于80—90年代社会和文化的巨大变迁，俄罗斯文学重又点燃自我认知的激情与冲动。

这类作品最显著的特点就是忧郁，还有令人奇怪的消沉和虚弱，比起积极的行动来，作家似乎对消极的旁观更感兴趣。他们采取不急不缓的节奏，运用反省与讽刺仔细分析人物主观感受的角角落落，故意忽视客观存在的世界。在某种意义上，现实对于作品中的人物来说是别人的，这使作品具有了唯我主义的倾向。这类作品中比较典型的有弗拉基米尔·马卡宁的《地下人，或当代英雄》（1998年）、弗拉基米尔·别列津的《见证人》（1998年）、安·乌特金的《自学者们》（1998年）、米哈伊尔·布托夫的《自由》（1999年）、阿列克谢·瓦尔拉莫夫的《圆顶》（1999年）、安·德米特里耶夫的《合上的书》（1999年）等。

---

① Эйхенбаум Б. М. Литературный быт//Эйхенбаум Б. М. О литературе. Работы разных лет. М., 1987, С. 430.

② Ю. М. Лотман и тартуско - московская структурно - семиотическая школа. М., 1994, С. 407.

这些作品在具有传统现实主义客观小说结构的同时，把世界想象为个人—个性意识的氛围，艺术家或者特殊个性被赋予了在艺术中无边的权利。因此，小说中主人公的存在成了一种诗化的存在，而失去了世俗意义上的存在：他没有固定工作，没有固定住所，没有个人家庭。对于现实生活，他更像一个见证人，而非参与者。在《地下人，或当代英雄》中，主人公彼得罗维奇是一个极其复杂的人物。他的精神有时富有，有时堆满垃圾。行为永远无法捉摸。他无所不知，懂得人以及人所有隐秘的欲望——因此许多人都在需要的时候找他聊天，却对一切都失望透顶。他宣扬各种各样的真理，却又是一个十足的怀疑论者。他对自己、对周围世界完全不满意，充满了渴望和忧患，他的生活由无聊的讨论和意想不到的磨难组成。他就是这样一个情绪恶劣、精神有病、被生活折磨透了的单身厌世者。彼得罗维奇是无名氏的代表，同时也是每个人的代表。在他的地位上连名和姓都显得多余，于是作者故意略去了他的姓名，只称他“彼得罗维奇”——一个典型的俄罗斯父称。他居无定所，作者给他安排了一个奇特的职业：看门。如果谁长期旅游或出差在外，家中无人看管，他就住在谁家，替人照看房屋。由于清高，他又是一个没有发表过一部作品的作家：在苏联时代他因不愿媚上而成为“受迫害的有才华的作家”，苏联解体后他又因不愿媚俗依然没有出书。因此彼得罗维奇就像无业游民一样，到处流浪，过着卑微贫寒的生活，由此也接触到社会上形形色色的人物：有知识分子，有流氓醉鬼；有精神病人，有在哪儿都无所适从的失败者；有高加索摊贩，有苏联解体后的“新俄罗斯人”——特殊的职业角色使主人公成为俄罗斯社会生活的见证人。在布克奖获奖作品《自由》中，主人公“我”干脆断绝了和外界的一切联系。“我”曾经工作过，先是在一个隶属于戏剧创作协会的编辑部里整理出版演员专用的教科书，不知出于什么原因而被辞退，后又在教会里负责出版神学经典书籍。“我”一直很想逃避周围的世界，于是把一个去往南极考察的好友的房子变成了自己的隐居之地。“我”用最后一笔收入买了些罐头、香烟等日用品，把余款兑换成美元，就过上了孤独的生活。终日阅读思考，与昆虫为伴，一连几星期都不打开门。这个主人公好像从自己身上一层层剥掉作为人的物质存在的虚假表皮，而追求“赤裸裸”的精神实质。就像苦行僧来到沙漠里，以便找到边界，发现事物的实质。这个离群索居的“我”到底要见证什么呢？见证“自己”，见证退出了一切角色之后的自由与孤独。这种退出一切角色之后的自由既是“我”的自由，也是每个人的自由。因此，见证“我”的自由，也就是见证每个人的自由。实际上，与其说《自由》是一部作品，不如说是一次退出角色、面对自由、见证自由的自我试验。而弗拉基米尔·别列津直接把自己小说的题目定为《见证人》。作为一个参加过战争的将军，主人公无论如何也不能忘记过去，他不明白现实，也不想参与其中，只好做一个被迫的观察者和见证人。

应当指出的是，在这些小说中，主人公与异性的关系是很有特色的。评论家玛丽娅·列米佐娃在《主人公的第一人称》一文中也指出了这一点，即女人在主人公的视野中时隐时现，时而重要，时而无足轻重。在《自由》中，叙述者一方面好像抱怨与他交往的女人不能舍弃依赖她的丈夫，另一方面，他并不怎么在意自己这个第三者的角色，而当他们的关系最终了断的时候，他甚至感到一阵轻松。小说《圆顶》中的叙述者似乎在宣布这种关系对个人命运的重要性。数学系大学生疯狂爱上语文系一个傻里傻气的女人，为了她而参与了持不同政见者的游戏，结果他不仅被开除出学校，而且被流放（在克格勃的监督下）到外省小城。到了流放地之后，他似乎一下子从火热的爱情、从置身其中的生活中退身出来，以一种与生活不相干或者至少是有距离的身份出现，以致那狂热的爱情还未曾褪色，他就很快和一个姑娘结成了令双方都很痛苦的关系，好像那有过的爱情不是他的，而是别人的。对待新欢，他依然若即若离。他几次使这位真心爱他的姑娘怀孕，却每次都逼姑娘去流产。他告诉姑娘：“我们要坐着飞机到一个谁也不认识我们的地方，那里没有任何脏东西影响我们未来的孩子。”① 几年之后，他回到莫斯科，遇到了初恋姑娘，他们一下子就结婚了。但是，在一起生活不多久后，妻子忽然弃他而去，出国了。主人公对于这样的事似乎都带着一种释然：“这种损失在我心里没有引起什么反响。”被引渡到西方这件事对主人公来说也是波澜不惊：“我的离开是完全理智的，完全平静，没有任何遗憾。”“我没有往祖国的脸上泼脏水，如果我揭开圆顶的秘密，那也不是由于背叛，而且现在有何秘密可言呢？我不再被任何人所需要，也没有对祖国仇恨，而且还喜爱上它了。在祖国关心残疾人和孩子，所有人都微笑，有着舒适的生活，让所有人都过好不可能，总要有人做出牺牲。”在国外，“我”结了婚，生了孩子。但在生

① Варламов А. Купол//Роман－газета，2000，№8.

活了一些年后，“我”就莫名其妙地离开了他们。对于主人公来说，发生这些事，就像在大街上瞥见了一缕一闪而过的秀发，或者闻到了一丝漠然的芳香，虽然与你近在咫尺，甚至千丝万缕围绕在你周围，却又与你毫无干系。他们似乎爱过这些女人，又似乎没有爱过。这些人物形象按照其逻辑就不允许他们有完整的情感。他们囿于自我的旁观者身份，除了自己的忧郁外，似乎没有能力、没有时间去爱什么。当他们自己都不知道该对自己怎么办的时候，女人就成了他们与现实世界联系的一个直接通道。开始时他们和她们不协调。他们准备与她们和解，可这必须是在一定的距离内——让她们去做别人的妻子，以便通过她们既保持与现实世界的联系，又不陷入现实世界。一句话，通过女人来保持他们的旁观者身份。但女人是现实的，她们需要的不是他们怀疑主义的态度，这种情感比生活本身更吓坏了她们。在和她们的关系中不能永远都做一个见证人和旁观者。和她们在一起就必须做一个参与者，必须选择自己，确定自己。女人无法忍受不确定。和女人在一起就必须做一个男人，而不是具有不确定特性的男孩。可是这些人物的旁观者存在状态阻碍他们成为男人。当然，这里指的不是性，而是理解现实、参与现实的心理状态与存在选择。

既然不愿承担对女人、对家庭的责任，那么这些小说中的人物同样都不想要孩子，这是因为他们自己都不想永远告别童年，还要孩子做什么？他们总是倾向于非存在，而延续生命就是非存在的对立。这些人物对世界充满怀疑，他们无法确定自我，确定自己的命运。他们就像温室里的植物，又有点像奥勃洛莫夫[①]的后人。他们不相信任何东西，也什么都不想要。他们异常弱小，需要保护；却又十分强大，无坚不摧；他们害怕现实，却又极力通过表白自己来证明自己在这个混乱的世界中的存在。

纳博科夫在《天赋》中说对上帝的寻找就像“任何狗对主人的思念”一样：“给我一个主人吧，我会对他俯首贴耳的。”[②] 嘲讽归嘲讽，现代人的感受正像被逐出家门的狗，无论怎样叫都无济于事。现代人意识到在世

---

① 19世纪俄国作家冈察洛夫的长篇小说《奥勃洛莫夫》中的主人公。主要特点是慵懒懈怠，耽于幻想，无所作为。

② Набоков В. В. Дар. Романы. Свердловск，Средне – Уральское книжное издательство，1989，С. 537.

界的边界之外什么也看不到之后，忽然觉得自己短暂地来到这个世界毫无意义。后现实主义小说的主人公之所以被安排成一个现实生活的旁观者，就是为了让他完成一个重大的使命——寻找存在的意义，认识自我，确定自我。他没有工作，没有住所，没有家庭，就是为了转向自我，自己内心深处的"我"，在人的赤裸裸的本质基础上进行"自我"认知，因此思考成了主人公的存在状态。主人公自愿遁入个人意识的世界中，成了一个绝对拥有主权的形象，能够和现实生活保持一定距离，感受到作者的感受——在一个非理想的世界中思念理想。这些主人公或者叙述者常常是作家、诗人或者艺术家，天性一般都喜欢创作，心灵复杂，有着强烈的生活渴求和不断的反省精神。他们对于自己的个人生活描写甚少，却更多地说明自己的个性。他们好像完全适应浪漫主义时代的精神，能够看到别人看不到的东西，他们的诗化性格表现为能够理解普通事物中被掩盖的非同寻常的本质。

正如评论家指出的那样，在这种小说的底层是"某种形而上的忧伤和心灵的痛苦。俄罗斯人的忧郁"①。是的，"自我认知"的道路是痛苦的，往往伴随着孤独、疑惑，甚至是悲观、厌世。无论是对于作者，还是对小说的主人公，与世界、与自己的不和谐都是不可避免的，是无出路的。

《圆顶》这部小说以第一人称的形式写成，讲述了一位数学天才一生的起起落落，从"我"的童年一直叙述到"我"现在的生活。从年代上可以推断，这个"我"就是作者的同龄人，甚至可以说，"我"的思想轨迹与作者的思想历程在某种程度上是相吻合的。主人公"我"生于苏联时代，在小说结尾时，也就是当"我"步入老年时，做了西方某个国家的侨民。可以说，在精神上"我"的一生都是没有归宿的"侨民"。主人公从童年起就对周围世界充满了怀疑。小学时"我"因为色盲而把革命的红旗画成了绿色，为此遭到老师的奚落和上纲上线的批判，从此恐惧、疑惑和迷茫就像种子一样种在"我"幼小的心灵中。随着年龄渐长，"我"逐渐显示出在数学方面特殊的天才，后来轻松地考入莫斯科大学数学系。在别人眼里，他将沿着硕士—博士—教授这条坦途走下去，其实在内心里"我"只是把数学当作"打开某个秘密的钥匙，而这个秘密正在

① Сухих И. Голос. О ремесле писателя//Звезда, 1994, №3.

召唤我去解开。任何人世间的财富和乐趣都无法替代揭开这个谜团对我所产生的吸引和心颤的感觉”。但是数学并没有像“我”所期望的那样成为“我”解开人生之谜的钥匙。“我”依然找不到人生的目标和信仰。大学时“我”在讨论课上提出了与当局不同的政治观点，又在宿舍等处张贴标语，终被作为持不同政见者赶出了大学校园，在克格勃的监视下回到了家乡。苏联解体后，“我”作为极权制度牺牲品的代表、反克格勃的英雄而一夜之间成了名人。“我”到处演讲，接受记者采访，“我”在故乡小镇查戈达伊的流放被看成英雄主义的行为。在一段出入上流社会、喧哗热闹的日子过后，“我”引以为骄傲的历史不再受人重视，“我”重又开始了冷清、穷困的生活。在一个越南朋友的帮助下“我”一夜暴富，这个时候在故乡突然出现了一座类似教堂圆顶的建筑，这里成了一块圣地，它在人们心目中的位置不亚于珠穆朗玛峰之于中国。由于“我”是对这个圆顶研究最深的人，所以被作为俄罗斯难民引渡到西方。然而“我”在西方的日子并不好过。“我”在国内得的神经错乱还没有痊愈，每天都在无家可归的侨民的藏身之处接受志愿医生的治疗。

主人公的一生都在寻找精神归宿，可是他没有在现实世界中找到，无论在自己的祖国还是在西方。主人公不爱自己的故乡，也不爱他寄居的土地，他心中的美好世界在幻想中的圆顶。“因为在地球上我们总是怪人，我们真正的故乡在那个没有阴谋、没有对阴谋的恐惧、没有欺骗、没有杀人、没有痛苦、忧患和罪恶的地方。”

在“作者小说”中，与“自我认知”不可分割的一个主题就是——自由。《自由》这部小说直接从题目上就道出了主人公思索的中心。他从各个角度思考自由问题，也尝试用多种方式（包括隐居）来获得真正的自由，但都没有得到他想要的自由。中年作家安德烈·德米特里耶夫走的是一条自由之路。他认为人无论在环境面前多么软弱，只要他还能选择，无论是正确的还是错误的，那么几乎一切都取决于他自己。在苏联时代这种可能性是相对的，写作赋予了作家按照苏联标准来说这简直是闻所未闻的自由，为此他就选择当一个作家。他的主人公和他在精神上是一致的。白俄罗斯教授涅法金娜认为，《合上的书》这部长篇小说就渗透着对自由的存在主义的理解。它通过对祖孙三代知识分子人生经历的描写，向我们展示了三种个性模式：一是不反对体制，而是按照自己的规律属于“内心的侨民”；二是制度的牺牲品，在制度—生活面前有一种几乎是存在主义的恐惧；三是感觉到自己是生活主人的“新俄罗斯人”①。

祖辈 B. B. 是外省著名的地理教师。他出生于革命前，和后来的知名文学研究家普列捷涅夫、遗传学家日里、数学家列基斯和作家斯维晓夫曾是同学。对于这一代知识分子来说，重要的不仅是科学真理，还有自由的创作氛围。他们每个人的遭际都勾勒出革命后知识分子可能的命运：日里研究攻克癌症的药物，30 年代受到清洗，战后死于监狱的单身禁闭室；普列捷涅夫建立了文学题材发展理论，正是在战前死于癌症，怎么也没能等到好友研制出灵丹妙药；列基斯发明了世界著名的计算尺，死于魏玛的死亡劳改营；斯维晓夫成了著名作家，写了不少书，在每一部书中都为了重建和继续死去的朋友的“我”而蔑视“自己的我”。这些人被友谊、对忠诚和价值的共同理解紧紧联结在一起。他们感觉到自己在人民面前的责任，一心想为新俄罗斯服务，急于奔向未来。

B. B. 本人是一个神话般的个体。他度过了“不是伟大、只是漫长而有价值的一生”：十月革命前的青年时代、斯大林时期的壮年和赫鲁晓夫解冻时期的老年，1974 年死于勃列日涅夫的停滞时期。他培养了不止一代中学生，这些学生都非常爱他，因为他实现了学生们所幻想的东西——内心的自由，独立于社会，独立于政府，独立于被推翻的道德标准，甚至对钱也不依赖。

B. B. 的儿子谢拉菲姆是一个天才物理学家和天文学家。但他的自由局限于可预知的知识领域。当意识到宇宙最终的不可理解，感受到人面对政权是如此地缺乏保护时，他体验到前所未有的恐惧和存在的可怕。因此他终生都有一种特殊的心理疾病——“对电熨斗的恐惧”。

B. B. 的孙子、谢拉菲姆的儿子约纳幻想重建整个俄罗斯，就从自己这座外省小城开始做起，准备重振曾祖父的干酪制造业，开设七个商店。他所做的尝试实际上是在新的条件下实现知识分子服务于人民的努力，不过这种努力终告失败。虽然他没有像父亲一样在莫名的事物面前感到恐惧，但他的人身自由受到了威胁。

小说中的几代人都怀着对于自由的渴望，以自己的方式去争取自由。他们每个人都如一本“合上的书”，需要读者打开并仔细阅读。

---

① Цит. по：Нефагина Г. Л. Русская проза конца XX века. М.，ФЛИНТА · НАУКА，2003，С. 79.

我们看到，后现实主义运用“作者小说”的体裁形式，是因为它急于回答时代的主要问题，寻找对当代世界的新看法，同时提出自己的价值体系和作为“被意识到的自我”的个性概念。这种小说的结构中心是作者个性的自由展开，他的自我意识的自然表达。通过自己的“我”重建世界的原则，使得作家赋予抒情—主观性结构的传统形式以不可重复的新特点。

三　神秘主义与现实主义的结合

在后现实主义小说中，还有一种非常重要的创作倾向——神秘主义与现实主义的结合，即神秘色彩或者神秘因素与现实主义的有机统一。在俄罗斯，这种文学的发展是有历史渊源的。陀思妥耶夫斯基曾经表示：“我对现实（艺术中的）有自己独特的看法……而且被大多数人称为几乎是荒诞的和特殊的事物，对于我来说，有时构成了现实的本质。事物的平凡性和对它的陈腐看法，依我看来，还不能算现实主义，甚至恰好相反。……难道我的荒诞的《白痴》不是现实，而且是最平凡的现实！正是现在才必然在我们脱离了根基的社会阶层中产生出这样的人物，这类社会阶层才真正变得荒诞了。”① 英国学者马尔科姆·琼斯在论及此时谈道：“有时候真实的本质只会在幻想或不寻常之中找到。事实上，在俄国，有时虚幻并不是那么稀奇（从稀少的意义上来说），也就是发生在日常事情当中。……在俄罗斯，真理几乎总是具有一种幻想的特质。”② 的确，陀思妥耶夫斯基的小说《白痴》中谜一般的主人公梅什金公爵，变幻莫测的情节进展以及《卡拉玛佐夫兄弟》中老卡拉玛佐夫的死因都显示出神秘性。果戈理小说的神秘性表现在其中的宗教和怪诞色彩上：《死魂灵》中乞乞科夫旅行的不可告人的目的及他所遇到的人物的怪异奇特都具有神秘性。20世纪之初神秘性在许多作家的作品中都有表现。随着苏维埃制度的确立，宗教意识作为与唯物主义、共产主义相对立的世界观受到强烈批判和坚决遏制，神秘现实主义作为与社会主义现实主义互不相容的创作方法遭到摈弃。不过，依然有一些作家在默默传承着这一传统。比如布尔

① 《陀思妥耶夫斯基论艺术》，冯增义、徐振亚译，漓江出版社1988年版，第328—329页。

② 马尔科姆·琼斯：《巴赫金之后的陀思妥耶夫斯基——陀思妥耶夫斯基幻想现实主义解读》，赵亚莉、陈红薇、魏玉杰译，吉林人民出版社2004年版，第4页。

加科夫在《大师与玛格丽特》里把真实生动的莫斯科生活场景与幻想中的魔鬼世界相结合，在一定程度上发展了神秘现实主义。其中对魔鬼沃兰德神力的希望，对纯洁真爱的力量可以消灭一切人间不平、带人走向光明美好的向往，都表明作家对真理的坚定信念。马卡宁创作于80年代的中篇小说《先知》也具有神秘性。主人公亚库什金在西伯利亚服刑期间被原木砸了一下脑袋，从此获得了能够治病的特异功能。出狱以后他开始专门给人治病。他治病的方法非常奇特：既用手发功、按摩，又不停地进行道德说教，同时他还熬制草药，居然使几个垂危的病人起死回生。从此亚库什金被誉为"先知"，他的身边聚拢了大批信徒，他们定期聚会，倾听亚库什金的宣讲。后来，亚库什金的特异功能突然消失了，治病不再灵验，于是信徒们纷纷离去。亚库什金特异功能的获得与消失、他奇特的治病方法及他在油灯下炼制草药的朦胧身影，都给作品增添了许多神秘色彩。其实，先知是否灵验，他是否真的存在，并不是作者所关注和要解答的问题，作者主要是借助这个巫师浮沉的故事提出这样一个问题：在今天这个物质丰富、科技发达的社会里，为什么还会有那么多的人在亚库什金这样的"先知"身上寻找精神上的出路？

戈尔巴乔夫改革之后宗教重新取得自己的合法地位。随着苏联的解体及世纪末的接踵而至，俄罗斯普遍发生信仰危机。正是在这种历史转变的时刻，许多作家开始重拾东正教，把宗教的神秘性与现实主义创作方法结合起来，使神秘现实主义的发展形成规模。瓦尔拉莫夫童年即受洗，他与帕夫洛夫明确宣称"东正教是现实主义精神的实质"，其作品表现出极强的宗教神秘色彩。而乌利茨卡娅出身于犹太知识分子家庭，在祖母讲述的《圣经》故事中长大，她曾说："西尼亚夫斯基说自己是神秘的现实主义，我想我也是。"① 这些作家的神秘现实主义作品中的神秘性大致有三种表现形式：一种是精神和内心世界的神秘色彩。人物对现实不满造成对彼岸世界的向往，而这个彼岸世界是否存在？如果真的存在它是否是人类心灵最可靠的港湾和最终的依托？对这个问题的思考造成悬念和神秘感。一种是描写现实生活中的神秘现象、神秘事件，在亦真亦幻、似梦似真中表现人物对真理的探求和无所归依的尴尬心态。还有一种是使现实的世界怪诞

① 侯玮红：《"文学不应当服务于什么，艺术创作是至高"——乌利茨卡娅访谈》，《外国文学动态》2004年第6期。

化、神秘化，通过普遍存在的氛围的神秘来暴露丑恶的社会现实，并探究其深层原因，说明正是不合理的社会现象、残酷地剥夺人权、毁灭人性的制度扭曲了人们的行为和思想，造成本来正常的事情怪诞和神秘化，这类作品中神秘色彩的凸显是对现实更加深刻有力的批判。

与以往创作不同的是，乌利茨卡娅在获得2001年俄语布克小说奖的长篇小说《库科茨基医生的病案》中，描写了一个与现实层面相互观照的虚幻层面：女主人公叶莲娜的梦境。两个层面互相照应和依托，都是为了提出那个亘古永恒的话题：存在的意义。尽管仍然像几个世纪以来那样，对这个问题没有找到答案，但作者勇于走到边缘，努力使读者相信——直接提出这个地球上最重要的问题，这不仅是我们的权利，而且是每个人的责任。在共同研究和共同创造的道路上，我们最终会得到一直寻找的答案。小说家说道："我一个问题也没有回答。我只是试图说明：我怎样看待我们所处的这个过程，这个有限的、同时也是永无止境的进程……当你打开书，会想到：应当学会如此光明、如此勇敢地去远望深渊。"① 关于小说题目，乌利茨卡娅解释说，所谓病案——就是一个例子。她想把库科茨基医生作为一个例子，讲述他这个人和他的命运。乌利茨卡娅觉得这个病案是我们当中每个人的病案。任何一个人都是上帝手中的具体的例子。这一次是库科茨基。但他可能是每个认真审视生活，无畏而又诚实地看待世界的人的病案……

小说的现实层面中就含有许多不能破解的生命之谜、似乎是命中注定的缘分以及一些无法解释的神秘现象，每个人都拥有自己不为人知的秘密。主人公巴维尔·阿列克谢耶维奇·库科茨基祖辈都是医生，他从幼年起就对人体结构非常感兴趣，童年和少年时代最愉快的时光是在父亲的医学实验室里度过的。1917年他考入莫斯科大学医学系，毕业后做了一名医生。"二战"后他开始在苏联卫生部下设的研究所里工作。颇为神奇的是，巴维尔具有一项特异功能：用肉眼就能透视到病人的严重疾病，他把这叫做"内视力"。他对自己的这个秘密守口如瓶。而且他发现自己的这个天才是与女性相敌对的，任何和女性的亲近都会损害它。终于他寻找到了唯一与自己的这个功能不相矛盾的女性——叶莲娜，这个女人做了他的妻子。那一年他已经四十三岁，而叶莲娜二十八岁。

---

① Татьяна Мартюшева. Мировой компот. См.：http：//www. fan. izh. com.

叶莲娜出身于莫斯科郊外的一个农民家庭。在工厂的夜校里她认识了制图教师安东。他们的结合虽然没有火热的爱情，但确是严肃审慎的决定。婚后他们平静、和睦地生活了几年，直至卫国战争爆发，安东上了前线。在库科茨基医生为叶莲娜治病期间，二人产生了感情，同时传来安东阵亡的消息。不可思议的是，安东的阵亡日期恰恰是叶莲娜在库科茨基医生房间里留下来过夜的那一天。叶莲娜怀着负疚的心理带着女儿嫁给了库科茨基。

叶莲娜也有自己的特异之处。她经常做梦，梦中都是关于世界的绘图性的想象。"两个了解秘密的人生活在一起。他能透视活生生的物体，她能透视另一个非物质的世界。但是，两个人都对对方隐瞒了这一点，这并不是因为不信任，而是因为一种纯洁的想法以及一种出于保护目的的禁忌。可能，在所有神秘的知识里，不管它是以何种方式获得的，都有这种禁忌。"①

婚后库科茨基立即把叶莲娜的女儿过继到了自己的名下，对她视如己出。一家三口的生活幸福而又宽裕。直到有一天，库科茨基的一句话把这一切都打破了。

库科茨基医生的家庭构成是复杂的，而且都和他所从事的职业有关。他的妻子实际上是他所治愈的一个女病人，他为她切除了子宫，挽救了她的生命。叶莲娜失去了生育能力，却带来了她和前夫所生的女儿塔尼娅。他的另一个女儿同样是一个女病人遗留下的孩子，名叫托玛。因此，这个家庭里的成员只有叶莲娜和塔尼娅之间有血缘关系。而这个家庭的兴衰以至最后的崩溃也和库科茨基的职业不无关系。在三四十年代，库科茨基凭借自己的天赋和坚韧精神，已经成为赫赫有名的医生和研究所的领导。但是苏联为了实现人口增长，在 1936 年颁布了一项禁止人工流产的法令。而库科茨基遇到的许多危重病人都与做非法流产手术有关。因此他强烈要求取消这项法令，并为此不懈努力着。这都是瞒着自己的妻子做的。当又一个女病人因为非法流产失血过多而死去，他们收留了她的女儿托玛时，医生把自己的秘密行动告诉了妻子。叶莲娜大为震惊，认为这是在剥夺一个尚未出世的孩子的生命。而库科茨基目睹了大量妇女因为偷偷流产而带来的悲剧，对妻子的无知深感痛心，激动之中说出了一句极其无情的话：

① 乌利茨卡娅：《库科茨基医生的病案》，陈方译，漓江出版社 2003 年版，第 51 页。

"你没有那个器官，你已经不是女人了，你哪里知道她们的痛苦。"这句话把叶莲娜抛入了痛苦的深渊，从此后这个家庭虽然生活秩序依旧，但夫妻二人之间的裂隙永远也无法弥合了。终于有一天，叶莲娜不堪心灵的重负，丧失了对过去的记忆。

在父母的关爱中塔尼娅长大了。她聪颖好学，勤奋多思，懂事听话。她虽然不是库科茨基医生的亲生女儿，却与他长得非常相像。在父亲的影响下她对医学产生了浓厚的兴趣，在大学的实验室里当了一名实验员。当有一天让她用死去的婴儿做标本时，她终于无法忍受这种残酷，永远离开了实验室，离开了她以前所热爱的工作，否定了父母的信仰和生活方式，开始了离经叛道的生活。她没有工作，与父亲好友的两个儿子同时交往，因为怀孕不得不嫁给了其中的一个，却又带着腹中的胎儿和一个音乐家同居，并认为找到了真正的爱情。生下女儿后，她又怀上了音乐家的孩子，却不幸因流产而死去。小说的结尾是塔尼娅的女儿生了孩子。

小说中每个人物的命运都牵扯着一个中心话题：怀孕、胎儿、小孩和人。医学，尤其是遗传学是与人的物质存在形式联系最紧密的一门科学。作者正是借助于此来探讨人的存在意义——这个亘古永恒的话题。这里的存在包括物质的存在和精神的存在。库科茨基的一生致力于挽救人的生命，但他却无法拯救人的精神世界。他的妻子为他所伤，从此对他关闭了心灵的大门；他的女儿面对残酷的医学实验而对自己的理想和追求产生质疑，向他寻求答案时，他却把"这就是职业"这样冷冰冰的话抛给了女儿，致使女儿义无反顾走上了完全背离科学的道路。

《库科茨基医生的病案》这部作品一改乌利茨卡娅以往惯用的写实笔法，在现实世界这条主线之外，同步伴随着女主人公梦境中的世界。有些评论家认为作者是在赶时髦。对此女作家解释道："没有第二部分，我的整个小说就不存在。人物的现实生活固然使我感兴趣，但我更感兴趣的是这个现实生活的第二种（或者第三种，随便多少！）方案。任何一个人的生活都存在于'实在的'现实和另一种我们所预感到的、瞬间所意识到的现实的交界点上——在梦中，在闪现的直觉中。"① 因此小说原来的名字是《到世界的第七方旅行》。

① Татьяна Мартюшева. Мировой компот. См.：http：//www. fan. izh. com.

小说由四个部分组成，第二部分全是叶莲娜神秘的梦境。而第一部分的第十三小节和第三部分的第四小节是叶莲娜两个笔记本中的内容。现实中的人物在梦中出现，而梦境对现实有所昭示，笔记本中记述的内容又与梦境相关。这使整部小说虚中有实，实中有虚，造成一种神秘与现实、“界内”与“界外”瞬间转换、相互交融的阅读感受。乌利茨卡娅承认她本人也经常做梦，而且对许多梦记忆很深。“我不敢说有哪个确定的梦改变了我的命运，但在我的生活中梦给了我大量重要的信息。当一个人面临使他困扰的问题，他得到答案的方式是多种多样的。可以通过书，可以通过人，甚至也可以通过梦。”叶莲娜时常做梦，尤其是在与丈夫关系破裂后，她虽然竭力维持表面上正常的婚姻关系，实际上已断绝了与丈夫的精神交流。严酷的社会环境和隔绝的夫妻关系迫使叶莲娜对外界彻底关闭了心灵的大门，于是得了一种奇怪的病——记忆力逐渐丧失。在心灵异常痛苦之际，她开始借由日记回顾并追记自己的一生，也试图通过整理思路来搞清命运的奥秘、死亡的含义：“我想弄明白，在我身上和我的生活中，究竟发生了什么事情。生活想把我引向何方，它暗示着什么？我无法理解，也不善于理解。”① 她的心灵之门只对自己的日记敞开。同时她也更加频繁地遁入梦境。在梦中，她漫游“多极坐标系”中的沙子世界，还有过去和现在同时存在的时间舱。那里是她摆脱巨大痛苦的地方，也是她寻求答案的地方，可以说就是她精神上的后方基地。我们发现，在梦中，叶莲娜不仅对自己在现实生活中遇到的种种困惑追寻答案，而且还试图想象或者是体验那令人恐惧却又无比神秘的生与死的界限。乌利茨卡娅把西蒙娜·韦伊里所说的“真理在死亡一边”这句话作为题记是别有深意的。女作家曾经表示：“现在我们看一切像透过一面模糊的镜子去猜想，而到了那时就可以面对面。我们明白这个‘那时’指的是什么时候。我在《库科茨基医生的病案》中就是要做这样的尝试：在我们的现实生活之外找到几个理解点。”② 小说梦境中的人物所要去的“彼岸”和“那边”实际上指的就是人死后的境界。叶莲娜在自己的笔记本里也在释梦：“我在生活中体验到的最可怕的事情，同时也是最不可描述的事情，就是界限的转换。我说的是那种界限，它介于平常的生活和其他各种不同的状态之

---

① 乌利茨卡娅：《库科茨基医生的病案》，陈方译，漓江出版社2003年版，第104页。

② Илья Кукулин. Никаких химических воздействий //Независимая газета, 20. 12. 2001.

间，那些状态是我所熟悉的，然而却无法阐明，就像死亡一样。要知道，一个还从来没有死过的人，关于死亡又能说些什么呢？但是我觉得，每一次，当你从平常的生活中消失的时候，你就是在部分地死亡。”①“我所做的梦，和日常的、白天的世界有某种联系，但是这种联系的特性我不准备描述。有一种不容置疑的转换逻辑。只是它全部停留在那一边，不能置身于现实世界中。我非常清楚，我去彼岸那些奇怪地方的所有游历，虽然是不合理的，但是在那里的停留几乎和我们身边的所有事情一样现实。”②作家这样写，是希望读者能够不要恐惧，而要直面危险的深渊。因为她觉得恐惧是大罪，它妨碍生活。“人应当无畏。我们应当在生命的过程中学会战胜恐惧，努力去勇敢地看待许多不可避免的情形——记忆的丧失，青春、美貌、健康的逝去，而进入另一个有时是非常痛苦的空间……”③

梦是现实的，梦也是神秘的。《库科茨基医生的病案》中对于神秘梦境的描写不是为了把读者引向对世界的不可知论，引向虚幻莫测的境地，而恰恰是为了反观现实，既从另一个层面关注现实，昭示现实，又增添了对现实的神秘的审美感受，达到神秘与现实的融和与统一。

瓦尔拉莫夫的小说大多表现知识分子对历史的思索、对信仰的追求以及对自我位置的确定，宗教色彩浓郁。其中，《圆顶》和《沉没的方舟》(1997 年) 这两部长篇小说比较突出地反映了神秘现实主义的特点。

在《圆顶》所建构的艺术空间中，真切自然的现实生活与亦真亦幻的圆顶世界相互融和，理性的思考与模糊的感受共同呈现，贯穿于其中的就是主人公“我”的精神探求之路。可以说，在精神上“我”的一生都是没有归宿的“侨民”，“我”生于苏联，却因为思想与当局不和而受到迫害，于是对故乡、对祖国、对所有持不同政见者的思想都产生了厌倦。苏联解体后，“我”对新的时代依然看不惯，就在步入老年时，离开祖国，侨居西方。可是在那里还是没有找到精神的归宿。主人公不爱自己的故乡，也不爱他所寄居的土地，他心中的美好世界是幻想中的圆顶。在国外，他读到神父送给他的一本书，上面写道：“最终我们遭受了失败，但不要害怕，因为在地球上我们总是怪人，我们真正的故乡在那个没有阴

① 乌利茨卡娅：《库科茨基医生的病案》，陈方译，漓江出版社 2003 年版，第 110 页。
② 同上书，第 118 页。
③ Татьяна Мартюшева. Мировой компот. См.: http: //www. fan. izh. com.

谋、没有对阴谋的恐惧、没有欺骗、没有杀人、没有痛苦、忧患和罪恶的地方。”可是圆顶神秘消失了。而且圆顶究竟是否存在过呢？主人公自己也无法确定，因为他声称自己患有脑病：“现在我知道这只是一个梦，不知是梦编造了我，还是我编造了梦。”

我们看到，无论是在《圆顶》还是在《库科茨基医生的病案》中，主人公都生活在两个世界：一个是身体所处的现实世界，一个是精神栖息的幻境世界。而连接两个世界的契机都是主人公的大脑或者说是心灵疾患导致的幻觉。《圆顶》的主人公常常做梦，脑子里乱糟糟的。由于“长期不良智力劳动”和“从严重的忧郁到像石头一样没有感觉”的落差，他的脑子里长了瘤子。“我实在不明白，在此前和此后发生的事情到底是我想象的游戏，还是死后的一场心灵旅行。但我觉得必须写出以下的事情，因为没有这段历史我的生活就不是完整的。”于是主人公开始叙述教堂圆顶的出现以及消失。

“我”的故乡查戈达伊是坐落在莫斯科和列宁格勒之间的一座小城，被青草和湖泊环绕，如儿时对于白云的梦想一般美丽，如抒情诗一般恬静。查戈达伊的生活是单调的，查戈达伊的历史也是平静的。没有发生过什么特殊的事，也没为世界贡献过什么伟人、作家、艺术家。在“我”远离家乡多年以后，听说在查戈达伊周围出现了一个边界明确的地带，其整体形状像是个教堂圆顶，所以查戈达伊就被称作圆顶了。一家报纸专门分析了查戈达伊的圆顶与新城、与莫斯科建筑中圆顶的相似之处，认为它和新城的圆顶最为接近。于是这里成了众多圣徒朝拜的地方。一些记者和研究者围着查戈达伊转来转去，还有人组织游客乘直升机绕游查戈达伊。“我”接到一封来自查戈达伊的写着斯拉夫教文字的信，欢迎“我”去参加庆祝查戈达伊建立一千年的仪式。于是“我”在某年的9月驾驶汽车赶回故乡。路上下起了雨，“我”飞车疾驰，车子忽然旋转起来……等我醒来时，已经躺在特维尔省一个区中心的医院里。“我”不停念叨着：“查戈达伊。”医生在“我”耳边轻轻说：“查戈达伊已经没有了。”查戈达伊的消失相当神秘。据说在此前不久，生活在别处的查戈达伊人都陆续回到了故乡，在这座小城的边界之外再也没有土生土长的查戈达伊人了，除了躺在医院里的“我”。“我哪里也不想去，但自此后我又失眠了。许多天之后，我忽然明白，不知道是在梦里，还是在白天，我看到查戈达伊消失了。”查戈达伊即教堂圆顶这片土地连同其上之人的消失，意味着

“我”的理想之国的破灭。

《圆顶》在对主人公一生经历的真实描述中夹杂着不时出现的神秘幻境，这样既实现了对现实的强烈批判，又反映了当今一部分俄罗斯知识分子的思想状态。在经历了国家巨变之后他们开始反思历史，反思革命，反思在人间建立天国般国度的企图与努力。他们在这种反思中走向绝对孤独，并在绝对孤独中开始面对上帝，打开在人世间之外的另一种希望，另一种生活，认为只有在那里才是一片没有谎言、没有罪恶的纯净之地。这类作品实际上重新回到对基督教文化背景下的两个世界和两个人生的历史—生活观念的阐释，也即我们并不仅仅生活于人世间，我们的最后希望在别处。

在另一部小说《沉没的方舟》中，与现实生活同时存在的也是一个神秘的宗教圣地——一个与世隔绝的小村庄布哈拉。与外面纷乱的被恶所充斥的世界相比，这里真正是遵循上帝意旨所建造的“诺亚方舟”。然而面临现实的罪恶，这个村庄的居民最终自焚而亡，神秘的“方舟”沉没了，消失了。这部小说依然通过现实与神秘的结合，表达出作者既将希望寄托于宗教境界又有所怀疑和否定的心理状态。

通过以上对作品的分析，笔者认为，虽然这种带有神秘主义倾向的小说直接写到现实中的神秘现象、神秘事物，或者在作品氛围的营造上、在方方面面形式的采用上具有神秘因素，给人以神秘的审美感受，但无论作家是直接描写神秘莫测的现象，还是用神乎其神的手段来进行描写，其写作宗旨都不是一味宣扬神秘性，不是把读者最终引领向神秘主义，而是要引领到对现实的思索上，对神秘现象的剖析和把握上。也就是说，作家带领读者走进神秘世界不是为了跳离社会现实，而恰恰是为了思考社会现实。人类社会已经进入21世纪，但人的理性、人的知识依然无法解释许多现象：比如生命的奥秘、物质的微观世界、人体的特异功能等等。这些都是社会存在的一部分，后现实主义在反映它们、描写它们的时候，在对待这些现象的根本态度和立场上，与神秘主义有着本质的区别。后现实主义作品是作家对现实中不可言传、不可思议的事物的思考，是对人的生命与存在的神秘意义的探究，也是在现实的悲观绝望中对超现实力量的希望和寄托。因此，后现实主义是作家既关注现实、叩问现实，又超越现实、获得心灵提升的一种表达方式。

这种具有神秘主义倾向的后现实主义在今天的俄罗斯文学和社会背景

之下出现，是源于当代人不满现实和渴求理想的极端苦闷与彷徨的心理状态。在社会动荡、信仰缺失的年代，人们既希望努力把握现实，又怀疑现实，怀疑人能够从现实的、平凡的生活中找到人生的意义与合理的存在，最终将希望寄托于幻想中的世界。然而今天的后现实主义又与以往的同类创作有诸多不同。过去的同类创作寄希望于人世之外超自然力量的存在，坚信救赎的可能和希望，所以幻想中的世界往往是光明、美好的所在，那里铲除了人世间一切不平和冤屈，是真正理想的栖息之地，而后现实主义则在探讨超自然力量时流露出怀疑。作品中的人物既寄希望于这种力量，又在一定程度上对其持否认态度；既向往另一个美好的世界，又怀疑它的存在。于是不得不置身于现实与非现实、存在与非存在之间的尴尬处境。鲁迅的诗句“两间余一卒，荷戟独彷徨”正是当代俄罗斯人尤其是知识分子疑惑和徘徊心态的真实写照，它通过后现实主义的表现手法得到了真实的再现。

四　任意时空与互文性：后现代主义手法的运用

时间和空间概念是文艺作品的基本范畴。在一部作品中，它们共同构成作者所展示的世界图景，作者的哲学思想和艺术构思都反映在其中。因此研究作品中的时空体系对于把握作家的美学原则是非常有意义的。后现实主义与传统现实主义基于不同的世界观和不同的艺术实现原则，在作品中建构了不同的时空体系，表现出巨大的差异。

在传统现实主义小说中，时间和空间的描述方式采用传统科学的哲学意义上的时空观，即线性时间和稳定空间。所谓线性时间就是承认时间具有不间断性、单向增长性和不可逆转性。所谓稳定空间指的是任何具体的客体都可以借助于经纬线而定位在某个客观的地理空间中。事物或者原地不动，或者，假如它运动的话，也是按照可预测的方式运动的。这在小说中表现为情节的发展都按照一定的先后顺序，具有一定的发展过程和发展脉络，任何事件的发生都是在准确的地理位置上。虽然传统现实主义作品也在一定程度上传达出当代世界的混乱感和荒诞感，但它希望找到使生活和谐化、使混乱有组织化的方法，所以总体来说对时空的理解还是相对稳定的。阅读起来还是较容易看清所述事件发展的来龙去脉，因此这类作品贴近生活，故事性强，生动有趣，拥有较多的读者。

而后现实主义作品所要建立的完全是别样的世界图景。它要突出反映世界的混乱和人们惊慌失措、无所归依的心理与生存状态，因此作品中使用的多是能够建立混乱现实的方法。后现实主义作品借鉴后现代主义表现手法，打破传统的时空观，凸显不连贯、非线性的时间和超空间，形成独特的任意时空的艺术手段，创建了以荒诞和混乱为逻辑基础的特殊的世界模式。具体表现为：小说中的各个环节是随意而不是按照顺序组织起来的，事件的发生没有一定的先后顺序和确定的地点。因此小说的情节故事性不强，显示出支离破碎和片段性。同时，后现实主义深受后现代主义影响，文本具有了互文性特点。

喀山大学丽·纳斯鲁特金诺娃在其副博士论文《20世纪80—90年代俄罗斯小说的“新现实主义”》中论述到了这一点。不过她没有明确指出“互文性”，而是使用了“第二现实”这个概念。她认为，后现代主义特有的把世界作为文本来对待的符号性理解破坏了艺术和现实不同的立场。在吸取了后现代主义特点的“新现实主义”作品中，文化与自然和日常生活一样都是人物的生存环境，于是它失去了“生活的镜子”这样的传统立场，而开始改造现实，拥有了第二现实的地位。它比第一个不稳定的、变动不居的、梦幻一般的现实更加真切。她认为，由引文和文化联想构成的“第二现实”在深层基础上接近于“新现实主义”作品中的混乱图景。混乱围绕着文化内部存在的每一个点。而在这样一个边缘性时代，与使用象征、永久形象、传统情节因素和体裁形式的传统相联系反映了两个必然的和对立的创作始因：艺术家把目标指向经历了时间检验的古典传统，同时试图超越它们。这就使“新现实主义”与传统经典文学之间形成了一种“吸引与排斥”的关系①。

纳斯鲁特金诺娃所说的“引文和文化联想”就是后现代主义的“互文性”，又称“文本间性”。它指的是，对于一个文学文本不再从传统的作品与作家、作品与时代等社会学角度出发去分析，而是靠文本与文本之间的对话来进行文学批评，即所谓“文本即一切，文本之外别无他物”②。

---

① См.：Насрутдинова Л. Х. Диссертация на соискание учёной степени кандидата филологических наук：《Новый реализм》 в русской прозе 1980 – 90 – Х годов（Концепция человека и мира）. Казанский ун – т，1999，С. 146.

② 转引自波林·罗斯诺《后现代主义与社会科学》，张国清译，上海译文出版社1998年版，第49页。

在后现实主义小说中采用这一方法并非出于后现代主义游戏文本的宗旨，而是与作品要传达的思想以及俄罗斯国情密不可分。

从国情来讲，我们知道，俄罗斯是一个文学大国。尽管苏联解体后文学地位大不如前，但昔日一部作品轰动全国、人们争相仿效文学人物生活的盛况依然深深印刻在许多俄罗斯人心中。维亚切斯拉夫·皮叶祖赫在他的中篇小说《新莫斯科哲学》（1987 年）中曾经讽刺了俄罗斯人对语言的崇敬态度："真是令人惊讶，俄罗斯人向来都处于语言的统治之下。丹麦人一百年来都没有去读克尔凯郭尔，司汤达在死以前也不是法国人的楷模，可是在我们这里，某个萨拉托夫牧师的当中学教师的儿子写了篇东西，说为了民族的未来最好学会在钉子上睡觉，于是全国就有一半人开始在钉子上睡觉。"他这里所说的"萨拉托夫牧师的当中学教师的儿子"指的是车尔尼雪夫斯基，而"在钉子上睡觉"是《怎么办》中所写的内容。皮叶祖赫创作了一系列探讨文学与生活之关系的小说，其中往往借用传统的文学模式，描写现实生活中的人仿效文学人物去生活的荒唐可笑。这些作品大多是悲剧或者是闹剧，作者也是带着讽刺态度去描写的。那么，在后现实主义小说中为什么要采用这种文化联想的方法呢？

后现实主义小说对经典的仿写或者其中令人联想到的作家形象，也是为了给自己和自己作品中的人物寻求在这个混乱世界中的支柱。正像 19、20 世纪之交的现代主义利用文学传统来抵御恐惧一样，今天的后现实主义在对传统的继承中，在对经典作家经历的模拟中，带上文学人物的"面具"，穿好经典作家的铠甲，保护自己在存在的混乱中免受孤独的伤害和失措的困扰，完成自己在文本和现实中的历险。

以德米特里耶夫的《归途》（2001 年）为例。这部中篇小说描写了"我"的一位保姆的一段特殊经历。一个晴朗的夏日早晨，保姆去商店买面包等东西，在偶然碰到的几个熟人的怂恿下，这位还不知道普希金是何人的玛丽娅乘车来到离市中心很远的地方——普希金山，在那里郑重其事却又傻乎乎、醉醺醺、充满激情和快乐地庆祝了"米哈伊洛甫斯科耶的囚徒"、当地的偶像和天才——普希金的生日。狂欢和痛饮过后是身无分文的醉后的孤独。同伴消失了，只剩下玛丽娅自己徒步踏上了几百里路的"归途"。路上她用自己仅剩的几十戈比买了本普希金诗集，想以此为证据防备主人的怪罪……她当然不是普希金的保姆，但她看顾过的男孩"我"，也就是日后的作家正是照着这本书开始了他人生的启蒙。并不是说家里没有其他普希金的书，只是因为这本书太廉价了，即使被孩子撕坏也不会可惜。书在搬家时遗失了，但多年以后作家还记得封面上普希金的自画像，还在努力想象保姆玛丽娅那并不平坦的“归途”……

小说看上去情节简单，也没有什么重大的意义。实际上我们发现了萦绕在整个情节中的普希金的形象。普希金和他的保姆与小说中的作家和他的保姆构成有趣的对比。众所周知，普希金在俄罗斯文学中是一个独具特色的神话。普希金的创作被视为最优秀的文学遗产，普希金的形象就是具有无穷无尽创作潜能的天才。他被作为俄罗斯文学唯一的创立者来理解，所有后来者都是他暗淡的影子。而且他还具有破解生命和死亡秘密的天才，他的意义远远大于一个诗人。所以普希金被许多作家尊为在这个不稳定的世界上唯一的支柱也是当之无愧的。《归途》这部作品能够获得当代颇具威望的阿波罗·格里高利耶夫文学奖说明了普希金的力量，其作者德米特里耶夫在文学道路上所表现出的坚定、自由、独立也许正缘于此。

“互文性”增加了后现实主义作品的阅读难度。相比传统现实主义小说的明白易懂，后现实主义作品显得有些深奥晦涩。总之，“是一部写给非常专业的圈子看的非常专业的小说”①。但是从另一方面讲，这类作品能够引起人们的联想，提醒人们牢记传统，同时也激发人们的想象力，对人们的创造性智慧力量提出了挑战。

五　大众文学因素的借鉴：使严肃文学通俗化

后现实主义文学不仅对其他文学流派的艺术表现手法广纳博采，而且也对大众文学的一些元素进行借鉴，实现严肃文学与大众文学的对接。我们知道，大众文学大致有幻想、侦探、言情、历史等题材，这些题材的表现方式在今天的俄罗斯后现实主义小说中几乎都不同程度地存在。

斯拉夫尼科娃的长篇小说《2017》堪称大众文学与严肃文学结合的典范。小说讲述了这样一个故事：2017 年初夏的一天早晨，钻石切割工克雷洛夫赶到火车站为前往北方森林探宝的安菲洛果夫教授送行。在穿梭来往的人群中，克雷洛夫的目光被一位衣着轻盈、气质脱俗的陌生女郎深

---

① Мария Ремизова. Тёмный коридор. Путешествие по подсознанием Владимира Маканина//Независимая газета，20. 05. 1998.

深吸引。片刻忘神之后，他才发现女郎同样是来为教授送行的。火车载着教授和他的助手渐渐远去，克雷洛夫与陌生女郎的罗曼史也缓缓展开。

克雷洛夫具有一种罕见的天才：在未经打磨的石头中发现宝物。从童年起他就被透明纯净的东西吸引。成年后他练就了高超的切割石头的技术，从而开始追随安菲洛果夫教授做起非法盗矿、贩卖宝石的生意。但他并不满足于此，因为他看到了事情的局限性。他希望像发现透明的宝石那样最终使存在的意义清晰明确。与前妻塔马拉的婚姻使克雷洛夫看到了一个污浊的、散发着腐臭气息的金钱与权力的世界。他渴望拥有纯粹的真正的爱情。邂逅塔尼亚后，两人都不约而同地互相逃避留给对方自己的任何信息，甚至隐瞒各自的真实姓名。他们每次见面都只预约下一次见面的时间和地点，但凡有一次一方失约都将使两人永远失去联系。克雷洛夫在这样充满变数的恋爱中期待不变和永恒，也试图通过这样的方式追寻命运的踪迹。

教授安菲洛果夫则是一个谜一般的人物：一些人认为他是干巴巴的严厉的教师，一些人认为他是浪漫的盗矿者的中坚，还有人认为他是在黑市上贩卖东西的精打细算的生意人。在其众多的随从中没有一个人敢于夸口说他知道教授的真实面目。他虽然富得惊人，在国外银行里都有巨额存款，却住在一处又小又破的房子里，那里珍藏着他那些价值连城的收藏品。他对变形的结晶体最感兴趣，也就是说，他喜欢的是有瑕疵的、畸形的美。他放下万贯家财，冒着生命危险一次次深入莽林，与其说是为了赢利，不如说是要穿过了无生气的现实存在而进入一片自由天地，在存在的边缘直面真实。

最后，教授及其随行者在又一次探险中被失败折磨，口粮用尽，精疲力竭；而克雷洛夫在一次与情人的约会中失散。为庆祝十月革命胜利一百周年，市里举行盛大的化妆表演，没想到竞演变成一场枪击流血事件。这对恋人被失去理智的人群冲散。克雷洛夫经过长久的痛苦的寻找，终于找到了情人并提出带她出国，然而这时的塔尼亚已经得到了一笔巨额遗产，她无情地拒绝了克雷洛夫的怀抱。

一个飘着雪花的早晨，克雷洛夫与同伴一起来到火车站，没有人为他们送行。

小说最突出的特点是各种题材和风格的奇特组合，其中包括大众文学元素的巧妙融入。它不仅为我们描绘了一幅鲜活生动的当代社会生活画卷，而且把远古的乌拉尔传说和对未来的幻想融入其中。透过这个光怪陆离、神秘多彩的世界，作者探讨的依然是俄罗斯经典文学不断追问的存在与信仰、生命与爱情等人生重大问题。针对有些评论家将这部作品归入反乌托邦小说的提法，斯拉夫尼科娃回应道："我的书不是反乌托邦，反乌托邦是关于别人、关于未来人的。而《2017》是关于我们的。2017 年就是 1917 年在镜子里的反映，至于是怎样的反映，我们现在还不知道。但我们清楚 1917 年提出的那些问题依然存在，依然没有答案。我们将怎样度过那个日子？我的小说没有给出答案，只是提出一种假设。我觉得虽然问题依然存在，但可以用最好的、最和缓的方式解决。"[①] 对于小说对爱情主题非同寻常的处理方式，作家解释道："当代人对爱情的信念似乎被摧毁了。人们不相信自己能够爱和被爱。现在人们谈论的是'做爱'，而不是'爱'。所以我的人物每次都在检验自己和对方。他们每次都想核实这是否是真正的爱情。我想通过这样的情节呼唤对真正的情感的信任。"[②] 小说拼花图案一般的语言风格，精英与大众文学完美的结合使其达到了雅俗共赏的目的。

另一位严肃作家安德烈·德米特里耶夫也一改以往风格，在追求文学的社会意义与娱乐功能之间寻求平衡。他的长篇小说《快乐湾》（2007 年）更像是一出紧张而扣人心弦的戏剧：生活在莫斯科的中年男人斯特列穆辛是一个自由编辑。2000 年初他从去世的母亲那里继承了一套位于别戈瓦亚的房子。他把这套房子卖掉，回到自己位于奥德斯卡娅的住所中。

斯特列穆辛在母亲的遗物中发现了父母当年的通信，知道了他们之间感情的真相和自己的身世。这令他陷入一种忧郁的情绪中。正当他想尽办法打发这段悲伤的日子时，忽然接到了小学同学的电话，约他到莫斯科郊外的一处叫做"快乐湾"的地方聚会。虽然斯特列穆辛早已不记得这些小学同学的姓名及面容，但他还是欣然答应并做好一切准备，坐上了开往"快乐湾"的航船。

斯特列穆辛不知道，这是几个不得志的中年男女所设计的一场骗局。原来，为他办理接受遗产手续的律师把他有两套房子的事告诉了自己的熟

① Ольга Славникова "2017", книжный угол, www. svoboda. org, 10. 12. 2006.
② Там же.

人——一个刚刚出狱的公证员。公证员和两个同样落魄的朋友及女同学玛伊娅碰到一起，商量出一个非法获取钱财的计划：冒充斯特列穆辛的同学，约他到莫斯科郊外野餐，把他灌醉后毒打一顿，迫使他在公证员备好的假合同上签字，同意把房子赠给他们。得到房子后即刻卖掉，赚的钱五个人（包括律师在内）平分。

"快乐湾"位于莫斯科近郊的彼罗果夫·科里亚思门斯克水库边，是一处非常有名的休闲游乐圣地。斯特列穆辛带着羊肉串及烧烤工具如约来到这里，却不认识所谓的"同班同学"。四个骗子因为堵车迟到，而且他们也不认识斯特列穆辛。双方都开始在这块像孤岛一样的地方四处转悠，被卷入各种惊心动魄的事件。最后作为骗子之一的玛伊娅爱上了斯特列穆辛，并且知道了他就是他们试图加害的对象，于是退出这个小组，几个人的计划最终没有实施。

小说发生的地点是"快乐湾"，最后一班连接"快乐湾"和莫斯科之间的航船已经离去，使这个地方成为一个与外界失去联系的封闭的世界。在一天的时间里，各种人物怀着各种目的会聚到这里，有开饭馆的亚美尼亚人和阿塞拜疆人，有来此写生的贫穷的画家，有执行任务的特警队，也有挑起事端的法西斯分子。富有感染力的描写使读者仿佛与主人公一起置身在莫斯科郊外迷人的风景中，听到了水库边此起彼伏的浪花拍岸声、来自浴场的尖叫声、脆生生的咀嚼薯片声、啤酒的嘶嘶冒泡声，经历了一场有惊无险的遭遇，明白了在风光、喧闹的"快乐"背后，隐藏着多么大的痛苦和无奈，而要想拥有快乐，需要付出多么大的代价；同时也思考起"什么才是真正的快乐"这样的问题。

由此我们可以看到，在市场的严峻考验下，大众文学已经在不同程度上影响到当下俄罗斯文学的叙事策略，由此而产生了一批既传承文学优秀传统、继续对经典文学中提出的永恒问题进行不倦探寻，又在故事内容上加入通俗化的情节，叙述方式上增添悬疑感等大众文学因素的作品。但这些作品创作的初衷不是消遣，不是希图用惊险刺激的情节吸引读者，用超乎寻常的幻想来逃避现实，它们对现实的深刻揭露，对历史的沉痛反思，它们视野的广阔、叙事的精巧细致等都远非大众文学能够比及。

六　后现实主义小说人物的边缘化

后现实主义所塑造的人物大多具有非英雄化的特点。与批判现实主义文学中积极果敢、用自己坚定明确的行动来反抗社会的人物不同，后现实主义人物大多远离社会，长于思考却消极无为。也许这些一反传统的非英雄正是作者心目中的时代英雄。马卡宁在《地下人，或当代英雄》中引用莱蒙托夫小说《当代英雄》里的这段话作为题记是颇有深意的："当代英雄确实是一幅肖像，但不是某一个人的肖像：这是一幅由我们这整整一代人身上充分滋生开来的种种毛病所构成的肖像。"确实，在我们所看到的后现实主义小说中大多是这种充满了人性之弱点的人物。评论家们有的称之为"间隙人"（промежуточные），有的称之为"异域人"（экзотический），有的称之为"边缘人"（маргинал）。在许多研究者的文章和专著中发现和指出了这一现象。K. 戈尔多维奇在专著《20 世纪祖国文学史》中指出："当代批评中有一种观点几乎得到公认，即在当代文学中没有英雄。作品的中心人物都是拥有不成功的命运、在生活中输掉了的人，找不到自我的人。"[①] 阿·梅列仁斯卡娅提出当代小说中出现了与社会主义现实主义作品中完全对立的人物：代替社会的先进分子的是社会的精神上的边缘人，代替胜利者的是失败者，为共产主义的崇高目标而斗争被忙碌地解决日常生活琐事所代替，由对未来充满希望的乐观主义转向认为生活毫无出路的悲观厌世，集体主义精神被清高和孤独所取代……[②] 喀山大学丽·纳斯鲁特金诺娃在其副博士论文《20 世纪 80—90 年代俄罗斯小说的"新现实主义"》中对"边缘人"现象进行了全面论述。著名评论家米·别尔克的观点是，发生了"对英雄的解构，对心理小说中典型人物的偷换"。"他认为对于过去的人物读者能够有共同感受（因为理解他，就能设身处地为他着想），而现在的人物则具有'异域'的特点，你无法同情他，因为在他们身上反射出的是阴郁的畸形人。"

根据丽·纳斯鲁特金诺娃在副博士论文《20 世纪 80—90 年代俄罗斯小说的"新现实主义"》中的分析，这些人物不仅是文学虚构的结

---

① Гордович К. Д. История отечественной литературы XX века. Санкт - Петербург, Изда - во Спецлит, 2000, С. 284.

② См.: Мережинская А. Ю. Художественная парадигма переходной культурной эпохи: Русская проза 80 - 90 - х годов XX века. Киев, Киев. ун - т, 2001.

果，而且是现实中确实存在，并且在苏联解体前后开始大量增加的“非正常生活状态的人”。她认为，“非正常生活状态”不是文学研究上的一个词，而是从社会学引入的。当代社会学已经清晰地分析了这种“非正常生活状态的人”，研究了他的起源和形成过程。根据苏联国家统计委员会资料，80 年代有四种经济就业领域占据同样的位置：工业、农业、服务贸易业和社会文化业。到了 90 年代，从事工业和农业领域的人流失加重，当代社会的经济基础扩展了“非专业服务人才”这个阶层，社会流氓化的现实特征不断突出。这种变化又导致整个国家的迁徙热潮：其中主要是从郊区到城市或者反之的劳动迁徙。这些都使社会上典型的非正常生活状态的人越来越多。这些人大多具有典型的“边缘”、“棚户”的主观文化心理。他们由于种种原因与自己本来生活的、他们自认为隶属于其中的圈子失去了联系，于是必须适应变化了的情形，找到生活的新道路。他们开始沉重地寻找生活的意义，寻找在这个不可遏制地变化着的世界上的支撑点。如阿尔别尔特·施威策尔所认为的那样，这一代人不是以他们出生时的那套哲学生活，而是以上一个时代所赖以建立的哲学生活，因为世界上没有比世界观更具有惯性的了。他们都有着不成功的命运，对未来没有信心，没有稳固的生活基础。大多数人物失望和悲观的原因在于：他们生活在旧的道德体系、旧的理想将要逝去的时候，它们的幻影还能使他们痛苦，但已经不能支撑他们。利波维茨基提出用“存在外”这个词确定此类人的生存状态。所谓“存在外”就是一种处于存在和非存在之间的现实。从这个意义上说，边缘性可以说是当代社会的一个特征，指的是旧的世界观已经颠覆，而新的还没有建立起来的一种生存状态。这种具有传统文学内涵的思索思考型人物通常是在上层建筑领域，比如诗歌、科学、哲学这些文化领域能够找到。他们不单纯是搞创作的、具有边缘化职业的人，而且是俄罗斯的流氓知识分子，不能全部实现自己的精神和创作力量的人。虽然他们的命运各不相同，生活经验和智力水平迥异，但都把自己的边缘性看作生活的赐予，把自己的心理问题作为社会特殊状态的风向标。他们习惯于把混乱看作生活的常规，看作存在的氛围，而不是吓人的深渊，不是痛苦和患难的渊源。因此可以说，边缘人是当代的典型人物。关注边缘人形象允许小说家不仅反映现实的社会进程，也可以对当代人的行为特点进行有特色的分析，深入他的心理，有时甚至是下意识的秘密。

《河湾》（1995 年）中的医生斯涅特科夫就是边缘人的典型。安德烈·德米特里耶夫的中篇小说《河湾》渗透着暴风雨来临前的感觉，灾难的感觉，表面看起来却风平浪静。在郊外的大山上，坐落着一所肺结核病儿寄宿学校和一个阴暗潮湿、挂满铁护窗板的博物馆。小说中的几个主要人物因为不同目的相遇在这里，在这似乎与世隔绝、而人人都带着外部喧嚣世界的创伤躲避于其中的孤山上，特殊的际遇使每个饱受心灵之苦的人敞开心扉一吐积郁。主人公斯涅特科夫医生有着俄罗斯知识分子特有的善感、忧患但又脆弱、孤傲的心。他苦于自己能够救治学校里孩子们身体上的疾病，但对他们内心的疾病却无从救治。“实际上他们全都是弃儿。我可以使他们康复，但我无法使他们的生活康复，我不是保姆，我甚至不善于同他们交谈……”他们幼小的心灵蒙上了成人世界的阴影，他们难以治愈的疾病正是残缺的成人世界的折射。就连医生自己都无法挣脱个人的心灵重负：他交往了三年的乖戾女友莫名其妙地同别人结了婚。从此他喝酒买醉，频繁更换女友。山上从总务主任到司机、女工都偷窃孩子的食物，药品中断，设备陈旧，医德匮乏，周围的一切都像这座大山一样在坍塌。但他还有良心，他并没有绝望，在他冷冰冰的外表和干巴巴的话语后隐藏着热爱孩子、痛惜孩子的心。男孩斯米尔诺夫每被父亲领回家一次都会病情加重，于是当这位父亲再次要领孩子下山时，他让孩子去躲到一个谁也找不到的地方，等叫他时再出来……另外，《夜晚时分》中已经步入老年、靠偶尔的演讲挣点钱的女人、《地下人，或当代英雄》中的主人公彼得罗维奇等都具有边缘人的特点。

后现实主义作品中的人物复杂而多变，他们身上既有和俄罗斯文学经典的“小人物”、“多余人”相似的一面，又有很大不同。经典中的“小人物”善良勤恳，对生活充满美好的向往，他们的不幸命运令人唏嘘，令人同情；而在后现实主义作品中，同样是小人物，本身却满是矛盾和缺点。他们对自由的执着追求令人钦佩，而他们的悲观厌世和犹豫不决却又可憎可恨。在现实社会中找不到自己的位置、拥有深刻的自省和忏悔意识，这是后现实主义人物与 19 世纪俄罗斯文学中“多余人”形象的相似之处。所不同的是，19 世纪的“多余人”对现实不满，总是矛盾痛苦于自身的“多余”感，但同时他们又贪恋甚至沉溺于现实生活无力自拔，因此他们必将无法逃脱退出历史舞台的命运，作者对他们大多采取批判态度。而后现实主义中的“多余人”却是当代社会中不容忽视的一批人。

他们视自己的边缘性为生活的恩赐，也可以说这种边缘性是他们自我选择的生存状态。他们反对现存的世界形式，认为现实就像一个噩梦，他们自身被迫生活的世界，他们所出生的时间和地方都与理想的世界相去甚远。他们觉得周围的生活都是多余的，于是“多余人”在“多余的”生活中更显突出。他们幻想其他的更好的生活，从思想上或者行动上探索更好的生存方式。也许他们没有什么社会地位，甚至连生活都难以保障，但他们却以自己守护自由的坚定精神在社会意识领域起着不可小觑的作用。《地下人，或当代英雄》中无论是“新俄罗斯人”洛维亚尼科夫，还是已经退出“地下”存在状态的济科夫都对彼得罗维奇怀有敬畏之心就是一个明证。所以作者对这样人物的态度是有些欣赏甚至推崇的。

另外，后现实主义中的人物经常被抽象化，成为一种象征和代表。比如在瓦尔拉莫夫的中篇小说《诞生》（1995 年）里，男女主人公都没有姓名，作者只简单地称他们为“男人”和“女人”。“女人”和丈夫结婚多年没有怀孕，而且他们的关系也每况愈下。“婚姻已成为一种习惯，往日的激情化为相互的关心，可后来就连这一点点关怀的火苗也熄灭了。”就在她决定离婚的那个夏天，她却意外地怀孕了。“男人”在科学院研究所上班，他酷爱远足，常常独自在森林中旅行，享受那份空旷寂寞。从作者的描述中我们可以看到，其实无论“男人”还是“女人”，他们的内心感受都非常丰富，他们都渴望与人交流，渴望向一个理解自己的人打开心灵的窗户。但是他们因为误解而产生隔阂，越来越疏远。丈夫开始对妻子“像冰山一样沉默”，而妻子也“只好关闭心灵的大门”。世界就是由男人和女人构成，这一对夫妻实际上代表了男人和女人的整体，从而说明了人与人之间的冷漠、隔阂。一个新生命的到来使他们重又感受到与人交流的喜悦。他们走到了一起，为了这个早产的婴儿操心忙碌，两个人心头的坚冰也逐渐消融。这意味着男人和女人终于达到了理解和沟通。而在德米特里耶夫的《河湾》中，也出现了没有具体姓名的人物：“穿厚呢上衣的男人”和“穿黑色风衣的女人”。他们有着不同的人生遭际，带着同样的心灵创痛来到山上。他们更像是两个意象，在小说情节发生的舞台上起到陪衬和烘托的作用。在《地下人，或当代英雄》中，主人公彼得罗维奇并非现实中的某类人物，而具有更多的文学试验性。他是一个文学人物，令人想起俄罗斯文学史上塑造的种种形象：多余人，被侮辱、被损害、被抛弃的典型，穷困潦倒却又多思的知识分子，不断自我反省的哲人型杀人犯。

总之，后现实主义既秉承现实主义关注社会、批判现实、呼求人的自由与解放的精神实质，又吸纳了一些存在主义思想和后现代主义、神秘主义的表现手法，反映了当代俄罗斯知识界的现实状况，传达出知识分子的独立精神和自由思想。后现实主义作家没有失去俄罗斯文学素有的责任感和使命感，在经历了文学为意识形态服务的年代和众多的世事变迁之后，这些作家被后现代主义的某些思想深深打动。也许可以说是后现代主义思想恰恰迎合了他们心灵深处的改变。正如福柯所说："知识分子正在放弃他们过去预言家的功能。……不仅是他们对未来做的判断，还包括他们一直渴望的立法功能：'想知道什么是必须要做的，什么是好的跟我来吧。在世事的混乱纷扰中，有我来为你指路。'"① 这批人认为作家不可能再以整体代言的身份、以宏大叙事的方式去进行关于国家和人类存在的预言。他们更多是从相对主义出发去认识世界，以开放的心态面对混乱的现实，而并不追求统一的价值观念。维克多·叶罗菲耶夫在他所编选的小说集《俄罗斯的恶之花》的前言里谈道："世纪末的文学失去了集体的可能性。它从标准转向伪经书……"② 这样的总结也许失之偏颇，但用在后现实主义这种文学现象上比较合适。而另一位评论家丘普里宁也说："失去了弥赛亚意识，随之大思想、大任务的文学也远去了。"③ 作家在作品中不想灌输给读者什么观念或者真理，不提出普遍的真理主张，因为他们自己都怀疑这样的真理是否存在，或者本身就在探索这样的真理的道路上。作品的任务似乎就是真实地铺陈现实，给出各种选择，让读者自己去判断取舍，顶多也就是带领读者一同去探寻。在反映内容上，后现实主义有别于批判现实主义对社会背景、人的普遍生存感受的描绘，对个体的生存感受（包括生命最原初的感受）细致体察。在批判现实主义作品寻求整个民族自由之路时，后现实主义更多关注个人的自由。一个主题萦绕在这些作品中，即如何在不同的社会政治环境中（过去是违反人性，苏联解体后又是令人惊慌失措的混乱）自我确定和找到自己的行为准则。《地下人，或当代英雄》、《合上的书》等作品都涉及了这一主题。许多研究者发现了

① 瑞金斯、福柯：《权力的眼睛——福柯访谈录》，严锋译，上海人民出版社 1997 年版，第 48 页。

② Ерофеев В. Русские цветы зла. М.，Издательский Дом "Подкова"，1998，С. 13.

③ См.：Павлов О. Метафизика русской прозы//Октябрь，1998，№1.

这一点并且给予研究。彼尔姆师范大学的玛丽娜·阿巴舍娃的专著《寻找面孔的文学》[①]、文艺理论家卡连·斯捷班尼扬的文章《存在与非存在的关系》[②] 都对这个问题展开了讨论。在表达方式上，在许多后现实主义小说中看不出作者明显的倾向性，而是表现出一定程度的客观性。作者好像保持一种漠然视之、无动于衷、旁观无奈的消极态度。叶·奥瓦涅相指出："出现了一批文学家，冷酷无情的中立成为他们的'创作'原则，这种冷酷无情几乎与残酷交界——无论是对自己描写的人物，还是人物与人物之间，或者是人物对社会生活的态度……"阿·古雷卡总结道："关于生活的神圣感消失了。对死亡的神秘性的印象毁灭了。死亡成了简单的医学事实。不管是谁被拿掉内脏——鸡或者是人，都无所谓。"连评论文章都变成了这种题目：《解体的创作者》、《丑陋人的天堂》、《在打碎的洗衣盆旁边的思索……》等等[③]。但是另一方面，每当遇到关于人类自由、个人尊严等根本性问题时，作者往往积极出面，表现出自己鲜明的态度。从这里我们可以窥视出作者内心对于现实的抑郁、愤懑之情，以及面对这种现实无能为力、只好退而求其次的明哲保身的消极立场。这与拉斯普京作品中洋溢的激情、或褒或贬的鲜明态度以及人物用生命去换取尊严的激烈决绝形成强烈的对比，在一定程度上显示出知识分子的特点。

与这种创作态度相关，作者的叙事原则也与批判现实主义的独白主义不同，而采取平民化的叙事立场。作家的角色改变，从"人类灵魂的工程师"、社会良知的代表变成了普通人，而且常常是作品中的一个人物。作者权威被废除，他并不高于读者，而是以平等的身份与读者开始进行对话。由于取材的自我经验性，许多作品以第一人称叙述，自省和忏悔意识浓厚。与批判现实主义作品对读者准确传递信息、抑制含糊性不同，后现实主义文本是相对开放的文本，其意义有些含糊，为读者解释提供了多种可能性。

在所塑造的人物方面，后现实主义着力表现当前社会中知识分子的生

① См.：Марина Абашева. Литература в поисках лица. Пермь，Изд－во Пермского ун－та，2001.

② Карен Степанян. Отношение бытия к небытию//Знамя，2001，№3.

③ См.：Насрутдинова Л. Х. Диссертация на соискание учёной степени кандидата филологических наук：《Новый реализм》в русской прозе 1980－90－Х годов（Концепция человека и мира）. Казанский ун－т，1999.

存状态，揭示他们既为国家忧患又软弱无力、犹豫不定的心态。这样使一些后现实主义作品读来令人沉重，不能催人振奋，给人力量。

后现实主义小说的兴起表明在新的社会历史条件下，作家拥有了绝对的创作自由，他们呈现给读者的不再是要经得起意识形态上考验的作品，而是没有制约、没有特意被遮蔽的自己，因而是在艺术空间里被展示出来的真实的存在状态——这也就是通常所说的艺术的真理。小说中所拥有的那种自由，用布拉特·奥库扎瓦的话来表述就是，他的写作就像他的呼吸一样，不去努力迎合什么。任何迎合——不管这种迎合是媚俗，还是附势；也不管这种迎合是自觉的，还是被迫——都必定妨碍艺术的自由，从而妨碍艺术揭示真实存在的使命。在这个意义上，任何迎合都是对艺术所要展示的真实存在的遮蔽。艺术的真理不是通过概念把握到的客观属性，而是在自由想象中展开来的可能性生活与可能性存在。当后现实主义小说的作者们获得了无须迎合的自由并自觉到这种自由后，文学也就从“生活的教科书”变成了生活与存在的实验室，从直白的反映，变成对真实的可能生活的展示。

第二节　《地下人，或当代英雄》：马卡宁的后现实主义创作

《地下人，或当代英雄》发表于1998年。在苏联解体后文学期刊订户很不稳定的情况下，《旗》杂志勇于将这部作品连载四期，这不仅是因为马卡宁的知名度，更是出于对小说的看好。小说一经面世就引来评论家广泛的关注和讨论，以至形成了一种“文学事件”。著名的私家出版社“瓦格利乌斯”（Вагриус）很快就出版了小说单行本。

小说长达五百多页，是马卡宁迄今为止最长的一部长篇小说，它标志着马卡宁创作的最高峰。它对作者在此前创作中一直关注的人性善恶与个性自由主题作了总结性思考，同时对各种艺术表现手法进行了最为大胆的试验，堪称作者的一部集大成之作，也是后现实主义文学的一部代表性著作。

小说由一个年过半百、早已搁笔的作家关于时代和自己的独白构成。主人公彼得罗维奇是一个没有成就的文学家。他在90年代初苏联解体后的时代，过着可怜的生活，没有住房，无以为生，只好为过去苏联时代公

共住所里的人家看门。他和地下艺术家们交往，和形形色色得意或者失意的女人苟合，还时常到精神病院看望自己的弟弟。为了捍卫自己的尊严，他曾经两次杀人，终因无法承受内心的压力而发疯，于是步弟弟的后尘被送进了精神病院。在医院里他作为谋杀嫌疑犯经历了许多艰难的试验，却最终没有说出真相。于是主人公又回到自己门卫的角色中去了。所有这些变故都伴随着大量主人公对时代和自己的反省。小说在多层次隐喻的运用、后现代主义与现实主义表现方法的结合、人物现实性与实验性的兼备等诸多方面体现了后现实主义的鲜明特色。

一 从局部走向整体——多层次的隐喻

隐喻是比喻的一种，它的本质特征在于：在相似性的基础上，以一种事物比照另一个不同领域或者世界里的事物，目的就是更好地理解和把握另一事物。所谓"言在此而意在彼"。在隐喻中，喻体是明而本体为暗，作者所指是什么、指向谁、喻示什么都没有明说。德国哲学家卡西尔认为隐喻就是以一个观念迂回地表述另一个观念的方法，即：有意识地以彼思想内容的名称指代此思想内容，只要彼思想内容在某个方面相似于此思想内容，或多少与之类似。隐喻这种假定性形式在七八十年代的苏联小说中已经广泛采纳。我国学者石南征在其专著《明日观花——七八十年代苏联小说的形式、风格问题》中将隐喻作为广义象征形式的一种加以分析，并且指出："严格意义上的比喻很难成为一种小说模式，因为小说在整体上不能沦为观念的简单图解。但这并不妨碍比喻作为局部形象进入小说整体结构，更不用说作为修辞手段发挥一定的功能。实际上，有时在象征和比喻之间难以划分出泾渭界限。有的比喻出于自身形象的活力，引发出远比一般比喻更丰富多义的感悟，从而获得一定的象征性，成为一种象征性比喻或比喻性象征。这种比喻与象征相叠合的形象不仅适合于小说的局部结构，而且可以构成小说的宏观模式。"① 同七八十年代相比，在今天的后现实主义作品中，隐喻的范围明显扩大，可以说已经构成了小说的"宏观模式"，如娜塔丽亚·伊万诺娃所说的那样："把文本展开成一个统一的、多层次的隐喻。"这一点在马卡宁的作品中有突

① 石南征：《明日观花——七八十年代苏联小说的形式、风格问题》，社会科学文献出版社1997年版，第155页。

出表现。

在以往的作品中，马卡宁总是善于运用一些固定的社会意识形象来准确无误地记录时代的社会—心理特征。《透气孔》（1978 年）中的“木器”象征苏联“二战”后经过几十年的建设，物质生活富足了，但人们心中又笼罩着的那种“温吞吞的、消耗人的，同时又是柔和无望的空虚”①。《在天空和山岗相连的地方》（1984 年）中的“故乡”象征在物质文明的冲击下不断受到侵蚀的精神家园。《一男一女》（1987 年）中两个孤独却永不相交的中年男女是苏联一代知识分子的精神肖像，深刻揭示了在勃列日涅夫当政的漫长的停滞期人们普遍产生的焦虑、苦闷和失望情绪。这些形象都具有强大的隐喻力量，是整个世界的和人的心灵的形象。苏联解体后，马卡宁笔下增加了象征苏联极权专制对人们心理造成阴影的新的意识形象，如《铺着呢布，中央放着长颈玻璃瓶的桌子》中的“桌子”、《中和的情节》中的“排队情结”、《出入孔》中的“人群”等等。在《地下人，或当代英雄》这部长篇巨作中，从人物形象到他们身处的各种空间层次，都出现了数个多层次的、包罗万象的隐喻。

1. 筒子楼

筒子楼（общага）是苏联制度的特有产物，是苏联时代的公房住宅（коммуналка），那时能够得到其中的一个套房是多少人梦寐以求的愿望。改革后筒子楼也实行了私有化，但它作为苏联社会的象征，在小说中依然是今日俄罗斯人活动的主要场景。小说中大多数人物都与筒子楼有着多多少少的联系，而且也都抹不去自己的筒子楼情结。这说明人们在心理上并没有斩断与苏联的关系。筒子楼就像一个社会大舞台，上演着住户们在苏联解体前后的一幕幕悲喜剧。其中洛维亚尼科夫为保留自己在筒子楼里的一套住房所进行的精心巧妙的斗争充分说明了筒子楼的隐喻含义。洛维亚尼科夫是首先富起来的“新俄罗斯人”的代表。他是一个银行家兼房地产商，虽然年纪轻轻（才三十来岁），却已购置下四套价值近百万美元的豪宅。尽管如此，他依然竭力维护自己在筒子楼里拥有的一套一居室住房。因为他是筒子楼里的居民，“他改变了生活，但没改变他自己”②。他仍然把自己视为“筒子楼的同族”。可筒子楼里的其他居民已经把他视为

① Немзер А. Голос в горах. См.: Маканин В. С. Лаз. М., ВАГРИУС, 1998.

② 弗·马卡宁：《地下人，或当代英雄》，田大畏译，外国文学出版社 2002 年版，第581 页。

另类了。听说他发了大财，有了多套住房，他们就想："富余的平米不是可以分给住房困难户吗！——典型的公共宿舍思路。甚至在我的无业游民灵魂中也闪动了一种本性上无疑是筒子楼的情感：公平分配的情感。"[①] 因为"筒子楼的思想也是统一的……当大款就等于强奸幼女。谁也不会替大款说话"。连洛维亚尼科夫自己也"和各层楼里怒气冲天的人们一样(为财富感到有罪)"。"他……用各种黯淡的词句谈起俄国延续太久的筒子楼生活。"这实际上是哀叹自己无法摆脱的筒子楼思维，哀叹作为新俄罗斯人，在 90 年代初"取得合法地位和雇保镖的时代看来还没有到来"。筒子楼居民开始了一种"集体抢夺：他们全体一起注视着，监看着，守护着他这套小小的住宅。他们的实质就在于他们能够全体一起敏锐地感觉到这套住宅是悬在空中的，如果把绳儿再拉紧些，洛维亚尼科夫眼看就会顶不住……他们也在全体一起驱逐他"。他们千方百计想把这个另类逼走：先是把洛维亚尼科夫的看家狗"战神"用毒药害死，然后对洛维亚尼科夫屡屡进行恐吓。"各楼层公然地保持着恶狠狠的紧张气氛。"这时的筒子楼与马卡宁以往作品中的"人群"是一个含义：代表着群体意识，也代表着苏联时代的公有制。这个威严的、宣扬群众利益的法官要把一个脱离了集体的、想谋求个体自由的人扼杀掉。然而，作为一个知识型的勇敢的新一代商人，洛维亚尼科夫的手段可谓精明老辣。他充分利用了大家的筒子楼心理，假装把房子赠与主人公这个一无所有的人，"连筒子楼都不敢从这种人手里抢东西，就像他们不敢从街上叫化子手里抢东西一样"[②]。当主人公在这套被赠与的房子里住了一个半月之后，忽然有两个女人登门造访，宣称洛维亚尼科夫已经把房子卖给她们，并出示了卖房公证书。洛维亚尼科夫胜利了。"未来生意人洛维亚尼科夫的身影已经耸立在前方，在二十一世纪。" "一旦取得了合法地位，他很快会从筒子楼消失。"

2. 走廊

与筒子楼紧密相连的是走廊这个形象，它也频频出现在文本中。主人公"我"做看房人的那幢筒子楼里无尽头的走廊，关闭"我"弟弟的和

---

① 弗·马卡宁：《地下人，或当代英雄》，田大畏译，外国文学出版社 2002 年版，第 579 页。

② 同上书，第 589 页。

后来“我”也短暂停留过的“精神病院”里的走廊，堆放着主人公未刊登的覆满尘土的手稿的编辑部里的走廊——所有这些都构成了世界的统一形象。主人公的弟弟维尼亚“有一次（至少一次）见到过其形象被拉长为全世界形象的走廊们”①。所以小说文本中的走廊隐喻人的整个存在状态。“我”弟弟所处的精神病院里垂直交叉的走廊和病房组成了一个形而上的境界。弟弟在走廊里走来转去，试图寻找自己的某件东西：“他在拐来拐去的走廊里只是在寻找着他的青春和他年轻的笑呵呵的自己。”②如果把走廊比喻成人生的整个历程，那么弟弟的人生早在年轻时代就停止了。弟弟维尼亚年轻时是个朝气蓬勃、才华横溢的先锋派画家。那个时候的兄弟俩轻松愉快，对未来充满希望和信心：“在我们生活中那第一个筒子楼的交叉的走廊里，我们是一道走的，走廊的分叉没有使我们感到不安（甚至没有感觉到）……”③有谁能够料到，这样一个天才被克格勃逼成了精神病，他的后半生都是在精神病院度过的。因此精神病院里曲曲折折的走廊象征着他后半生被封闭的世界。“一间间住宅和一处处有出路或无出路的拐弯，把这个气味浓重的走廊—住宅的现实变为梦，变为顽固的幻象，变为棋盘—鸟笼的世界——变为奇异的不很可怕的超现实。结果发现人不需要更多的东西了：对于我已经够了。有这个走廊的世界就完全够了。”④看来，走廊不仅是主人公暂时安身的地方，而且也是他精神栖息的所在。它像一个迷宫，人费尽一生都无法走出来，也无法参透它的奥秘。

3. 地下与地下人

在苏联时代，尤其是斯大林和勃列日涅夫当政时期，政府对于文学艺术进行专权控制的程度达到了登峰造极的地步。在社会主义现实主义创作方法统治文坛、书刊检查机关严厉筛查的局面下，许多非常有才华的作家及其作品逐步销声匿迹，不见天日。与此同时，地下文学、地下作家、地下出版物渐渐发展起来。地下文学的历史是苦难和艰辛的历史，它充满了不屈不挠的抗争和柳暗花明的传奇经历。俄罗斯的地下文学构成了另一种

① 弗·马卡宁：《地下人，或当代英雄》，田大畏译，外国文学出版社2002年版，第32页。

② 同上书，第33页。

③ 同上书，第34页。

④ 同上。

文学传统，它和官方出版的文学形成照应，是整个俄罗斯文学史上一个不可忽视的存在。

作为在勃列日涅夫沉闷的停滞时期成长起来的作家，马卡宁对自己这一代人的经历深有感触。他本人也曾是地下人中的一分子。在20世纪七八十年代，他的作品一度屡屡遭到批判，不能在大型文学杂志上发表，所幸的是还能出书。因此马卡宁戏称自己“进入了阵亡烈士公墓”[①]。对于地下作家，马卡宁坦言：“那是整整一代人。我受他们的影响非常大。他们在创作的旺年作品得不到出版，才华被压抑；又没有工作，生活陷于贫困。现在他们的时代已经过去，他们就这么悄无声息地沉寂了。我与他们的不同之处在于我没有停止写作。如今我出名了，他们骂我，我也不生气，因为我敬佩他们。他们曾经是非常强大的一批人：无论是人格上，还是写作上。”[②] 因此可以想见，描写地下人所经历的时代变迁，揭示地下人的真正含义及其在俄罗斯文学史和今天社会生活中的地位，是马卡宁——这个依旧坚持创作的老地下人的宿愿和当仁不让的责任。尤其是在今天，随着苏联解体所带来的出版体制的商业化，地下文学的内在精神、独立的价值尺度和美学趣味在不断面对商业社会的挑战。当地下人以“地下”为炫耀去沽名钓誉的时候，已经背离了“地下”的真正含义。马卡宁敏锐地感受到地下文学以及地下人在当代社会中所受到的强烈冲击、它已经和将要发生的变化，希望通过自己所塑造的人物来探讨地下人的真实内涵、真正品格和生存方向。

“地下人”这个词令人想到的是陀思妥耶夫斯基《地下室手记》中的主人公，不过马卡宁没有使用俄语“подполье”，而是使用了英语“underground”的音译。“地下”既是人物的存在（包括现实生活和精神存在）形式，也可以引申为一代人乃至俄罗斯整个民族的思想模式。在小说中，“地下”首先被理解为文学的地下，是不发表作品的彼得罗维奇和与他一样的作家及艺术家的一种文学存在方式。这种存在还是“具有独

---

① 参见侯玮红《21世纪的文学是形象和思维的体系——马卡宁访谈录》里马卡宁的谈话：“相比之下出书要容易些，而要在杂志上发表东西就难多了。检查机关每一页都仔细查看，每一页都要盖上大印才能送去出版。你一定知道‘进入阵亡烈士公墓’的说法吧？指的就是不能在杂志上发表作品，而只能出书的作家。我就是这样。”《外国文学动态》2003年第6期。

② 侯玮红：《21世纪的文学是形象和思维的体系——马卡宁访谈录》，《外国文学动态》2003年第6期。

特的行为纲领和道德准则的主体文化”[①]，正如小说中表述的那样：“阿地(即‘地下人’——引者注) 除了荣誉什么都没有。”[②] 在《地下人》这一小节中，作者对地下人进行了深入思考。他把茨维塔耶娃算作地下人的先驱：“人有彼类和此类——她属于彼类而不属于此类。她属于过去和将来都是地下人的那一类——他们能在无光处看见东西。甚而越无光亮越看得清楚。沉默也将我们引向遥远……”对于今天的地下人，作者认为：“产生于莫斯科和彼得堡的地下一族——也是一种文化遗产。意思是就其继承性来说，除了他们的文本，除了书，他们这些人本身，这些活人，也是一种遗产。可能这是遗产中小小的一部分，然而却是最人性的（人格化的）一部分；是遗嘱的内容之一。像一笔没有挥霍掉的资产。”曾几何时，地下人还是一支文学大军，但是现在已经是“征战之后的剩余人马了：缺胳膊短腿的、衣衫褴褛的乌合之众，百万雄师的残兵败将”[③]。“生物学的衰老，以及时间本身（变化多端、充满诱惑的戈尔比的时间）使我们许多地下人风流云散——已经是单枪匹马，形单影只，已经步入穷途”[④]。那么，今天“地下”的含义是什么？随着情节的发展，“地下”的定义在整部小说中不断扩展和深化。彼得罗维奇自己和近在他身边的人都在不断重新阐释这个概念：地下存在被定义为存在主义的选择；“地下人是社会的潜意识。地下人的意见无论怎样都是集中的。它无论怎样都是有意义的，有影响的。即使它永远（哪怕以流言的形式）也不会出现在光天化日之下”[⑤]。小说中描写了今天几种地下人不同的生存状态和命运：主人公彼得罗维奇、他的弟弟、奥博尔金、斯莫利科夫和济科夫等。其中每个人的人生遭际都阐释出地下人的一种可能，作者正是在这多种可能性中寻求“地下”的确切含义。

彼得罗维奇的弟弟维尼亚是地下人不屈抗争的代表。早在大学时代，他就在绘画方面显露出过人的才华。“他在任何一块硬纸上用铅笔、炭笔

① Марина Абашева. Литература в поисках лица. Пермь, Изд - во Пермского ун - та, 2001, С. 63.

② 弗·马卡宁：《地下人，或当代英雄》，田大畏译，外国文学出版社 2002 年版，第 323 页。

③ 同上书，第 605 页。

④ 同上书，第 626 页。

⑤ 同上书，第 633 页。

在一分钟——半分钟！——之内作画的本领，像天才的绝活，像魔术，让人们惊叹不已。”[①] 由于画里存在的前卫意识，克格勃怀疑他是个持不同政见者，对他进行多次传讯。其实他根本不认识那些持不同政见分子。但是因为年轻气盛，因为恃才傲物，维尼亚和当局玩起了危险的游戏。笑眯眯的维尼亚用他尖刻的言辞一次次把克格勃分子惹翻。“他们这种令人奇怪的不吵不嚷的，鸡零狗碎的，黏土一样的，似乎没事同时又是包藏祸心的审问，不是个小坑，已经是个大坑了！”然而维尼亚却掉进了自身优越感的陷阱里，浑然不知。他的挖苦、他的嘲笑，最终把侦查员激怒。侦查员没有把他当成持不同政见者，而是开始用对付持不同政见者的手段对付侮辱了自己的“我”的维尼亚了。手法很简单，只须在审讯记录里写进什么就可以把维尼亚带走，对他进行强制治疗。通过医生向他的“我”全权入侵。几个疗程下来，维尼亚就成了精神病院永久的住户。从风华正茂到白发苍苍，维尼亚在精神病院度过了二十年，他的记忆永远留在了童年。对于弟弟的遭遇，彼得罗维奇总结是因为他的反抗。“维尼亚要是好好发展自己的天赋，过着遗世独立的生活，是可能逃过劫难的。……他可能成为一个从容不迫手法细腻的肖像画家。或者更可能的是成长为一个地下的前卫艺术家，当局会害怕用手触动他。”[②] 维尼亚的“我”虽然神志不清，但地下人的品格没有变。在小说的最后一节《韦涅季克特·彼得罗维奇的一天》中，维尼亚尽管精神病发作，但没有忘记自己的“我”的尊严。在被护理员挟持时，他的喊声震人心魄：“你们不要推，我自己走！”“甚至挺直了身躯，他是骄傲的，在这一瞬间是俄国的天才，他被摧残，被侮辱，被推搡，一身粪便，可是仍要说你们不要推，我会走到，我自己走！”[③]

奥博尔金是地下人悲惨命运的代表。他是个“真正有爆炸性，有天才的人物”。“我国思想界若能重视他，若能放开他的手脚，他可能早已以他的不可思议的语言形式研究轰动世界了。”但是“高处不胜寒”，他独一无二的探索精神最终被埋葬。在四十至四十五岁时他的狂热想象已经逐渐转化为病态的谵妄。五十五岁时中风去世。当别的地下人问及他的手

---

① 弗·马卡宁：《地下人，或当代英雄》，田大畏译，外国文学出版社 2002 年版，第 103 页。

② 同上书，第 106 页。

③ 同上书，第 669 页。

稿时，他的卖冰激凌的老婆回答说“死前全毁了”，“人死了，要烂纸干啥！”奥博尔金也曾做过各种努力想使自己的东西面世，却终未如愿。而另一位地下人科斯佳·罗戈夫，编辑部的退稿通知使他在精神上受到极度的折磨，一条倔强的汉子最后崩溃了，疯狂了，竟然在自己的家里上吊自杀。由他们的经历彼得罗维奇反观自己，想到自己收到的一百多封退稿信，想到别人对自己的评论：“说退出也是一种精致的自我欺骗，说在这样的沉默中抚育自己的后文学的‘我’——也是一种半疯癫。”于是彼得罗维奇这个写作者“自愿地沉默了。没有哪天写出过一行字”[①]。

而斯莫利科夫和济科夫可以算作浮出地面的人，也可以说是尝到“地下”甜头的人。斯莫利科夫已经成为文学名人，却时常邀请昔日朋友相聚，“怀念一下过去的时代，我们的青春岁月——地下人的生活”[②]。而过不了几天，他就会在电视、广播或者报纸上生动详尽地把地下人之间的谈话全部兜出来。原来，他已经把自己曾经是地下人的身份、把现在与地下人的交往当作了一种荣耀和可以零售的生意。但在彼得罗维奇眼里，斯莫利科夫心里依然存在着暗藏的惶恐：“任何一个当今名流都有的惶恐，他明白他的言论、文本、名声（连同他本人）都是稀松平常，微不足道的，全靠电视屏幕和在那上面经常的亮相在把什么也不是的东西变成像是个什么的东西。”[③] 其实，斯莫利科夫并不是真正的地下人。他搞地下文学只是因为在勃列日涅夫时代他的作品没得奖。解体后他又开始利用地下作家的影子为自己谋利。彼得罗维奇把他视为“一只被宰杀的动物。一根折断的草茎……”充其量是一个“光荣的奴仆”[④]。

济科夫也是现在的名人。彼得罗维奇清晰地记得他落魄的样子：“西装上衣底下既没有衬衫也没有背心，只有一丛丛杂乱的正在变白的胸毛。”[⑤] 他曾经和彼得罗维奇一起交杯狂饮，曾经向彼得罗维奇讨教如何治好那因为在昏暗的灯光下打字而害下的眼病。作为小说家，他们的

---

① 弗·马卡宁：《地下人，或当代英雄》，田大畏译，外国文学出版社 2002 年版，第 619 页。

② 同上书，第 240 页。

③ 同上书，第 242 页。

④ 同上书，第 243 页。

⑤ 同上书，第 614 页。

水平也是不相上下。但是如今两人的命运不同了：济科夫得到了承认，而彼得罗维奇没有得到承认。因为一个偶然的机会济科夫的作品在国外发表了，接着国内也开始出版他的作品。他现在大名鼎鼎，发表过十来部中篇，好多个单行本，接受过好几十次媒体采访。但他又陷入另一个怪圈：他为名所累，身不由己，再也写不出真正的小说。同时“自己也不知道心里为什么这样厌烦”①。但彼得罗维奇分明感觉到“隔在我们之间的几乎以公里计的距离”。“隔在我们之间的东西太多了。我们已经被分开了。”② 彼得罗维奇对他的态度是可以理解但不敢苟同：“他越过的那个大坑。他爬过的那座大山。这是可以理解的。”③ 他们已经相去甚远，但济科夫还可以称得上是地下人的老朋友。他骨子里对地下人的景仰没有变，他们依然有共同交流的话题，尤其是济科夫主动地，甚至有些讨好地与彼得罗维奇交往。不过他和斯莫利科夫的目的不同，他依然看重地下人，依然在乎和地下人灵魂的沟通，依然在乎得到他们的承认，试图为自己的走出地下辩解。作为一个已然处于地上的人，他还是不能缺乏这些。但他终归无法理解彼得罗维奇的选择：“一个有天分的人为什么能自愿地停止写作？”④ 于是千方百计想帮助他走出地下，过上和自己一样的生活。

这些真正的或者伪装的地下人在彼得罗维奇身边活着或者死去，依旧沉默或者已见天日，引起他对“地下”乃至对人生的思索。彼得罗维奇像一个凌厉的探测者，时时在冷眼旁观每个人，透过他们的表面直接逼近每个人最真实的“我”。他对一切的看法都一针见血，刻薄却充满真知灼见：无论是对苏联解体前还是对今天的社会，无论是对俄罗斯还是对西方世界，无论是对其他地下人的“我”，还是对自己的“我”。在总结弟弟的遭遇时，彼得罗维奇认为他和克格勃之间“不是一场战斗，不是天才与体制之间的决斗——只是一个卑微的爱面子的小小侦查员之间的较量罢了”⑤。弟弟的不幸，“维尼亚受过的和没能受住的罪，主要还不是因为他

---

① 弗·马卡宁：《地下人，或当代英雄》，田大畏译，外国文学出版社 2002 年版，第 624 页。

② 同上书，第 614 页。

③ 同上书，第 613 页。

④ 同上书，第 628 页。

⑤ 同上书，第 107 页。

的天才的绘画（甚至也不是因为什么人模仿的漫画），而是因为他的傲气。淹死人的不是大海，而是小水泡子”[1]。对于斯莫利科夫对地下人所表示的同情，他异常清醒：“青云直上者的同情永远是可疑的——与其说是痉挛不如说是作态。”[2] 对于济科夫，他认为他是个“善良，可爱，好名的人，仅此而已”。对于济科夫成名后的所作所为，他的分析很到位：“这不是他而是他的名字需要。它（名字）在引导着他，命令着他，逼迫他像傀儡一样和人握手，灵巧地提出问题，惊讶地睁大眼睛，摆出了不起的样子或者忽然浑身哆嗦地贬低自己。”[3] 从而发出质问：“当时何必这样生活呢，既然现在要这样生活？”[4] “我想他暗中怀念着他曾经才华横溢、食不果腹和经常醉酒的那些往昔岁月。”[5] 彼得罗维奇透过那些言辞、那些酒立即把济科夫要与自己会面的真实目的揪出来：他想听地下人对自己的意见：“阿地谈济科夫。意图也可能稍大于此：不仅听我的意见，而且力所能及地，即使稍微地，即使多多少少地把它（我的意见）纠正一下。”[6] 虽然济科夫大名鼎鼎，众人所求，他对济科夫的态度却是：“可怜的、瞎忙乎的、富有才华的济科夫，我同情他……”[7]

对于自己，彼得罗维奇也从来没有放松警惕。在观察周围人的同时，他时刻都在检验、审视灵魂深处的自己的“我”。只要自己的“我”出现什么媚俗的念头，他就立即加以讽刺和自嘲。他是高傲的，他傲视群生，也傲视所有的地下人。他最忌讳的就是奴性。他认为勃列日涅夫时代的告密者是政权的奴仆，苏联解体后的沽名钓誉者是金钱的奴仆。其实，凭借他的才华，他在地下人中的名声，他应该有很多的机会摆脱穷困的默默无闻的处境：有的人要帮他搞筒子楼里的一套房子，济科夫要帮他在国内和国外同时出书，他都无动于衷。归根结底是因为他从济科夫身上看到了“与名俱至的不自由”。“外在的胜利者和内在的不自由，而很快又形成了暗中的依赖性（被掩盖着的，但因而却是更大、更难忍受的对文学过程

---

① 弗·马卡宁：《地下人，或当代英雄》，田大畏译，外国文学出版社 2002 年版，第 106 页。

② 同上书，第 243 页。

③ 同上书，第 616 页。

④ 同上书，第 615 页。

⑤ 同上书，第 611 页。

⑥ 同上书，第 625 页。

⑦ 同上书，第 617 页。

的依赖性）——现在这就是整个的济科夫，这贯穿着他的一切。”① 而彼得罗维奇最为爱护的就是自己的名誉，是自己的“我”。他在心理上优越于济科夫，因为虽然“我已经根本不是什么作家，什么都不是，等于零，无业游民，但却是……但却是没有交出自‘我’的人。一个没有交出自己的人——刺痛他的正是这个”②。“现在我的死不改悔的阿地彼得罗维奇的名声对于他比对于我的文本的意义大得多。其意义在于我依然是一名阿地——因此我在地下人内部有影响。”③

正如索尔仁尼琴写道的那样：

> 地下作家一个强有力的优越性在于他的笔是自由的……除了真理，再没有什么在他头上回荡。但他的处境也有一种经常性的损失：读者太少，特别是缺少文学鉴赏力很高的、挑剔的读者……地下作家完全是按照其他特征选定读者的：政治上可靠和能够守口如瓶。有这两种品质的人很少同时兼有细致入微的艺术审美能力……而事实上这样的批评，这种把写好的作品放在美学层面进行冷静清醒的审视和评价是非常必要的……在孤独的与世隔绝的状态中写上十年、十二年，会不知不觉地随心所欲，开始原谅自己，根本就发现不了：有时长篇大论空空洞洞而且过于尖酸，有时激昂慷慨声嘶力竭却又故弄玄虚；有时又由于搜尽枯肠找不到更合适的手段使作品充满斧凿痕迹，竟用些粗俗的传统手法硬粘合到一起。④

因此，在马卡宁的小说中，发表作品依然是地下人的不变追求。“占首位之首位的照旧是那个崇高的愿望——发表文章。留下痕迹。作品印出来，然后就可以到那里去了。最终流淌一次卑微的苏维埃泪水。说是筒子楼承认了。”⑤ 在《同貌人》一节中，作者生动描写了地下人为使自己的

---

① 弗·马卡宁：《地下人，或当代英雄》，田大畏译，外国文学出版社 2002 年版，第 614 页。

② 同上书，第 628 页。

③ 同上书，第 612 页。

④ 索尔仁尼琴：《牛犊顶橡树》，陈淑贤、张大本、张晓强译，中国文联出版社 2011 年版，第 9 页。

⑤ 弗·马卡宁：《地下人，或当代英雄》，田大畏译，外国文学出版社 2002 年版，第 606 页。

文字变成铅字而付出的卑微的几乎疯魔一般的努力。然而作品一旦得到发表，他们又过不了胜利者的日子，笔下逐渐失去了文本——尽管文笔还可以。彼得罗维奇认识到这个悖论，从而认识到人生整个都是悖论，于是他选择了放弃，干脆停止写作，做起筒子楼里的看门人。他认为自己是一个真正的地下人，这个“地下”已经不只是文学的地下，而是隐喻一种生存方式。

底层——是彼得罗维奇表面的生存状态，而“地下人”——则是他的灵魂身份。他（也是每个人）必须保持着这种“地下人”的状态，否则他就无法独立自主和坚持自我。彼得罗维奇对于莫斯科地下和地铁的偏爱隐喻着他对自己地下身份的维护：“这几十年莫斯科地面上建筑得多么恶心，而地面下，在下面，把地铁，一站一站地，塑造得多么够味（以正在消失但没有彻底消失的民间木版画的美学）。情感的地下性不仅是我的。许多人的灵魂向往着这里，向往着拱顶之下，躲开白昼的眼睛。”①彼得罗维奇虽然是一个卑微的小人物，但唯独不能放弃的就是他的自由。你可以对他做任何谴责，就是不能说他没有个性，他的种种遭遇以及他为之而付出了巨大代价的原因——都是来自他在自由中展开的个性，他最鲜明的特点就是他永不屈服的大写的我（在小说中，经常出现大写的“我”字）。什么是“大写的我”？“大写的我”也就是“大我”。这个“大我”之所以是个“大我”，就在于它是自由的，并永远保持和维护在自由中，我的每个社会角色（比如作家、商人、克格勃）都只不过是从自由的“大我”中自由选择而开展出来的一个“小我”。人们通常说，我是个作家，我是个看门人。这种通常意义上的“我”都是“小我”。每个人可以有许多个角色，因而可以有许多个“小我”。但是，不管一个人有多少个角色和多少个“小我”，它们的叠加也不能构成一个“大我”。因为“大我”是自由的，它永远可能展开出更多的角色，更多的“小我”。这就是“大我”之大的所在。如果说“小我”是相对的，可替代的，那么“大我”则是绝对的：这指的是他的自由是绝对的，不可剥夺的，因而他的尊严也是绝对的。维护“大我”也就是维护一个人的自由与尊严。反过来说也一样。实际上，“地下人”也就是上面所说的“大我”，即“自由

① 弗·马卡宁：《地下人，或当代英雄》，田大畏译，外国文学出版社 2002 年版，第 370 页。

的我”或守护于自由中的每个人。每个人都有两个身份：地上的和地下的。如果说人的各种堂而皇之的社会角色，公开行走在各个角落的一个个“小我”，是他在地上的，也是表面的身份的话，那么，退出一切角色而守护在自由中的“大我”则是他的地下身份。

小说的另一个题目是“当代英雄”。在小说中，“地下人”也就是当代英雄。“地下人”之所以也被称为英雄，就在于他们是自由的真正守护者与坚定信仰者。他们在一个特殊年代里以特殊方式承担起了守护自由的使命。所以，他们是自己时代的英雄。因为在这个人世间，能够坚定地守护内心自由的人堪称英雄。

二　后现代主义手法的运用

《地下人，或当代英雄》这部小说既有现实层面的具体时空，也体现出任意时空的特点。在时间上，小说所描述的故事始于 1991 年夏，整个情节的时间跨度大约是一年。在空间上，主人公也就是叙述者来往于大致三个地方：筒子楼、精神病院和无业游民住处。这样看来，整部小说基本上建构在稳定有序的时空上。但是细读小说就会发现，其中回忆与现在、想象与真实、地上与地下世界纷繁交错，叙述者往来穿梭于过去与未来之间，自由驰骋于空间与超空间之中，这完全是现实中人所可望不可即的。小说和莱蒙托夫的《当代英雄》相同，分为五个部分，每部分五节（除第四部分有六节外）。这二十六个小节中每节都是一个独立的故事，都有自己的题目，大部分都围绕一个主要事件，使主人公和其他要讲述的人物卷入其中。彼得罗维奇是整部小说的中心，唯有他才把被切割成很多片段的情节连接在一起，也是他将这些情节又随意糅合，从而使时间和空间都不再有意义：过去、现在和未来可以同时体验，幻想空间与现实空间一样地实在。对于读者来说要想判断出哪个更加真实可信是非常之难的。读者在被迷惑甚至被误导的同时，开始对真实与虚构提出质疑。另外，没有了线性时间和稳定空间，因果关系就无法确定，这正好呼应了后现实主义理念中世界的混乱感、人生的不可捉摸感，促使读者产生自己的思考，带动他建构自己的文本。

另外，小说中还有随处可见的对俄罗斯经典文学的模仿。小人物捷捷林的故事近似于果戈理的小说《外套》里主人公的遭遇；“第一病室”像是契诃夫的“第六病室”；“狗的谐谑曲”令人想起布尔加科夫的“狗心"；"兄弟相会"取自《卡拉玛佐夫兄弟》中的"兄弟相认"；"维涅基科特·彼得罗维奇的一天"近似索尔仁尼琴的《伊万·杰尼索维奇的一天》等。这些情节与19世纪或者20世纪经典作品中的典型内容和场景遥相呼应，令读者在历史与现实间逡巡回味，对人的存在产生莫名的荒诞感。

难怪评论家阿拉·拉蒂宁娜坚持认为《地下人，或当代英雄》是一部超现实主义小说，说它"带有明显的19世纪的情节倾向"[①]。而玛丽娅·列米佐娃认为它是"一部写给评论家、文学研究者和注释者看的小说"，"不带这些目的的读者未必能从中得到满足"。

总体上说，《地下人，或当代英雄》这部小说容量巨大，内容庞杂，意义多元。这是马卡宁进行全面试验的一部作品，是他对自己三十多年的创作生涯进行总结的一部作品。

第三节　《自己人的圈子》与《夜晚时分》：彼特鲁舍夫斯卡娅的后现实主义创作

在当代俄罗斯小说界，柳德米拉·彼特鲁舍夫斯卡娅的创作自成一体，占据一席重要的位置。由于她既不同于经典作家，又有别于同时期作家的创作内容与风格，评论界对她评价不一，难有定论。当她在20世纪70—80年代初登文坛之时，批评家就敏锐地发现了她与社会主义现实主义美学格格不入的特点。之后有人以她"录音机式的"准确记录凡庸生活与家长里短的话语而把她归入自然主义；有人因为她作品内容的阴郁与沉重而将她归为"黑色文学"的创始者，或者"肮脏的现实主义"的领军人物；也有人称她是后现代主义文学的重要代表。笔者认为，彼特鲁舍夫斯卡娅的艺术世界是多种美学体系相互作用的复杂综合体，其中现实与幻想自然融合，现实主义与现代主义、后现代主义风格并存，自然主义与感伤主义交织，形成了典型的后现实主义特色。

在小说内容上，彼特鲁舍夫斯卡娅较少正面描写社会政治生活，而致力于表现日常生活中的各种阴暗角落，底层人为了生存而进行的卑微努力

① Алла Латынина. Так легко ли убийство? Литература как большой вирус//Литературная газета, 1998, №17.

以及心灵的挣扎与扭曲。这是一片文学较少涉足的领域，是被社会所厌弃的那部分人鄙俗、肮脏、琐碎、丑陋的生活画面。可以说，她笔下的世界里没有精神力量，只有人作为动物的本能需求；没有爱，只有爱的苦闷、爱的要求和爱的毁灭；没有光明，只有无尽的黑暗和绝望。在浪漫主义者寻找理想的地方，在宗教作家寻找信仰的地方，彼氏就如屠格涅夫《父与子》中的巴扎罗夫一样解剖着青蛙，把现实中最残酷无情、最晦暗无光、最不可告人的一面赤裸裸地展现在读者面前。疾病，死亡，自杀，流产，错乱，孤独，疏离，不顺遂，被抛弃，被诅咒，被唾骂，被冷落，她通过这些不幸的命运和丑恶的嘴脸给读者呈现了一幅又一幅人间地狱的画面。这是一个反诗性的世界，正如她给自己的一部小说所起的名字那样，是来自“地狱的音乐”，而彼特鲁舍夫斯卡娅也被称为“日常地狱的写家”①。

在小说人物上，彼特鲁舍夫斯卡娅塑造的都是受尽生活折磨、被命运欺骗的人，有无辜而又无助、无知而又无耻的社会牺牲品——流氓、醉鬼、杀人犯、妓女，也有所谓的中产阶级，科学博士或副博士、副部长们的妻子、音乐家、工程师，等等。他们虽然过着表面光鲜的生活，却同样是不幸的畸形人，因为在她的小说中没有也不可能有幸福的人。她笔下的人物世界由众多自认为不幸的女人组成，她们不仅在物质生活上极端贫困，为最可怜的一点生活资料费尽心机，而且精神生活也极端匮乏，人与人之间冷漠隔阂，充满仇恨，无论在社会环境中还是在家庭内部都得不到爱。彼特鲁舍夫斯卡娅似乎在这些女人刚刚出生时就要提前为她们的命运哭泣。

在创作风格上，彼特鲁舍夫斯卡娅远离一切意识形态的评价体系，淡漠于任何道德的、社会的和政治的理想。作家在展示生活的肮脏不堪时，只是陈述事实，对现实进行直白的、自然主义式的描绘，采取超然于世界之上的俯瞰态度，也可以说是没有态度。与那些被称为“残酷现实主义”作家不同的是，彼特鲁舍夫斯卡娅对所描述的事物拒绝评价，拒绝宣传与教育，拒绝道德教化——这种对现实的非正统观点，颠覆了以往的文学创作理念，不再进行传统的作者与读者之间的对话，而是作者在描写完现实

---

① Бондаренко В. Г. Музыка ада Людмилы Петрушевской. Дети 1937 года. М., Инфорпечать ИТРК, 2001, С. 503.

之后就消失，把善恶美丑留给读者自己去评判。其实这并不意味着作者道德观点的缺失，而是一种特殊的艺术方法。

彼特鲁舍夫斯卡娅还善于在现实世界中发现虚幻性和荒诞性。她的小说总是在充满了细节真实的日常生活中发现荒诞的非人性的存在本质。比如她笔下的女性人物无论怎样努力都无法逃脱宿命的安排，母亲、女儿、孙子的命运轮回上演，使读者既有的、固化的思维受到冲击，使传统的观念受到挑战。她表现家庭中亲人之间、男人和女人之间扭曲的病态的关系给人带来的孤独感，给家庭带来的毁灭性的危机。所以她的小说常常是以主人公独白的形式展开叙述，充分展现出人与人之间无法逾越的障碍和隔膜。

在小说时空体系的架构上，彼特鲁舍夫斯卡娅也独树一帜。她的时间既是生命中一点点流逝的寻常日子，也可以作为一种独立的艺术形象。在每一个沉闷绝望的日子的重复之中，我们看到的是一种孤立而反常的时间，它使日常生活凸显出“现实中寂静的疯狂”① 这种状态。在空间上，她的故事都发生在一个无形中封闭的圈子里，造成压抑和了无出路的窒息感。这样的时间和空间共同营造出地狱般的氛围。

彼特鲁舍夫斯卡娅的作品以现实主义为基础，但同时也表现出存在主义的倾向，即聚焦于人的悲剧性存在。她揭开现实残酷和可怕的一面，发现了生与死、爱与恨、理智与犯罪之间脆弱的界限。她的小说中的日常生活笼罩着吞噬一切的黑色，在作家的理解中，这个黑色就是生活的本质。

中篇小说《自己人的圈子》（1988 年）体现了彼特鲁舍夫斯卡娅艺术世界的典型特征。在这部作品中，女作家依然从不同视角关注“母亲与孩子”这个主题，描绘家庭中日常生活的荒诞和枯燥沉闷的重复，母亲的孤独和毫无出路，她在这个反常的世界中无力给自己的孩子提供正常的生活，往往被迫通过恶的途径达到自己的目的。

故事由一个面临死亡的女人对不知是谁所进行的独白构成。她的姓名和年龄都没有交代。她和其他一些自认为知识分子的人形成了一个“自己人的圈子”。他们彼此之间有着固定的交往规则和行为方式，互相了解各自的底细，但他们的关系却并不友善，而是相互嘲讽，幸灾乐祸，猜疑和嫉恨。女主人公自己就专门搜寻别人的污秽、下贱的琐事，把对别人说

① Нефагина Г. Л. Русская проза конца XX века. М.，ФЛИНТА · НАУКА，2003，С. 174.

刻薄话当成一种享受。在她的描述下，“自己人的圈子”成了人的各种病态的陈列馆。在这个圈子里丈夫抛弃妻子，妻子一个接一个地换丈夫。主人公对自己的孩子都极尽挖苦之能事。她把七岁的孩子打发到郊外的别墅，却没有给他钥匙。当她发现可怜的孩子在楼道里睡着的时候，扑上去就给了他一个耳光。小说后来才让读者知道，原来她身患重病，为了让圈子里的人对孩子产生同情继而收养自己的孩子，她才自导自演了这出廉价戏剧。

小说从题目到内容都使用了隐喻的手法。彼特鲁舍夫斯卡娅常常在自己的文本中引入圆圈、车轮、圈子的意象，透过它们来展示时空的多义性和重复性。研究者科雅克什托详细分析了《自己人的圈子》这部小说的诗学特征①，认为“圈子”这个词像是牵引着叙述者，影响着小说的内容、形象体系、修辞和独白的节奏。“圈子”的模型和形象表现出多义性，它经常变形而转向新的方向。主人公按照圆圈原则建构自己的独白。这个圆圈的开始几乎都是小说开篇的形象：“我是个严厉无情的人，我饱满、红润的嘴唇上总是带笑，总是对所有人施以嘲笑。”② 圆圈的结尾几乎都是：“我聪明，我知道。”这种叙述方式与叙述内容表明“自己人的圈子”里的人和事是相互照应的。所谓“自己人的圈子”，就是由一代人组成的小组。它在主人公的大学时代形成，大家按照习惯每逢周五在苏图林纳大街一个穷人的房间里一张简陋的桌子旁聚会，已经持续了十到十五年。这个被称为“我们的小组”、“我们不得罪人的小团体”、“我们所有人”、“我们和平的星期五小巢”的“共同的团体”，在表面看来是一个独特的对亲人加以保护的窝。但随着事件的发展却暴露出它完全是一个“不道德的圈子”，甚至可以说是“地狱的圈子”，因为其中充满互相欺骗。在斯大林时期，这实际上是一个持不同政见者的知识分子圈子。圈子里的人在“解冻时代”是大学生，那时他们生活在“远足、篝火、喝干啤和嘲笑一切”的自由中。后来由于他们所处的勃列日涅夫的停滞时代的社会环境原因，他们这个圈子也变得故步自封：一方面，圈子里的人有一种优越于其他人的骄傲；另一方面，他们又害怕奸细，害怕被搜查。因

---

① Кякшто Н. Н. Поэтика прозы Л. Петрушевской（повесть《Свой круг》）. См.：Тимина С. И. Русская литература века. Санкт－Петербург，Издательство《Logos》，2002，С. 541.

② Петрушевская Л. Свой круг//Новый мир，1988，№1.

此，这是个封闭的和隐秘的圈子，并不是所有人都能进入，不合适的还要被赶出来——其中的人物从来不公开表达自己的思想，“不宣布自己的观点。不兴这个”。人们都是“干巴巴的，不可信任和卑鄙下流的”，他们冷酷无情，对别人漠不关心，“能平静地互相切成碎片”。他们对可笑的和悲剧性的事件、情感、话语、行为、别人的疾病的反应是“粗鲁大笑”、“整夜狂笑”、“静静的笑”和“满意的笑”。身处这座独特的“鲁滨孙岛”，圈子里的人与周围世界脱离。虽然“历史的车轮”也在做着共同的圆周运动，但它一点也不触及“自己人的圈子”里的生活。“自己人的圈子”里的生活与“历史车轮”的运动不相吻合。“自己人的圈子”这个形象的双重性产生了运动与静止相对照的仪式般的重复，现实与神话时空相交错的特点。那么，为什么多年以来这个小圈子能够维持和完成星期五例行的聚会？女叙述者一直在寻找其中的核心和引力。这个核心原来是一个“理想的家庭”：由聪明的、几乎是天才的谢尔日和美好的玛丽莎这对“上帝的伴侣”以及他们的女儿索涅契卡组成的“神圣的婚姻”，然而在建造“神圣婚姻”的同时，叙述者同时又解构这个神话，破坏这个虚假的印象。原来，玛丽莎和谢尔日只是在扮演幸福伴侣的角色。美好的上帝创造的玛丽莎实际上是“不安的存在”。神圣婚姻的突然解体导致圈子的毁灭和“我们共同生活的黄昏”。“所有互相理解的日子都结束了，接下去到来的鬼知道是什么。”星期五作为集会的固定日期既具有神圣的意义，又是背叛的日子，是接受不公正审判的日子。这令人想起了耶稣的受难日。正如维·叶罗菲耶夫的小说《从莫斯科到佩图什基》中的主人公也是每星期五出发来往于地狱和天堂之间，完成自己存在的圆圈之旅一样，“自己人的圈子”也是人生循环往复的隐喻。

《夜晚时分》（1992 年）是苏联解体后彼特鲁舍夫斯卡娅最具代表性的一部作品，是作家一整套创作体系的鲜明体现，也是一部典型的后现实主义作品。

在小说的内容和人物塑造方面，作者都采取了现实主义的写作手法。故事完整，细节确切，真实再现了苏联解体前后一家四代人面临的痛苦的人生境况：病弱无助、被亲戚安排在“慢性病患者之家”里的老太婆谢拉菲玛，穷困潦倒的女诗人安娜·安德里昂诺夫娜，叙述就是以她的口吻展开的。她这样诉说着：“我是一个诗人。有些人喜欢用‘女诗人’这个词……我有个神秘的同名人，但是字母有点小小的区别：她叫安娜·安德烈耶夫娜，我也叫安娜，但我是安德里昂诺夫娜。”她的孩子，“可爱的儿子”安德烈是一个已经被酒精摧垮了身体的酒鬼，刚刚从监狱里出来、又被自己的妻子赶出家门，走投无路只好经常回来向母亲讨饭吃；女儿是没人要的阿莲娜，无休止地更换丈夫或者同居者，不停地生孩子，把不知和谁生的病儿子季玛丢给自己仇恨的母亲来抚养。所有这些人都是病态的、扭曲的、孤独的、被抛弃的，他们彼此厌弃、嫉恨、蔑视和敌对，却又不得不在一起，互相忍受，互相伤害，互相折磨。安娜既为大家活着，辗转于各个俱乐部去朗诵诗，赚取微薄的收入养活大家，又竭力要撵走他们，为了把可恨的女婿赶走，这位女诗人竭尽全力做了一切可能做的事。就连她对亲生儿子的爱都好像是为了巩固婚姻。在彼特鲁舍夫斯卡娅的人物世界里，没有人的爱出于真心。爱妻子是为了得到房子，爱妈妈是为了快点把她送到另一个世界。朋友都会背叛，妻子必然变心，孩子都是醉鬼和吸毒者。如果女儿是大学生，那她一定不去上课而是偷偷去流产，如果儿子是有天才的学者，那他一定会变成酒鬼，如果女朋友靠近自己，那她一定是个秘密的同性恋者。妈妈遗弃女儿，女儿过十五六年同样遗弃自己的女儿。有什么办法：“维拉像所有女大学生那样生活。堕胎，舞会，每个冬天的爱情，春天到来时是空虚和等待……”日常生活就这样吞噬着精神力量，夺走了人的肉体和心灵，使人走向死亡。这是彼特鲁舍夫斯卡娅对迷途的人们发出的歇斯底里的喊声。她想以自己的小说警告人们，周围都是恶，没有爱。她展示给我们的是活生生的现实世界。而不是某个想象出来的文本。正如《自己人的圈子》里的主人公所说：“我说了什么？我说的是真事。”

在表现这些现实的时候，作者采取的是旁观的立场。与果戈理、陀思妥耶夫斯基探究恶的根源的现实主义不同，彼特鲁舍夫斯卡娅是以不动声色的见证人的身份写作。《夜晚时分》有个副标题：“桌边笔记”。说明这篇小说的内容都来自发表这部作品的人偶然发现的一些手稿：“一个尘封的文件夹里夹着一些写满了字的纸、学生用的笔记本，甚至还有一些电报表。”也就是说，这些笔记偶然落到作者手中，作者只是把它们发表了出来。彼特鲁舍夫斯卡娅就是这样故意拉开了作者与文本之间的距离，也使读者摆脱了作者的主观叙述，与作者站在同样的旁观者的位置去阅读这些片段性的笔记，从而得出自己的结论，令我们这些见证了小说中的亲人——母亲和女儿之间疏远隔绝的关系的读者，对这些渴望被理解、渴望被倾听、渴望被关爱的灵魂充满同情。同时，作家在旁观的立场上，让每个人物都出来自己进行独白，令我们看到在孤独这一点上他们并不孤独。这种对话性的共鸣就像一根丝线将互相隔绝的人们联系起来，恰恰成了人们战胜孤独的一线希望。

在看似客观平淡的叙述中，彼特鲁舍夫斯卡娅又能够把日常生活的冲突描写到极致。她笔下的日常生活总是处于一种非存在的边缘，要求人物要付出巨大的努力以免滑下深渊。在这部小说忧郁沉缓的基调中，似乎时刻都能感受到死亡之神和命运之神叩门的威胁，气氛紧张到了极点：这个表面看来算是知识分子的家庭中，生活竟然一直处于赤贫的状态，七个卢布都是最大的钱财，别人给的土豆竟然被看做命运的恩赐。小说中连吃饭都成了一件大事，因为每一份饭都是有数的！为了吃饭人物之间随时会爆发战争。平凡的琐事、戏剧化的冲突、难以逃脱的命运怪圈使整部小说富有一种张力，与小说的题目“夜晚时分”相呼应，喻示世界正处于浓浓的黑暗时刻，人的心灵世界也处于矛盾斗争最为激烈的时刻。

小说中还大量使用了后现代主义手法——互文性，即在小说故事的远景上总是映衬着经典文学中的一些场景：女主人公安娜·安德里昂诺夫娜不只一次提到自己的同名人安娜·阿赫玛托娃。她穷困无奈又混乱不堪的生活背景上似乎总伴随着阿赫玛托娃在那段黑暗岁月里悲苦无告的生活。小说中安娜的一段自白道出了诗人相同的遭际：“我们就用这些诗生活，因为我，你们知道吗，是个诗人，而诗人是贫穷的人群，他们不是来自这个世界的，他们在被遗忘中结束生命……”小说最后，当女主人公费尽气力、迫不得已把自己的母亲送往养老院之后回到家里时，面对的却是女儿、外孙人走屋空的一片残局。她向上帝祷告：“上帝啊!!! 救救我吧，饶恕我吧！……阿廖娜，季马，卡佳走了，小尼古拉也走了。阿廖娜，季马，卡佳，尼古拉，安德烈，西玛，安娜，请你们原谅我的眼泪。”① 这让人想到阿赫玛托娃的诗歌：“月亮歪戴着帽子一顶，走进屋来看见一个人影。这是个女人，身患疾病，这是个女人，孤苦伶仃。丈夫在坟里，儿子坐监牢，请你们都为我祈祷。”② 这样的联想令人感受到两个女诗人共

① 柳·彼特鲁舍夫斯卡娅：《夜晚时分》，陈方译，《世界文学》2005 年第 5 期。

② 阿赫玛托娃：《安魂曲》，乌兰汗译，乌兰汗编：《爱——阿赫玛托娃诗选》，外国文学出版社 1991 年版。

同的命运。

总之，《自己人的圈子》和《夜晚时分》两部作品，在真实再现现实生活的同时，对传统道德价值观念、政治观念进行解构和嘲讽，在继承经典文学关注现实的精神的基础上，又对其进行解构和反拨，形成了独具特色的后现实主义风格。

结　语

当21世纪的第二个十年缓缓拉开帷幕之时，新俄罗斯文学已经走过了二十年的发展道路。回首这段不平凡的历史，我们发现它和20世纪之初俄罗斯文学惊人的相似之处：即它们都是作为大变革、大动荡的过渡时期载入史册的，因而在文学理念上突破了统一的世界观，而表现出多层次、多维度的思想与审美倾向来。一部分作家继承俄罗斯现实主义文学的优秀传统，在对社会现实的真实描绘与批判反省中寻求解决民众精神危机的出路；一部分作家则钟情于后现代主义，在对社会主义神话和社会主义现实主义一元论的解构与颠覆中探索文学和人类的未来。在文学向多极化发展的同时，又表现出一定程度的复杂性，即流派与流派之间的不同趋于淡化，体裁与体裁之间的区别逐渐模糊，我们已经很难把某一作家或者作品确定地归入某一流派或者体裁中去。小说中的人物也在真实与杜撰之间徘徊，从而抹杀了虚构与非虚构之间的界限。无论是在美学方式上，还是在人物塑造上，“综合”已经成为当代俄罗斯小说的一个发展方向，一种以不同的形式表现当代社会现实与规律、表达作者自我观点的文学——后现实主义逐步形成了。

如今的俄罗斯正在经历前所未有的自由时代。从沙皇专制统治对作家的残酷镇压，到苏联文学为意识形态服务的政治订单，古往今来多少文学家为了挣脱枷锁、获得创作自由而忍辱负重、含恨一生。现在，阴霾消散，禁忌解除，俄罗斯文学获得了空前的自由，作家的创作激情得到释放。同时，自由还为俄罗斯文学与世界文学的交流提供了条件，促进了俄罗斯文学与世界文学之间的相互碰撞、相互融和。在吸纳世界文学的优秀成果和保持本民族优秀传统的基础上，俄罗斯文学必将走上多元化发展的道路。

俄罗斯知识分子向来具有强烈的历史使命感和责任心，怀着崇高的信念守卫和发展民族文化，这来源于俄罗斯悠久的文学传统。这个传统包括强烈的爱国主义、深刻的人道主义、充满自省和忏悔意识及追求自由的民族精神等等。俄罗斯文学的精髓——透视心灵与感知人性，有着贴人心肺的温暖关怀，闪烁着冷峻思索与批判的理性之光，同时也体现着张扬自我、不屈不挠的自由灵魂。无论处在什么样的时代，俄罗斯作家都没有停止过对人生的意义、对“谁之罪”、“怎么办”等问题的叩问，都保持着一颗对现实充满忧患，对贫穷、混乱的祖国痛惜乃至哀怨的律动的知识分子的心。无论是作品被禁，还是自己被驱逐国外，无论是命运曲折，还是生活穷困，俄罗斯作家身上珍贵的品格都没有被摧垮，也没有被磨灭，反而经过作家一腔激情的铸造和冶炼，迸发出灼人心目的火花。这些具有相当数量的作家是当代俄罗斯文学的承担者，是俄罗斯文学的希望和力量之所在。他们在客观上形成了一支老中青结合、俄罗斯境内与境外相呼应的比较强劲和庞大的力量，穿透历史的纷乱扰攘与现实的沉沉暮色，在抚慰人民心灵的同时不忘以理想之光为他们照亮前程。

这里，本书愿意援引2001年俄罗斯作家第十次代表大会上的一段话作为总结：“俄罗斯文学没有死亡，而是获得了新生。尽管有许多力量要压制它，想使它变成庸俗的小节目或者餐馆文化，但这注定不会实现。我们坚定地拒绝其他有害的价值体系，继续坚持走伟大的俄罗斯文化之路。它不拒绝良心，不为掠夺资本服务，而是信念、希望和真理的文学。”①

① Валерий Ганичев. О Большой литературной премии Росии//День литературы, 2001, №7.

参考文献

俄文书目

（一）文学作品

Павлов О. О. Повесть последних дней. М.：ЗАО Изда-во Центрполиграф，2001.

Маканин В. С. Андэграунд，или Герой нашего времени. М.：Вагриус，1998.

Маканин В. С. Собрание сочинений. В 4 – томах. М.：Изда-во МАТЕРИК，2003.

Маканин В. С. Испуг. М.：GELEOS，2006.

Петрушевская Л. С. Время ночь//Новый мир，1992，№2.

Петрушевская Л. С. Свой круг// Новый мир，1988，№1.

Дмитриев А. В. Дорога обратно. М.：Вагриус，2003.

Улицкая Л. Е. Казус Кукоцкого. М.：Эксмо，2003.

Варламов А. Н. Купол//Роман-газета，2000，№18.

Волос А. Г. Хуррамабад. М.：Изда-во Независимая Газета，2000.

Волос А. Г. Недвижимость. М.：Вагриус，2001.

Слаповский А. И. Анкета. М.：Изда-во АСТ，2002.

Сегень А. Ю. Страшный пассажир. М.：Изда-во Андреевский Флаг，2003.

Ерофеев В. Русские цветы зла. М.：Издательский Дом Подкова，1998.

Ерофеев В. Время рожать. М.：Эксмо，2001.

Поляков Ю. Козленок в молокею. М.：Молодая гвардия，2002.

Славникова О. Стрекоза, увеличенная до размеров собаки. М.: Вагриус, 2000.

Славникова О. 2017. М.: Вагриус, 2006.

Бакин Д. Страна происхождения. Санкт-Петербург: Лимбус Пресс, 1996.

Павел Бассинский. Бегство из рая. М.: АСТ АСТРЕЛЬ, 2000.

（二）文学史及文学研究著作

Борев Ю. Б. Социалистический реализм: взгляд современника и современный взгляд. М.: АСТ: Олимп, 2008.

Петров С. М. Социолистическийй реализм: История. Теория. Современность. М.: Сов. писатель, 1984.

Нефагина Г. Л. Русская проза конца 20 века. М.: Изда-во Флинта-Наука, 2003.

Роднянская И. Б. Литературное семилетие. М.: Изда-во Книжный сад, 2002.

Тимина С. И. Русская проза конца 20 века. М.: ACADEMA, 2002.

Гуреев В. Н. и др. Русская литература 20 века. Воронеж: Родная речь, 2003.

Гордович К. Д. История отечественной литературы 20 века. Санкт-Петербург: Изда-во СпецЛит, 2000.

Голубков М. М. Русская литература 20 века После раскола. М.: АСПЕНТ ПРЕСС, 2001.

Кременцов Л. П., Алексеева Л. Ф. и др. Русская литература 20 века. В двух т. М.: ACADEMA, 2002.

Белокурова С. П., Друговейко С. В. Русская литература конец 20 века. Санкт-Петербург: Паритет, 2001.

Берг М. Литературократия Проблема присвоения и перераспределения власти в литературе. М.: Новое литературное обозрение, 2000.

Березовая Л. Г., Берлякова Н. П. История русской культуры. В двух т. М.: ВЛАДОС, 2002.

Вуколов Л. И. Современная проза. М.: Просвещение, 2002.

Генис А. Иван Петрович умер. М.: Новое литературное обозрение, 1999.

Генис А. Довлатов и окрестность. М. : Вагриус, 2000.

Заманская В. В. Экзистенциальная традиция в русской литературе 20 века. М. : Изда-во Флинта-Наука, 2002.

Кокшенева К. А. Революция низких смыслов. М. : Изда-во Лето, 2001.

Кузьмичев И. К. Введение в общее литературоведение 21 века. Нижний новгород. : Нижегородского госуниверситета им. Н. И. Лобачевского, 2001.

Немзер А. Замечательное десятилетие русской литературы. М. : ЗАХАРОВ, 2003.

Борис Тух Первая десятка современной русской литературы. М. : Оникс 21 век, 2002.

Тимина С. И. Русская литература 20 века: Школы, направления, методы, творческой работы. Санкт-Петербург: Изда-воLogos, 2002.

Большев А. О. Исповедально-автобиографическое начало в русской прозе второй половины 20 века. Филологический фагультет СПБГУ, 2002.

Минералов Ю. И. 90-е 20 века История русской литературы. М. : ВЛАДОС, 2002.

Кулибина Н. В. Зачем, что и как читать на уроке. Санкт-Петербург: Злотоуст, 2001.

Бондаренко В. Г. Дети 1937 года. М. : ИТРК, 2001.

Руднев В. П. Энциклопедический словарь культуры 20 века. М. : АГРАФ, 2003.

Урманов А. В. Творчество Александра Солженицына. М. : Изда-во Флинта-Наука, 2003.

Золотусский И. П. На лестнице у Раскольникова. М. : Фортуна Лимитет, 2000.

Скоропанова И. С. Русская постмодернистская литература. Невский простор, 2001.

Богданова О. В. Роман А. Битова Пушкинский дом. Санкт-Петербург: Филологический фагультет Санкт-Петербургского государственного университета, 2002.

Есин А. Б. Литературоведение культурология. М.：Изда-во Флинта-Наука，2002.

Криницын А. Б. Исповедь подпольного человека. М.：МАКС Пресс，2001.

Лихачев Д. С. Раздумья о России. Санкт-Петербург：Изда-во Logos，2001.

Лихачев Д. С. Историческая поэтика русской литературы：Смех как мировоэзрение. Санкт-Петербург：Изда-во Алетейя，2001.

Богданова О. В. Москва-Петушки Венедикта Ерофеева как пратекст русского постмодернизма. Санкт-Петербург：Филологический фагультет Санкт-Петербургского государственного университета，2002.

Коллектив авторов 20 век и русская литература. М.：Россиский государственный гуманитарный университет，2002.

Янушкевич А. С. Русская повесть как форма времени. Томск：Изда-во Томского университета.

Николина Н. А. Поэтика русской автобиографической прозы. М.：Изда-во Флинта-Наука，2002.

Бондаренко В. Г. Красный лик патриотизма. М.：Общество дружбы и сотрудничества с зарубежными странами，2002.

Далгат У. Б. Этнопоэтика в русской прозе 20 – 90 – х гг. 20 века. М.：ИМЛИ РАН，2004.

М. Ремизова. Только текст. Изда-во Совпадение. 2007.

Русская проза рубежа 20–21 веков. М.：Изда-во Флинта-Наука，2011.

中文书目

（一）文学作品译著

拉斯普京：《伊万的女儿，伊万的母亲》，石南征译，人民文学出版社 2005 年版。

拉斯普京：《幻象——拉斯普京新作选》，任光宣、刘文飞译，人民文学出版社 2004 年版。

拉斯普京：《活下去，并且要记住》，吟馨、慧梅译，上海译文出版社 2004 年版。

拉斯普京：《拉斯普京小说选》，外国文学出版社 1982 年版。

邦达列夫：《百慕大三角》，闫洪波译，外国文学出版社 2002 年版。

瓦尔拉莫夫：《生——瓦尔拉莫夫小说集》，余一中译，外国文学出版社 2002 年版。

马卡宁：《地下人，或当代英雄》，田大畏译，外国文学出版社 2002 年版。

吴泽霖选编：《玛丽亚，你不要哭——新俄罗斯短篇小说精选》，昆仑出版社，1999 年版。

周启超选编：《在你的城门里——新俄罗斯中篇小说精选》，昆仑出版社 1999 年版。

柳·乌利茨卡娅：《库科茨基医生的病案》，陈方译，漓江出版社 2003 年版。

瓦尔拉莫夫：《沉没的方舟》，苗澍译，中国青年出版社 2003 年版。

弗拉基莫夫：《将军和他的部队》，谢波、张兰芬译，漓江出版社 2003 年版。

尤·波里亚科夫：《无望的逃离》，张建华译，人民文学出版社 2002 年版。

亚·普罗哈诺夫：《黑炸药先生》，刘文飞译，人民文学出版社 2003 年版。

米·叶里扎罗夫：《图书管理员》，刘文飞、刘彤、陈建硕译，人民文学出版社 2010 年版。

扎·普利列平：《萨尼卡》，王宗琥、张建华译，人民文学出版社 2008 年版。

俄罗斯处女作奖小说集《化圆为方》，人民文学出版社 2010 年版。

俄罗斯处女作奖小说集《开罗国际》，人民文学出版社 2010 年版。

俄罗斯处女作奖小说集《苍穹之谜》，人民文学出版社 2010 年版。

索尔仁尼琴：《牛犊顶橡树》，陈淑贤、张大本、张晓强译，时代文艺出版社 1998 年版。

《不灭的火焰——苏联国家文学奖获奖中篇小说集》，湖南文艺出版社 1997 年版。

（二）俄苏文学史及文学研究著作

曹靖华主编：《俄苏文学史》三卷本，河南教育出版社 1992—1993

年版。

叶水夫主编：《苏联文学史》三卷本，中国社会科学出版社 1994 年版。

李辉凡、张捷：《20 世纪俄罗斯文学史》，青岛出版社 1998 年版。

李辉凡：《二十世纪初俄苏文学思潮》，社会科学文献出版社 1993 年版。

张捷：《热点追踪——20 世纪俄罗斯文学研究》，人民文学出版社 2003 年版。

张捷：《苏联文学的最后七年》，社会科学文献出版社 1994 年版。

张捷：《俄罗斯作家的昨天和今天》，中国文联出版社 2000 年版。

张捷：《当代俄罗斯文学纪事（1992—2001）》，人民文学出版社 2007 年版。

张捷：《当代俄罗斯文坛扫描》，人民文学出版社 2007 年版。

张捷：《苏联解体后的俄罗斯文学（1992—2001 年）》，中国社会科学出版社 2011 年版。

弗·阿格诺索夫主编：《20 世纪俄罗斯文学》，凌建侯等译，中国人民大学出版社 2001 年版。

弗·阿格诺索夫主编：《白银时代俄国文学》，石国雄、王加兴译，译林出版社 2001 年版。

任光宣主编：《俄罗斯文学简史》，北京大学出版社 2006 年版。

高尔基：《俄国文学史》，缪灵珠译，上海译文出版社 1979 年版。

钱善行：《当代苏联小说的嬗变——主要倾向、流派及其它》，社会科学文献出版社 1994 年版。

石南征：《明日观花——七八十年代苏联小说的形式、风格问题》，社会科学文献出版社 1997 年版。

刘文飞：《文学魔方——二十世纪的俄罗斯文学》，中国社会科学出版社 2004 年版。

许贤绪：《当代苏联小说史》，上海外语教育出版社 1991 年版。

张杰、汪介之著：《20 世纪俄罗斯文学批评史》，译林出版社 2000 年版。

刘宁主编：《俄国文学批评史》，上海译文出版社 1999 年版。

李明滨主编：《俄罗斯二十世纪非主潮文学》，北岳文艺出版社 1998

年版。

赵丹：《多重的写作与解读：论俄罗斯后现代主义小说〈命运线，或米洛舍维奇的小箱子〉》，黑龙江人民出版社 2005 年版。

郑永旺：《游戏、禅宗、后现代：佩列文后现代主义诗学研究》，人民文学出版社 2006 年版。

赵杨：《颠覆与重构：论俄罗斯后现代主义文学的反乌托邦性》，黑龙江人民出版社 2009 年版。

温玉霞：《解构与重构：俄罗斯后现代小说的文化对抗策略》，中国社会科学出版社 2010 年版。

李新梅：《现实与虚幻：维克多·佩列文后现代主义小说中的艺术图景》，复旦大学出版社 2012 年版。

李新梅：《俄罗斯后现代主义文学中的文化思潮》，中国社会科学出版社 2012 年版。

陈方：《当代俄罗斯女性小说研究》，中国人民大学出版社 2007 年版。

段丽君：《反抗与屈从——彼得鲁舍夫斯卡娅小说的女性主义解读》，黑龙江人民出版社 2008 年版。

（三）现实主义理论研究著作

鲍·苏奇科夫：《现实主义的历史命运——创作方法探讨》，傅仲选、徐记忠、袁振武译，外国文学出版社 1988 年版。

中国社会科学院文学研究所编：《世界文学中的现实主义问题》，知识产权出版社 2010 年版。

罗杰·加罗蒂：《论无边的现实主义》，吴岳添译，百花文艺出版社 1998 年版。

马尔科姆·琼斯著：《巴赫金之后的陀思妥耶夫斯基——陀思妥耶夫斯基幻想现实主义解读》，赵亚莉、陈红薇、魏玉杰译，吉林人民出版社 2004 年版。

吴元迈：《现实的发展与现实主义的发展》，漓江出版社 1987 年版。

中国社会科学院外国文学研究所外国文学研究资料丛刊编辑委员会编：《欧美古典作家论现实主义和浪漫主义》，中国社会科学出版社 1981 年版。

钱中文：《现实主义和现代主义》，人民文学出版社 1987 年版。

蒋承勇：《十九世纪现实主义文学的现代阐释》，高等教育出版社1996年版。

黄国柱：《困惑与选择——现实主义面临挑战》，解放军出版社1988年版。

安敏成：《现实主义的限制——革命时代的中国小说》，姜涛译，江苏人民出版社2001年版。

魏久尧：《现实主义新论》，西北大学出版社2000年版。

张德祥：《现实主义当代流变史》，社会科学文献出版社1997年版。

朱光潜：《现实主义的美学》，金枫出版公司1987年版。

蒋培坤：《马克思恩格斯现实主义文艺思想研究》，中国人民大学出版社1985年版。

布尔索夫：《俄国革命民主主义者美学中的现实主义问题》，刘宁、刘保译，中国社会科学出版社1980年版。

中国社会科学院外国文学研究所编：《七十年代社会主义现实主义问题：苏联关于开放体系理论的讨论》，中国社会科学出版社1979年版。

格兰特、弗斯特：《现实主义·浪漫主义：艺术历程的追踪》，关鸣放等译，陕西人民出版社1989年版。

（四）其他著作

《马克思恩格斯全集》第四卷，人民出版社1995年版。

《马列文论研究》第六集《马克思恩格斯现实主义理论研究专集》，中国人民大学出版社1984年版。

《论当代苏联作家》，外语教学与研究出版社1981年版。

任光宣、李毓榛等：《俄罗斯：解体后的求索》，吉林摄影出版社2000年版。

汪剑钊编选：《别尔嘉耶夫集》，上海远东出版社1999年版。

别尔嘉耶夫：《自我认知——哲学自传的体验》，汪剑钊译，云南人民出版社1998年版。

热拉尔·热奈特：《叙事话语　新叙事话语》，王文融译，中国社会科学出版社1990年版。

约瑟夫·纳托利：《后现代性导论》，潘非、耿红、聂昌宁译，江苏人民出版社2004年版。

波林·罗斯诺：《后现代主义与社会科学》，张国清译，上海译文出版社 1998 年版。

沃尔夫冈·凯塞尔：《语言的艺术作品》，陈铨译，上海译文出版社 1984 年版。

安·西尼亚夫斯基：《笑话里的笑话》，薛君智主编，中国文联出版社 2001 年版。

中国社会科学院外国文学研究所外国文学研究资料丛刊编辑委员会编：《卢卡契文学论文集》，中国社会科学出版社 1980 年版。

余三定：《新时期学术发展的回瞻》，北京大学出版社 2005 年版。

爱克曼辑录：《歌德谈话录》，吴象婴、潘岳、肖芸译，上海社会科学出版社 2001 年版。

弗·席勒：《审美教育书简》，冯至、范大灿译，北京大学出版社 1985 年版。

莫·卡冈：《美学和系统方法》，凌继尧译，中国文联出版公司 1985 年版。

马振方：《小说艺术论》，北京大学出版社 2004 年版。

余匡复：《布莱希特论》，上海外语教育出版社 2002 年版。

张黎编选：《布莱希特研究》，中国社会科学出版社 1984 年版。

附　　录

当代俄罗斯作家访谈

2002 年 9 月至 2003 年 8 月，我受国家留学基金委派遣，到俄罗斯访学一年。在那片充满文学和艺术气息的土地上，我除了欣赏话剧，拜谒故居，追随已故文学大师的踪迹感受历史外，还走访了许多活跃在今日文坛上的著名作家。与他们的相约相识，长谈短晤，又使我触摸到当代俄罗斯文学发展的脉搏。

其实，早在出国以前我就拟定了一份准备拜访的作家名单。这个名单是按照老、中、青三代结合，爱国派与自由派兼顾，包含现实主义和后现代主义作家的原则制定的。现在看来，这个计划基本上都实现了。我想这得益于两个方面：一是俄罗斯人性格比较外放；热情好客；乐于介绍自己，了解别人（一位美国的斯拉夫学者告诉我：在美国，一个普通研究者要想见到如此知名的作家可不是那么容易的事）。二是俄罗斯人从历史上来说就对中国怀有一种特殊的感情，对中国现在的发展状况也非常感兴趣。我所走访的近十位作家中，佩列文和索罗金都曾自费到中国旅游；乌利茨卡娅坦言，她近来已很少接见来访者，因为我是从中国来的，她才愿意相见；而马卡宁更是向我历数他年轻时同中国人交往的点点滴滴，怀念之情溢于言表。在我实现采访计划的整个过程中，他都给了我最真诚的鼓励和最切实的帮助。

这些作家以各具特色的形象气质、言谈风度走入我的视野，在我面前展开了他们丰富多彩的人生经历和生活状态；一如小说中的人物，令我难以释怀。与他们的亲切交往——地铁或广场的相会，酒吧或家中的详谈，河边或街头的漫步，时常萦绕在我的记忆中。在此，我愿意把这些仍然带着新鲜色彩的谈话记述下来，与读者分享我那独特的文学之旅。

1. “21 世纪的文学是形象和思维的体系”——马卡宁访谈

弗拉基米尔·谢苗诺维奇·马卡宁（1937—　），俄罗斯当代最具实力和声望的作家之一。70 年代末 80 年代初作为“四十岁一代”作家的重要代表而令人瞩目。苏联解体后接连获得国家奖、布克奖和普希金奖等重大文学奖项。至今依然坚持创作——既没有放慢速度，也没有降低质量。被誉为“祖国文学活的经典”。重要作品有:《透气孔》、《先知》、《出入孔》、《地下人，或当代英雄》。

侯玮红（以下简称“侯”）: 从我开始接触您的作品到现在，已经有十年的时间了。所以见到您感到非常高兴!

马卡宁（以下简称“马”）: 我对东方一直怀有浓厚的兴趣。在莫斯科大学上学时有许多中国同学和我结下了深厚的友谊。我妻子的父亲是朝鲜人，我的祖上也有东方血统。因此和你认识我也很高兴。

侯: 您的性格和我所想象的截然相反。在作品中您常常描写阴郁和怪异的人，而现实中的您却非常开朗，也很正常。

马: 见过我的人都这么认为。试想一下，如果我在作品中很开朗和正常，而在现实生活中却阴郁和怪异，那不是很可怕吗?

侯: 找到您真是困难。您没有手机，没有 e-mail，也不接电话，您不怕耽误重要的事吗?

马: 对于好事，我不着急，属于我的自会找上门来；而对于坏事我就更不愿去追了。

侯: 早就听说您不喜欢和媒体打交道，为什么?

马: 是的，我很少接受采访，尤其不愿意上电视。因为：第一，虽然谈话本身是很有意思的事情，但这种即兴的东西有时会把我带偏。我只对文本负责，其余的都是尝试。第二，传媒是一部巨大的社会机器，可以把作家安在使它更方便的位置上。作家的声音是微弱的。为了不被这个机器吞噬，作家最好与媒体保持距离。经常发表谈话的作家已经失去了作家的鉴赏力。一个人成名之后，媒体就会对他有一种期望。你只能沿着他们对你所规定的路线走，没有别的路可走。就像此刻我可以在你面前说笑，但是在他们面前可不能随便笑。

侯: 您怎样看待苏联解体以后出现的各种文学奖项?

马: 我觉得文学创作这个问题更有意义。相比之下，奖项和印数是关系到理解文学的问题。苏联解体使在此之前的一切价值和评判标准瞬间就老去，出现了美学评价上的空白——当这片空白还没有被填补的时候，就只能用奖金这种任何人都明白的标志来评判了。要知道，在一片空地上任何新建的东西都是有意义的。所以，哪怕是这种标志我也很高兴它的存在。

侯： 那么您怎样看待布克奖？

马： 在所有奖项中布克奖出现得最早，是很有威望的。它试图评价每年所出现的小说，这种实践是不错的。但因为评委每年都更换，所以它的主观性也很强。许多评委考虑的不是奖给谁，而是不奖给谁。我记得第一届评委无论如何也不愿把奖授给彼特鲁舍夫斯卡娅（《夜晚时分》这部她最优秀的作品）。以这样的态度他们也没有把奖授给我的《出入孔》，而是给了哈里托诺夫。这个作家不错，但远远不能胜任第一届布克奖。结果受害的是布克奖。之后越来越多新的奖项出现，而瓜分和吃喝综合征却一年比一年更甚。奖金不再是对文学的评价，而成了对作家的补贴。

侯： 去年您作为布克奖评委会主席，怎样避免这种状况？

马： 我们商定不把我们的争论表面化。但谁也无法阻碍我们当中的任何一个人说出优胜者。从小说质量上来说，帕夫洛夫、纳伊曼和索罗金入选是无可争议的。这是些不同的、但高水准的小说。

侯： 奥列格·帕夫洛夫很感激您，说他的获奖有您很大的努力，是这样吗？

马： 这次帕夫洛夫得奖确实是我的努力，而且费了很大的劲。因为五个评委中只有我和沃洛斯是真正的小说家，我们两人坚持认为应当把奖给帕夫洛夫。其余的两个反对，一个中立。

侯： 那您是怎么说服他们的？

马： 就靠不停嘴地说。他们给我递水，递咖啡，想让我停下来。但我不要，我就是要说。直到结果公布前的两个小时我一直都在说。

侯： 您为什么欣赏帕夫洛夫的作品？

马： 因为他知道他在写什么。他真实地描写军队生活，并且加重了悲剧色彩。

侯： 让索罗金入围也是您坚持的吧？

马： 是的。我觉得一个奖项不应当单一地朝某个方向取舍，而是要顾及全面，尽量包含整体的各个方面的文学倾向。索罗金有自己的才华，他尝试了一种文学道路。佩列文和阿库宁和他是一条路。

侯： 但索罗金是个争议太大的人物，他挨了许多骂。

马： 挨骂不是坏事，我就是在骂声中走过来的。当年，评论家列夫·

安宁斯基封我为文学界挨骂冠军。曾经有记者问我，你怎样看待那些评论？我说："就像对待广告的态度一样。"说真的，那些评论就像广告一样。

侯：那个时候您一定很艰难吧？

马：是的。我曾经把退稿摞在一起，比我人还高（马卡宁身高1.87米——笔者注）。我对妻子说："烧！"她说："太可惜了，万一哪一天你成名了呢？还是留着吧。"我坚决烧，不后悔。

侯：那时您何以为生？

马：我当了出版社的编辑。有些作家写数学家或物理学家的传记，但他们对理科方面的知识不太懂，我是搞数学出身，就专门负责这种书的修改工作。这个工作我做了五年。

侯：从什么时候开始情况好转的？

马：从70年代末开始，我的作品进入国外市场，被国外广泛认可。从那以后我就再也没有找过工作。

侯：这真应了中国的一句老话："苦尽甘来。"

马：但我当时并没有觉得苦。因为我还可以出书。相比之下出书要容易些，检查机关只是大体翻一下，没有发现什么不好的地方就通过。而要在杂志上发表东西就难多了。检查机关每一页都仔细查看，每一页都要盖上大印才能送去出版。你一定知道"进入阵亡烈士公墓"的说法吧？指的就是不能在杂志上发表作品，而只能出书的作家。我就是这样。好在我的书一直在出，我知道自己在成长，这对我就够了。

侯：看来您是一位乐观主义者。

马：是的。我们俄罗斯有一句谚语：悲观的人能从白兰地里闻出臭虫的味道，而乐观的人能从臭虫里闻出白兰地的味道。我就属于后者。作家不能选择时代，他就不能抱怨时代，他应当学会在自己的时代里怎样生活。

侯：您现在一定比过去过得更有意思？

马：我的生活始终是丰富多彩的，独立于文本之外。即使没有文学，我也热爱自己的生活。

侯：您在长篇小说《地下人，或当代英雄》中描写的主人公就是您自己吧？

马：那是整整一代人。我受他们的影响非常大。他们在创作的旺年作品得不到出版，才华被压抑；又没有工作，生活陷于贫困。现在他们的时代已经过去，他们就这么悄无声息地沉寂了。我与他们的不同之处在于我没有停止写作。如今我出名了，他们骂我，我也不生气，因为我敬佩他们。他们曾经是非常强大的一批人：无论是人格上，还是写作上。

侯：您的一位法语翻译告诉我《地下人，或当代英雄》在法国大获成功。她译过五十多本俄语书，那些书得到的评论加起来也没有这本得到的评论多。而且最近开始法国人要当俄文教师所必须通过的俄语考试中有一道必考题就是马卡宁。

马：是的，我为此骄傲。

侯：我想起评论家亚历山大·格尼斯评价您的话，他说您身上具有俄罗斯民族性格中的许多优点：稳扎稳打、从容不迫、坚韧自信。

马：这都是溢美之词。

侯：您早期的一部小说《克留恰列夫和阿里姆什金》中提到，在这个世界上，如果某个人幸运，就会有另一个人倒霉，上帝的被子不够每个人盖的。您是这样认为的吗？

马：我感兴趣的是，这样的想法落入某个人的头脑里后，他会怎么做。至于事情是否真是这样，这我们谁也不知道。在空间中没有思想，就像没有直线，也没有圆点一样。它们只存在于我们的头脑中。使我感到有趣的是观察思想怎样使意识变形。

侯：您的小说常常具有预言性。比如《高加索俘虏》发表没有多久就开始了车臣战争，而《一日战争》的问世远远早于美伊之战，报界已经开始用“一日战争”来形容美伊战争了。您是怎样做到这一点的？

马：这些思想都是自己跑到我脑子里的，我只是对这些情节和构思进行加工。当我正在做的时候，其余的想法又会像叶子一样落下来。

侯：在作品中您选择第一或者第三人称叙述，这取决于什么？

马：这就好比下象棋。如果我以第一人称写，我就是执白棋的一方。但真正的赢家是那执黑棋而赢的一方。这是艰难的游戏。因为你进入与文本密切的联系中，无论如何也不能抓住主动权。这常常是在你对所写题目不是很熟、只能靠感觉的时候。在写作过程中逐渐产生和对手——文本共呼吸的感觉。你的这个对手就是某个它。这时重要的是无论如何也不能急于求成，不能追求结果。当你以第三人称写的时候，就不应当有预先定好的结局。你应当陷入对手的境地而和它一起走向结局。这个它自己会输。

不是你赢了，而是它输了。执白棋时，你不会拖延进程，因为是你在发招。重要的是你不要失去“白方的”气息。每一步都应当是积极的。当然，每个人都有自己的漏洞。但当你执白棋时还胆怯的话，漏洞就会越来越多。我下到成人九段时因为眼病而终止，但那种心理却留下了。

侯：当代许多知名作家都没有受过文学或者语言学的专门教育，比如您是毕业于数学力学系。

马：开始时我想当一名象棋手，这种爱好转化为从事精密科学，再后来是电影，最后是文学。我不愿再去回想这究竟出于什么动因，事情就是这样。

侯：许多人认为文学创作中最主要的是怎样把词语组成很美的句子。您同意吗？

马：谈到风格，我以为并不都是把词语组成有节律的句子的能力。20世纪，甚至可能是21世纪的风格都是形象体系。我的小说《损失》（其中的主人公在不停地挖地道）、《出入孔》（那里有一个通往地下的孔穴）和《地下人，或当代英雄》都是形象和思维的体系。文学研究家们所说的风格指的不过是文笔顺畅，这只说明技巧。顺畅的文笔就像高速公路一样，使人进入一种催眠状态：只是往前开，却不知在哪里开，有时甚至不知道为什么开。我刚开始写作的时候，常常搞出一些很顺畅的东西。渐渐地我觉得这样没有什么意思，而且会走入死胡同。

侯：您的小说《一个成功的爱情故事》中的主人公在电视上说现在文学已经不存在了。前一段时间《文学报》也曾就当前的文学状况展开了大型讨论，您对这个问题有什么看法？

马：我觉得文学正处于兴盛期，作家远远比改革初期有意思也有分量得多。现在我们面临的不是文学的危机，而是读者的危机。但过一定时间读者就会成熟起来。

侯：您对我的工作有什么期望？

马：文学研究是一项高智商的脑力劳动，也许有时你会感到枯燥，但是只要站在窗边望望风景或者做点别的什么事情休息一下就好了。它永远不会让你产生再也不愿去碰它的想法。所以祝你取得成功！

2. “文学应当关注穷苦人……”——帕夫洛夫访谈

奥列格·奥列格维奇·帕夫洛夫（1970—　），当代俄罗斯小说家和评论家。生于 1970 年 3 月 16 日。中学毕业后曾参军，后因健康原因退役。1995 年毕业于高尔基文学院函授班。1998 年加入作家协会，从此成为职业作家。作品以军队题材和小人物生活为主。曾入围“民族小说”奖、布克奖、反布克奖等多种文学奖项。2002 年布克奖获得者。著名作品有小说三部曲《公家神话》、《马丘申事件》和《卡拉干达第九日》。

侯玮红（以下简称“侯”）： 首先祝贺您获得布克奖。去年我刚刚发表了一篇介绍您的文章，您就获得这项大奖，我感到非常高兴。

帕夫洛夫（以下简称“帕”）： 谢谢！你读了我的哪些作品？为什么会关注我？

侯： 我读过您的短篇小说《世纪末》、《米佳的粥》、《逃兵伊凡》，中篇小说《公家神话》。我关注您是因为在后现代主义风盛行的时候，您却立足现实。在许多作品都流露出迷茫、悲观甚至绝望的情绪时，您的作品却令人感受到力量和希望。

帕： 我就是要正视这个世界。同时我也试图寻找这个世界的希望。

侯： 我和您同岁。以我们这样的年龄，您却能写出这么深重的东西，这完全是因为您在军队中的那段特殊经历吗？

帕： 不完全是。我想这与我的童年有关。可以说，我在童年时就体验了所有的感受：不幸、忧虑、痛苦。相反，现在的一切对于我都不算什么了。

侯： 能和我谈谈您的家庭吗？

帕： 我的父亲是一个工程师，母亲在工厂工作，我们家住在莫斯科郊区。父亲总是酗酒，打骂人，母亲很早就和他离了婚，带着我和长我九岁的姐姐一起生活。像所有没有父亲又很贫穷的家庭里长大的孩子一样，我很敏感，又有些懒散。

侯： 您父母现在都好吗？

帕： 母亲过得很好。父亲身体不好，我在照顾他。

侯： 那您是怎么喜爱上文学的？

帕： 别看父亲是个工程师，可他经常写诗，而且他对文学作品有很高的鉴赏力。妈妈很喜欢读书，简直没有书就不行，总是在读着什么。她去区图书馆时也带着我。从童年起读书对于我来说就是一件有意识的成人的事情。我像成人一样去图书馆！其实我最早读到的都是一些中世纪的书籍。我出乎意料地在这些书的教育下长大，就像上个世纪的少爷一样。读了骑士小说，凡尔纳游记，鲁滨孙，杰克·伦敦，狄更斯，马克·吐温，等等。我在十三岁那年读了《被侮辱的与被损害的》——这是我平生读到的第一本俄罗斯书，是我在同学家里看到的。

侯：读您的小说，总是令人想到陀思妥耶夫斯基笔下生活在最底层的小人物，您一定受他的影响很大吧？

帕：是的。我的意识是被陀思妥耶夫斯基唤醒的。《被侮辱的与被损害的》——这不仅是一本书，而且从那时起也开始了我的命运。我为许多事感到痛苦，而且怀疑所有人都在痛苦。但觉得生活中应当有真理，有公平，它能保护人，使人强大。

侯：那您什么时候开始写作的？

帕：十四岁在学校里学习了普希金之后我就开始写诗了。我想我对创作的需求是与生俱来的。

侯：您为什么没有上大学？

帕：我那时候不明白为什么非要上大学。十七岁我就跑到社会上去工作了。我做了各种各样“肮脏的”工作。

侯：您是怎么入伍的？

帕：我1988年应征入伍到了中亚。在苏联内务部内勤部队服役，我在押送部队。我待过两个地方：塔什干和北哈萨克的卡拉干达。半年中我经历了一切，被杀过，被打过，被送过监狱，也曾自残过。我看到了什么是劳改营以及它周围的生活。我因脑外伤在医疗所里待了一段时间，又作为精神不健康的人被送到卡拉干达精神病院。住了一个半月，就被内勤部队以不适合军役为理由除名。这也许救了我的命。

侯：您痛恨军队生活吗？

帕：不，我并不想逃避军营生活，那是男人的职业。那里有无尽的草原。但我厌倦了，觉得那不是自己的地方，而是别人的土地。我想回家。

侯：回来后您又是怎么生活的？

帕：回来后由于军队给我开的精神诊断书，许多地方都不接收我。我当过门卫，也在医院干过。《世纪末》写的就是我在医院里遇到的事。是真实的事。

侯：您是怎么上文学院的？

帕：我为经历过的事所折磨。读了索尔仁尼琴的《古拉格群岛》，使我开始想写我服役的那个劳改营。我因为毫无出路而开始写作。1990 年我凭着自己写的小说考上了文学院。

侯：那您最早发表作品是什么时候？

帕：1990 年夏天白俄罗斯的一家杂志刊登了我的几个短篇。但我想我真正意义上文学的开始是 1990 年 9 月《文学评论》上的短篇小说系列《哨卫悲歌》。

侯：您成名的时候很年轻。

帕：是的。我一直都是最年轻的作家。包括得布克奖，也属于最年轻的。

侯：您的《卡拉干达第九日》获得布克奖，您一定很激动吧？

帕：这次获奖主要归功于马卡宁。评论家里安德烈·涅姆泽尔和卡比托琳娜·科克申涅娃也比较欣赏我的作品。至于获奖以后，我想最大的感觉是疲惫。1995 年我的《公家神话》第一次入围布克奖，相比之下那一次更兴奋。因为那时我还是一个不知名的作家。关于我的评论只有一篇。这一次实在是太紧张了。评选历时半年，经历三个阶段。我也不想去关注它。但我们都是人。尤其是最后一个月压力在增长，直到宣布前的一分钟都不知道。当一切向你扑来的时候，你已经没有了感觉，只是觉得累。我觉得像是我生活的一个阶段结束了。《卡拉干达第九日》我写了九年。这次得奖是我开始创作十年来的总结，是一个句号。天才是一回事，文学命运又是另一回事。天才取决于上帝，而文学命运取决于人、环境和机遇。

侯：其实我最早注意您是看您写的评论文章。您是怎么开始写评论的？

帕：我不常写小说。可能是在军队里打架时脑子里的血管被打坏了，总是头疼。有人劝我什么都别想，只管去写。但我做不到。我写的都是从心底里流出来的，我不会随意写。所以就常常停下来，看看别人写什么，评论别人。尤其是我写的《俄罗斯小说诗学》这篇文章引起反响后，就更坚定了我作评论的信心。

侯：我也非常欣赏您这篇文章。

帕：我写我想要的那种文学，只写我喜欢的。而且我评论过的一些作家都出名了。

侯：您想要什么样的文学？马卡宁以为文学的问题出在读者身上，您以为呢？

帕：文学应当关注穷苦人。现在的问题在于文学家，而不在读者。文学家应当为时代发言。可是他们不看现实，而是躲在什么地方臆想。我常常想将来，我之后的文学会更遭。我已经看到了他们的方向。

侯：那么您怎样看待今天的俄罗斯文坛？

帕：我感到不自由。我也是个持不同政见者。

侯：这一点我不太理解。苏联解体后书刊检查机关不存在了，您为什么还感到不自由？

帕：是的，检查机关没有了，可以自由写。可实际上能否发表取决于出版者的态度。这是另一种检查机关。第一，他们只注重市场；第二，他们不知道什么是真正的文学，只想让你写好的、幸福的生活。实际上生活中充满了痛苦。他们不愿意睁开眼睛看这个世界。

侯：有些评论说您属于“残酷的现实主义”，他们反而认为您写得不真实。

帕：是的，我经常挨骂。甚至连我留大胡子都被人说成是刻意模仿陀思妥耶夫斯基。

侯：我能看出，您在《公家神话》里塑造的人物哈巴罗夫代表着您的一种理想。现实生活中有这样的人吗？

帕：有。这样的人就是希望。他的强大在于精神，他能带领一大批人。但一个人太少了。以前我经常思考“生活应当是什么样”，现在我思考“人应当是什么样”。人没有动物漂亮，但人具有精神。人通过精神可以达到美。

侯：您怎么看待文坛上的两派：爱国派和自由派？

帕：十月革命中断了俄罗斯本民族的东西，开始了世界性的一段：共产主义。而解体后我们又开始美国化和西方化倾向。可口可乐、因特网等使我们民族的东西正在失去。所谓爱国派是要让我们回到过去，自由派的主张并不是走向西方，而是从旁边绕过去。我不属于任何派别。

侯：您自己的家庭生活怎么样？

帕：我对文学、对社会现状不满足。但我对家庭很满足。每个伟大的作家背后都有一个女人。托尔斯泰背后是索菲亚，陀思妥耶夫斯基背后是安娜。一个人总称不上有力，只有两个人在一起才会感到有力量。妻子是我的第二阵线。

侯：孩子呢？

帕：孩子这一代很快乐，他们只看今天，别的什么都不想，他们还在父辈的庇护下。而当他们走入社会，他们毫无防备。人什么时候最幸福？就是童年的时候，只有那时候。因为他们什么都不想。一旦进入社会，这样一个充满了恶、暴力、不公平的社会，人就不会幸福。

侯：您不觉得这样的生活沉重吗？

帕：不沉重。我经常处于这种思考的状态。这种思考的状态不造成我身体上的压力。这不是外界的强压，而是我经常的状态。

侯：您的最新作品是什么？

帕：如果你能待到10月份，我会送给你一本新书——《20世纪的俄罗斯人》。由俄罗斯道路出版社出版。这里有我关于俄罗斯人和俄罗斯生活的全部思考。

3. “文学不能服务于实用性的思想”——乌利茨卡娅访谈

柳德米拉·叶甫盖尼耶夫娜·乌利茨卡娅（1943—　），当代俄罗斯著名小说家、剧作家。1992年以中篇小说《索涅契卡》一举成名，从此佳作连篇，成为当代俄罗斯乃至世界文坛上的知名作家。她以中篇小说《索涅契卡》、《美狄娅和她的孩子们》，长篇小说《库科茨基医生的病案》分别入围1993年、1997年和2001年俄语布克文学奖，最终于2001年摘取桂冠。作品被译成英、法、德、意、汉等十七种语言，还获得过莫斯科—彭内奖、法国的美第契文学奖和意大利的文学奖项。

侯玮红（以下简称“侯”）：见到您非常高兴！在这之前我一直担心您因为太忙而不会接待我。

乌利茨卡娅（以下简称“乌”）：我确实要接待许多来访者，尤其是在刚获得布克奖的时候。现在，我已经大大减少了和记者的会面。不过，因为你是从中国来的，中国是个古老神秘的大国，我们全家都对中国很感兴趣，所以我愿意接待你。

侯：在中国，有许多人非常喜爱您的作品，尤其是女性读者。因为您的作品贴近女人的生活，反映女人的痛苦、渴望、烦恼和困惑。您的作品被归入“女性文学”，您同意吗？

乌：我对此不太在意。女性从20世纪初才开始受到教育，女性当然要说话，要表达自己。俄罗斯是一个不幸女人的国家，所以我们这些

“发声者”天生就爱抱怨，没有办法，我们就是这样在经历着自己的问题。

侯：您大学里学的是遗传学专业，后来是怎么开始专门从事文学创作的呢？

乌：我母亲是个生物化学家，因此我选择遗传学这个专业不是偶然的。那时教我们的都是世界有名的大家，我学得非常有兴趣。如果不是被从这个工作赶走，我永远也不会放弃这个专业。生活就是这样。退出遗传学界后，1979—1982 年我在剧院工作，主要是写剧本，从 1982 年开始我就再也没有工作过。正式发表作品是在 1989 年。

侯：“索涅契卡”和“美狄娅”这两个人物有原型吗？她们是否代表了您心目中的理想女性呢？

乌：我不喜欢只是记录一个人的经历，所以这两个人物都有很多原型。我周围有很多这样的老一辈女性、好友，她们身上有许多优秀品质：坚强、独立、仁慈、忍耐，甚至在最严酷的时代也有极强的道德观。可以说，我被这一代人深深吸引，她们给予我的太多太多。

侯：索涅契卡酷爱文学，她身上有您的影子吗？

乌：是的。不过，我也遇到过很多女性，阅读在她们的生活中占据重要的位置。人们可以用各种方法打发空余时间：艺术活动、钓鱼等，索涅契卡选择了文学。在她还没有开始真正的生活——恋爱、生育、操持家务之前，她把文学看作是生活给予她的最高恩赐。而当自己家庭幸福毁灭时，她重又把手伸向书架，在文学中找到安慰。

侯：去年 11 月我在契诃夫剧院看了话剧《索涅契卡》。当时人质事件刚过，大家都不敢晚上出门。可我还是按捺不住想看话剧形式的《索涅契卡》的渴望。但是看了之后很失望。

乌：你不喜欢那样的表演方式吧？

侯：是的。舞台上有十二把椅子，整个演出由十二个青年男女轮流以剧中主人公的身份讲述故事。我承认个别演员很有表演才华，我甚至在心里分析：谁应该去演罗伯特，谁应该演索涅契卡。但整体看这不像话剧，倒像朗诵会。

乌：说实话，我也不太喜欢。这是由一位很年轻的女导演执导的，她很晚才告诉我这个消息，说一帮年轻人非常努力地排演了我这部小说。现在戏剧界盛行搞实验，这同样是一场实验。我只能做一名饶有兴趣的观众。

侯：您的《库科茨基医生的病案》与以前的作品有很大不同，首先是主人公成了一位男性。库科茨基医生有原型吗？

乌：主要的原型是我的一位好友的父亲。斯大林时代法律上禁止堕胎，许多医生为允许堕胎进行过斗争，这是真实的事情。另外我们家有很多亲戚和朋友都是医生，因此描写医生的生活对我来说并不难。

侯：小说中您一改往常写实的风格，除现实世界这条线索外，还描写了一个梦境中的世界。这被一些评论家认为是在赶时髦，您是怎样构思的？

乌：是的，很多人对此表示疑问，觉得我比从前跨出了一大步。其实正因为叶莲娜的病才有了第二个世界，而没有第二个世界就没有我的这部小说。除了现实生活之外，人还有多种可能的存在方式。我在《库科茨基医生的病案》中就是要做这样的尝试：在我们的现实生活之外找到几个理解点。

侯：叶莲娜的病源于堕胎问题，库科茨基一家的遭遇似乎都围绕着这一中心话题。

乌：所以一些人认为我写了一部关于堕胎的小说。不是的。我写的是关于自由的书。但写自由不能像写一个抽象的概念。对于活生生的人来说，自由总是在当前环境下个人的行动。我的父辈为了得到一丁点儿的自由，他们必须付出沉重的代价。那时科学似乎是最自由的一个活动领域了。但在遗传学和控制论方面，连这点自由也受到限制。对于我，这本书就是分析在极其严酷的专制情况下实现自由的可能性。

侯：原来您被评论界归入现实主义，而这部作品发表后舆论又认为您有向后现代主义靠拢的迹象。您认为自己属于什么流派？

乌：我不关心这个。在我心中文学不应当服务于什么，艺术创作才是至高。我也不想属于任何实用性的思想。至于什么理论派别，那是评论家的事。如果非要说的话，那么西尼亚夫斯基曾说自己是神秘的现实主义，我想我也是。

侯：听说您和丈夫还为这部作品合办了一次文学艺术展？

乌：是的。你看，这是展览的宣传册。办这个展览有两个目的：第一个宏大些：表现文明的发展进程。第二个是私人的：说明我和丈夫的经历。关于第一个目的，用两个词概括就是“手稿的终结”。我平生写过可以堆成山的手稿，将近五十岁时才用上电脑。《库科茨基医生的病案》写了十年，从1991年到2000年。开始我把一些手稿很费劲地用打字机打出来，而小说的最后几章又是在电脑上完成的。所以说这本书见证了一个过程：从手写到打字机再到电脑。手稿不会再有了，因此手稿就显得格外珍贵。我的丈夫安德烈·克拉苏林很同意我的观点。他是个艺术天才，他用造型艺术记录下这一点：手稿的终结。二十多年来我们读着同样的书，看着同样的画展，交着同样的朋友。可以说，我们汲取着同样的养分。所以说这个展览是我们共同的、不可分割的劳动成果。

侯： 您在作品中总是提到"死亡"，您是从什么时候开始思考这个问题的？

乌： 不是从什么时候起，而是这个问题一直在我脑子里。我经历了许多死亡。我的妈妈在五十三岁时不愿意接受死亡，她死得很痛苦。而我的奶奶笃信犹太教，我五岁就开始给我读《圣经》。她九十三岁时平静幸福地和每个人告别死去，没有仇恨，没有忧虑。我觉得她是死亡的很好的典范。死亡是人生的总结，它非常重要。我已经是六十岁的人了，我有很多关于怎样进入死亡的书，其中还有一本西藏的这方面的书。

侯： 您在小说中描写的下一代，比如索涅契卡的女儿塔尼娅、叶莲娜的女儿塔尼娅都过着非常随意、混乱的生活，与老一辈形成鲜明的对比，您是否对他们很失望呢？

乌： 我不失望，而是喜欢。他们这代人非常勇敢，不惜任何代价追求自己想要的生活，全盘接受生活，不像叶莲娜那么多顾虑。但与此同时他们又责任感很差，这是不能两全的。

侯： 您自己的孩子怎么样？

乌： 我的两个儿子都曾留学美国。阿廖沙回国后做了一家大型钢铁企业的总经理，已经成家。小儿子别佳也回来了，他有时出去做做翻译，最大的爱好是音乐。我们一家都珍爱自由，四口人中只有大儿子需要早出晚归上班。

侯： 这次拜访使我了解到您不仅是一位成功的作家，而且是一个幸福的女人。

乌： 每个女人都有自己对幸福的一套构想，而我并不重视幸福本身，因为幸福总是瞬间，人生中这样的瞬间寥若晨星。我重视的是我是否行为正确，是否能够处理好和别人的关系，达到一种生活的和谐。有一位男士看了《美狄娅和她的孩子们》之后惊喜地对我说："我认识许多女人，但读了这部作品后才知道自己根本就不了解女性。世界上还有这么伟大奇妙的女人，如果多读一些这样的书，我们男人和女人之间的关系就会多么融洽。"

4. "我属于形而上学的现实主义"——斯拉夫尼科娃访谈

奥尔加·亚历山大洛夫娜·斯拉夫尼科娃（1957—　），当代俄罗斯小说家，文学评论家及活动家。1981 年毕业于乌拉尔大学新闻系，曾做过《乌拉尔》杂志的编辑，领导过周报《文学俱乐部》的工作。自 2001 年起担任独立文学奖"处女作奖"文学活动的协调员，1988 年发表处女作《一年级女生》。重要作品有《被放大到狗的尺寸的蜻蜓》（1999 年）、《一个人在镜子里》（2000 年）、《不死的人》（2004 年）。曾入围民族畅销书奖、俄罗斯"大书奖"，获得过阿波罗·格里高利耶夫奖、巴若夫奖等多种文学奖项。2006 年获得俄罗斯布克小说奖。本采访录来源于笔者 2003 年在莫斯科访学期间与作家的交谈，以及 2006 年 9 月作家参加第 13 届北京国际图书博览会期间与笔者的一次会面。

侯玮红（以下简称"侯"）：我还清楚地记得我们在莫斯科的交谈，非常高兴能够在北京见到您。请问您对这次国际图书博览会的印象如何？

斯拉夫尼科娃（以下简称"斯"）：我也很高兴在这里见到你。关于这次展会，我觉得俄罗斯作为主宾国的展台应当更大些。现在地方狭小，人来人往，无法和读者进行交流。另外，这里虽然举办了几次圆桌会议，但都是一个接一个地发言，根本没有展开讨论。我希望能有几个场地，每个场地人不一定太多，只要大家能够对话、能够进行更有效的互动就好。

侯：听说您此行带来了您的新作《2017》，这部长篇小说已经入围俄罗斯"大书奖"，这是怎样的一个奖项？您有把握获得吗？

斯："大书奖"是由几个很大的财政机构出资设立、由"大众交流出版联盟"等大型出版社参与组织的一个新的文学奖项，它把所有的体裁，如长篇小说、短篇小说、传记等都放在一起评选，设有一、二、三等奖。每年评一次当年度的作品，今年是第一次颁奖，所以评选的是这两年的作品。竞争非常激烈。由于是刚刚设立，现在它只是以奖金多引起人们的注意（一等奖大约十一万美元，布克奖是两万美元），而没有布克奖那样长的历史和已经形成的威望。不过我认为如果坚持五年的话（你知道我们很多文学奖项都出现没多久就消失了），这项奖也会拥有它的名望和地位，也许会成为俄罗斯的诺贝尔文学奖。至于我是否能获得，只能说我有这个机会，因为作品就像自己的孩子，每个人都会觉得自己的孩子比别人的好，也就是自己配得这个奖项，但我不想去计算这个可能性是多大。这是出于对同行的尊敬。要知道一共有十五部入围作品，他们的实力都很强，可以说代表了当代俄罗斯文坛的最高水平。当然如果能够得到这个奖将是一件非常令人高兴的事。还是让我们等待11月的结果吧。

侯：我现在正在做关于“当代俄罗斯现实主义小说”方面的研究，我提出了三种倾向：批判现实主义的新生、后现实主义的兴起和神秘现实主义的发展。您怎样认为？

斯：我认为第一和第三个比较合适，当前确实存在传统的批判现实主义和神秘的或者说形而上学的现实主义。至于后现实主义我不太清楚。

侯：这是我借用的利波维茨基提出的一个术语，它指的是在精神实质上是现实主义、但采用了某些后现代主义表现手法的那类作品。我把马卡宁的《地下人，或当代英雄》归入其中。

斯：什么是后现代主义？后现代主义就是解构和互文性。从这个意义上讲马卡宁是纯粹的现实主义者。我不以为后现代主义在俄罗斯土壤上起了什么好作用。后现代主义敢于破坏某些东西，比如普里戈夫，他炸毁了文学道路上的障碍，使过去的苏联风格不再占据统治地位。索罗金则完全是破坏。他的文本的动力就是分裂瓦解，所以我们对索罗金作品的印象就是原子弹爆炸的感觉。这是俄罗斯后现代主义文学最典型的两个例子。关于互文性，就是别人建了房子，后现代主义去毁掉房子，然后再用毁掉的房子的材料建一个房子。互文性，就是引用已经存在的文本中的东西，或者重新改造文本。马卡宁运用了19世纪俄罗斯文学中的东西，但他只是继承了其中的传统。所以我不认为马卡宁是后现代主义。后现代主义在俄罗斯文学中不是一个可爱的词语。我倒是觉得有一个文学现象值得关注：“新自白小说”。

侯：是相对于上个世纪50—60年代的“青年自白小说”来说的吗？

斯：对。在“新自白小说”中作者不再隐藏在人物后面，而是直接以自己的名义说话，直接发表自己的意见主张。在这种文学中，人物经常被冠以作者的名字。比如“处女作奖”得主谢尔盖·沙里古诺夫。他的主人公就叫谢尔盖·沙里古诺夫，但这个人物又不完全是作者的“我”，就是说作者把自己作为人物的原型，却不意味着他写的完全是自己的生活经历。我们知道，现实主义作品中都有人物，也有人物的原型。作者在创作人物时对原型进行加工。原型可能不只是一个，而是两个或者几个，而且作者在创作的时候往往不愿意承认这个原型是作者的什么人。而“新自白小说”中主人公的原型只有一个：作者自己。作者有意识地从自己这里汲取素材，作者不把自己看作别人，而仅仅看作自己。这就是“新自白小说”。它不全是自传，完全是别的东西。它在许多青年作家中非常流行。我觉得这些写作“新自白小说”的作者会逐步走向19世纪传统的现实主义。因为终究会有一天，他们会感觉到只写自己太有限，那时他们就会开始关注其他的人物。我不是文学研究者，不是理论家，我是个实践者，我不是作为旁观者来说这些话。

侯：您认为您属于哪种现实主义？

斯：我把自己归到“形而上学或者神秘的现实主义”这一类。

侯：我读了《2017》的一些片段，觉得您也运用了一些后现代主义手法。

斯：那里有一些可以叫做后现代主义的东西。小说情节发生在乌拉尔。人物是盗矿者。他们真正的职业可能正好相反：在学校教书、在公司任职，等等。他们是在业余时间去山区探宝。俄罗斯到处都有那种地质年代久远又富含宝藏的山脉。乌拉尔山就是其中的一个。关于大山总是有许多传说，乌拉尔山的神话传说中有一位美丽的铜矿女主人。我采用这样的神话，不仅是因为我的人物深入大山，这些传说对他们来说当然是重要的，而且因为这位矿山女主人扮演的是考验男人的角色。我的小说中有一条爱情线索，我把矿山女主人不仅作为传说中的人物，而且让她在现实生活中出现，考验男人的真诚。这应该不是后现代主义因素。后现代主义的主要目的是破坏，我不想做这个。

侯：我知道您是“处女作奖”的协调员，能介绍一下这个奖项吗？

斯：此奖设立于2000年，属于“下一代”国际基金会的一项人文计划。它是“下一代”国际基金会主席、俄罗斯联邦国家杜马代表安德烈·斯科奇和作家德米特里·里普斯克洛夫的创意。活动受到俄罗斯文化部的支持，主要奖励二十五岁以下的俄文写作者。我们每年12月进行评选，评委由作家、评论家、出版人等组成，年轻人可以提供已经发表或出版的作品，也可以提供网络作品甚至是手稿。获奖者将得到奖品——一只小鸟雕像和一定的出版费用。

侯：我正好想问问您对年轻人的创作有什么看法，我读过沙尔古诺夫、捷涅什金娜等人的作品。

斯：今天的年轻作家在艺术领域达到了很高的水平。沙尔古诺夫是我们的一个获奖者，而捷涅什金娜并不是最强的。我看好的作家有：亚历山大·格里先科、弗拉基米尔·格诺索夫、阿纳托利·里阿索夫、阿列克·佐别伦等等。作为一个协调员，我认为在这样年轻的时候显示出某些写作技巧并不证明他将是很大的天才，相反最有才华的应当是那些审视自己许久、比较求实的作家，在他们身上可以看到真正的力量。不过他们需要磨练很久，这些人才是我们最感兴趣的。现在的青年作家中有现实主义者，有新乡村散文派。过去的乡村散文中人物是真正的农民，现在的新乡村散文中的人物都是城市人，但他们回到农村，想改变一切。我很高兴我们出现了这样的作家。

侯：您怎样看待女性小说？您认为自己的创作属于女性文学吗？

斯：女性文学只是相对于一定的水平和一定的写作类型来说的。女性小说指的是日常生活小说、爱情小说、家庭小说。这种小说写的是女人的生活，女性的痛苦，女性的命运。而我最近三部小说的主人公都是男性，许多人谴责我不写女人。我回答：我对男人比对女人更了解。我在一个多数人为男性的集体中工作，我的朋友多是男性，我的家庭成员都是男性：丈夫，我的儿子，丈夫的儿子，甚至养的猫也是公猫。我觉得现在俄罗斯存在不平等，不是歧视女性，而是歧视男性。当男人和女人离婚，孩子总是留给女人，谁也不想父亲的感受。女人可以做母亲和妻子，男人则必须是社会的人，他们承受很大的精神压力，所以我真的很同情男人。我准备下一部写关于女性的小说。我第一部小说是关于母女的，也许这可以算作女性小说。虽然这部小说写的不是关于家庭，不是关于女性命运的，而是关于国家命运的。我喜欢不知是谁说的这句话：“女性擅长把日常问题升华成伟大的悲剧。”我却实在没有这样的才能，所以我不属于女性文学。

侯：能谈谈您的童年和您的家庭吗？

斯：我小学上得很轻松。基本上各个科目都是“优”。我在数学方面尤其突出，所有人都认为我会上大学数学系，但我有一个文学老师，她改变了我，使我转变了方向。还有值得一提的，就是那时我们全班都爱收集石头，有石榴石、玛瑙、水晶等等，都是从土里挖出来的。随着每一次搬家，不知这些收藏品都丢到哪里了，现在会在什么城市、在什么样的房间里摆放着。那些石头给人奇妙的、童话般的感觉，是我童年里最值得珍藏的记忆。说到我的家庭，我父亲是国防工程师，参与建造宇宙飞船。他一生的梦想是飞上太空，直到生命结束都不相信自己没有实现这个愿望。他希望我能实现他的梦想。当我考上乌拉尔大学新闻系时，他很难过。我下一部小说就是关于太空旅行的事，在写作的时候我好像飞到太空中去了……也许我能够成为工程师，但我成了作家。人不可能生活两次。现在我遗憾的是我的父母都已不在人世。当我走向成功的时候我的父母却不能和我分享。

侯：我知道您除了创作，还搞评论，另外还参与很多文学活动，作为一个女人还必须分很多的精力给家庭，您是怎样兼顾这些的？

斯：我做得很多是因为我休息很少。关于我的家庭，我结了四次婚。

侯：能具体谈一下吗？

斯：这是很沉重的回忆。对于我来说，丈夫总是对我不满意。男人总是对女性有一种要求：做饭、洗衣等等。我总是努力做到让丈夫满意。在家里我像所有妇女那样干活。晚上我没有时间看电视，甚至没有时间安静地读会儿书，周末从来没有时间休息。我一星期只有一两个小时休息时间。现在幸运的是我遇到的这个我爱的人很会做饭。

侯：我上次在莫斯科见您的时候见过他。很年轻。

斯：对，高高的个子。他有一个儿子，我也有一个儿子，我们现在是一家四口。这些年我的经济情况逐渐宽裕了，所以现在我可以请人帮助打扫卫生，我终于轻松一些了。

5. “我本质上是个现实主义者”——德米特里耶夫访谈

安德烈·维克托洛维奇·德米特里耶夫（1956—　），自由职业者。俄罗斯作家笔会和俄罗斯电影家协会会员。主要创作小说、剧本和杂文。生于列宁格勒知识分子家庭。1982 年毕业于苏联国立电影学院电影创作系。1983 年以短篇小说《风平浪静》引起评论界关注。1995 年获得托普菲尔基金会的普希金奖。1996 年入围布克奖。中篇小说《河湾》和长篇小说《合上的书》分别获得《旗》杂志 1996 年和 2000 年的社会基金奖。2002 年以中篇小说《归途》获得阿波罗·格里高利耶夫文学奖。任 2004

年俄语布克奖评委。作品被译成法、德、芬兰、捷克语和中文。

侯玮红（以下简称“侯”）： 我第一次读您的小说是1996年。当时想评述一下那年的布克奖，在六部入围作品中只有您的《河湾》我是一口气读完的。那里面的意境深深吸引了我，至今依然印象深刻。

德米特里耶夫（以下简称“德”）： 谢谢！

侯： 您认为自己的风格是怎样形成的？与您的性格有关吗？

德： 我认为这与建筑有关，与普斯科夫的建筑风格有关。我从小是在普斯科夫长大的。那里的建筑非常奇特，它不是巴洛克式，不是五颜六色的，所有的建筑都是白色，甚至都是透明的，线条清晰。教堂非常美，简直就不像教堂，而是白色的石头，是白色、灰色和黑色的组合，极其精致，看上去透明一般，但又充满了刚毅和紧凑。它难以描述，只能去看。布罗茨基也曾惊叹：“没有一个地方的教堂像普斯科夫的教堂。”

侯： 报界常说您是一位知识分子作家，这一定深受家庭影响吧？

德： 的确。我的父母在列宁格勒大学结婚，我生下来的头两个月就是在大学宿舍里度过的。毕业论文妈妈写的是契诃夫，爸爸写的是托尔斯泰。然后他们去了普斯科夫。妈妈在中学里教了十二年的俄语和俄罗斯文学。后来两个人又读了研究生。1969年他们开始在莫斯科工作，我们就搬到莫斯科来了。那时我刚上完小学。

侯： 您什么时候开始喜欢文学的？

德： 我刚认字的时候，在幼儿园，大约三四岁就写了小说，很傻。上中学时写过长诗。我在童年和大学语文系时都发表过诗歌。但我没有成为诗人。1973年我考入莫斯科大学语文系，想研究古俄罗斯文学。但没有上完，我开始想写小说。那时我有两个选择：要么上文学院，要么上电影学院。我觉得文学和语文实质上是一回事，电影则是一门手艺，精细的手艺；而且搞电影不用每天上班。于是我选择以电影为生，其余时间自由地写作。1977年我考上电影学院电影创作系，学了五年，1982年毕业。1983年，发生了一件对我来说非常意外而又具有转折意义的事：当时苏联最有威望的文学杂志《新世界》刊登了我的短篇小说《风平浪静》。

侯： 评论界说这部小说有“布宁的语调，契诃夫的细节”，认为您会成为苏联后期文学的希望，可是这之后您就没有发表什么大的东西，直到《河湾》。您好像对公开发表不是很感兴趣。

德：应当承认，我不是个多产的作家。到现在为止，我只写了三四部不错的东西，这不多，只够一个集子。但我不感到羞愧，这足以使我自信。

侯：是啊，您总是隔几年出一部小说，但几乎每部小说都获奖，而且从您小说的语调中可以感觉到您的坚定和力量。尤其是《归途》获阿波罗·格里高利耶夫奖给您带来很高的荣誉。您重视各种文学奖项吗？

德：我得过的奖不多，但对我都很珍贵。《旗》杂志给过我两次基金奖，第一个是表彰《河湾》中的艺术性，第二个是表彰《合上的书》中自由主义的原则。这种情况很少见，通常这个奖不会两次授予一个人。而格里高利耶夫奖是我最尊敬的一个奖，因为它很专业，评委的组成规则非常明确：由持各种不同文学观点的评论家抓阄组成，因此不用怀疑它有什么倾向性。布克奖当然也值得尊敬，毕竟是苏联解体后第一个独立的文学奖，但它的评委组成方式不够明确，甚至是来自各行各业的人。有些人虽然很有名，但此前对文学并不感兴趣。现在还出现了很多好的奖项，比如卡扎科夫小说奖。这些奖都有一定的益处，使人们更加关注文学。

侯：我来俄罗斯之前对文坛上爱国派和自由派之争没有太在意，可是来这里后常常有人劝我对此注意。您大概被归入自由派，您怎么看待这个问题？

德：我觉得所谓爱国和自由不是本质的区别。因为爱国不是一个文学概念，而自由派同样希望俄罗斯强大、自由。我以为文坛上的根本区别在于有信仰和无信仰。不管你信什么，信自由也好，信文学也好，都认为作家是有责任的。而没有信仰的作家认为文学除了纯粹的游戏没有任何意义。他们被称为后现代主义，其实是不太准确的。

侯：您不觉得自己是后现代作家吗？

德：不，当然我运用了一些先锋派的手法，但我根本上是个现实主义者。我希望通过自己的小说能使人从自我欺骗中转向对自己和现实清醒的认识上。后现代认为文学结束了，所有意义都解构了，一切都是没有前途的，所以只剩下纯粹的游戏。最有代表性的是索罗金和佩列文。他们都是天才，但他们重视的是怎样吸引读者和出版者的注意力，怎样惊动社会舆论等。

侯：他们的书确实畅销。

德：索罗金实际上在 80 年代很热，当时他那样的东西一出现就引起一片喝彩。但他停留在原地不动了。而现在我们已经完全自由，他说的东西不再新鲜，他已经渐渐被人们忘记。去年“一同前进”组织提出反对他，于是他的书销量又上去了。与此相近的就是商业文学。代表是冬佐娃、玛丽尼娜、乌斯金诺娃等，冬佐娃可以说是这一派的领袖。我想很多人都读冬佐娃，而不读马卡宁。这样的文学与索罗金那样的文学可以归为一类。

侯： 您作品的名称都很有特点，如《河湾》、《归途》等。

德： 我很难去分析这是怎么形成的。只能说我在写的时候不努力模仿谁，也没有刻意标新立异。但我努力寻找一种唯一的风格。我首先要相信自己所写的，希望它不像是自己写出来的，而好像就是现实一样。

侯： “河湾”是小说中的男孩最爱看的一处景色，它到底象征什么呢？您为什么要用它做题目？

德： 我总说，如果有了某个明晰的哲学或政治思想，那么可以直接写文章或者去行动，用不着写小说了。之所以写小说，就是因为你有了感觉，但不知怎样说，只有靠这种方式才能表达。

侯：《河湾》受托马斯·曼的《魔山》影响了吗？

德： 当然与《魔山》有关。在70年代的人文圈子里有大批受崇拜的作家和作品。其中《魔山》、《浮士德》等作品简直就像《圣经》一样。

侯： 您看到过“作者小说”这个概念吗？我想把您的《合上的书》归入其中，不知是否合适？

德： 在某种程度上可以这么说吧。虽然我的主人公不是我自己。那里面所有老一代的人都有自己的原型。普列捷涅夫的原型是特尼亚诺夫，斯维晓夫的原型是卡维林，诺沃尔热夫斯基的原型是什克洛夫斯基。B. B. 的原型有三个人：特尼亚诺夫的同学尼古拉·尼古拉耶维奇·科里别尔斯基，他是普斯科夫杰出的教师；第二个是谢苗·斯捷班诺维奇·格琴科，他是普希金文物保护区米哈伊洛夫斯科耶的经理；第三个是我的爷爷。我对这些优秀的人很感兴趣，希望通过他们的一些经历和细节，探究苏联时代知识分子生活的秘密。

侯： 安德烈·涅姆泽尔认为90年代的文学是“精彩的十年”，您同意吗？

德： 我同意（顺便说一句，我和他是好朋友。去年他访问了中国，非常满意）。可以说，在俄罗斯历史上从未有过这样的时代，现在对每个人来说都是辉煌的时候。十年中我们几代人之间相互碰撞：无论是死去的阿斯塔菲耶夫还是60年代人，无论是我们这一代还是更年轻的作家，大家都在一条船上，不再有整体上的疏远。我们现在都是“俄罗斯文学”名称下的一代人。

侯：看您的作品，总觉得有些感伤。生活中的您是这样的性格吗？

德：曾经是，现在已经平静多了。因为我的生活发生了很多动荡。两年前我的父母遭遇火灾去世了。在整理他们的东西时，我发现了那么多关于自己的文章，连我自己都不知道……另外，我第一次婚姻生的女儿现在病重，这些情况使我变得更加忍耐。

侯：您的第一次婚姻怎么样？

德：很不成功。

侯：现在呢？

德：我对现在的婚姻很满意。是电影让我们走到一起。奥莉娅比我小14岁，她性格非常独立。我们在一起已经三年，有了一个两岁半的儿子，感谢上帝！